Alle Rechte, einschließlich das des vollständigen oder
auszugsweisen Nachdrucks in jeglicher Form, sind vorbehalten.

Alle handelnden Personen in dieser Ausgabe sind frei erfunden.
Ähnlichkeiten mit lebenden oder verstorbenen Personen wären rein zufällig.

Der Preis dieses Bandes versteht sich einschließlich
der gesetzlichen Mehrwertsteuer.

Umwelthinweis:
Dieses Buch wurde auf chlor- und säurefreiem Papier gedruckt.

Lynsay Sands

Mit Herz und scharfen Kurven

Roman

Aus dem Amerikanischen von
Barbara Alberter

MIRA® TASCHENBUCH
Band 25830
1. Auflage: Mai 2015

MIRA® TASCHENBÜCHER
erscheinen in der HarperCollins Germany GmbH,
Valentinskamp 24, 20354 Hamburg
Geschäftsführer: Thomas Beckmann

Copyright © 2015 by MIRA Taschenbuch
in der HarperCollins Germany GmbH
Deutsche Erstveröffentlichung

Titel der nordamerikanischen Originalausgabe:
The Loving Daylights
Copyright © 2011 by Lynsay Sands
erschienen bei: Avon Books, New York

Dieses Werk wurde vermittelt durch die Literarische Agentur
Thomas Schlück GmbH, 30827 Garbsen

Published in arrangement with Lynsay Sands

Konzeption/Reihengestaltung: fredebold&partner GmbH, Köln
Umschlaggestaltung: pecher und soiron, Köln
Redaktion: Mareike Müller
Titelabbildung: Thinkstock
Autorenfoto: © David Ramage
Satz: GGP Media GmbH, Pößneck
Druck und Bindearbeiten: CPI books GmbH, Leck – Germany
Printed in Germany
Dieses Buch wurde auf FSC®-zertifiziertem Papier gedruckt.
ISBN 978-3-95649-171-9

www.mira-taschenbuch.de

Werden Sie Fan von MIRA Taschenbuch auf Facebook!

1. KAPITEL

Donnerstag, 13:40 Uhr

„In zwanzig Minuten, Jane, D&C-Meeting!"

„Japp." Jane Spyrus erhob sich von ihrem Tisch und lächelte die große, blonde Frau an, die an der Tür zu ihrer Werkstatt stand. „Dann werde ich fertig sein. Aber danke, dass du mich daran erinnerst, Lizzy."

„Kein Problem. Soll ich hereinschauen und dich abholen, wenn ich hinübergehe? Nur für den Fall, dass du über deiner Arbeit wieder einmal alles vergisst?"

Jane verübelte ihr das Angebot nicht. Sie war bekannt dafür, dass sie sich in ihre Projekte hineinsteigerte und zu den Konferenzen zu spät auftauchte. „Nein, ist schon in Ordnung. Ich muss nur noch ein paar Einstellungen vornehmen, dann mache ich mich gleich auf den Weg."

Lizzy Hubert nickte und betrat langsam den Raum. „Woran genau arbeitest du eigentlich?"

Sofort stellte Jane sich so, dass sie ihr den Zugang zum Arbeitstisch versperrte. „Nein, nicht. Das wirst du noch früh genug zu Gesicht kriegen."

„Du kannst einer Frau allerdings nicht vorwerfen, dass sie es versucht." Lachend zuckte die Blondine mit den Schultern. „In zwanzig Minuten also. Ich halte dir einen Platz frei."

Jane wartete, bis die Tür hinter Lizzy ins Schloss gefallen war, bevor sie sich entspannte und wieder den Dingen auf ihrem Tisch zuwandte. Sie schüttelte den Kopf.

Es war dumm von ihr, dass ihr dieses letzte Projekt peinlich war, denn es war eine brillante Idee. Zumindest war das ihre Meinung. Schließlich schämte sie sich ja auch nicht für die B.L.I.S.S.-Tampon-Tracker, die sie heute ebenfalls vorstellen wollte. Na ja, jedenfalls nicht ganz so sehr. Doch diese Mini-Raketenwerfer trieben ihr schon irgendwie die Röte in die Wangen, und sie fühlte sich unwohl, sobald sie nur daran dachte, sie vorzuführen. Hinzu kam, dass die Präsentation ohnehin ein Aspekt ihres Jobs war, den sie nicht mochte. Jane bereitete es großen Spaß, neue Waffen für B.L.I.S.S. zu erfinden, aber sie hasste es, sie bei den monatlichen Meetings der Entwicklungsabteilung „Development and Creation" vorzustellen, denn ihre Talente als Rednerin waren eher bescheiden. Stotternd und stammelnd kämpfte sie dann mit den Worten, und ihr war klar, dass sie häufig wie eine Idiotin klang. Umso erstaunlicher war es für sie, dass Y ihre sämtlichen Erfindungen für die Produktion abgesegnet hatte.

Bei dem Gedanken an die Chefin von B.L.I.S.S. zog sie die Augenbrauen zusammen. Y war eine knallharte Exagentin, die den Eindruck vermittelte, alles zu wissen und alles zu sehen. Sie war die einschüchterndste Person, der Jane je begegnet war. Man konnte nie sicher sein, was diese Frau dachte, weil ihre Miene einfach nichts verriet. Wahrscheinlich war das auch der Grund, weshalb es so schwerfiel, ihr Alter zu schätzen. Ihr Gesicht war auffällig faltenlos, und dennoch war sie schon ewig bei B.L.I.S.S. ... behauptete jedenfalls Janes Großmutter.

Und ihre Gran musste es wissen. Auf die eine oder andere Weise war Janes gesamte Familie beim Geheimdienst tätig, meist als Spione im Außendienst. Gran selbst war eine Exagentin, die zur selben Zeit aktiv gewesen war wie Ys und Janes Eltern. James und Elizabeth Spyrus waren beide für B.L.I.S.S. tätig, als sie starben – ihre Mutter als Topagentin mit der höchsten Aufklärungsrate und ihr Vater als Wissenschaftler in der D&C. Sie waren umgekommen, als ihr Wagen auf dem Weg zu einer Firmenfeier explodierte. Damals war Jane erst fünf Jahre alt gewesen. Später hatte sich herausgestellt, dass eine andere Agentin die Seiten gewechselt und die Namen ihrer Mitarbeiter an ein Syndikat verkauft hatte, dessen Ziel es war, B.L.I.S.S. auszuschalten. James, Elizabeth und vier weitere Kollegen waren umgebracht worden, bevor der Dienst die Sache hatte aufklären können.

Nach dem Tod ihrer Eltern hatte Jane bei ihrer Großmutter gelebt, und Maggie Spyrus, James' Mutter, hatte dafür gesorgt, dass Jane jeden Unterricht erhielt, der notwendig war, damit aus ihr eine gute Agentin wurde: Fremdsprachen, Kampfsportarten, Schießtraining. Letztendlich hatte Jane allerdings beschlossen, lieber in die Fußstapfen ihres Vaters zu treten und in der D&C zu arbeiten, weil sie sich einfach nicht für den risikofreudigen Typ hielt. Dem Adrenalinstoß eines Geheimdienstlers bei lebensgefährlichen Heldentaten zog sie staubige alte Bücher und das Basteln an irgendwelchen technischen Geräten vor. Dabei stellte sie sich allerdings gern vor, dass das Entwickeln innovativer Waffen und sonstiger Apparaturen ebenso wichtig war.

Mit einem winzigen Schraubenzieher nahm Jane die letzte von mehreren notwendigen Justierungen an einem Prototyp des BMRW vor. Das Ganze dauerte nur zwei Sekunden. Anschließend richtete sie sich auf, seufzte zufrieden, setzte ihre Brille ab und betrachtete ihre Schöpfung. Für einen ahnungslosen Betrachter sah dieser BMRW – der B.L.I.S.S.-Mini-Raketenwerfer – nicht bedrohlicher aus als ein neonrosafarbener Vibrator. Was natürlich beabsichtigt war. Es war die perfekte Tarnung, und keiner würde je auf die Idee kommen, ihn näher zu untersuchen.

Grinsend begann Jane, alles in ihre Aktentasche zu packen. Anschließend griff sie über den Tisch und schaltete das Radio ein, das sie auf einen Sender eingestellt hatte, der Achtzigerjahre-Hits spielte. „Whip It" von Devo schallte durch den Raum. Bei den ersten Takten hielt sie inne. Der Song hatte etwas, obwohl Jane ihn eigentlich nicht besonders mochte. Aber verdammt, jedes Mal, wenn er lief, unterbrach sie, was immer sie gerade machte, drehte die Lautstärke auf und bewegte sich im Rhythmus dazu. So wie jetzt. Den BMRW-Vibrator noch in der Hand, begann Jane wie wild durch die Werkstatt zu tanzen, und als der Chor einsetzte – die einzigen Worte, die sie auswendig kannte –, hielt sie sich ihr Werk vor den Mund und sang hinein.

„Kann es sein, dass ich störe?"

Jane erstarrte, wobei sie sich den leuchtend rosafarbenen BMRW weiterhin vor den offenen Mund hielt. Sowie ihr Blick darauffiel, wünschte sie, der Boden würde sich unter ihr auftun und sie verschlucken. Es war Richard Hedde, genannt Dick, der da in der Tür zu ihrem Arbeitsraum stand. Wer auch sonst? Sein Grinsen war so breit, dass ihr das Gesicht schon beim Anblick allein schmerzte. Doch sie hatte nicht die Absicht, sich vor Richard eine Blöße zu geben.

Sie versuchte zu ignorieren, dass sie gerade rot wie eine Tomate war, ließ das provisorische Mikrofon sinken, stellte scheinbar ruhig das Radio ab und wandte sich der einzigen Person zu, die sie in der D&C absolut nicht leiden konnte. „Keineswegs. Ich habe nur gerade meine neueste Erfindung ge…t…testet."

Gut möglich, dass es das Dümmste war, was sie je im Leben gesagt hatte. Jedenfalls war es nichts, was Richard großzügig überhören konnte. „Also wirklich, Jane, mir war ja immer klar, dass du in sozialen Dingen zurückgeblieben bist, doch wenn du nicht einmal weißt, wie man dieses Ding richtig testet, bist du ein noch hoffnungsloserer Fall, als ich dachte."

Jane hätte es sich nicht vorstellen können, aber ihr Gesicht glühte nun sogar noch mehr. Sie kniff den Mund zusammen und legte den BMRW zusammen mit einem anderen, den sie bereits zuvor justiert hatte, in ihre Tasche. „Gibt es etwas, was ich für dich tun kann, Dick?"

„Ich wollte dich nur daran erinnern, dass das D&C-Meeting um …" Er warf einen Blick auf seine Armbanduhr. „… in fünf Minuten beginnt. Wir wollen doch nicht zu spät kommen. Schon wieder."

Gereizt knirschte Jane mit den Zähnen, schloss aber ihre Aktentasche, nahm sie in die Hand und durchquerte den Raum mit so viel Würde, wie sie aufbringen konnte. „Ich wollte gerade dorthin."

„Sicher wolltest du das. Nachdem du deine Erfindung ausprobiert hast, richtig?" Er lachte, während sie sich ihren Mantel vom Haken neben der Tür schnappte und auf den Flur hinaustrat. Richard folgte ihr und zog die Tür hinter sich zu. „Übrigens, Jane. Ich will dir nur ungern eine weitere Illusion rauben, aber dein kleiner Prototyp da wurde schon vor Jahren von jemand anderem erfunden. Er hat sogar einen Namen. Ich glaube, man nennt ihn Vibrator."

„Haha." Jane beschleunigte ihre Schritte, um ihren Kollegen abzuhängen. „Danke dafür, dass du mir diese Neuigkeit mitteilst."

„Immer gern!", rief er ihr hinterher. Auch wenn sie sein Gesicht nicht sehen konnte und sich nicht umdrehen wollte, wusste sie, dass er die Situation extrem genoss. Nichts schien Richard mehr Vergnügen zu bereiten, als sie zu demütigen. „Ich freue mich immer, wenn ich helfen kann."

Noch ein paar unschöne Ausdrücke vor sich hin murmelnd, setzte Jane ihren Weg über den Korridor zum Konferenzraum fort. Erleichtert stellte sie fest, dass beinahe alle versammelt waren, was bedeutete, dass Richard den Mund halten würde. Zumindest fürs Erste.

„Jane!" Lizzy saß auf der linken Seite des Tisches, und Jane eilte auf ihre Freundin zu.

Anders als Richard war Lizzy die Einzige in der D&C, die etwa in Janes Alter war. Alle übrigen Mitglieder der Abteilung waren älter. Man hatte sie bei der Gründung von B.L.I.S.S. angeworben, und ein Job in der D&C bei B.L.I.S.S. war ein Job fürs Leben. Die Geheimsachen waren einfach zu bedeutend, als dass noch eine andere berufliche Herausforderung darauf folgen konnte. Jedem, der in Erwägung zog, dort anzufangen, wurde dies unmissverständlich deutlich gemacht, bevor er unterschrieb. Niemand kam bei B.L.I.S.S. in die D&C und ging dann wieder. Jane hatte zwar keine Ahnung, was geschehen würde, falls jemand es dennoch versuchen sollte, aber sie hatte den Verdacht, dass es nichts Gutes sein könnte. Soweit ihr bekannt, war es noch nie geschehen. Niemand war dumm genug, es zu probieren oder auch nur den Wunsch danach zu verspüren. Schließlich war es ein großartiger Arbeitsplatz mit nahezu unbegrenzten Freiheiten.

„Ich kann gar nicht glauben, dass du es zur Abwechslung einmal rechtzeitig geschafft hast", neckte Lizzy sie freundlich, während Jane ihren Mantel über die Rückenlehne des Stuhls hängte, den ihr die Kollegin frei gehalten hatte.

Jane lächelte leicht gezwungen und ließ sich nieder, wobei sie sich sehr bewusst war, dass Richard nach ihr den Raum betrat. Zu ihrer großen Erleichterung gab er keinen weiteren Kommentar ab, sondern marschierte einfach zu einem der beiden Stühle am unteren Tischende, wo er mit dem Rücken zu den Fenstern saß.

„Y wird beeindruckt sein, dich hier anzutreffen. Sonst sieht sie dich erst hereinstolpern, nachdem sie die Sitzung bereits eröffnet hat", fuhr Lizzy fort.

Jane stöhnte. Y schien sich über ihre Verspätungen nie aufzuregen, sondern rechnete offenbar schon damit. Jane vermutete, dass es zum Teil an dieser Nachsichtigkeit lag, dass Richard so gemein zu ihr war. Während Y sie zu mögen schien und sich angesichts ihrer Unpünktlichkeit sehr geduldig zeigte, wurde Richard nicht dieselbe Behandlung zuteil. Auch sonst mochte ihn niemand besonders gern.

Als hätte Jane sie mit ihren Gedanken herbeigerufen, öffnete sich plötzlich die Tür und Y sowie Janes Vorgesetzter kamen rein. Y war die Chefin von B.L.I.S.S., aber Ira Manetrue war Chef der D&C. Er war ein Gentleman – und eine alte Flamme ihrer Großmutter –, der Jane vom ersten Tag an unter seine Fittiche genommen hatte und sich als ihren Mentor betrachtete. Noch etwas, was Richard erboste. Diesen Aspekt seiner Unzufriedenheit konnte Jane beinahe verstehen, allerdings war Richard selbst schuld an seinen Problemen. Wäre er respektvoll und kein so schmieriger Schleimer, hätte er es weiter gebracht. Aber sein Verhalten war extrem unangenehm, auch wenn Jane es nicht schaffte, ihm das an den Kopf zu werfen. Meistens ignorierte sie ihn einfach, so wie alle anderen es taten. Besser gesagt, sie versuchte es.

„Schönen Tag, alle miteinander", grüßte Mr Manetrue, während Y und er ihre Plätze am oberen Ende des Tisches einnahmen. Er legte sich Notizblock und Stift zurecht und fragte: „Wer will heute beginnen?"

Dabei schaute er Jane an, doch sie hielt den Blick auf den Kugelschreiber in ihren Fingern gesenkt, mit dem sie herumspielte. Irgendwann würde sie ihre Präsentation halten müssen, aber sie hatte nicht den Mut, sich freiwillig dafür zu melden ... oder die Erste zu sein. Zum Glück waren die anderen weniger scheu, und einige hoben die Hand. Erleichtert atmete Jane auf, sobald Mr Manetrue einem von ihnen mit einer Geste bedeutete, aufzustehen.

Die Zeit verflog, während die anderen ihre Modelle vorführten und erklärten, doch Jane fiel es schwer, aufmerksam zuzuhören. Viel zu sehr war sie sich der Tatsache bewusst, dass mit jeder abgeschlossenen Präsentation der Zeitpunkt näher rückte, an dem sie an der Reihe war. Sie versuchte sich daran zu erinnern, was sie erzählen wollte. Jedes Mal bereitete sie für diese Sitzungen eine Art Rede vor, die sie auswendig lernte ... und wenn sie dann dran war, hatte sie jedes Mal jedes einzelne Wort vergessen. Diesmal hatten sich die Worte anscheinend sogar noch früher verflüchtigt als sonst. Ihr Hirn war wie leer gefegt.

„Jane?" Die Stimme von Mr Manetrue riss sie aus ihren panischen Gedanken. Sowie sie den Kopf hob, bemerkte sie, dass alle Blicke auf sie gerichtet waren, und augenblicklich rutschte ihr das Herz in die Hose. Jetzt war sie dran.

Jane schluckte nervös, griff nach ihrer Aktentasche und packte sie auf den Tisch. Anschließend erhob sie sich, öffnete sie und begann, ihre Erfindungen herauszuholen. Wie in Trance bemerkte sie, dass ihre Hände zitterten, und wieder einmal wünschte sie sich, sie wäre keine so schlechte Rednerin. Jane schloss die Tasche und hielt dann zwei kleine silberfarbene Kästchen hoch.

„Ich ... ähem ..." Sie brach ab und räusperte sich, danach versuchte sie es aufs Neue. „Im letzten Monat haben wir eine unserer Agentinnen verloren, weil sie gezwungen wurde, sich komplett auszuziehen, ihren Schmuck abzulegen ... und auch ihre Armbanduhr mit dem Peilsender, die im Einsatz zur Standardausrüstung gehört. Später wurde die Frau tot aufgefunden." Jane machte eine kurze Pause und trank nervös einen Schluck

Wasser. Sie zwang sich zu einem schwachen Lächeln und fuhr fort: „Dieser Vorfall hat mich über einen Tracker nachdenken lassen, der unauffindbar ist."

„Und dann bist du auf ein Zigarettenetui gekommen?", fragte Richard grinsend.

„Das ist kein Zigarettenetui." Jane drehte es so, dass er erkennen konnte, wie dick das Kästchen war. „Abgesehen davon ist nicht das Kästchen der Tracker." Sie klappte den Deckel auf, damit alle die langen weißen Gegenstände darin anschauen konnten. „Das hier sind die BTT, die B.L.I.S.S.-Tampon-Tracker."

Jane drehte sich der Magen um, sowie sie die Mienen der anderen bemerkte. Schließlich war es Y, die sie fragte: „Darf ich das so verstehen, dass es sich dabei um richtige Tampons handelt?"

Jane biss sich auf die Unterlippe. Y klang zwar nicht verärgert, allerdings auch nicht sonderlich beeindruckt. „Also, ja. Sie können auch als richtige Tampons verwendet werden. Doch in der Mitte befindet sich ein Peilsender mit einem Radius von ..."

„Aber was ist, wenn die Agentin nicht gerade menstruiert?", erkundigte sich Y ruhig. Richard starrte sie entsetzt an, aber die Leiterin von B.L.I.S.S. wirkte angesichts der Erfindung keineswegs erschüttert, und ihre sachliche Art hatte eine beruhigende Wirkung auf Jane.

„Oh, nun, daran habe ich gedacht. Es gibt eine Sorte mit und eine ohne Gleitmittel." Sie hielt das zweite Kästchen hoch und öffnete es. Darin befanden sich weitere Tampons, die sich von den anderen nur dadurch unterschieden, dass sie gebrochen weiß waren. „Dank des Gleitmittels lassen sie sich leicht einführen und wieder herausziehen. Diese hier dienen ausschließlich Ortungszwecken, während die ohne Gleitmittel saugfähig sind und ..."

„Ich darf doch annehmen, dass das Aufspürgerät wasserdicht verpackt ist?", unterbrach Y sie erneut.

„Ja. Es steckt im Inneren des Tampons und ist fest versiegelt. Das Schaltsystem hat eine geschätzte Lebensdauer von zwei Jahren."

Y nickte und lehnte sich ohne weiteren Kommentar zurück. Niemand sagte etwas. Die meisten der älteren D&C-Mitglieder beäugten die BTT nachdenklich und nickten. Lizzy lächelte Jane aufmunternd zu. Richard ... nun ja, er grinste gemein und wartete offenbar auf eine andere Gelegenheit, über sie herzufallen.

Jane beschloss, ihm keine Chance dazu zu geben und dass sie fürs Erste genug zu dem Thema erzählt hatte. Sie legte die beiden silbernen Kästchen wieder zurück in ihre Aktentasche, atmete tief durch und zog zwei weitere Gegenstände hervor. Dabei handelte es sich zum einen um ein etwa fünfundzwanzig Quadratzentimeter großes flaches Holzbrett, in dem ein langer Kugelschreiber steckte, und zum anderen um eine Banane. Sie stellte das Holzbrett auf die Tischplatte, sodass der Stift nach oben ragte, und spießte die Banane in der Schale darauf auf. Als Nächstes fischte sie mehrere Folienpäckchen aus ihrer Tasche. Die folgende Erfindung hatte sie – mit einer gewissen hämischen Freude – genial gefunden, während sie daran gearbeitet hatte. Doch jetzt, da alle Kollegen sie ansahen, schien sie das Idiotischste zu sein, was sie je konstruiert hatte. Was hatte sie sich nur dabei gedacht?

Gar nichts. Das lag auf der Hand. Kurz entschlossen warf sie die kleinen Päckchen wieder zurück in ihre Aktentasche.

Sowie sie nach der Banane und dem Stiftbrett griff, wollte Y schneidend wissen: „Was haben Sie vor?"

Jane hielt inne und lief rot an. „Ich habe beschlossen, diesen Punkt zu überspringen. Es ist eine ziemlich verrückte Idee, und ich habe mich entschieden, mit etwas anderem weiterzumachen und ..."

„Hier wird nichts übersprungen", erklärte Y bestimmt.

Mr Manetrue nickte. „Selbst wenn sich diese Idee als unbrauchbar erweisen sollte, Jane, kann sie immer noch einem Kollegen oder auch Ihnen selbst als Inspiration dienen. Genau darum geht es bei diesen Meetings, schon vergessen?"

Unglücklich stieß Jane die Luft aus, stellte die aufgespießte Banane wieder auf den Tisch und holte die kleinen Folienpäckchen aus der Tasche. „Diese Idee ... Also, meine Gran hatte mir mal von einer befreundeten Agentin erzählt, die bei einem Einsatz vergewaltigt wurde. Deshalb, nun ja ... ich dachte ..." Ihr Gesicht war feuerrot, und doch blieb ihr nichts anderes übrig, als fortzufahren. Sie straffte die Schultern und platzte heraus: „Also, das hat mich auf das B.L.I.S.S.-Schrumpffolien-Kondom gebracht."

Diesmal war Richard nicht der Einzige, der lachte, allerdings klang es bei den meisten anderen eher wie ein verlegenes Gekicher. Jane versuchte, es zu ignorieren, schritt zu Y und Mr Manetrue hinüber und überreichte beiden je eines der Präservative. Danach kehrte sie an ihren Platz zurück und riss ein weiteres Kondompäckchen auf.

„Wie Sie sehen, besagt die Aufschrift, dass das Kondom eine viagraähnliche Substanz enthält, die Ausdauer, Sensibilität und Vergnügen steigert." Sie sprach undeutlich und wünschte, sie hätte das dumme Verhütungsmittel nie erfunden. „Damit soll es für potenzielle Benutzer attraktiv werden und Zielpersonen verlocken, die sonst vielleicht kein Präservativ benutzen würden."

Sie zog den Latexring aus dem Päckchen und streifte ihn mühsam über die Banane, wobei sie Richards lautes, unkontrolliertes Gelächter ausblendete. „Sobald das Kondom ausgerollt ist, reagiert es auf menschliche Körperflüssigkeiten. Kommt es in Kontakt mit ihnen, zieht es sich zusammen. Ich habe die Banane vorher mit einer Creme bestrichen, die diesen Flüssigkeiten entspricht, und wie Sie erkennen können, reagiert das Kondom ziemlich schnell."

Plötzlich herrschte Stille im Raum. Selbst Richard hatte aufgehört zu lachen. Das Präservativ zog sich um die Banane zusammen und zwang sie, gleichfalls zu schrumpfen. Als die Schale dann tatsächlich platzte und eine breiige Masse am unteren Ende des Kondoms aus der Banane spritzte, verzog er – wie auch die meisten anderen Männer im Raum – das Gesicht und schlug die Beine übereinander.

„Wie Sie sich vorstellen können, dürfte dies jegliches sexuelle Interesse signifikant senken und damit auch die Möglichkeit, dass es zu einer Vergewaltigung kommt."

Zu ihrem großen Erstaunen prustete Y vor Lachen los. Die Frau musterte das Bananenmus, das aus dem nunmehr bleistiftdünnen Kondom gequollen war und sich auf dem Tisch ausbreitete. „Das ist diabolisch", bemerkte sie. „Allerdings ließe es sich wahrscheinlich besser als Folterwerkzeug einsetzen, um Informationen aus Doppelagenten herauszupressen oder Ähnliches. Ich bezweifle, dass sich viele Männer, die auf eine Vergewaltigung sinnen, die Zeit nehmen werden, ein Kondom überzustreifen", gab sie freundlich zu bedenken. „Besteht die Möglichkeit, es aufzuhalten, wenn es einmal aktiviert ist?"

„Ja." Jane holte einen kleinen Glasbehälter mit einer Creme aus ihrer Tasche. „Das hier entspannt das Latex sofort wieder."

Sie öffnete das Glas und strich etwas Creme über das geschrumpfte Präservativ. Wie angekündigt, löste sich das Gummi auf der Stelle von der verschrumpelten Bananenschale.

Zufrieden nickte Y. „Haben Sie noch etwas anderes für uns, Ms Spyrus?"

Jane lächelte erleichtert. Sie wischte die Schweinerei auf, die ihr Experiment hinterlassen hatte, und warf alles in den Papierkorb. Anschließend wandte sie sich ihren beiden letzten Gegenständen zu: den BMRWs.

Wieder wurde sie von Entsetzen gepackt. Als sie die neonrosafarbenen Vibrator-Raketenwerfer erblickte, wurde ihr plötzlich klar, dass jeder einzelne Gegenstand, den sie heute präsentieren wollte, etwas mit Sexualität zu tun hatte. Selbst die Tracking-Tampons hingen mit den Fortpflanzungsorganen zusammen! Sie musste sich fragen, was das zu bedeuten hatte. War sie verzweifelt? Einsam? Es stimmte, dass sie den größten Teil ihrer Zeit allein in ihrer Werkstatt verbrachte. Ein erwähnenswertes Sozialleben hatte sie nicht wirklich. Gelegentlich ging sie mit ihrer Nachbarin Edie mal Kaffee trinken oder Pizza essen und selten genug mit Lizzy zum Lunch. Aber einen Freund hatte sie schon ziemlich lange nicht mehr gehabt. Seit sie die Universität abgeschlossen hatte, schien es keine Zeit mehr dafür zu geben. Wirkte sich ihre verdrängte Libido jetzt etwa auf ihre Erfindungen aus?

Gleich nach ihrer Promotion hatte Jane angefangen, bei B.L.I.S.S. zu arbeiten. Während der ersten zwei Jahre hatte sie viele Überstunden geschoben, um sich zu beweisen. Die meiste Zeit war sie allein in ihrer Werkstatt in der D&C gewesen oder hatte sich nachts und an den Wochenenden in dem Arbeitszimmer aufgehalten, das sie sich in ihrer Wohnung eingerichtet hatte. Auf diese Weise war es nicht nötig gewesen, für Gran eine Nachtschwester zu organisieren, und Jane konnte dennoch weiter an ihren Erfindungen tüfteln. Inzwischen ging es ihr längst nicht mehr darum, jemanden zu beeindrucken. Es machte ihr einfach Spaß, so zu leben. Jane hatte eine Leidenschaft für ihren Job entwickelt und eigentlich gar kein Bedürfnis nach weiterer Gesellschaft ... und schon gar nicht, wenn die das emotionale Chaos einer Mann-Frau-Beziehung mit sich brachte.

Bewusst hatte sie sich dafür allerdings nicht entschieden. Aber jetzt, während sie dort stand und den Inhalt ihrer Aktentasche anstarrte, kam Jane der Verdacht, dass sie sich vielleicht tief in ihrem Inneren auch noch nach etwas anderem sehnte. Und dieses Etwas hatte vielleicht mit Gefühlen zu tun, ziemlich eindeutig aber mit Sex.

„Jane?", half Ira Manetrue ihr auf die Sprünge, und erst da merkte sie, dass sie schon furchtbar lange schweigend dort stand und über die Möglichkeit sinnierte, dass sie ... nun ja ... im Grunde ging es darum, dass sie Sex brauchte.

Seufzend schob sie ihre Sorgen beiseite und zog einen der BMRW aus der Tasche. Die Unruhe, die sich im Raum ausgebreitet hatte, fand augenblicklich ein Ende. Jane ignorierte die plötzliche Stille und trug ihre Erfindung ans obere Ende des Tischs, wo sie sie Y überreichte.

„Allmächtiger." Die Frau betrachtete das Objekt von allen Seiten. „Ich wage kaum zu fragen, was es ist."

„Ein Mikrofon!", rief Richard lachend. Nachdem Jane an ihren Platz zurückgekehrt war und sich den zweiten BMRW gegriffen hatte, fügte er hinzu: „Zumindest schien sie das Ding entsprechend zu benutzen, während ich bei ihr hereinschaute, um sie an die heutige Sitzung zu erinnern, damit sie sich nicht schon wieder verspätet."

Zähneknirschend drehte Jane den Vibrator in ihren Händen.

„Wohlgemerkt", fuhr Richard fort, „sie hat gemeint, dass sie dabei sei, ihn zu *testen*. Doch vielleicht hat sie ihn ja auch aus einem völlig anderen Grund vor den Mund gehalten." Anzüglich wackelte er mit den Augenbrauen.

„Das ist der B.L.I.S.S.-Mini-Raketenwerfer", verkündete Jane. Sie zwang sich, ruhiger zu sprechen, und fuhr fort: „Er scheint nichts weiter zu sein als ein ganz gewöhnlicher Vibrator."

„Die sind also gewöhnlich neonrosafarben, Jane?", mischte Richard sich erneut ein. „Und so groß?"

Janes Finger schlossen sich fester um ihre Erfindung, wobei sie aus Versehen den Schalter betätigte. Der Zylinder begann zu brummen. Erschrocken ließ sie den Vibrator fallen, konnte ihn allerdings zum Glück auffangen, bevor er auf der Tischplatte aufschlug. Kaum dass Richard schallend loslachte, breitete sich das Rot auf ihren Wangen noch weiter aus und sie probierte, das Gerät wieder auszuschalten. Dabei drückte sie in ihrer Aufregung unglücklicherweise den Schalter ganz nach unten, anstatt ihn zu kippen. Zu ihrem großen Entsetzen tat der BMRW einen Ruck in ihrer Hand.

Und die Rakete schoss heraus.

2. KAPITEL

Sie segelte direkt über Richards Kopf hinweg, wobei der Luftzug seine Haare genau in der Mitte teilte.
Es klirrte, als die Rakete hinter ihm durchs Fenster schoss, aber im Vergleich zu dem anschließenden lauten Knall war das kaum zu hören. Jane blieb wie angewurzelt stehen und hielt die Luft an. Mr Manetrue erhob sich und ging gelassen zum Fenster, um hinauszuschauen. Im Geiste sah Jane schon zahlreiche Leichen, die überall hinter dem Gebäude verstreut auf dem Boden lagen.

„Guter Schuss, Jane. Sie haben genau in die Grube getroffen, in der wir die Explosionstests durchführen", verkündete Manetrue, drehte sich wieder um und schaute sie neugierig an. „Das ist offensichtlich kein Mikrofon, und es verfügt über ein ausgezeichnetes Zielsystem."

In Jane breitete sich Erleichterung aus. Ihr Herz begann wieder zu schlagen und ließ das Blut durch ihre Venen strömen. Sie konnte sogar wieder atmen.

Niemand war verletzt. Gott sei Dank!

„Nein. Kein Mikrofon", bestätigte Y trocken.

Jane sah, wie die Chefin von B.L.I.S.S. den anderen neonrosafarbenen BMRW nun in der Hand hielt, als rechnete sie damit, dass er jeden Augenblick explodieren könnte. Jane verzog das Gesicht und beeilte sich, ihn ihr abzunehmen.

Kommentarlos überließ Y ihr das Gerät, und schweigend kehrte Jane zu ihrem Stuhl zurück. Dankbar registrierte sie Lizzys mitfühlenden Blick. Heute ist einfach nicht mein Tag, dachte sie. Obwohl, wenn man es aus einer anderen Perspektive betrachtete, *war* es vielleicht doch ihr Tag. Niemand war verletzt worden, als der BMRW die Fehlzündung hatte. Und es war zweifellos eine Fehlzündung. Sie hatte eine Sicherung eingebaut, die hätte verhindern müssen, dass er unter solchen Umständen losschoss.

Jane ließ den Blick über den Tisch zu Richard wandern, dem das Grinsen vergangen war. Er war ganz still geworden und sah blass aus.

So hatte alles auch seine guten Seiten.

„Fahren Sie fort, Jane. Erklären Sie uns Ihre Erfindung", schlug Mr Manetrue vor und ging wieder an seinen Platz zurück. Es schien ihn nicht im Geringsten zu beunruhigen, dass sie beinahe einem ihrer Kollegen den Kopf abgerissen und ein Loch ins Fenster geschossen hatte. Diese Rakete hätte sie alle umbringen können, trotzdem schien er sich ein Lächeln zu verkneifen.

„Äh ... ja, Sir." Sie räusperte sich und hielt den unbenutzten Raketenwerfer in die Höhe. „Der ... äh ... B.L.I.S.S.-Mini-Raketenwerfer hat ein absolut harmloses Erscheinungsbild und lässt sich ohne Weiteres im Gepäck in fremde Länder transportieren. Da er größtenteils aus Polymerschaum besteht, wird er am Flughafen keinen Alarm auslösen. Selbst wenn er bei einer von Hand durchgeführten Gepäckdurchsuchung gefunden wird, dürfte er kaum Besorgnis erregen. Tatsächlich wird es den meisten Menschen viel zu peinlich sein, genauer hinzuschauen. Aber falls doch, lässt sich lediglich feststellen, dass es ein funktionierender Vibrator ist." Sie hatte sich an die Rede erinnert, die sie vorbereitet hatte, war ihr gefolgt und wollte gerade den BMRW anstellen, als sie aus dem Augenwinkel eine Bewegung wahrnahm, die sie zögern ließ.

Richard war endlich aus seiner Erstarrung aufgeschreckt und hatte sich unter dem Tisch aus der Schusslinie der Rakete gebracht, die sie unbedacht in seine Richtung hielt. Jane biss sich auf die Lippen. Ein Teil von ihr wollte über diesen unausstehlichen Schwachkopf lächeln, der auf diese Weise auf den Knien landete. Der größere, bessere Teil von ihr fühlte sich allerdings leicht schuldig.

„Äh ... ich schätze, das müssen Sie nicht noch einmal sehen", bemerkte sie leise und sah zu Mr Manetrue und Y hinüber. „Ich hatte allerdings eine Sicherheitsvorkehrung eingebaut. Eigentlich sollte keine Zündung erfolgen, solange man nicht das untere und obere Teil des Geräts in entgegengesetzte Richtungen dreht und dann erst auf den Knopf drückt. Dieser Sicherheitsmechanismus muss versagt haben."

„Sie hatten an Sockel und Spitze gedreht, während Sie gesprochen haben", bemerkte Y freundlich. „Aber das bedeutet lediglich, dass ein etwas komplizierterer Sicherheitsmechanismus gefunden werden muss. Ansonsten ist es eine ausgezeichnete Idee."

„Ja, ja." Ira Manetrue wirkte begeistert. „Es wird uns Probleme mit dem Zoll ersparen, vor allem bei Ländern, die sich weigern, mit uns zu kooperieren."

„Beim nächsten Meeting erwarte ich von Ihnen einige Ideen zu neuen Sicherheitslösungen, Jane. Und ich möchte auch, dass Sie sich mit mir über das endgültige Design beraten. Nun, wenn das jetzt alles ist, nehme ich an, dass wir uns vertagen können."

Um sich zu vergewissern, dass niemand mehr etwas zu sagen hatte, wartete Y einen Augenblick, stand dann auf und verließ den Raum. Mr Manetrue folgte ihr. Sowie sich die Tür hinter den beiden geschlossen hatte, herrschte allgemeine Geschäftigkeit. Alle packten gleichzeitig ihre Sachen zusammen und machten sich bereit zu gehen.

Jane holte tief Luft und schüttelte den Kopf, vor allem aus Erleichterung darüber, dass sie wieder einmal eine der monatlichen Präsentationen überstanden hatte. Dann öffnete sie die Aktentasche und legte ihre BMRW – verbraucht und unverbraucht – hinein.

„Also, ich finde, es ist gut gelaufen", sagte Lizzy munter, als sie aufstand.

„Haha", murmelte Jane.

Ihre Freundin grinste. „Nein. Im Ernst. Du hattest zwar ein Problemchen mit dem Ding da, diesem BM-was-auch-immer."

„BMRW", erklärte Jane und schlüpfte in ihren Mantel. „Und wenn man einem Kollegen fast den Kopf abreißt, ist das wohl kaum ein Problemchen zu nennen."

„Wenn's um Dick geht, schon."

Jane blickte zu dem leeren Platz am Tisch, an dem Richard gesessen hatte. „Ist er schon gegangen?", fragte sie hoffnungsvoll. Sie hatte zwar das Gefühl, sich bei ihm entschuldigen zu müssen, hätte aber nichts dagegen gehabt, wenn er schon weg gewesen wäre.

„Ich glaube, er hockt noch immer unter dem Tisch. In Embryonalstellung mit dem Daumen im Mund."

Jane klappte der Mund auf, und rasch bückte sie sich, um unter dem Tisch nachzuschauen. Richard war nicht dort.

„Janie, Schätzchen, du bist so leichtgläubig!" Lizzy lachte gutmütig.

Jane richtete sich wieder auf, verzog das Gesicht und ließ ihre Tasche zuschnappen. „Das gehört zu meinem Charme."

„Ja, stimmt." Lizzy grinste. „Hast du Lust, unterwegs noch irgendwo etwas trinken zu gehen? Vielleicht auch auf eine Pizza?" Sie gingen zur Tür.

„Ich kann nicht. Jill muss heute früher weg, um ihre Tochter am Bahnhof abzuholen. Die schwänzt ihre Freitagskurse an der Uni, um das Wochenende bei ihrer Familie verbringen zu können. Ich muss sofort nach Hause." Jill war die Frau, die sich um Janes Gran kümmerte, und Jane war der Meinung, dass sie mit Gold nicht aufzuwiegen war. Sie arbeitete hart und war immer pünktlich. Sie war nie krank, und was noch wichtiger war, sie konnte mit Janes Großmutter umgehen. Und das war nicht leicht, denn Maggie Spyrus konnte störrischer als ein Esel sein.

Jane warf einen Blick auf ihre Armbanduhr und runzelte die Stirn. „Ich sollte mich lieber beeilen. Der Zug ihrer Tochter kommt um siebzehn Uhr dreißig an, und es ist schon fünf." Sie machte ein langes Gesicht. „Klar, dass ausgerechnet diese Sitzung eine Ewigkeit dauern musste."

„Mhm." Lizzy nickte. „So ist das meistens. Es wäre schneller gegangen, wenn Lipschitz nicht eine Stunde lang über seinen Knock-out-Lippenstift geschwafelt hätte."

„Knock-out-Lippenstift?", fragte Jane. Sie gingen über den Flur. Jane hatte bei der Präsentation ihres Kollegen nicht aufgepasst. Genauso wenig wie bei allen anderen. Wegen ihrer Hemmungen, vor Publikum zu reden, musste sie sich unbedingt mal professionellen Rat holen.

„Ja." Lizzy zog eine kleine Röhre aus der Tasche und reichte sie ihr. „Das ist der Prototyp. Er hat ein paar davon herumgereicht. Wir sollten ihn wieder zurückgeben, aber als er sich setzte und du deine Aktentasche aufgemacht hast, habe ich es vergessen. Ich konnte es nicht fassen, als du diese Vibratoren hervorgeholt hast." Sie schüttelte den Kopf und lachte.

Jane lächelte leicht, nahm das Musterstück und schaffte es, mit einer Hand die Kappe abzuziehen. Die Farbe war ein leuchtendes Rot. Der Traum eines jeden Mannes, vermutete sie. „Wie funktioniert er?"

„Am anderen Ende befindet sich ein farbloser Stift. Den trägt man auf wie eine Grundierung, und die Farbe kommt obendrauf. Küss einen Mann, und paff!" Sie schnippte mit Daumen und Zeigefinger. „Laut Lipschitz ist er kaltgestellt, und dir geht es gut."

Jane zog die Augenbrauen zusammen. „Ich frage mich, ob er ihn selbst ausprobiert hat … Und wenn ja, ob er dann der Küsser oder der Geküsste war."

„Lieber Himmel, ich hoffe, er war der Geküsste! Lipschitz mit Lippenstift ist einfach etwas, was ich mir nicht vorstellen will."

Jane lachte. Sie verschloss das farbige Ende des Lippenstifts, drehte ihn um und öffnete die andere Seite. Interessiert betrachtete sie das farblose, glänzende Röhrchen darunter. „Ist diese Grundierung ein Gegengift, oder verhindert sie nur, dass die Droge mit der Haut der Trägerin in Kontakt kommt?"

„Ich bin mir nicht sicher. Diesen Teil seiner extrem langen Erklärung habe ich nicht mitbekommen. Nach den ersten fünfzehn Minuten habe ich quasi abgeschaltet." Schulterzuckend wechselte Lizzy das Thema. „Wer kümmert sich denn morgen um deine Großmutter, wenn Jills Tochter zu Hause ist?"

„Das übernehme ich", antwortete Jane, ohne ein langes Gesicht zu machen. „Ich habe mir morgen freigenommen."

„Freigenommen?" Lizzy lächelte. „Dass ich nicht lache! Du meinst, du wirst zu Hause arbeiten. Wie immer."

„Ja, also …"

„Lizzy!" Sie blieben beide stehen und sahen sich um. Joan Higate, eine der drei Sekretärinnen, die in der D&C arbeiteten, lief ihnen über den Flur hinterher. „Da ist ein Anruf für dich. Ein Mr Armstrong."

„Verdammt. Das Gespräch muss ich annehmen", meinte Lizzy. „Also, ich ruf dich am Wochenende mal an." Sie drehte sich um und lief zurück zu den Telefonen.

„Oh, warte! Der Lippenstift." Jane wollte ihrer Freundin schon nachlaufen, blieb jedoch stehen, als Lizzy abwinkte und ihr zu verstehen gab, dass sie sich deshalb keine Sorgen machen sollte.

Achselzuckend wandte Jane sich wieder dem Ausgang zu, schob die Kappe auf den Lippenstift zurück und steckte ihn in die Tasche. Sie würde ihn am Montag zurückgeben. Jetzt musste sie wirklich nach Hause. Das Letzte, was Jane wollte, war, Jill zu verärgern. Wer sollte sich sonst um ihre Gran kümmern?

Noch sechs Jahre zuvor war Maggie Spyrus eine aktive Agentin mit messerscharfem Verstand gewesen. Und dann war ein Einsatz schiefgelaufen, nach vierundfünfzig Jahren im Geschäft und ein Jahr, bevor sie sich zur Ruhe setzen wollte. Sie hatte eine Anfängerin ausgebildet, die einen schrecklichen Fehler gemacht hatte. Ein Fehler, der das Mädchen das Leben gekostet und Maggie an den Rollstuhl gefesselt hatte. Diesen Schicksalsschlag hatte Maggie nicht gut verkraftet. Sie vermisste die Action und die Abenteuer, die ihr ehemaliger Job mit sich gebracht hatte. Sie vermisste es, Kopf und Körper gleichermaßen einzusetzen. Und sie geriet durch ihre Behinderung immer wieder in schwierige Situationen, bis endlich Jill in ihr Leben trat.

Jill war die sechste Pflegerin, die Maggie Spyrus in dem ersten Jahr nach dem Unglück gehabt hatte, und sie war die letzte geblieben. Irgendwann einmal hatte sie Jane das Geheimnis ihres Erfolges verraten: Jill verbarg jedes Mitgefühl, das sie für die alte Dame empfand. Wenn sich die ehemalige Agentin schlecht benahm, warf sie ihr vor, eine böse alte Hexe zu sein, die sich nur selbst bemitleidete. Und das war offenbar, was Gran brauchte.

Sie wollte kein Mitleid oder behandelt werden wie ein seniler Krüppel. Von daher war Jills Haltung ihr gegenüber einfach perfekt. Gleichzeitig stellte sich Gran den Anforderungen, die Jill an sie hatte. Sie erwartete von Gran, dass sie sich bemühte, soweit es ihr möglich war, und dass sie sich gut benahm. Und für Jill war Gran bereit, das zu tun.

Am Ende des Flurs blieb Jane vor einer Tür stehen, tippte einen Code in die Tastatur, legte den Daumen auf eine andere Taste, die ihren Abdruck scannte, und drückte ein Auge an den Retina-Scanner. Es folgte ein Summen, und die Tür sprang auf. Sofort stieß Jane sie ganz auf und betrat eine kleine Lobby, die in einem angenehmen Blau gestrichen war. Der Raum war vielleicht sechs Meter breit, und an der gegenüberliegenden Wand befanden sich drei Fahrstühle. Zu beiden Seiten standen kleine Tresen, hinter ihnen jeweils ein Mann vom Sicherheitsdienst.

Lächelnd erwiderte Jane ihren Gruß mit einem Winken. Als sie das kurze Stück zum ersten der drei Fahrstühle zurückgelegt hatte, glitten die Türen, die einer der Wachleute bediente, auf.

Jane betrat den Fahrstuhl. Seine Benutzung war ausschließlich den Mitarbeitern der D&C vorbehalten. Die beiden anderen Aufzüge führten in die höher gelegenen Stockwerke und Abteilungen des B.L.I.S.S.-Gebäudes. Der erste Fahrstuhl fuhr ausschließlich ins erste oder zweite Kellergeschoss, wo die wirklich interessanten und gefährlicheren Experimente durchgeführt wurden. Von daher waren die Sicherheitsvorkehrungen sehr streng.

Hinter Jane fuhren die Türen klickend zusammen und schlossen sie in der spiegelgetäfelten Fahrstuhlkabine ein. Es dauerte einen Moment, in dem sie durchleuchtet und das, was sie bei sich trug, protokolliert wurde. Dann ging es nach unten, und schon glitten die Türen wieder auseinander.

Jane trat hinaus und durchquerte die große Eingangshalle, in der es von B.L.I.S.S.-Mitarbeitern wimmelte. Sie schob sich durch die Drehtür am Haupteingang nach draußen und eilte über den asphaltierten Gehweg. Als sie an dem großen Schild „Tots

Toy Development" vorbeikam, musste sie lachen. Es war eine Attrappe. Eine Tarnung. In diesem Gebäude gab es sehr wenig, was mit Kindern zu tun hatte, es sei denn, man hielt Waffen im Kampf gegen Terroristen oder feindliche Agenten für interessantes Kinderspielzeug.

Sie freute sich über den Anblick ihres kleinen weißen Miata-Sportwagens, öffnete die Tür, warf ihre Aktentasche hinein und glitt hinters Lenkrad.

Als sie im Rückspiegel einen kurzen Blick auf ihr Gesicht warf, schnitt sie eine Grimasse. Von dem leichten Gesichtspuder und dem rosafarbenen Lippenstift, die sie am Morgen aufgetragen hatte, war längst nichts mehr zu sehen, und große grüne Augen sahen ihr entgegen. Ihre langen rotbraunen Haare, wie üblich zu einem Pferdeschwanz zurückgebunden, ließen sie einige Jahre jünger wirken als achtundzwanzig. Irgendwann würde sie wahrscheinlich genauso alt aussehen, wie sie war. Aber dann würde sie es sich vermutlich nicht mehr wünschen, wie sie es jetzt noch tat.

Jane sah kurz zu dem Cabrioverdeck hoch und überlegte, ob sie es runterlassen sollte. Es war zwar November, aber für die Jahreszeit war das Wetter ungewöhnlich freundlich, und es machte ihr Spaß, mit offenem Dach zu fahren. Allerdings war es schon relativ spät, und manchmal funktionierte die Entriegelung nicht richtig. Also ließ sie nur das Fenster herunter, schnallte sich an und startete den Motor. Sie stellte sich vor, Rennfahrerin zu sein, legte den Gang ein und fuhr vom Parkplatz.

Die Fahrt vom B.L.I.S.S.-Gebäude bis zu der Wohnung, die sie sich mit ihrer Großmutter teilte, dauerte normalerweise etwa zwanzig Minuten. Heute schaffte sie es in sechzehn. Sie schnappte sich ihre Aktentasche, stieg aus dem Wagen und lief in das Gebäude, das wie ein rechtwinkliges C angelegt war. Jane und ihre Großmutter wohnten im ersten Stock auf der rechten Seite. Von der Wohnung aus konnte man auf die Straße sehen, deshalb überraschte es sie nicht, Jill im Mantel an der offenen Tür anzutreffen.

„Tut mir leid", entschuldigte sich Jane, während sie auf sie zulief. „Ich wollte eher hier sein, aber das Meeting hat länger gedauert als sonst."

„Ist schon in Ordnung. Ich habe Sie kommen gesehen und mich schon mal fertig gemacht", erklärte die schlanke, brünette Frau um die fünfzig. Sie hielt ihr die Wohnungstür auf, sodass Jane ihren Schlüssel nicht brauchte. „Ich werde rechtzeitig dort sein."

Erleichtert seufzte Jane auf. „Gut. Danke, Jill. Wir sehen uns Montag." Mit einer Hand hielt nun sie die Tür auf und sah Jill hinterher, die über den Flur eilte. Sie trat ein, stieß die Tür hinter sich zu, ließ ihre Aktentasche fallen, um die Tür abzuschließen, und zog sich ihren Mantel aus.

„Janie?"

„Ja, Gran, ich bin's. Ich komme gleich." Sie hängte den Mantel an den Haken neben der Tür, hob ihre Tasche auf und ging ins Wohnzimmer.

Maggie Spyrus, die mit ihren siebzig Jahren noch immer fantastisch aussah, lächelte ihr entgegen, als sie hereinkam. „Wie ist das Meeting gelaufen, Liebes?"

„Abgesehen davon, dass ich meinen BMRW gezündet habe und Dick beinahe den Kopf abgerissen hätte, glaube ich, dass es ziemlich gut war."

Grans Augenbrauen schossen nach oben. „Du hast den BMRW ... Was hat Y dazu gesagt?"

„Nichts davon, dass ich Dick damit fast umgebracht hätte. Doch sie hat gesagt, dass sie den BMRW genial findet."

„Genial? Meine Güte!" Gran staunte. „Bei ihr ist das ein großes Lob."

„Ja, und die Schrumpffolien-Kondome fand sie diabolisch. Sie meinte aber, dass sie eher dafür geeignet wären, feindliche Spione zu foltern. Zu den Tampon-Trackern hat sie nicht viel gesagt ... aber sie hat mir einige Fragen dazu gestellt."

„Dann gefallen sie ihr", stellte Gran zufrieden fest. Gedankenverloren streichelte sie den kleinen weißen Yorkshireterrier auf ihrem Schoß.

Jane zuckte nur mit den Schultern. Jetzt, da sie zu Hause war, überfiel sie die Müdigkeit. Der Stress des Tages lag hinter ihr. Jetzt wollte sie mit ihrer Großmutter nur noch etwas Leichtes zu Abend essen und dann vielleicht einen Film anschauen. Morgen würde sie anfangen, sich über eine neue Sicherungsvorkehrung für den BMRW Gedanken zu machen. „Wie war dein Tag?"

„Oh, nun ja ... ich bin zwar nicht gestorben, aber wir können immer noch auf morgen hoffen."

„Ja", stimmte Jane ihr lächelnd zu. „Ich gehe mal und ziehe mir etwas Bequemeres an. Dann kümmre ich mich ums Abendessen." Es war der beste Weg, mit Grans Depressionen umzugehen, wenn man sie so gut es ging ignorierte.

„Jill hat eine leckere Lasagne gemacht und dazu Salat. Sie hat gesagt, dass sie alles in den Kühlschrank stellt und die Lasagne nur fünfzehn Minuten bei mittlerer Hitze in den Ofen soll, um warm zu werden."

„Jill ist ein Goldstück. Bin gleich wieder da."

Sie ließ ihre Gran, die sich die Gerichtsshow „Judge Judy" ansah, allein und ging durch die Diele ins Badezimmer. Erst als sie es betrat, fiel ihr auf, dass sie noch immer die Aktentasche in der Hand hielt. Sie verdrehte die Augen, stellte die Tasche auf die Ablage neben dem Waschbecken und begann, die Taschen ihres Blazers zu leeren. Ein kleiner Schraubenzieher, ein Bleistiftstumpf, ein Kuli, Kleenex und ein Stück zusammengeknüllte Plastikfolie von der Verpackung ihres Mittagessens kamen zum Vorschein. Als Letztes hielt sie Lipschitz' Lippenstift in der Hand. Beim Anblick des schlichten silberfarbenen Röhrchens runzelte sie die Stirn, öffnete den Schnappverschluss ihrer Aktentasche und warf den Lippenstift hinein. Sie durfte nicht vergessen, ihn Montag wieder mit zur Arbeit zu nehmen.

Nachdem sie ihre Jackentaschen ausgeräumt hatte, schlüpfte Jane schnell aus ihren Kleidern, zog das elastische Haarband aus den Haaren und stellte die Dusche an. Sie regelte die Wassertemperatur und trat seufzend unter die Brause. Eine Weile blieb sie einfach unter dem pulsierenden Wasserstrahl stehen und genoss das prasselnde Gefühl auf ihrer Haut. Schließlich griff sie nach Shampoo und Seife.

Einige Zeit später stellte sie das Wasser ab und nahm sich zwei Handtücher von der Ablage. Das erste wickelte sie wie einen Turban um ihre langen Haare und trocknete sich dann rasch mit dem zweiten ab. Erst als sie auf die Fußmatte trat, fiel ihr ein, dass sie sich gar nichts zum Umziehen mitgenommen hatte.

Also hüllte sie sich in das Handtuch, mit dem sie sich abgetrocknet hatte, hob ihre getragenen Sachen auf und wandte sich zur Tür. Unglücklicherweise blieb ihre Blazerjacke an der offen stehenden Aktentasche hängen und ließ diese krachend auf den Boden fallen, wobei sich der gesamte Inhalt auf den Marmorfliesen verteilte. Entsetzt starrte Jane auf das Chaos, das sie angerichtet hatte, während ihr einer der Tracker vor die Füße kullerte. Das silberne Kästchen, in dem sie gelegen hatten, war bei dem Aufprall aufgesprungen. Es lagen nur noch zwei Stück darin, die anderen waren überall auf dem Boden verstreut.

Jane bückte sich, um sie aufzuheben, entschloss sich aber im nächsten Moment dagegen. Sie war nackt, fror und hatte Hunger. Das Durcheinander konnte warten.

Sie verließ ein dampfendes Bad und eilte in ihr Zimmer, wo sie das Handtuch fallen ließ. In der Schublade fand sie eine saubere Jogginghose, in die sie hineinschlüpfte, und ein Sweatshirt.

„Jane?"

„Ich komme, Gran!", rief Jane zurück, schob den Kopf durch das Sweatshirt und zog es nach unten, während sie bereits über die Diele ins Wohnzimmer lief. „Gibt es ein Problem?"

„Tinkle muss Gassi gehen, Liebes."

Resigniert sah Jane sich den Hund an. Das Tierchen winselte und drehte sich auf Grans Schoß im Kreis – ein sicheres Signal, dass es sich erleichtern musste.

„Ich weiß nicht, was mit dem dummen Tier los ist", sagte Gran beunruhigt. „Jill ist erst vor einer Stunde mit ihr draußen gewesen, damit sie ihr Geschäft erledigen kann. Ich hoffe, sie hat keine Blaseninfektion."

„Ich bin mir sicher, dass es ihr gut geht, Gran", meinte Jane. Sie seufzte, denn wenn sie ehrlich war, hatte sie den Verdacht, dass der Hund in Wirklichkeit gar nicht rausmusste. Das kleine Biest wollte sie einfach nur ärgern. Tinkle schien das besondere Talent zu besitzen, immer dann zu müssen, wenn Jane gerade unter der Dusche stand oder mit einer wichtigen Sache beschäftigt war. Mit ihren langen weißen Haaren und der rosa Schleife mochte Tinkle zwar reizend aussehen, aber Jane war überzeugt, dass sich hinter der niedlichen Erscheinung eine böse Seele verbarg.

Natürlich konnte sie Gran nichts davon sagen. Die Frau liebte ihre „kleine Tinkle" über alles. In ihren Augen war der Hund der reinste Engel, und natürlich benahm er sich in ihrer Gegenwart meistens auch sehr gut. Tinkle hob sich ihre Unarten für die Gelegenheiten auf, wenn sie mit Jane oder Jill draußen war.

„Armes Baby", sagte Gran leise, während das Winseln des Hundes immer lauter wurde. Mit einem entschuldigenden Blick sah sie Jane an. „Könntest du vielleicht, Liebes?"

„Natürlich, ich hole nur schnell die Leine."

„Danke."

Jane machte einen Umweg durch die Küche, um den Ofen anzustellen, dann holte sie Tinkles Leine aus der Diele und brachte sie ihrer Großmutter, die sie dem Hund anlegte. Erst dann hob Jane Tinkle auf, wobei sie darauf achtete, der Schnauze nicht zu nahe zu kommen, denn es war gut möglich, dass das kleine Biest biss. Sie trug es in die Küche, setzte es auf den Boden, hängte die Leine an die Türklinke, ging zum Kühlschrank und holte die Lasagne heraus, die Jill vorbereitet hatte.

„Was machst du denn, Liebes?", rief Gran, als sich Tinkles Winseln wegen der Verzögerung in einen lautstarken Protest steigerte.

„Ich schiebe nur die Lasagne in den Ofen, Gran. Dann ist sie fertig, wenn wir zurückkommen." Jane entfernte die Plastikfolie, mit der Jill die Pasta abgedeckt hatte, und ließ ihren Worten Taten folgen, indem sie sie in den Ofen schob.

„So, das hätten wir. Wir sind gleich wieder da", kündigte sie dann an und streckte Tinkle die Zunge heraus. Sie nahm die Leine von der Türklinke und folgte dem kleinen Monster zur Wohnungstür. Als sie die Tür aufmachte, stand ihre Nachbarin Edie Andretti auf der Schwelle und hatte bereits die Hand gehoben, um anzuklopfen.

„Oh, Jane! Heute Abend habe ich eine wichtige Verabredung und bin nur gekommen, um zu fragen, ob du mir vielleicht …"

„Ist das Edie?", wurde sie von Gran aus dem Wohnzimmer unterbrochen.

„Ja, Gran", rief Jane zurück und warf Tinkle einen bösen Blick zu, die im Kreis um sie herumlief und sie in die Leine wickelte.

„Kommen Sie rein, Edie, Liebes. Jane wird in einer Minute wieder da sein!", rief Gran. „Sie können mir Gesellschaft leisten."

„Oh, ich kann nicht lange bleiben, Mrs Spyrus", erwiderte Edie und ging an Jane vorbei in die Wohnung. „Ich habe ein Date. Tatsächlich wird er mich in zehn Minuten abholen. Ich wollte mir nur ein paar Sachen von Jane leihen."

„Meine Güte!", rief Maggie Spyrus. „Dann ist das wohl eine ganz heiße Verabredung, was? Und das an einem Donnerstagabend? Sie müssen mir unbedingt davon erzählen."

„Okay", stimmte die jüngere Frau zu und drehte sich wieder zu Jane um. „Kann ich …"

„Nimm dir, was du willst. Du weißt, wo alles ist", antwortete Jane abgelenkt, während sie versuchte, sich von der Hundeleine zu befreien. Als sie es schließlich geschafft hatte, wollte sie durch die Tür gehen … nur um abrupt wieder stehen zu bleiben, als ihr Kopf zurückgerissen wurde. Erschrocken fuhr sie zu Edie herum, die grinsend ein feuchtes Handtuch in der Hand hielt.

„Verdammt", stieß Jane sauer über ihre eigene Vergesslichkeit hervor. Sie hob die Hände und strich ihre wirren, nassen Haare mit den Fingern zurück, damit sie etwas weniger wild aussahen. „Geh schon rein. Ich komme so schnell wie möglich zurück. Wenn du wegmusst, bevor ich wieder da bin, such dir einfach aus, was du brauchst. Aber ich erwarte von dir, dass ich morgen alle Einzelheiten über dein Date zu hören bekomme."

„Das wirst du." Grinsend schloss Edie die Tür hinter sich.

„Komm, Tinkle", sagte Jane mürrisch und ging zum Fahrstuhl. Es überraschte sie nicht im Geringsten, dass das Biest nicht laufen wollte, sondern sich im Flur hinsetzte und anfing zu jaulen. Seufzend hob Jane den Yorkie auf und trug ihn zum Fahrstuhl. Tinkles Verhalten war ein sicherer Hinweis darauf, dass Jane nicht zurückkehren würde, bevor Edie gehen musste. Vermutlich könnte sie von Glück reden, wenn sie wieder da war, bevor die Lasagne anbrannte.

Wie erwartet war Edie gegangen, als Jane zurückkam. Die Lasagne war länger im Ofen gewesen als die empfohlenen fünfzehn Minuten, war allerdings noch genießbar. Jane und ihre Großmutter aßen zusammen und sahen sich anschließend einen alten James-Bond-Streifen an. Es war elf geworden, bis er zu Ende war und Jane dafür sorgte, dass Gran und Tinkle ins Bett gehen konnten.

Anschließend war sie selbst ziemlich schläfrig. Als sie in ihr Badezimmer kam, hielt sie beim Anblick ihrer Aktentasche inne, die nun wieder auf dem Tresen stand, der gesamte Inhalt ordentlich eingeräumt. Hatte sie sie nicht versehentlich auf den Boden geworfen und dann alles liegen lassen, um sich später darum zu kümmern?

Jane ging zu der Tasche und schaute hinein. Offensichtlich hatte sich Edie die Mühe gemacht, alles wieder einzuräumen. Das war zwar sehr nett, aber gleichzeitig fragte sich Jane, warum Edie überhaupt im Badezimmer gewesen war. Ihre Nachbarin war eine gute Freundin, aber im Allgemeinen borgte sie sich eher Kleidung oder Schmuck als etwas aus dem Bad. Nun ja, eigentlich war es vor allem Schmuck, den sie sich auslieh, denn Janes Garderobe war nicht gerade umwerfend. Sie bestand weitgehend aus Businesskleidung und Jogginganzügen und wies einen bedauerlichen Mangel an hautengen sexy Sachen auf, die man zu einem Date tragen würde. Aber ganz gleich, für welche Art von Klamotten oder Schmuck Edie sich interessiert haben mochte, mit Sicherheit war beides nicht im Badezimmer zu finden.

Jane sah sich den Inhalt ihrer Aktentasche noch einmal genauer an. Alles schien vorhanden zu sein – der BMRW, der abgeschossene BMRW, die Schrumpffolien-Kondome. Jane zählte sie durch, denn für einen Augenblick graute ihr davor, dass ihre Nachbarin sich eins davon ausgeliehen haben könnte. Wäre doch mal ein interessantes Date, oder nicht? dachte sie verzagt. Aber die kleinen Folienpäckchen waren allesamt vorhanden. Selbst der Knock-out-Lippenstift war noch da. Dankbar und erleichtert atmete Jane auf.

Schon wollte sie die Aktentasche schließen, als sie sah, was fehlte. Da war nur noch ein Silberkästchen mit Personen-Trackern – die gleitfähigen, wie sie feststellte, als sie den kleinen Behälter öffnete. Sie stellte ihn auf den Tresen und durchsuchte noch einmal den Inhalt ihrer Aktentasche, nur um ganz sicher zu sein.

Das Kästchen mit den saugfähigen Tampons blieb verschwunden.

Jane hob den Kopf, um einen Blick in den Spiegel zu werfen, und erst jetzt bemerkte sie den Post-it-Zettel, der am Glas klebte. Er war orange und stammte offensichtlich von dem Block in ihrer Aktentasche.

Liebe Jane,
ich hab mir ein paar Tampons geliehen. Hoffentlich macht es dir nichts aus, dass ich die ganze Packung mitgenommen habe. Ich weiß ja, dass du sie nicht brauchst, weil du dir vergangene Woche meine letzten ausgeliehen hast. Morgen gebe ich dir das Kästchen mit dem Rest zurück und erzähle dir alles von meinem Date!
Bis dann, Edie

Jane stöhnte und musste dann lachen. Natürlich war es ihr eigener Fehler. Sie hatte den Inhalt ihrer Aktentasche herumliegen lassen, anstatt alles in ihr Arbeitszimmer zu bringen. Obendrein hatte sie Edie gesagt, sie könnte sich alles nehmen.

Sie versuchte, sich aufzumuntern. Wenigstens würde es bei den Trackern nicht zu solchen Katastrophen kommen können, wie sie beim Lippenstift und den Kondomen möglich wären. Aber es waren ein paar verdammt kostspielige Tampons, und ihre Freundin würde sich dessen nicht einmal bewusst sein.

Einen Augenblick dachte Jane daran, Edie anzupeilen und die Geschichte auf diese Weise wenigstens für einen kostenlosen Test zu nutzen. Aber dann schob sie den Gedanken beiseite. Sie wollte ihre Freundin nicht ausnutzen und würde die Tampons als Verlust abschreiben müssen.

Kopfschüttelnd nahm Jane ihre Aktentasche und brachte sie ins Arbeitszimmer. In Zukunft würde sie vorsichtiger sein müssen. Schließlich wusste sie genau, dass sie keine Sachen herumliegen lassen sollte! Gehörte das nicht zu den ersten Dingen, die man bei B.L.I.S.S. lernte?

„Wenigstens hat sie die saugfähigen genommen", murmelte Jane und zog die Tür hinter sich zu.

3. KAPITEL

"Da wären wir, mein Freund." Der Taxifahrer stellte den Hebel der Automatikschaltung auf die Parkposition und drehte sich auf seinem Sitz um. "Macht zweiundzwanzig Dollar und fünfundzwanzig Cent."

Abel Andretti schaute zweimal auf den Fahrpreis, der auf dem Display am Armaturenbrett anzeigt war. Der Kerl hatte keinen Witz gemacht. Die Fahrt vom Flughafen bis zur Wohnung seiner Schwester kostete tatsächlich 22,25 Dollar. Erstaunlich. Was für ein Wucher! Kopfschüttelnd reichte er dem Taxifahrer zwei Zwanziger.

"Soll ich wechseln?", fragte der Taxifahrer, als er sich die Scheine schnappte.

"Ja", antwortete Abel und biss die Zähne zusammen. Im Augenblick war er zwar nicht in bester Stimmung, aber das hieß nicht, dass er dem Taxifahrer andernfalls ein Trinkgeld von beinahe achtzehn Dollar gegeben hätte. Den ganzen Weg vom Flughafen hierher hatte der Mann über den Verkehr, die Steuern und was sonst noch alles geschimpft, während Abel sich um seine Schwester Edie Sorgen gemacht hatte.

Sein Blick wanderte zu dem schönen Gebäude im viktorianischen Stil. Es passte genau zu Edies Geschmack. Allerdings passte es überhaupt nicht zu ihr, dass sie ihn nicht, wie verabredet, am Flughafen abgeholt hatte. Besorgt schob er die Augenbrauen zusammen. Warum war sie nicht gekommen? Edie war nicht der Typ Mensch, der eine solche Zusage einfach auf die leichte Schulter nahm.

Sein Magen knurrte, und er schaute auf seine Uhr. Sie zeigte 20:44 Uhr an … aber das war die Zeit in London. Er hatte die Uhr noch nicht umgestellt und schätzte, dass es hier in British Columbia erst 12:44 Uhr war. Zeit zum Mittagessen. Doch im Flugzeug hatte er nichts angerührt, weil er davon ausgegangen war, dass er mit Edie irgendwo etwas essen gehen würde, nachdem sie ihn abgeholt hatte. Nun konnte er nur hoffen, dass sie zu Hause war oder bald dort eintreffen würde.

„Bitte sehr." Hämisch grinsend legte der Taxifahrer Abel siebzehn Eindollarmünzen und drei Fünfundzwanzigcentstücke in die Hand. „Schönen Tag noch."

Abel reagierte nur mit einem Brummen. Er stieß die Tür auf, stieg aus und zog seine Reisetasche und einen kleinen Koffer vom Rücksitz. Kaum stand er mit allem auf dem Bürgersteig, als das Taxi auch schon losfuhr, wobei die Tür schwungvoll von allein ins Schloss fiel.

Er schob sich den Tragegurt seiner Reisetasche über die Schulter, hob seinen Koffer auf und ging auf das Gebäude zu. Als er den Eingang betrat, kam gerade ein junges Paar heraus, das ihm freundlich die Tür aufhielt, sodass Abel einen Dank murmelnd eintreten konnte.

Es war gut möglich, dass Edie nicht zu Hause war, weil sie entweder viel zu spät zum Flughafen fuhr oder schon wieder auf dem Rückweg in ihre Wohnung war, nachdem sie ihn nicht angetroffen hatte. Abel hatte anderthalb Stunden auf sie gewartet und dreimal versucht, sie anzurufen, bevor er es schließlich aufgegeben und sich ein Taxi genommen hatte. Vielleicht hatte sich seine Schwester auch die Ankunftszeit seines Fluges falsch gemerkt oder war im Verkehr stecken geblieben. Sollte das der Fall sein, würde er wohl noch eine Weile auf ihre Rückkehr warten müssen.

Er ging zu ihrem Apartment. Nachdem er mehr als vierzehn Stunden auf Flughäfen und in Flugzeugen verbracht hatte, hatte er nicht die geringste Lust, noch länger in öffentlichen Lobbys herumzusitzen. Aber was sollte er tun, wenn sie nicht zu Hause war? Er würde auf ihrem Flur warten müssen, wo er sein Gepäck vor ihre Tür stellen konnte, und dann auf und ab laufen, um seine steifen Glieder zu lockern.

Bei der Vorstellung, noch länger warten zu müssen, verzog Abel gequält das Gesicht, beruhigte sich jedoch damit, dass er sich ja vielleicht ganz unnötig Sorgen machte. Vielleicht war sie schon wieder zurückgekehrt. Oder vielleicht hatte sie auch nur verschlafen und das Telefon nicht gehört ... allerdings war es Mittag, und Edie gehörte zu den Frühaufstehern. Es war wohl eher unwahrscheinlich, dass sie ihm öffnen würde.

Mit diesem Gedanken blieb er vor ihrer Tür stehen und klopfte. Keine Antwort. Er klopfte noch einmal, obwohl ihm schon ganz schwer ums Herz wurde. Aus der Wohnung war nicht das geringste Geräusch zu hören. Edie war nicht da. Sie musste irgendwo zwischen hier und dem Flughafen stecken. Zweifellos hatte sie irgendein Problem mit dem Auto aufgehalten. Es blieb ihm nichts anderes übrig, als zu warten.

Abel seufzte tief und stellte sein Gepäck neben die Tür. Dann streckte er sich ein wenig, verschränkte die Arme und begann, auf und ab zu gehen. Unbewusst nahm er die Geräusche wahr, die durch die Türen drangen, an denen er vorbeikam: an einer das undeutliche Murmeln von Leuten, die sich miteinander unterhielten, an einer anderen die blecherne Musik aus einem Fernseher. Das Kratzen an der nächsten Tür weckte Abels Aufmerksamkeit und ließ ihn innehalten. Auf das Kratzen folgte das Winseln eines Hundes.

„Nein, Tinkle!", hörte er die gereizte Stimme einer jungen Frau. Lautstärke und Klarheit legten nahe, dass sie direkt vor der Tür stand und zweifellos versuchte, den Hund von dort wegzuziehen. „Du bist heute schon dreimal draußen gewesen, und die letzten beiden Male hast du gar nichts gemacht. Ich habe Arbeit, die ich erledigen muss."

Abel merkte, wie es um seine Lippen zuckte, weil die Frau so offensichtlich verärgert war. Tinkle? Ein schrecklicher Name für einen Hund! Sofort stand ihm das Bild von einem pelzigen kleinen Biest vor Augen, das ein Halsband mit ständig klingelnden Glöckchen trug.

Es folgte weiteres Kratzen und noch mal ein leises Winseln.

„Nein, Tinkle. Du wirst warten müssen. Komm von der Tür weg." Die Stimme klang allmählich eher bittend als streng. Sie wurde auch leiser, als die Sprecherin sich von der Tür entfernte, sodass Abel nur noch einen Teil von dem verstand, was sie als Nächstes sagte: „Bitte ... Tinkle! ... Ich muss unbedingt ... B.L.I.S.S. ... Vibrator!"

Schockiert drehte Abel sich um und ging zur Tür seiner Schwester zurück. Es hätte ihm nicht peinlicher sein können, wenn man ihn beim Lauschen ertappt hätte. Also wirklich! Dass die Frau ihren Hund nicht ausführte, nur weil sie sich mit ihrem Vibrator amüsieren wollte, war mehr, als er von den Nachbarn seiner Schwester wissen wollte. Mehr, als er überhaupt von irgendwem wissen wollte! Seine Gedanken wanderten in eine Richtung, die er lieber vermieden hätte.

Er schüttelte den Kopf, um das Bild einer gesichtslosen Frau loszuwerden, die sich selbst verwöhnte, während ihr armes, trauriges Hündchen danebensaß und sich danach sehnte, nach draußen zu kommen, um ein Bein heben zu können. Abel hielt vor der Tür seiner Schwester und versuchte es noch einmal.

Natürlich war sie noch immer fest verschlossen. Er blieb davor stehen und spürte, dass er selbst allmählich das Bedürfnis hatte, „ein Bein zu heben".

„Das ist nur die Macht der Suggestion", versicherte er sich selbst leise murmelnd. „Du denkst nur wegen dieses Hundes daran. In Wirklichkeit musst du gar nicht pinkeln."

Aber er konnte sich nicht überzeugen. Wenn überhaupt, dann hatten seine Bemühungen, sich eines Besseren zu belehren, lediglich zur Folge, dass das Bedürfnis, sich zu erleichtern, noch stärker wurde. Sein Blick fiel auf das Gepäck neben der Tür seiner Schwester. Es stellte ein gewisses Problem dar, denn er konnte es nicht einfach im Flur stehen lassen, während er sich auf die Suche nach einem Restaurant oder einer Tankstelle machte. Und er hatte wirklich keine Lust, es mitzuschleppen.

Finsteren Blickes starrte er auf sein Gepäck, während er sich deutlich bewusst war, wie der Druck in seiner Blase zunahm. Er wandte sich wieder der Tür zu und zog seine Brieftasche hervor. Edie würde es ihm verzeihen, versicherte er sich und griff nach einer Kreditkarte.

In den Filmen sah es immer so leicht aus, eine Tür aufzubrechen. Der Dieb zückte eine Kreditkarte, wackelte und ruckelte ein wenig damit herum, und – *voilà*! Es war vollbracht. In der Realität war es bei Weitem nicht so einfach. Nachdem er mehrere Minuten gewackelt, geruckelt und mit der Kreditkarte in dem schmalen Spalt zwischen Tür und Rahmen herumgesäbelt hatte, entschied Abel, dass seine Schwester eine kreditkartensichere Tür haben musste.

Da er ganz darauf konzentriert war, in Edies Wohnung einzubrechen, hatte er nicht gemerkt, dass weiter unten auf dem Flur eine Tür aufgegangen war. Tatsächlich war ihm nicht bewusst, dass nun jemand hinter ihm stand, bis ein sich ausbreitendes Gefühl der Wärme seine Aufmerksamkeit auf sein rechtes Hosenbein lenkte. Als er dort nachsehen wollte, entdeckte er den Hund neben sich. Sein Gehirn brauchte noch einen Moment, um zu verarbeiten, was der kleine weiße Fellball dort machte. Entsetzt schreiend sprang Abel von dem kleinen Monster weg.

„Tinkle! Komm zurück! Böser Hund."

Abel fuhr herum. Halb im Flur, halb in ihrer Wohnung stand eine Frau mit einer Hundeleine in der Hand. Es war die Wohnungstür, vor der er erst wenige Minuten zuvor stehen geblieben war. Anscheinend hatte das bedauernswerte Winseln des Hundes die Frau veranlasst, ihr … Vorhaben aufzugeben und mit dem Hund Gassi zu gehen, was offensichtlich dringend notwendig gewesen war. Allerdings war das Mitgefühl, das Abel für den Hund empfunden hatte, nun größtenteils verflogen. Jetzt wüsste er einen besseren Namen für das kleine Biest, und der begann mit P statt mit T.

Abel verdrehte den Hals, um einen Blick auf den Fleck hinten an seinem Hosenbein zu erhaschen. Wütend funkelte er die Frau an, die sich nun hinkniete und ihrem Hund die Leine anlegte. Abels Zorn schien sie wenig zu beeindrucken, und überhaupt wirkte sie nicht im Geringsten zerknirscht. Tatsächlich behielt sie ihn vorsichtig im Auge, was ihm zu denken gab, und er fragte sich, wie lange sie schon an der Tür gestanden haben mochte. Hatte sie gesehen, wie er versucht hatte, in die Wohnung seiner Schwester einzubrechen? Nervös umschloss er seine Kreditkarte mit der Hand und versuchte, nicht wie ein Krimineller auszusehen.

„Hi." Er bemühte sich um einen munteren Tonfall, aber als die Frau ihn eingehend musterte, wurde ihm ganz bange.

„Kann ich Ihnen helfen?", fragte sie in einem scharfen, kühlen Tonfall, der so gar nicht zu einer schlanken, jungen Frau in Jeans und einem rosa T-Shirt passte. Mit ihren langen, rotbraunen Haaren, die sie zu einem Pferdeschwanz zusammengebunden hatte, und dem hübschen, ungeschminkten Gesicht sah sie aus wie ein Teenager. Sie entsprach so überhaupt nicht dem Bild, das er sich von der Frau hinter der Tür gemacht hatte …

Abel brachte ein leicht verlegenes Lächeln zustande und trat einen Schritt auf sie zu. „Ich wollte nur …" Mit einer vagen Handbewegung wies er auf die Tür seiner Schwester, brach jedoch ab, als die junge Frau vorsichtig zurückwich und ihren Hund mit sich zog. Er nahm an, es war klug von ihr, Abstand zu halten, nachdem sie gerade beobachtet hatte, wie er in eine Wohnung einbrechen wollte.

„Ich bin Abel Andretti", sagte er mit einer Stimme, die hoffentlich beruhigend klang. „Meine Schwester Edie wohnt hier."

Die Frau entspannte sich kein bisschen und sah auch nicht so aus, als würde sie ihm glauben. Abel überlegte, ob sie seine Schwester kannte und deshalb wusste, dass er in England lebte und es darum unwahrscheinlich war, dass er plötzlich vor ihrer Tür stand. Aber wenn sie Edie tatsächlich gut kannte, müsste sie doch auch wissen, dass er Edie besuchen wollte, und würde ihn jetzt nicht ansehen, als wäre er Jack the Ripper persönlich.

„Edie ist nicht zu Hause", erklärte die Frau und starrte ihn weiterhin misstrauisch an.

„Sind Sie sicher?" Beunruhigt ging Abel einen Schritt auf sie zu, blieb jedoch erneut stehen, als er sah, wie sie ihre Hand hob und nach der Türklinke neben sich griff. Sie sah aus, als wollte sie jeden Augenblick in ihre Wohnung entfliehen, und zweifellos würde sie als Erstes die Polizei anrufen, sowie sie die Tür hinter sich geschlossen hätte.

„Hören Sie", versuchte Abel es noch einmal. „Ich bin gerade von England hierhergeflogen, um Edie zu besuchen. Sie sollte mich am Flughafen abholen. Nachdem ich dort anderthalb Stunden auf sie gewartet hatte, habe ich mir ein Taxi genommen. Hier habe ich dann noch mal eine halbe Stunde gewartet, und sie ist immer noch nicht aufgetaucht. Allmählich mache ich mir Sorgen, dass sie krank sein könnte oder hingefallen und mit dem Kopf aufgeschlagen ist oder etwas in der Art. Deshalb habe ich …" Er hielt die Kreditkarte hoch, die er noch immer in der Hand hielt. „Ich fange wirklich langsam an, mir Sorgen zu machen."

Die junge Frau wirkte zwar nicht entspannt, aber während sie über seine Worte nachzudenken schien, sah sie nicht mehr ganz so aus, als wollte sie fliehen. Sie richtete den Blick auf seine dunklen welligen Haare, die er und Edie von ihrem italienischen Großvater geerbt hatten, von dem auch der Name Andretti stammte. Als sie sein Gesicht musterte, wünschte Abel, er hätte am Flughafen den Waschraum aufgesucht und sich rasiert. Neben dem Namen hatte er von seinem Großvater nämlich auch einen üppigen Bartwuchs geerbt, und da seit seiner letzten Rasur mehr als sechzehn Stunden vergangen waren, musste er bereits einen beeindruckenden Bartschatten haben.

Abel war in die Fußspuren seines Vaters getreten und Buchhalter geworden, aber er sah aus wie ein Linebacker beim American Football – einen Meter achtundachtzig groß, breite Schultern und ein muskulöser Körperbau, den er vermutlich ebenfalls von seinem Großvater, einem Steinmetz, geerbt hatte. Mit fast einem Meter achtzig war auch Edie eine imposante Erscheinung. Im Vergleich dazu war ihre Nachbarin, die Abel nun seinerseits musterte, klein und zierlich. Spontan erinnerte sie ihn an einen Vogel, einen exotischen Vogel mit Stupsnase statt Schnabel, großen grünen Augen und üppiger Haarpracht. Ja, wie ein Vogel, der aussah, als wollte er jeden Augenblick die Flucht ergreifen.

Sein Blick glitt über ihre vollen reifen Brüste, die sich unter ihrem engen Baumwoll-T-Shirt abzeichneten, und er hätte schwören können, dass sie keinen BH trug. Für einen kurzen Moment starrte er ihre Brüste an, dann wanderten seine Augen weiter nach unten über ihren leicht gerundeten, sexy Bauch und die kurvigen Hüften, die in den engsten und ältesten Jeans steckten, die er je gesehen hatte. Noch nie hatte Abel einen Riss am Knie einer zerschlissenen Jeans so aufregend gefunden.

„Sie haben die gleichen Haare und Augen wie Edie", räumte die Frau ein.

Abel riss seinen Blick von ihrem Knie los und sah ihr ins Gesicht. Zu seiner großen Erleichterung wirkte sie jetzt etwas entspannter. Offenbar sah er seiner Schwester ähnlich genug, um sie von seinen Worten zu überzeugen. Gott sei Dank! Nachdem dieses Problem gelöst war, kam er auf ihre Erklärung zurück. „Sie haben gesagt, Edie sei nicht zu Hause. Sind Sie da sicher?"

Sie nickte bedauernd. „Ja. Meine Gran hat erwähnt, dass sie sich heute freinehmen wollte, deshalb wollte ich Edie zum Lunch einladen. Aber sie hat auf mein Klopfen nicht reagiert." Zögernd fügte sie hinzu: „Ich glaube, sie ist noch nicht von ihrem Date zurückgekehrt."

Abel erschrak, als er das hörte. „Ein Date? Davon hat Edie mir gar nichts erzählt, als ich zuletzt mit ihr gesprochen habe. Vielmehr hat sie erwähnt, dass ihr Liebesleben so trocken und öde wie eine Wüste sei."

Die Nachbarin seiner Schwester zuckte mit den Schultern. „Nun, kurz bevor sie aufgebrochen ist, ist sie vorbeigekommen, um sich ein paar … Sachen von mir auszuleihen. Ich hatte nicht die Möglichkeit, länger mit ihr zu reden, weil ich mit Tinkle rausmusste." Sie wies auf den Hund, der jetzt zu ihren Füßen saß und so niedlich und harmlos wirkte, dass schon der Gedanke absurd erschien, er könne jemandem ans Hosenbein pinkeln. Abel zog die Mundwinkel nach unten und funkelte das Tier böse an.

„Aber es ist schon merkwürdig", fuhr die Frau fort. „Dieses Date scheint aus heiterem Himmel gekommen zu sein. Ich meine, sie hatte vorher nie davon gesprochen, dass sie an jemandem interessiert wäre, und es passt überhaupt nicht zu ihr, dass sie ihren Bruder am Flughafen vergisst." Sie richtete den Blick auf die Tür hinter Abel, sodass er sich umdrehte und sich wünschte, er könnte durch diese hindurchsehen. Was war, wenn Edie krank oder verletzt in ihrer Wohnung lag?

„Warten Sie hier. Ich bin sofort wieder da." Edies Nachbarin hob ihren kleinen Hund auf und verschwand in der Wohnung, aus der sie gekommen war.

Mehrere Sekunden lang starrte Abel auf die geschlossene Tür und fragte sich, ob die Frau ihm vielleicht doch nicht glaubte und just in diesem Moment die Polizei rief. Doch eigentlich war es ihm egal, denn irgendetwas war hier nicht in Ordnung. Aber er glaubte nicht, dass er noch warten konnte, bis die Polizei eintraf. Und das nicht nur, weil er sich inzwischen verzweifelt nach einer Toilette sehnte, sondern auch, weil er unbedingt in die Wohnung seiner Schwester wollte. Jetzt sofort. Das übliche Vorgehen der Gesetzeshüter schien ihm auf einmal viel zu kompliziert: erst anklopfen, Fragen stellen und dann den Hausmeister aufsuchen, damit dieser die Tür öffnete. Doch Abel wollte keine Sekunde länger im Ungewissen bleiben.

Entschlossen ließ er sein Gepäck, wo es war, und ging den Flur hinunter. Er würde zum Haupteingang zurückkehren müssen, um beim Hausmeister klingeln zu können. Er würde ihn überreden, die Tür aufzuschließen und …

Abrupt blieb er stehen, als sich die Tür hinter ihm wieder öffnete. Edies Nachbarin trat aus der Wohnung – ohne den Hund – und hielt eine Bunny-Kette hoch, an der ein Schlüssel hing.

„Ihre Schwester und ich haben vor einiger Zeit die Schlüssel getauscht", erklärte sie ihm. „Sie hat den Schlüssel zu meiner Wohnung, falls es mal ein Problem mit meiner Gran geben sollte, wenn ich mit dem Hund unterwegs bin, und ich habe ihren Schlüssel für den Fall, dass …" Sie stockte, aber Abel konnte sich denken, was sie sagen wollte: falls Edie etwas zustoßen sollte.

„Oh." Er zwang sich zu einem Lächeln. „Das ist praktisch."

„Ja." Sie hielt ihm die Hand hin. „Jane Spyrus. Freundin und Nachbarin Ihrer Schwester."

Abel lächelte über die verspätete Vorstellung und ergriff ihre Hand. Überrascht stellte er fest, dass sie nicht nur eine sehr weiche Haut hatte, sondern auch einen festen Griff. Allerdings verflüchtigten sich diese Eindrücke, als ihr femininer Duft ihn erreichte. Er sah ihr eindringlich in das ernste Gesicht, holte Luft und stellte fest, dass seine Stimme plötzlich so tief klang, dass sie aus dem Reißverschluss seiner Hose zu kommen schien. „Hallo", sagte er.

Glücklicherweise schien Jane nichts davon zu bemerken. Sie schaute auf das Gepäck, das noch immer neben der Tür seiner Schwester stand. Als er ihrem Blick folgte, wusste Abel, dass sie die Anhänger las, auf denen sein Name und seine Adresse in London, England, standen. Dennoch war er nicht darauf vorbereitet, als Jane eine gewisse Steifheit verlor, die ihm vorher gar nicht aufgefallen war, und ihn strahlend anlächelte. Nachdem ihn bereits die Berührung ihrer Hand und ihr Duft überrascht hatten, warfen ihn der sinnliche Schwung ihrer Lippen und ihre Augen, die vor echter Freude über ihre Begegnung leuchteten, beinahe um. Abel erwiderte ihr Lächeln und vergaß für einen Moment die Sorgen um seine Schwester.

„Gran sagt, Edie hätte erwähnt, dass Sie heute kommen würden", teilte Jane ihm mit, entzog ihm ihre Hand und wandte sich der Wohnungstür seiner Schwester zu.

„Gran?" Wie von allein wanderte Abels Blick zu Janes Po. Sämtliche Witze über italienische Männer, die bei Frauen angeblich nur auf den Hintern achteten, waren ihm bekannt. Doch Abel war immer schon ein Mann gewesen, den Brüste faszinierten, obwohl er sich das nicht einmal selbst eingestand und lieber behauptete, bei einer Frau vor allem auf den Verstand zu achten.

Und obwohl ihm der Verstand tatsächlich wichtig war ... nun ja, einen Verstand konnte man nicht streicheln. An Jane Spyrus gefiel ihm jedenfalls alles. Sie hatte tolle Brüste, und ihr Hintern war einfach klasse.

„Edie?"

Ruckartig hob Abel den Kopf, als Jane die Tür zur Wohnung seiner Schwester aufstieß und sie betrat. Er nahm sein Gepäck und folgte ihr.

„Edie?" Zögernd tat Jane einen Schritt Richtung Wohnzimmer, blieb stehen und sah sich um.

Über ihren Kopf hinweg suchte Abel den Raum ab, während er die Tür hinter ihnen ins Schloss fallen ließ. Er stellte sein Gepäck an die Seite und ging weiter, um sich besser umsehen zu können. In der Wohnung war es still.

„Oh."

Abel sah zu Jane, die sich plötzlich bückte und einen orange getigerten Kater auf den Arm nahm, der um ihre Fußgelenke strich.

„Hallo, Mr Tibbs." Jane kraulte das langhaarige Tier hinter den Ohren und richtete sich wieder auf. „Wo ist denn deine Mommy? Hm? Ist sie zu Hause?"

Während sie fortfuhr, mit dem Kater zu flüstern, ging sie weiter durch die Wohnung. Abel folgte ihr und warf einen Blick durch eine Tür rechts von ihm. Er sah eine benutzte Tasse, einen Teller und Besteck auf der Ablage neben dem Spülbecken und auch den leeren Napf für das Katzenfutter auf dem Boden neben dem Kühlschrank. Gemeinsam durchquerten sie ein ordentliches Esszimmer und gelangten ins weniger ordentliche Wohnzimmer, wo eine aufgeschlagene Zeitung auf der Couch lag und ein paar Hausschuhe neben dem Sessel standen.

Jane blieb stehen und setzte Mr Tibbs auf den Boden. Dann bog sie rechts in einen kleinen Flur, von dem drei Türen abgingen. Abel, der sich in der stillen Wohnung wie ein Eindringling vorkam, folgte ihr noch immer. Die linke Tür führte in ein Schlafzimmer, in dem sich Abel aufmerksam umsah. Der Raum wirkte eindeutig bewohnt. Ein Berg Schmutzwäsche lag in der Ecke und wartete darauf, gewaschen zu werden. Das Bett war nicht gemacht, und mehrere Outfits lagen darauf ausgebreitet, die seine Schwester offensichtlich als ungeeignet für ihr Date befunden hatte. Es freute ihn, dass es nicht so aussah, als hätte seine Schwester geplant, den Kerl mit zu sich nach Hause zu bringen.

Die Tür zu seiner Rechten war geschlossen. Abel drehte an dem Knopf und öffnete sie, als Jane auch schon sagte: „Der Wandschrank."

Tatsächlich verbarg sich dahinter ein kleiner Wandschrank, dessen Regale mit ordentlich gefalteten Handtüchern, Waschlappen und Bettwäsche gefüllt waren. Er schloss die Tür wieder und richtete seine Aufmerksamkeit auf die Tür vor ihnen, die gleichfalls offen stand. Wie er sehen konnte, als er über Janes Kopf hineinblickte, war auch dieser Raum eindeutig bewohnt. Hier sah es aus, als hätte ein Wirbelsturm getobt. Auf dem Badezimmertresen lag überall Make-up herum, dazu ein Föhn, der zwar ausgeschaltet war, aber noch in der Dose steckte.

Dann fiel Abels Blick auf die Vorrichtung zwischen Waschbecken und Badewanne. Die Toilette! Trotz der Sorge um seine Schwester fiel ihm plötzlich mehr als deutlich ein, dass er ein sehr dringendes Bedürfnis hatte.

Jane drehte sich zu ihm um und hatte schon den Mund geöffnet, um etwas zu sagen, hielt jedoch inne, als sie sein Gesicht sah. „Oh. Ich schätze, es war eine lange Reise. Möchtest du kurz ins Bad?", fragte sie und duzte ihn dabei ganz selbstverständlich.

„Ich fürchte, ja", unterbrach er sie leicht verlegen. Die beiden schoben sich in dem schmalen Flur aneinander vorbei, damit er ins Badezimmer konnte. Dann schloss er die Tür und stieß einen Seufzer der Erleichterung aus.

Als er kurz darauf wieder herauskam, hörte er Jane mit jemandem sprechen, und sein Herz tat einen Sprung. Edie war zurück! Er lief zur Küche, blieb dann aber enttäuscht im Türrahmen stehen, denn es war nicht Edie, mit der Jane redete, sondern der verdammte Kater. Während sie die Küche durchforstete, plauderte sie mit Mr Tibbs, als könnte das Tier sie tatsächlich verstehen und ihre Fragen beantworten.

„Na, wo ist Edie, mein Junge?" Eine nach der anderen öffnete sie die Schranktüren und hörte erst damit auf, als sie die Schachtel mit dem Trockenfutter gefunden hatte, nach dem sie offensichtlich gesucht hatte.

„Bitte sehr, lass es dir schmecken." Sie füllte den Fressnapf des Katers und hob den leeren Wassernapf auf.

„Wann hast du meine Schwester zum letzten Mal gesehen?", fragte Abel, als sie sich aufrichtete.

Jane ging zum Spülbecken, um den Napf auszuspülen und wieder zu füllen. „Das habe ich dir doch schon gesagt. Gestern Abend, nach der Arbeit. Sie kam vorbei, um sich ... ein paar Sachen zu borgen."

Ihm fiel auf, das sie an der Stelle zögerte, an der es darum ging, was Edie sich geborgt hatte, und er erinnerte sich, dass Jane ganz ähnlich gezögert hatte, als sie zum ersten Mal darüber gesprochen hatte. Aber bevor er eine Idee hatte, wie er sie danach fragen könnte, ohne unhöflich zu wirken, fügte sie hinzu: „Sie war im Begriff, sich für ein Date vorzubereiten."

„Für ein Date", wiederholte Abel bedrückt. Noch gestern Abend hatte er mit Edie telefoniert. Nun, es war früher Abend für ihn gewesen, hier in Vancouver jedoch um die Mittagszeit. Er hatte darauf geachtet, Edie während ihrer Mittagspause anzurufen, damit sie keinen Ärger bekam, weil sie ein Privatgespräch führte. Dieses Telefonat war auch der Grund gewesen, weshalb er so lange am Flughafen gewartet hatte, bevor er mit einem Taxi zu ihrer Wohnung gekommen war. Edie hatte ihm versichert, dass sie ihn abholen würde. Und sie hatte ihm auch erzählt, wie unzufrieden sie mit ihrem Privatleben war. Was wiederum bedeutete, dass sich dieses Date in der Zeit zwischen seinem Anruf und ihrer Rückkehr von der Arbeit ergeben haben musste, also während der vier oder fünf Stunden, die sie noch in ihrem Büro verbracht haben dürfte.

„War das auch wirklich ein Date?", fragte er. „Oder hatte es nicht eher mit ihrer Arbeit zu tun?"

Jane wirkte überrascht. „Nein. Ich meine, ja. Es war ein Date, und soweit ich weiß, hatte es nichts mit ihrer Arbeit zu tun." Neugierig sah sie ihn an. „Warum?"

Er schüttelte den Kopf. „Es ist nur, weil sie erwähnt hat, dass es bei ihrer Arbeit ein paar seltsame Vorkommnisse gegeben hat."

„Was für seltsame Vorkommnisse?", fragte Jane.

Abel zögerte und räumte dann ein: „Nun, sie hat es nicht weiter ausgeführt. Sie hat nur gesagt: ‚Irgendetwas Merkwürdiges geht hier vor sich. Ich erzähle dir davon, wenn du da bist, aber sollte mir etwas zustoßen …' Dann hat sie alles mit einem Lachen abgetan, als hätte sie etwas Dummes gesagt." Er zuckte mit den Schultern, als könnte die Sache tatsächlich bedeutungslos sein, aber es war offensichtlich, dass er sich große Sorgen machte. Normalerweise neigte seine Schwester nicht zu Übertreibungen und kryptischen Kommentaren, und nun war sie auch noch verschwunden …

„Gibt es jemanden, den wir anrufen könnten?", fragte er. „Mit wem hatte sie dieses Date?"

„Ich weiß es nicht, aber …" Jane verließ die Küche und eilte ins Wohnzimmer. Verwundert sah Abel zu, wie sie zu einem Beistelltisch ging, die Schublade aufzog und ein kleines Buch mit Blumenumschlag herauszog.

„Das ist ihr privates Telefonbuch." Jane kam zu ihm zurück. „Das werden wir jetzt durchgehen und wenn nötig alle Nummern anrufen, bis wir sie entweder finden oder uns jemand sagen kann, mit wem sie ausgegangen ist. Komm mit, das werden wir in meiner Wohnung machen müssen."

„In deiner Wohnung?", fragte Abel, als sie an ihm vorbei zum Ausgang ging. „Sollten wir nicht lieber hierbleiben, falls sie zurückkommt?"

„Gran ist … Ich möchte sie nicht allein lassen", antwortete Jane ausweichend. Für Abel klang es so, als wäre ihr das ein wenig peinlich, aber er konnte ihr Gesicht nicht sehen, als er hinter ihr in die Diele trat.

„Wir werden einfach immer wieder mal nachsehen müssen, ob sie zurückgekehrt ist." Jane zog die Tür zu und wollte schon wieder abschließen, hielt jedoch inne und zog fragend eine Augenbraue hoch. „Es sei denn, du willst hierbleiben und das Telefonbuch allein durchgehen?"

„Nein. Ich weiß nicht, welche Freunde sie hier in Vancouver hat. Ich könnte deine Hilfe brauchen."

4. KAPITEL

Abel folgte Jane in ihre Wohnung. Im Fernseher plärrte ein Film, irgendein Horrorstreifen aus den Siebzigern mit massenhaft Blut. Niemand sah zu. Wohn- und Essbereich waren ebenso verlassen wie bei Edie, und das schien Jane zu alarmieren. Abel war sicher, ein leises Fluchen gehört zu haben, als sie sich umdrehte und in die Küche ging.

Er folgte ihr und spähte neugierig über ihren Kopf hinweg. Sein Blick fiel auf eine ältere Frau im Rollstuhl. Zweifellos war dies die „Gran", von der Jane gesagt hatte, dass man sie nicht allein lassen konnte. Die Frau hatte kurzes weißes Haar, und ihr Gesicht war trotz ihres Alters noch immer schön. Sie sah ihrer Enkelin sehr ähnlich, und Abel konnte sich vorstellen, dass Jane später einmal genauso gut aussehen würde. Aber er hatte keine Ahnung, was die junge Frau so beunruhigte. Vielleicht lag es daran, dass ihre Gran an einem Tisch saß, auf dem eine Auswahl von Zutaten darauf wartete, Verwendung zu finden. Offenbar hatte die alte Dame vor, etwas zu backen.

„Gran? Was machst du da?", fragte Jane mit dünner, angespannter Stimme.

Neugierig beobachtete Abel sie.

„Ich dachte, ich mache uns einen Tee und dazu ein paar Plätzchen", antwortete die Frau vergnügt.

Jane schien sich etwas zu entspannen, aber nicht ganz. Abel hatte keine Gelegenheit, sich zu fragen, was Jane noch immer beunruhigen mochte, denn inzwischen hatte ihre Großmutter seine Anwesenheit bemerkt.

„Oh, hallo", zwitscherte sie, spähte hinter ihnen in die leere Diele und zog die Mundwinkel traurig nach unten. „Dann ist Edie also noch nicht zurück?"

„Edie? Nein." Jane klang abgelenkt. „Das ist ihr Bruder. Abel Andretti. Abel, meine Gran, Maggie."

„Ma'am." Abel nickte feierlich.

„Wir wollen ein paar Anrufe machen und schauen, ob wir Edie irgendwo finden können", erklärte Jane, während ihre Großmutter Abel zur Begrüßung anlächelte.

„Das ist eine gute Idee, Liebes." Maggie Spyrus nickte nun ernst. „Ich bin sicher, ihr werdet sie finden. Dann können wir uns gemeinsam den Tee und das Gebäck schmecken lassen."

„Klingt wunderbar", stimmte Abel ihr zu und stöhnte, als ihn ein Ellbogen traf. Überrascht sah er Jane an.

„Wir würden nicht wollen, dass du dir so viel Mühe machst, Gran", erwiderte sie hastig. „Wir …"

„Oh, das ist doch keine Mühe, Janie, Liebes. Du weißt doch, wie gerne ich backe."

Abel glaubte, Jane leise stöhnen zu hören. Dann sagte sie: „Vielleicht sollte ich lieber hierbleiben und dir helfen."

„Unsinn! Ich bin sechzig Jahre alt. Da werde ich mich inzwischen ja wohl in einer Küche auskennen."

„Siebzig", murmelte Jane. Da Abel annahm, dass das nicht für seine Ohren bestimmt war, verkniff er sich ein amüsiertes Lächeln.

„Ihr macht jetzt weiter und treibt Edie auf", scheuchte Maggie sie. „Los jetzt. Husch!"

Ihre Enkelin zögerte noch einen Moment, schließlich sagte sie: „Also gut. Aber wenn du Hilfe brauchst …"

„Husch!", wiederholte ihre Großmutter.

Abel war wegen der unterbrochenen Suche ungeduldig geworden, deshalb nahm er Jane am Arm zog sie in die Diele. „Ich bin sicher, sie wird zurechtkommen."

„Ja", stimmte Jane ihm zwar zu, klang dabei aber keineswegs glücklich. Unverwandt blickte sie in Richtung Küche, als er sie ins Wohnzimmer drängte.

„Du kannst doch regelmäßig nach ihr schauen", sagte er und versuchte, Verständnis zu haben, obwohl er eigentlich nichts weiter wollte als diese Anrufe machen und seine Schwester finden. „Sie wird zurechtkommen."

„Ja", sagte Edies Nachbarin zweifelnd. „Natürlich wird sie das."

Nach einem weiteren erfolglosen Telefonat legte Jane auf und tippte mit dem Finger auf den nächsten Eintrag in Edies Telefonbuch. Fast eine Stunde lang hatten sie jede einzelne Nummer daraus angerufen und waren so bis zum Buchstaben T gelangt. Doch bisher hatten sie absolut nichts in Erfahrung gebracht. Jane befürchtete schon, dass alle Mühe umsonst gewesen war. Sie nahm den Hörer wieder in die Hand und begann, die nächste Nummer einzutippen, hielt jedoch inne, als ihr Blick auf Abel fiel. Schnuppernd hob er die Nase in die Luft und sah dabei aus wie ein Hund, der eine Spur aufnahm.

„Was ist los?", fragte sie.

„Ich bin mir nicht sicher", antwortete er. „Aber riecht es hier nicht irgendwie verbrannt?"

Erschrocken riss Jane die Augen auf. Tatsächlich! Sofort sprang sie auf. „Gran!"

Die Angst schoss ihr in die Glieder, und sie hechtete in die Küche. Gran saß noch am Küchentisch und rollte fröhlich einen grauen Teig aus, aus dem sie dann mit einem Wasserglas mehrere Zentimeter dicke Kreise ausstechen wollte. Um sie herum füllte sich die Küche zunehmend mit einem ekelhaften schwarzen Rauch, der aus dem Ofen hinter ihr quoll.

„Gran!"

„Ja, Liebes?" Gedankenverloren lächelte Maggie Spyrus ihre Enkelin an und schreckte erst auf, als diese sich ein Küchenhandtuch schnappte und zum Ofen eilte. Sie drehte ihren Rollstuhl um und sah, wie Jane die Ofentür aufriss, den Rauch wegwedelte und ein Blech mit sehr schwarzem Teegebäck herauszog, das sie ins Spülbecken warf.

„Oh je! Ich glaube, ich habe die Zeit vergessen und sie zu lange backen lassen." Gran verzog das Gesicht, während Jane sich beeilte, das Fenster aufzureißen.

„Macht nichts, Gran. Ich hatte sowieso keinen Hunger." Seufzend versuchte Jane, unter Einsatz ihres Küchenhandtuchs den Rauch zu vertreiben, bevor er Feueralarm auslöste. Den Versuch gab sie auf, als der Rauchmelder hupend zum Leben erwachte.

Sie grummelte etwas vor sich hin und sprang zur Abstellkammer, wo sie einen Besen suchte, mit dem sie den Resetschalter des Geräts an der Decke erreichen konnte. Erst als sie sah, dass der Besen nicht an seinem Platz war, fiel ihr ein, dass sie ihn zwei Abende zuvor in ihrem Arbeitszimmer benutzt hatte. Sie hatte vergessen, ihn zurückzustellen.

„Bin sofort wieder da!", rief sie, obwohl sie bezweifelte, dass Gran sie bei dem Lärm hören konnte.

Sie stürzte an Abel vorbei, der gerade in die Küche kam, und rannte über den Flur zu ihrem Arbeitszimmer.

Der Besen befand sich genau dort, wo sie ihn an die Wand gelehnt hatte, nämlich direkt neben der Tür, damit sie nicht vergaß, ihn wieder zurückzustellen. Jane packte ihn, blieb jedoch wie angewurzelt stehen, als ihr Blick auf den Laptop fiel, der auf ihrem Schreibtisch stand. Daneben befand sich eine kleine Satellitenantenne. Für einige Minuten stand Jane nur dort und machte ein dummes Gesicht, als sie sich an die Tracking-Tampons erinnerte, die Edie sich ausgeliehen hatte. Dann brach das Hupen aus der Küche ab. Abel musste einen Weg gefunden haben, den Alarm auszuschalten.

Jane stellte den Besen zur Seite und ging zu ihrem Schreibtisch. Sie entwirrte das Kabel, das an dem Satelliten hing, und steckte es in den Spezialanschluss, den sie an ihrem Laptop installiert hatte. Dann klappte sie den Bildschirm auf und startete den Computer. Sowie das Gerät hochgefahren war, tippte Jane auf das Sprachprogramm. „Sam, öffne BTT", befahl sie.

Sie hatte dem Sprachprogramm einen Rufnamen geben müssen, etwas, mit dem der Rechner es identifizieren konnte, wenn man es aufrief. Also hatte Jane den Namen Sam gewählt. Sie war ein großer Fan von „Casablanca", und der Satz „Spiel's noch einmal, Sam!" war ihr durch den Kopf gegangen, als sie das Programm zum ersten Mal benutzte. Also war es bei Sam geblieben.

Der Bildschirm wurde erst rot, dann erschien ein Auswahlmenü. Jane holte tief Luft. „Sam, starte Agenten-Tracking", fuhr sie fort. Sofort öffnete sich ein kleines Fenster mit den Worten:

Geben Sie die Tracker-ID ein. Jane zögerte. Jeder Tracker hatte eine andere ID-Nummer. Damit sollte sichergestellt werden, dass die Einsatzzentrale jederzeit wusste, wen sie aufspürte. Allerdings hatte Jane jetzt keine Lust, die Nummern der zwölf Tracker herauszusuchen, die sie produziert hatte, und dann die sechs Ziffern für die Tampons einzugeben, die Edie sich ausgeliehen hatte. Nach kurzem Zögern entschied sie: „Sam, wähle alle und tippe auf Eingabe."

Sogleich erschien ein neues Bild auf dem Schirm, und diesmal war es ein Stadtplan mit dem Koordinatennetz von Vancouver und Umgebung. Ein kleines gelbes Licht blinkte in der Stadtmitte auf, bevor sich der Bildschirm noch einmal veränderte. Die Straßen von Vancouver verschwanden und wurden von einer Straßenkarte ersetzt, die aus den wichtigsten Highways bestand. Doch der angezeigte Bereich wurde immer größer.

„Oh Gott", hauchte Jane. Der Computer war noch immer nicht fertig. Der Bildschirm blinkte wieder, die Namen der Klein- und Großstädte wurden kleiner, und das angezeigte Gebiet erstreckte sich nun über mehr als die Hälfte von Washington. Zu Janes großem Schrecken blinkte schließlich ein rotes Licht zwischen Seattle und Olympia auf. Und es bewegte sich weiter Richtung Süden.

„Abel!" Jane rannte zur Tür.

„Ich begreife nicht, wie ich sie anbrennen lassen konnte." Ihren Worten zum Trotz wirkte Maggie Spyrus nicht besonders entsetzt.

„So etwas kann schnell passieren, das ist nun mal so", versicherte Abel der alten Dame, als er vom Stuhl herunterstieg, den er gebraucht hatte, um an den Resetknopf zu gelangen. Er vermutete, dass das der Grund war, weshalb Jane so besorgt gewesen war. Offenbar war ihre Großmutter trotz ihrer sechzig oder siebzig Jahre keine besonders gute Köchin.

„Jane wollte einen Besen holen, um an den Schalter zu gelangen", erklärte Maggie. „Sie ist nicht so groß wie Sie und kann ihn nicht ohne Hilfe erreichen, selbst wenn sie auf diesem Stuhl steht."

Trotz seiner Ungeduld brachte Abel ein Lächeln zustande. Nicht einer der Anrufe, die sie bisher gemacht hatten, hatte zu einem Ergebnis geführt, deshalb wollte er die Suche nach seiner Schwester möglichst schnell wieder aufnehmen. Die Sorge um sie schnürte ihm die Kehle zu und nahm ihm die Luft zum Atmen.

„Ich gehe und sage ihr, dass es nicht mehr nötig ist." Er verließ Maggie, die neuen Teig ausrollte, um es noch einmal mit Teegebäck zu versuchen. Natürlich wusste er, dass er Jane nicht wirklich sagen musste, dass er den Feueralarm abgestellt hatte. Das war mit Sicherheit nicht zu überhören gewesen. Aber er wollte sie zur Eile drängen, damit sie sich wieder ihrer ursprünglichen Aufgabe widmen konnten. Edies Verschwinden war nicht normal. Sie mussten sie finden.

Abel hatte zwar keine Ahnung, wohin Jane gegangen war, aber sie konnte nicht schwer zu finden sein. Im Wohnzimmer war sie nicht, womit nur der Flur blieb, der, wie er vermutete, zu den Schlafzimmern führte. Edies Wohnung besaß nur ein Schlafzimmer, diese Wohnung hatte mindestens zwei, wenn nicht sogar drei. Automatisch ging er ein Stück weiter auf die offen stehende Tür zu und wurde beinahe umgerissen, als Jane ihm daraus entgegenschoss.

„Abel!", keuchte sie und griff nach dem Revers seines Jacketts, in das sie panisch ihre Finger krallte.

„Was ist?" Besorgt hielt Abel sie an den Ellbogen fest. Sie wirkte verzweifelt, und er spürte, wie sich Furcht in ihm breitmachte. „Was ..."

„Edie!" Sie packte seine Hand und zog ihn hektisch hinter sich her in das Zimmer, aus dem sie gerade gekommen war. „Sie ist in Washington State und schon fast in Olympia."

„Wie bitte?" Stolpernd kam Abel vor einem Schreibtisch zum Stehen und starrte verständnislos auf den Laptop, den Jane ihm zudrehte. Offenbar war dort irgendeine gerasterte Landkarte zu sehen, aber er hatte keine Ahnung, was auf ihr abgebildet war. „Was sind das für blinkende Dinger?"

„Das sind ... Das rote ist Edie."

„Was? Wie …?"

„Edie hat sich einen …"

„Einen was?", drängte Abel, als Jane verstummte. Der jungen Frau war die Röte in die Wangen gestiegen, und sie wirkte verlegen.

„Sie hat sich eine … eine Halskette ausgeliehen", brachte Jane schließlich heraus, aber die Art, wie sie seinem Blick auswich, ließ Abel vermuten, dass sie log.

„Eine Halskette?"

„Ja." Ihre rote Gesichtsfarbe vertiefte sich noch, als Jane hinzufügte: „Vor ihrem Date gestern Abend hat sie sich eine Halskette ausgeliehen, die ich von der Arbeit mit nach Hause gebracht hatte. Darin ist ein Tracker versteckt."

„Darin ist was?", fragte er verwundert.

„Ein Tracker. Ein Peilsender."

„Ein Tracker", wiederholte er verständnislos. „Warum?"

„Warum?" Seine Frage schien sie zu verwirren.

„Warum sollte sie sich eine Halskette ausleihen, in der ein Aufspürgerät steckt?", fragte er ungeduldig. „Hat sie befürchtet, dass etwas mit ihr passieren könnte? Hast du etwa die ganze Zeit über gewusst, dass sie in Schwierigkeiten stecken könnte? Und wenn du gewusst hast, dass wir sie aufspüren können, warum hast du dann nicht früher …", er machte eine vage Handbewegung in Richtung Bildschirm, „… dort nachgeschaut?" Er straffte die Schultern und fügte misstrauisch hinzu: „Und wo zum Teufel arbeitest du überhaupt?"

„Tots Toy Development", beantwortete Jane seine letzte Frage zuerst, aber es klang mehr wie eine Frage als wie eine Antwort.

„Bist du dir sicher?"

Es überraschte ihn, nicht einen Anflug von Verärgerung auf ihrem Gesicht zu sehen. „Hör zu", sagte sie und rieb sich die Stirn, als bekäme sie Kopfschmerzen. „Ich arbeite für Tots Toy Development, wo wir vor allem Spielzeug erfinden. Aber ich hatte die Idee, eine Tracking-Halskette für Mädchen zu entwickeln, damit ihre Eltern immer wissen, wo sie sich aufhalten. Meinem Boss gefiel der Gedanke, und er bat mich, die Idee umzusetzen."

Abel war fest davon überzeugt, dass jedes Wort, das gerade aus ihrem Mund kam, eine Lüge war. Sie schien sich die Geschichte auszudenken, während sie sprach. Dann fiel ihm ein, dass er die Frau überhaupt nicht kannte. Er wusste nichts von ihr außer dem, was sie ihm erzählt hatte, und er begann sich zu fragen, wie viel davon wahr sein mochte.

„Und eine dieser Ketten hast du mit nach Hause genommen, und Edie hat sie sich ausgeliehen."

Er machte sich nicht die Mühe, seine Zweifel zu verbergen. Doch sie ging darüber hinweg und nickte. Wie es aussah, würden sie beide so tun, als nähme er ihr die Geschichte ab.

„Ja. Edie kam herein, als ich gerade mit Tinkle Gassi gehen wollte, und ich habe ihr gesagt, dass sie sich nehmen kann, was sie will. Doch ich habe nicht daran gedacht, dass sie sich … äh … die Kette nehmen könnte."

„Aber sie hat es getan. Und jetzt bist du in der Lage, sie über dieses Ding zu orten." Er drehte den Kopf und blickte noch einmal prüfend auf den Bildschirm, wo das rote Signallicht sich weiter in Richtung Olympia bewegte. Olympia, Washington, machte er sich klar und schüttelte unwillig den Kopf. „Das muss jemand anders sein. Was sollte Edie in den Vereinigten Staaten suchen, wenn ich hier in Vancouver bin? Sie muss die Halskette einer anderen Person gegeben haben."

„Sie wird wohl kaum eine Halskette verschenken, die mir gehört", hielt Jane ihm ungeduldig entgegen.

„Nun, sie könnte überfallen worden sein, und jemand hat sie ihr geklaut", rätselte er herum.

Wieder rieb Jane sich die Stirn. Sie schien bestürzt und besorgt, während sie sich bemühte, ihn irgendwie von ihrer Geschichte zu überzeugen. Doch Abel wollte sich nicht überzeugen lassen. Edie war einfach nur spät dran und befand sich keineswegs irgendwo mitten in Washington State.

„Sie muss überfallen worden sein", vermutete er dann. „Edie würde sich nicht einfach auf einen solchen Ausflug einlassen. Sie wusste, dass ich komme."

„Das mag sein", bestätigte Jane leise. „Willentlich würde sie sich nicht auf einen solchen Trip einlassen. Aber der Sender befindet sich nun mal in Washington und bewegt sich weiter Richtung Süden. Er schaltet sich übrigens ab und das Blinksignal wird gelb, wenn er herausgenommen … wenn die Trägerin die Kette abnimmt. Deshalb muss es sich um Edie handeln. Abgesehen davon", fügte sie hinzu, als er sie unterbrechen wollte, „wenn sie es nicht ist, die da Richtung Süden fährt, wo ist sie dann? Warum hat sie dich nicht abgeholt?"

Darauf hatte Abel keine Antwort, doch Janes Erklärung gefiel ihm ganz und gar nicht.

„Sie ist es, Abel, und der Tracker hat nur …"

„Du glaubst also, sie wurde entführt", vergewisserte er sich, um auszuschließen, dass er sie missverstand. Allein der Gedanke daran war entsetzlich. Unwillkürlich tauchten Bilder vor seinem inneren Auge auf, wie seine kleine Schwester gefesselt und geknebelt weinend in einem dunklen Loch lag, das nur der Kofferraum eines Wagens sein konnte. Und das Fahrzeug entfernte sich weiter und weiter von ihm, warum auch immer.

Verzweifelt stieß Jane die Luft aus. „Ich weiß nicht, was ich davon halten soll. Allerdings wäre die Edie, die ich kenne, fünfzehn Minuten vor deiner Ankunft am Flughafen gewesen, wenn sie gekonnt hätte."

„Ja", bestätigte Abel unglücklich. Edie gehörte zu denen, die lieber zu früh eintrafen, als sich zu verspäten.

„Nur, dass sie überhaupt nicht da war", fügte Jane hinzu, als hätte er das vergessen können. „Und sie ist auch jetzt nicht hier. Was mir ziemlich deutlich sagt, dass es nicht in ihrer Macht steht, hier zu sein. Also, sie hat den Tracker getragen, als sie von hier wegging, und ich weiß mit Bestimmtheit, dass sie ihn noch immer trägt. Was wiederum bedeutet, dass sie momentan …" Sie warf einen Blick auf den Bildschirm, um die Daten abzulesen, die er ausspuckte. Bestürzt riss sie die Augen auf. „Zweihundertfünfundsiebzig Kilometer von hier entfernt ist. Lieber Himmel!", schrie sie auf. „Wir müssen ihr folgen."

„Einen Moment noch." Abel hielt sie am Arm fest, als sie um den Schreibtisch herumgehen wollte. „Warum sollte jemand meine Schwester nach Washington verschleppen? Warum …?"

„Kalifornien liegt südlich von Oregon, und Oregon südlich von Washington, und sie fahren in südlicher Richtung", erläuterte Jane, für Abel völlig unverständlich. „Und hattest du nicht gesagt, dass sie etwas von seltsamen Dingen auf ihrer Arbeit erwähnt hat? Und irgendwas von ‚falls ihr etwas passieren sollte …'?"

„Und?" Für Abel hätte Jane genauso gut in einer fremden Sprache reden können. Ihre Worte machten einfach keinen Sinn für ihn. Edie konnte nicht gekidnappt sein. Sie konnte nicht in Washington sein. Und was hatte Kalifornien mit der Arbeit seiner Schwester zu tun?

„Nun, ich glaube, Edie hat mir gegenüber mal erwähnt, dass sich die Vorstandsbüros der Enseckši Satellites, für die Edie arbeitet, in Kalifornien befinden."

Abel war, als hätte er einen Schlag in den Nacken bekommen. Er schwieg, während er die Information sacken ließ. Dann bemerkte er, dass Jane den Laptop zuklappte und alle Stecker und Kabel zusammenrollte. Warum um alles in der Welt machte sie sich die Mühe, wenn seine Schwester gekidnappt worden war und nun nach Kalifornien verschleppt wurde? „Wir müssen die Polizei anrufen."

„Die Polizei wird vierundzwanzig Stunden lang nichts unternehmen", erwiderte Jane und schob ihm Laptop, Stecker und Kabel zu. Ohne nachzudenken, nahm Abel sie entgegen. „Doch wir haben keine Zeit zu verlieren. Die Tracker haben nur eine Reichweite von dreihundertzwanzig Kilometern. In einer halben Stunde wird sie nicht mehr aufzuspüren sein, und in dieser kurzen Zeit könntest du nicht einmal das Formular für die Vermisstenanzeige ausfüllen."

„Was?" Abel starrte sie an, während er nur die Sachen in den Händen hielt und Jane in Windeseile ihre Schreibtischschubladen öffnete und wieder schloss und den Inhalt scheinbar planlos auf die Tischplatte warf. Lippenstifte, Eyeliner und Parfumfläschchen rollten kreuz und quer durcheinander. „Die Reichweite beträgt also nur dreihundertzwanzig Kilometer? Warum hast du das nicht früher gesagt?"

„Das wollte ich ja, aber du warst zu sehr damit beschäftigt, mir entgegenzuhalten, dass sie es nicht sein kann." Mit dem Schreibtisch war Jane fertig. Nun lief sie um ihn herum, wobei sie sich im Zimmer umschaute, als versuchte sie zu entscheiden, was sie brauchte. Zum ersten Mal, seit er das Zimmer betreten hatte, sah auch er sich darin um. Staunend stellte er fest, dass er sich in einer Art Werkstatt befand. Die Wände waren mit einem merkwürdigen Material verkleidet, und an jeder Wand befanden sich Arbeitsbänke. Überall lagen Werkzeuge und irgendwelches Make-up herum. Aber Spielzeug war nirgends zu entdecken. Es sah eher aus wie in einem Labor von Revlon, nicht wie in einer Spielzeugfabrik ... wenn man von den Werkzeugen einmal absah.

„Wir müssen alles einpacken, was wir eventuell brauchen können, und zusehen, dass wir uns möglichst schnell auf den Weg machen." Jane lief nun zu einem Wandschrank neben der Tür, aus dem sie eine schwarze Nylontasche herauszog.

„Wenn wir sie verlieren ..." Sie ließ den Satz verklingen, ohne ihn zu beenden, und Abel merkte, wie ihn bei dem Gedanken daran Panik überkam. Er setzte sich in Bewegung und wollte zur Tür. „Ich gehe hinüber in Edies Apartment, um ein paar Sachen zu holen."

„Dazu reicht die Zeit nicht! Nur das Wesentliche wird eingepackt, und dann nichts wie weg", sagte sie bestimmt.

Sie flitzte durchs Zimmer und sammelte Lippenstifte und andere Schminkutensilien ein. Abel machte Stielaugen und fragte sich, ob so viel Make-up für diese Frau zum Wesentlichen gehörte. Schließlich klappte ihm der Mund auf, als sie nicht nur einen, sondern gleich sechs Vibratoren in Neonrosa von einer Arbeitsbank nahm und sie ebenfalls in die Tasche warf.

Lieber Gott, dachte er entsetzt, ich verlasse mich darauf, dass eine sexbesessene Verrückte mir dabei hilft, meine Schwester zu finden.

„Geh und sag Gran Bescheid, dass wir eine Reise mit dem Auto machen und sie sich fertig machen soll", wies sie ihn an.

Abel verließ eilig das Zimmer und ging über den Flur zurück in Richtung Küche. Jane mochte zwar eine sexbesessene Verrückte sein, aber wenn es stimmte, was sie sagte, und dieses rote Blinklicht auf ihrem Bildschirm tatsächlich Edie war, dann wäre Jane die einzige Verbindung zu seiner Schwester.

Aber eigentlich, dachte er und blieb auf halbem Weg im Wohnzimmer stehen, ist gar nicht *sie* die Verbindung. Er blickte auf den Laptop und den Mini-Satellitenschirm, die er noch immer in den Händen hielt. *Das* war die Verbindung. Er spähte in den Eingangsbereich und zur Wohnungstür. Er könnte sich sein Gepäck schnappen, den Laptop mitnehmen und …

Und was? Er würde einen Wagen mieten müssen. Wie lange würde das dauern? Wie viel Zeit hatte er? Und wie sollte er herausfinden, wie dieses Tracking-Ding zu bedienen war?

Bevor er weiter darüber nachdenken konnte, wurde er von hinten geschubst und Jane fuhr ihn an: „Was stehst du hier herum? Wir müssen aufbrechen! Hast du Gran gesagt, dass sie sich vorbereiten soll?"

Abel fuhr herum und sah, dass sie zwei schwarze Taschen in den Händen hielt. Mit einer von ihnen hatte sie ihn angestoßen und sah ihn finster an, als wäre sie enttäuscht von ihm. Wie es aussah, konnte sie ganz schön herrisch sein. „Ich …"

„Vergiss es. Hier, leg den Laptop erst einmal hier hinein."

Widerstrebend schob Abel den Computer in die Nylontasche, die sie ihm geöffnet entgegenhielt, und legte ihn auf ein halbes Dutzend rechteckige kleine Folienpäckchen. Erst als er ihn losließ und seine Hände zurückzog, wurde ihm die Aufschrift auf diesen Päckchen bewusst: „B.L.I.S.S. Spezial-SF-Kondome".

Meine Güte, die Frau war eine Sexsüchtige! Wie konnte sie in einem Moment wie diesem auch nur an Kondome denken?

„Komm jetzt." Jane schloss die Tasche und ging an ihm vorbei zur Küche. Abel folgte ihr, wobei er den ganzen Weg über zornig dreinblickte. Er war sich nicht sicher, ob er sich nicht doch lieber den Laptop schnappen und zur nächsten Autovermietung laufen sollte. Verflucht, wenn es sein musste, könnte er sich ein Taxi nehmen, um seiner Schwester zu folgen. Edie war ihm das Geld wert.

„Gran, wir werden das Teegebäck erst einmal vergessen müssen", verkündete Jane, als sie die Küche betrat. „Wir machen eine Tour mit dem Auto."

„Oh?" Maggie Spyrus blinzelte überrascht, zuckte dann aber nur mit den Schultern und lächelte. „In Ordnung, Liebes."

Das war's. Sie fragte nicht nach, was für eine Art Tour das sein mochte und wohin es gehen sollte. Stattdessen entfernte sie sich mit ihrem Rollstuhl vom Tisch, drehte ihn Richtung Tür und fuhr aus dem Raum, wobei sie fröhlich rief: „Tinkle! Komm her, Schätzchen, wir machen einen Ausflug."

Abel entschied, dass beide Frauen verrückt waren. Mit leichter Panik in der Stimme fragte er: „Wir nehmen doch den Köter nicht mit, oder?" Er hatte dem Tier keineswegs verziehen, dass es ihm ans Hosenbein gepinkelt hatte.

Er musste Jane zwar zugestehen, dass auch sie bei dieser Aussicht nicht besonders glücklich aussah. Doch sie antwortete: „Ich fürchte, ja."

Gerade wollte er etwas einwenden, als sie erklärend hinzufügte: „Im Augenblick liegen wir fast drei Stunden Fahrtzeit hinter Edie und ihrem Entführer, wer auch immer das sein mag. Vielleicht schaffen wir es nicht, sie einzuholen, bis sie in Kalifornien irgendwo anhalten, falls das tatsächlich ihr Ziel ist. Das wäre dann eine fünfzehn- bis sechzehnstündige Fahrt. Sechzehn Stunden hin, sechzehn zurück, und wer weiß, wie lange es tatsächlich dauern wird, sie zu retten." Sie schüttelte den Kopf. „So lange kann Tinkle nicht allein bleiben. Und wir haben nicht die Zeit, sie in eine Tierpension zu bringen."

„Nein, vermutlich nicht", gab er Jane widerwillig recht.

Jane stellte ihre Taschen auf den Tresen und holte Hundefutter aus dem Schrank. Natürlich in Dosen. Abel war nicht überrascht, denn Tinkle schien zu der verzogenen Sorte zu gehören.

„Könntest du mir eine Einkaufstasche aus dem Schrank hinter dir geben?", fragte Jane.

Schon setzte Abel sich in Bewegung, um zu tun, worum sie ihn gebeten hatte. Als er mit der Tasche zurückkam, fügte sie dem Hundefuttervorrat noch eine Flasche Wasser hinzu. Beim Anblick der Wasserflasche erinnerte Abel sich daran, dass Jane vorhin den Wassernapf für Edies Kater aufgefüllt hatte. Er blieb stehen und schlug sich mit der Hand an die Stirn. „Mr Tibbs!"

Bestürzt fuhr Jane herum und schloss die Augen. Einen Augenblick glaubte er, sie würde vorschlagen, den Kater zurückzulassen, aber stattdessen wühlte sie in ihrer Tasche und zog schließlich Edies Wohnungsschlüssel heraus. Den reichte sie Abel, nahm die Tasche, die er geholt hatte, und begann, die Sachen, die sie zusammengesucht hatte, darin unterzubringen. „Edie verwahrt den Tragekorb für Mr Tibbs in dem Wandschrank im Flur."

Abel ging zur Tür, musste aber wieder anhalten, weil Janes Großmutter zurückkehrte. Die alte Dame rollte in die Küche, Gesicht und Kleidung noch immer mit Mehl bestäubt, nun aber mit einem großen Hut, der ihr in einem kecken Winkel auf dem Kopf saß. Auf ihrem Schoß lag eine große, vollgestopfte Handtasche, auf der Tinkle angeleint kauerte.

„Wir sind so weit", verkündete Maggie Spyrus fröhlich. „Seid ihr auch fertig?"

„So gut wie", antwortete Jane, aber Abel bemerkte, wie sie misstrauisch die voluminöse Tasche auf dem Schoß ihrer Großmutter beäugte. Schließlich schien sie die Angelegenheit auf sich beruhen zu lassen und wandte sich an ihn: „Vergiss das Katzenfutter nicht. Und Katzenstreu. Und das Katzenklo."

Abel nickte und eilte zur Tür, wobei sein Mut mit jedem Teil, das Jane der Liste hinzufügte, weiter sank. Das alles würde er wohl kaum tragen können, wenn er auch noch sein eigenes Gepäck mitnahm. Und er ging davon aus, dass ohnehin keine Zeit bleiben würde, um zweimal zu gehen. Oder sich umzuziehen. Wie es aussah, würde er seiner Schwester in schmutzigen Hosen zu Hilfe eilen müssen.

5. KAPITEL

„Wie kommen wir voran?"

Jane schwieg für einen Augenblick und überlegte, wie sie Abels Frage beantworten sollte. Aus zwei Gründen hatten sie problemlos die Grenze überqueren können. Erstens hatte Jane kein Wort über den Hund und den Kater verloren, die hinten im Transporter schliefen, und zweitens hatte sie die eine spezielle Ausweiskarte von der Regierung in ihren Pass geschoben, bevor sie diesen dem Zollbeamten reichte. Danach hatte sich der Mann die Pässe von Gran und Abel kaum noch angeschaut, sondern Jane nur mit hochgezogener Augenbraue gemustert, ihnen die Ausweise zurückgegeben und sie mit einem bedächtigen Nicken durchgewunken.

Nachdem sie durch den Zoll waren, hatte Jane rechts angehalten und mit Abel die Plätze getauscht, sodass er fahren konnte, während sie feststellen wollte, wo sich Edie gerade aufhielt. Auch wenn der Grenzposten sie nicht lange aufgehalten hatte, hatte sie die Autoschlange davor mehr als eine halbe Stunde gekostet. Edies Tracker war außer Reichweite. Sie hatten sie verloren.

„Jane?"

Sie klappte den Laptop zu und wappnete sich für Abels Reaktion. „Sie ist außer Reichweite."

Wie erwartet, zuckte Abel auf dem Fahrersitz zusammen und fluchte.

„Wir werden sie wieder einholen", versicherte sie ihm beschwichtigend. „Irgendwann werden sie anhalten müssen, um zu tanken oder sonst etwas zu tun. Es ist jetzt wichtig, dass wir nirgendwo anhalten oder etwas anderes machen, was uns weiter zurückwerfen könnte. Wie zum Beispiel, zu schnell zu fahren", fügte sie hinzu. Sofort nahm Abel den Fuß vom Gas.

„Du hast recht." Es klang nicht, als würde er das gerne zugeben. Für einen Augenblick schwiegen sie beide. Dann fragte er: „Also, wie lange kennst du Edie schon?"

Jane wusste, dass er nur versuchte, sich von seinen Sorgen abzulenken, aber sie beschloss, trotzdem darauf einzugehen. „Wir sind uns an dem Tag begegnet, als sie nach Vancouver versetzt wurde und in das Haus eingezogen ist. Wir haben uns auf Anhieb gut verstanden. Es macht Spaß, mit ihr zusammen zu sein."

Er nickte, und ein kleines Lächeln vertrieb die Trübsal aus seinem Gesicht. „Ja, es macht *wirklich* Spaß, mit ihr zusammen zu sein. Sie ist die beste Schwester, die man sich wünschen kann. Ich habe sie vermisst …"

„Sie hat dich auch vermisst. Sie hofft immer noch darauf, dass du dich in eine ihrer Freundinnen verliebst, heiratest und wieder nach Kanada zurückkommst."

„Ja." Er lachte. „Das hat sie mir gesagt. Richtig, du musst die Janie sein, von der sie mir erzählt hat. Sie meinte, du würdest mich umwerfen. Ich glaube, sie hat sich große Hoffnungen gemacht, was uns beide betrifft."

Seine Worte verschlugen Jane den Atem, und sie merkte, wie sie rot anlief. Davon hatte Edie ihr nie etwas gesagt. Mit dem Gedanken, dass sie tatsächlich zusammenpassen könnten, sah sie Abel scheu von der Seite an. Er sah gut aus und schien intelligent und freundlich zu sein.

„Albern, was?" Er warf ihr einen kurzen Blick zu und konzentrierte sich wieder auf die Straße.

Jane räusperte sich. „Ja. Albern." Sie schaute wieder durchs Fenster auf die vorbeifliegende Landschaft. Natürlich war das albern. Warum sollte er sich auch für sie – einen langweiligen Technikfreak ohne Make-up in einem alten T-Shirt und schäbigen Jeans – interessieren? Gedankenverloren begann sie, an dem ausgefransten Loch ihrer Jeans über dem Knie zu zupfen. Sie war nicht in Hochform, und das wusste sie. Aber was soll's, dachte sie und zwang sich, gerade zu sitzen. Sie war ohnehin nicht auf der Suche nach einem Mann. Sie hatte eine sehr befriedigende Arbeit, und wenn sie Gesellschaft brauchte, hatte sie Freundinnen und ihre Gran. Was bedeutete da schon die Erkenntnis, dass sie dringend Sex brauchte, zu der sie selbst erst am Tag zuvor während des D&C-Meetings gekommen war? Daran zu denken oder es tatsächlich zu tun, waren zwei völlig verschiedene Paar Schuhe.

Jane war keine Frau für Sex ohne eine Beziehung, und sie arbeitete zu viel, um für Letzteres Zeit zu haben. Zumindest war das bislang der Fall gewesen. Sollte B.L.I.S.S. allerdings von diesem Debakel hier Wind bekommen, würde zu viel Arbeit kein so großes Problem mehr sein.

Beim Anblick ihres Spiegelbilds in der Windschutzscheibe des Vans rümpfte Jane die Nase. Wenn jemand herausfand, dass sie Edie erlaubt hatte, die Tampon-Tracker zu benutzen – hoch geheime, kostspielige Tracker, die noch in der Entwicklungsphase steckten –, nun, sie war ziemlich sicher, dass sie dann ihren Job verlieren würde. Zwar hatte sie Edie nicht direkt erlaubt, die Tracker zu nehmen, aber das würde in der Chefetage des Dienstes niemanden interessieren.

Ihre Angst hätte Jane allerdings nicht davon abgehalten, im Büro anzurufen, um herauszufinden, ob ihnen B.L.I.S.S. mit seinen Hightech-Geräten und Spezialagenten helfen konnte. Doch es handelte sich bei der Organisation um einen internationalen Dienst, der sich globaler Probleme annahm. Man sah es nicht gern, wenn Zeit und Mittel für persönliche Angelegenheiten der Mitarbeiter eingesetzt wurden. Hinzu kam, dass Jane keinen Beweis dafür hatte, dass Edie tatsächlich in Schwierigkeiten steckte. Jane selbst hatte darauf hingewiesen, dass sich der Firmensitz von Ensecksi Satellites in Kalifornien befand. Edie könnte sich daher auch auf einer unvorhergesehenen Geschäftsreise befinden. Vielleicht hatte sie eine entsprechende Nachricht hinterlassen, die fehlgeleitet wurde. Vielleicht hatte sie sogar jemanden zum Flughafen geschickt, der Abel abholen sollte, und die beiden haben sich verfehlt. Jane glaubte zwar nicht, dass das tatsächlich der Fall war, aber sie wollte ihre Vorgesetzten erst dann über die Sache informieren, wenn es keine andere Möglichkeit mehr gab.

Um sich selbst und Abel von ihren Sorgen um Edie abzulenken, beschloss Jane, ihn in ein Gespräch zu verwickeln. „Also, Edie hat mir gegenüber erwähnt, dass du in der Buchhaltung irgendeiner Firma in England arbeitest?"

„Ja." Stirnrunzelnd behielt Abel die Straße vor ihm im Auge. „Die Ellis & Smith Construction. Ich hatte in der Firmenzentrale in Ontario angefangen, wurde aber versetzt, um die Buchhaltung in der Zweigstelle in London zu leiten. Eigentlich hatte ich gar keine Lust wegzugehen, aber auf der Karriereleiter war es ein Schritt nach oben."

„Wie gefällt es dir in England?"

Er zuckte mit den Schultern. „Die Leute sind nett. Höflicher als hier."

„Welche Begeisterung", bemerkte sie amüsiert.

„Ich vermisse Edie und den Rest der Familie", gestand er. „Und es gibt dort ein paar Sachen, die mir fremd sind und an die ich mich nur schwer gewöhnen kann."

„Was zum Beispiel?"

„Das Fahren auf der linken Straßenseite."

„Aha." Jane lachte leise, und nachdem sich ihr Vorrat an Small Talk erschöpft hatte, verfielen sie wieder in Schweigen. Als sie sich umdrehte, sah sie, dass ihre Großmutter auf dem Rücksitz eingeschlafen war. Die Frau konnte überall einnicken, aber Jane wusste auch, wie leicht sie wieder aufwachte.

„Vielleicht solltest du dich etwas ausruhen, damit du später das Fahren übernehmen kannst", schlug Abel ihr nun vor.

„Okay. Weck mich, bevor du zu müde wirst, und wir tauschen wieder." Langsam ließ Jane ihre Rückenlehne herunter und schloss die Augen. Sie war eigentlich nicht schläfrig, aber sie wusste, dass sie während der Fahrt wegdämmern würde, wenn sie es zuließ. Und sie vermutete, dass sie eine Verschnaufpause brauchen könnte. Außerdem rechnete sie nicht damit, dass Abel mehr als zwei Stunden hinter dem Steuer durchhalten würde, denn sie wusste, dass es in England bereits spätnachts sein musste. Nach einem Tag, an dem er zwischen Flughäfen und Flugzeugen hin und her gependelt war, würde er bald erschöpft sein und ihr dann das Lenkrad überlassen. Es war eine gute Idee, sich vorher etwas auszuruhen.

Zu Janes großer Überraschung hielt Abel gut sieben Stunden hinter dem Steuer durch. Die Uhr am Armaturenbrett zeigte fast Mitternacht, als er Jane leicht anstieß, um sie zu wecken. Sie setzte sich auf, rieb sich den Schlaf aus den Augen und sah sich um. In der Dunkelheit wand sich eine Doppelreihe roter Rücklichter durch eine Kurve auf dem Highway.

„Tut mir leid", entschuldigte sich Abel. „Aber ich nicke langsam ein, deswegen dachte ich, ich sollte dich lieber wecken."

„Nein. Ist in Ordnung", versicherte Jane. „Es überrascht mich nur, dass du so lange wach geblieben bist. Fahr einfach auf den nächsten Rastplatz, dann können wir die Plätze tauschen." Sie suchte auf dem Fußboden nach ihrem Laptop und runzelte die Stirn, als sie ihn nicht sah. „Wo …"

„Deine Gran hat ihn. Während du geschlafen hast, hat sie ein paarmal nachgeschaut, ob Edie wieder im Empfangsbereich ist."

„Und, ist sie das?" Jane drehte sich um und entdeckte ihren Laptop neben ihrer schlummernden Großmutter. Sie streckte sich, um ihn sich zurückzuholen, und legte ihn auf ihren Schoß.

„Nein", musste Abel unglücklich einräumen. „Ich bin einfach immer weiter auf dem Highway nach Süden gefahren. Wenn sie wirklich nach Kalifornien wollen, werden wir sie irgendwann einholen."

Seine Worte klangen zuversichtlicher als seine Stimme, und Jane hatte für einen Augenblick Mitleid mit ihm. Sie wusste, dass sich hinter seiner äußerlich ruhigen Fassade Angst und Sorgen um das Wohlergehen seiner Schwester verbargen. Er versuchte, stark zu sein, aber wenn sein blasses Gesicht im Scheinwerferlicht des Gegenverkehrs zu sehen war, konnte Jane erkennen, wie angespannt er war.

„Sam, öffne das BT-Trackingsystem", befahl sie, während Abel sich rechts einordnete, um die Abfahrt zum nächsten Rastplatz zu nehmen. Fast wäre sie zusammengezuckt, als Abel ihr einen ernsten Blick zuwarf, den sie fast schon körperlich spürte. Bisher hatte Jane in seiner Gegenwart davon abgesehen, das Sprachprogramm zu benutzen, wenn sie Edies Tracker checkte. Aber es war inzwischen so dunkel, dass sie befürchtete, sich zu vertippen. Sie ignorierte Abel und gab alle notwendigen Befehle, damit die Karte auf dem Bildschirm erschien. Als der Staat Oregon zu sehen war, wurde ihr bewusst, dass sie Washington hinter sich gelassen hatten. Dann aber schaltete die Karte wieder um und zeigte nun sowohl Oregon als auch Kalifornien. Aufgeregt stieß sie die Luft aus, als ein rotes Signallicht blinkte.

„Was ist? Ist sie wieder zu sehen?", fragte Abel beklommen, während sie auf den Parkplatz der Raststätte fuhren. Er verringerte die Geschwindigkeit noch weiter und hielt dann an.

Strahlend drehte Jane ihm den Laptop zu. „Du hast wahnsinnig viel Zeit aufgeholt. Sie sind nur noch hundertfünfzig Kilometer vor uns." Sie verengte die Augen, als er den Motor abstellte und sich ihr zuwandte, um es selbst zu sehen. „Bist du etwa zu schnell gefahren?"

Verwirrt schüttelte er den Kopf. „Nein, wirklich nicht."

Jane drehte den Laptop wieder um und starrte auf den Bildschirm. „Hm. Dann müssen sie eine Pause eingelegt haben."

„Haben wir genügend Zeit aufgeholt, um zur Toilette zu gehen?", erklang Grans Stimme von hinten. „Tinkle ist auch wach und winselt. Wahrscheinlich könnte sie einen kleinen Spaziergang vertragen."

Jane drehte sich um und sah, wie sich ihre Großmutter auf dem Rücksitz aufrichtete. Als ihr Blick wieder auf Abel fiel, war seiner unglücklichen Miene anzusehen, wie sehr ihn der Gedanke bedrückte, durch einen Stopp vielleicht wieder an Boden zu verlieren. Dennoch nickte er.

„Wir werden uns beeilen", versprach sie.

Abel nickte noch einmal und löste seinen Sicherheitsgurt. „Ich werde Kaffee und ein paar Sandwiches holen, solange wir halten. Irgendwelche besonderen Wünsche?"

„Überrasche uns", schlug Jane vor.

Wie versprochen, kehrten Jane und Gran schnell wieder von der Damentoilette zurück, aber Abel war ihnen dennoch voraus. Als sie zurückkamen, hatte er bereits Verpflegung besorgt, alles in den Van gelegt und führte nun Tinkle an der Leine herum.

Jane half Gran wieder in den Van, verstaute ihren Rollstuhl und ging dann zum Rand des Parkplatzes, wo Abel und Tinkle sich schweigend darin übten, den anderen mit Ignoranz zu strafen.

„Alles in Ordnung?", fragte sie, als sie näher kam.

„Er hat versucht, mich zu beißen, als ich ihn aus dem Korb geholt habe!" Offensichtlich war Abel wegen des Angriffs beleidigt.

„Ach ja. Ich hätte dich warnen sollen." Jane biss sich auf die Lippe, um über seine eingeschnappte Miene nicht grinsen zu müssen. „Tinkle versucht, jeden zu beißen."

„Dann hat er mir fast die Hand abgerissen, weil er einen Polizeiwagen verfolgen wollte."

Diesmal musste Jane ganz fest die Lippen zusammenpressen, als sie sich das fünfzehn Pfund schwere Fellknäuel vorstellte, das wie verrückt an seiner Leine riss. Wohl kaum eine ernst zu nehmende Gefahr für Abels Handgelenk! Aber sie sagte bloß: „*Sie*. Tinkle ist ein Mädchen und noch dazu ein echtes Biest."

„Das ist sie mit Sicherheit", schimpfte Abel, und Jane konnte sich das Lachen nun nicht mehr verkneifen. Damit handelte sie sich einen wütenden Blick von Abel ein, der nun verkündete: „Obendrein hat sie nicht einmal Gassi gemacht." Es klang ungeduldig und frustriert.

Jane hatte Mitleid mit ihm, nahm ihm die Leine aus der Hand und ging wieder auf den Van zu. „Zeit zu fahren!", rief sie.

Auf der Stelle zerrte Tinkle an der Leine und winselte. Jane blieb stehen und war nicht im Geringsten überrascht, dass der Hund nun sofort sein Geschäft erledigte. Tinkle machte es zwar Spaß, alle zu ärgern, aber nicht auf Kosten ihres eigenen Wohlbefindens. Jane benutzte anschließend eine Plastiktüte, um alles aufzuheben und wegzuwerfen. Zu dritt kehrten sie zum Van zurück.

„Oh, lass sie doch draußen, Janie", sagte Gran, als Jane den Hund wieder in seinen Korb packen wollte. „Sie wird brav sein."

Jane entschied, dass diese Lösung vermutlich einfacher war, als sich mit Tinkle herumzuschlagen, die immer wieder nach ihr schnappte. Sie ließ die Hündin los, die sofort auf den Sitz neben Gran sprang.

Als Jane die Tür des Transporters zuwarf, fragte Abel zögernd: „Sollten wir Mr Tibbs nicht auch rauslassen?"

„Er schläft." Jane konnte sich Abels Erleichterung darüber vorstellen, dass sie nicht noch länger aufgehalten wurden.

Sie stiegen wieder in den Van, und diesmal setzte sich Jane auf den Fahrersitz. Nachdem sie noch kurz getankt hatten, fuhren sie los, und Abel machte sich daran, die Sandwiches und Getränke zu verteilen.

„Fleischbällchen", stellte Jane überrascht fest, nachdem sie ihren ersten Bissen heruntergeschluckt hatte.

„Tut mir leid. Ich ..."

„Nein, ich mag Sandwiches mit Fleischbällchen", versicherte Jane ihm rasch. Sie lachte. „Das ist meine Lieblingssorte."

„Meine auch."

Während sie sich auf die Straße konzentrierte, spürte Jane, wie sich Abel entspannte. Dann fügte er hinzu: „Eigentlich hatte ich zwei Sandwiches mit Fleischbällchen für mich gekauft und Hühnersalat für euch Ladies. Sieht aus, als hätte ich dir das falsche gegeben."

„Oh." Jane nahm die Augen von der Straße, sah ihn unsicher an und hielt ihm das angebissene Brot hin. „Willst du es wiederhaben?"

„Nein." Diesmal lachte er. „Hühnersalat mag ich auch. Ich hatte nur nicht damit gerechnet ... Ich meine, ich wäre nie auf den Gedanken gekommen, dass du ebenfalls Fleischbällchen mögen könntest. Den meisten Leuten schmeckt es nicht."

Achselzuckend blickte Jane wieder auf die Straße und biss noch einmal ab. „Ich habe einen ungewöhnlichen Geschmack."

„Das kann man wohl sagen", meldete sich ihre Gran. „Sie ist die einzige Person, die ich kenne, die sich Erdnussbutter auf die Dillgurken streicht."

„Gran!" Wütend funkelte Jane ihre Großmutter im Rückspiegel an, während Abel zu lachen begann. Irritiert warf sie ihm einen Blick zu. „Was ist so lustig daran?"

„Weiß Edie, dass du Erdnussbutter mit sauren Gurken magst?"

„Ja." Ihre Mundwinkel hoben sich zu einem Lächeln. „Sie fand es wahnsinnig lustig."

„Das kann ich mir vorstellen. Es erklärt, warum sie fand, dass wir gut zusammenpassen müssten."

„Warum?" Neugierig sah sie ihn an und zog dann angesichts seiner fröhlichen Miene die Augenbrauen hoch. „Magst du etwa auch Dillgurken und Erdnussbutter?"

„Seit ich zehn bin und Edie mich herausgefordert hat, sie zu essen. Ich dachte, es würde widerlich schmecken, aber ..."

„Die Erdnussbutter nimmt dem Dill das Herbe, und der Saft der Gurken weicht die klebrige Trockenheit der Erdnussbutter auf", beendete Jane den Satz für ihn. Sie nickte. „Mein erstes Mal war ganz ähnlich wie bei dir. Meine Cousine Ariel hat mich dazu gebracht, sie zu essen. Es war das Ekligste, was sie sich damals vorstellen konnte."

Sie lächelten sich gegenseitig an. Dann richtete Jane ihre Aufmerksamkeit aufs Fahren und Essen und überließ es Gran, sich mit Abel zu unterhalten. Maggie Spyrus war gut darin, ein Gespräch in Gang zu halten. Jane vermutete, dass es an ihrem Spionagetraining lag. Während sie aßen, gelang es der älteren Frau auf diese Weise, Abel alle möglichen Informationen zu entlocken.

Interessiert hörte Jane ihnen zu und erfuhr, dass der Grund für seinen Besuch eine vakante Stelle in den Ellis-&-Smith-Büros in Vancouver war, auf die er sich bewerben wollte. Er hoffte, wieder nach Kanada zurückkehren zu können. Vancouver erschien ihm perfekt, weil Edie dort lebte, und auch seine Eltern sprachen bereits davon, dorthin umzuziehen, wenn sein Vater im nächsten

Jahr pensioniert würde. Von seinen Plänen hatte Abel Edie allerdings noch nichts erzählt, denn er wollte keine falschen Hoffnungen wecken, falls er die Stelle am Ende doch nicht bekam. Allerdings rechnete er sich gute Chancen aus. Er arbeitete hart für seine Firma. Sie wollten ihn behalten, und sie wollten, dass er zufrieden war. Jane war beeindruckt, weil es ihm gelang, das ohne die geringste Überheblichkeit zu erzählen.

Gran und Abel redeten weiter, und Jane hörte ihnen noch lange zu, nachdem Sandwiches und Kaffee verzehrt waren, aber irgendwann verstummten die beiden und nickten ein. Selbst Tinkle rollte sich zum Schlafen zusammen und legte den Kopf in Grans Schoß, sodass Jane mit der Straße und ihren Gedanken allein blieb. Natürlich dachte sie sofort wieder an Edie, und die Sorgen ließen nicht lange auf sich warten. Auch wenn sie sich Abel gegenüber zuversichtlich zeigte, war sich Jane keineswegs sicher, dass sie den Kidnapper ihrer Freundin einholen würden. Auch hatte sie keine Ahnung, was sie tun sollten oder konnten, wenn es ihnen tatsächlich gelang. Schließlich ist Abel nur ein Buchhalter und ich bin eine Konstrukteurin, und nicht mal eine besonders respektable, dachte sie geknickt, als sie an ihre letzten Erfindungen dachte. Schrumpffolien-Kondome und Raketenwerfer-Vibratoren? Lieber Himmel, sie wusste selbst nicht mehr, was sie sich dabei gedacht hatte.

Es spielte keine Rolle, dass Ira Manetrue und Y sich viel von ihr versprachen; Jane zweifelte immer am Nutzen ihrer Erfindungen, bis sie sich bewiesen hatten. Momentan machte sie sich zum Beispiel Vorwürfe, weil sie die Tracker nicht mit einer größeren Reichweite ausgestattet hatte. Sicher, es waren nur Prototypen und für erste Tests gedacht, aber …

Sie dachte daran, wie sie Edie zum letzten Mal gesehen hatte. Ganz aufgeregt war sie gewesen, weil sie zum ersten Mal seit längerer Zeit wieder eine Verabredung hatte. Wo war sie jetzt? Und warum hatte sie bislang erst einen Tracker benutzt? Es war schon weit nach Mitternacht, also bereits Samstagmorgen. Edie hatte sich das Sechserpack zwei Tage zuvor gegen halb sechs abends ausgeliehen. Das war jetzt bereits länger als vierundzwanzig Stunden her. Deshalb hätten eigentlich ein paar gelbe Signale die neutralisierten Tracker anzeigen müssen, die gebraucht und dann weggeworfen worden waren.

Jane wusste nicht einmal, ob Edie noch lebte oder bereits tot war.

„Glaubst du, dass es ihr gut geht?"

Erschrocken über Abels Frage, zuckte Jane zusammen. Sie hatte geglaubt, dass er schliefe. Offensichtlich war dies nicht der Fall, und seine Gedanken hatten einen ganz ähnlichen Weg eingeschlagen wie ihre.

„Ja. Andernfalls hätten sie sich wahrscheinlich längst ihrer Leiche entledigt." Jane hatte aus purer Verzweiflung so unsensibel geantwortet, aber als sie die Worte aussprach, klangen sie logisch in ihren Ohren. Solange das Signal in Bewegung war, standen die Chancen gut, dass Edie noch lebte.

Abel versank wieder in Schweigen, und als sie wenige Augenblicke später zu ihm hinübersah, hatte er die Augen geschlossen.

Die Nacht verstrich, während grelle Lichter auf einem endlosen Highway an ihr vorbeizogen. Jane schob eine CD von Enrique Iglesias in den Player und stellte auf leise. Die Aktion weckte Abel so weit auf, dass er murmelte: „Gutes Album." Dann veränderte er seine Position und schien wieder einzuschlafen.

Als Jane an der nächsten Tankstelle abfuhr, weil sie tanken mussten, wachte Gran auf, aber Abel nicht. Jane führte Tinkle noch einmal Gassi, kaufte einen Schokoriegel, um Energie zu tanken, und zog ihren Laptop heraus, um Edies Position zu checken. Nicht im Geringsten überrascht stellte sie fest, dass das Signal sich seit der letzten Kontrolle kein bisschen von der Stelle gerührt hatte. Inzwischen waren sie nur noch achtzig Kilometer von dem roten Blinklicht entfernt. Plötzlich war Jane froh, dass Abel schlief. Zwar war es gut möglich, dass Edies Entführer nur angehalten hatte, um ein Nickerchen zu machen, aber ebenso gut wäre es möglich, dass er die Leiche von Abels Schwester am

Straßenrand abgelegt hatte. Einmal mehr wünschte Jane, sie hätte etwas in den Tracker eingebaut, was Auskunft über die Verfassung seiner Trägerin geben würde.

Eine Weile spielte sie die Möglichkeiten im Kopf durch, dann warf sie noch einmal einen Blick auf den Bildschirm und stellte fest, dass das Signal sich wieder in Bewegung gesetzt hatte. Fast hätte Jane vor Erleichterung aufgejubelt, erinnerte sich im letzten Moment aber noch an ihren schlafenden Gefährten und hielt sich zurück. Edie lebte! versicherte Jane sich selbst, und das war der Moment, in dem sie beschloss, dass es nicht verkehrt sein könnte, mit überhöhter Geschwindigkeit zu fahren. Nachts auf dem Highway würde sie vor der Polizei halbwegs sicher sein. Und selbst wenn …

Rasch warf sie einen Blick in Abels Richtung und lächelte, als sie sah, dass er ohne jeden Zweifel fest schlief. Niemand hatte ein so offenes Gesicht, wenn er wach war. Die Sorgenfalten waren von seiner Stirn verschwunden, und er sah jetzt jünger aus. Sie betrachtete ihn einen Augenblick länger, als es die Verkehrssicherheit erlaubte, und hatte plötzlich das Bedürfnis, ihm mit den Fingern durch die dichten Haare zu streichen.

Doch sie rief sich zur Vernunft, behielt die Finger bei sich und fuhr wieder auf die Mitte der Spur zurück. Dann drückte sie auf einen Knopf am Armaturenbrett, und ein kleiner Bildschirm öffnete sich über dem Tachometer. Das Gerät war eine ihrer ersten Erfindungen gewesen, und inspiriert dazu hatten sie ihre vielen Knöllchen wegen zu schnellen Fahrens. Im Verlauf der letzten zwei Jahre hatte sich gezeigt, dass es auch für Agenten im Einsatz recht praktisch war. Es war ein Cop-Melder. Kein Radarfallenmelder, sondern ein Polizeimelder. Anstatt Radarwellen aufzufangen, war er auf die Radiowellen des Polizeifunks ausgerichtet, sodass er sich bestens dazu eignete, Gesetzeshütern aus dem Weg zu gehen. Einen Moment lang war das Bild auf dem Display unscharf, dann wurde es klarer und zeigte an, dass die Straße vor ihnen frei war, auch wenn in einiger Entfernung hinter ihnen irgendwo eine Polizeistreife zu sein schien.

Jane ließ das Gerät eingeschaltet und trat das Gaspedal durch. Es wurde Zeit, den Abstand zwischen ihnen und Edie etwas zu verringern. Falls möglich würde sie Edie am liebsten noch auf dem Highway befreien, zum Beispiel während die Entführer in einer Raststätte etwas aßen. Jane war klar, dass sie so viel Glück vermutlich nicht haben würden, aber es schien ihr wichtig, nichts unversucht zu lassen, bevor Edie und der oder die Entführer ihr endgültiges Ziel erreichten.

Jane hatte schon vorher in Erwägung gezogen, den Cop-Melder zu verwenden, aber ihr war einfach nicht eingefallen, wie sie Abel den Apparat hätte erklären sollen. Jetzt seufzte sie. Die Dinge wären so viel leichter, wenn sie mit dem Kerl einfach offen darüber reden könnte, wo sie arbeitete und was sie tat. B.L.I.S.S. jedoch nahm es mit der Verschwiegenheitsklausel sehr genau, und das Leben einer Freundin war ihnen nicht wichtig genug, um die Geheimhaltung aufzugeben. Im Vergleich zur Weltsicherheit war das Schicksal einer Freundin von keinerlei Bedeutung.

Jane verstand das zwar, aber deswegen musste es ihr noch lange nicht gefallen.

Abel hatte einen erotischen Traum. Jane lag auf ihm und verteilte auf sein Gesicht kleine feuchte Küsse. Leise murmelnd schlang er im Schlaf einen Arm um sie und wollte sich an sie kuscheln, erstarrte jedoch überrascht, da sie ihn anknurrte.

„Jane?", murmelte er verunsichert.

„Tinkle", hörte er ihre zischende Stimme, aber mehr von der Seite her als von dort, wo sie auf seiner Brust lag. Abels Verwirrung reichte, um ihn aus dem Schlaf zu reißen. Nachdem er die Augen geöffnet hatte, sah er sich Nase an Nase einem pelzigen Fellknäuel gegenüber. Tinkle knurrte bedrohlich, und Abel richtete sich erschrocken auf, wobei er sie zu Boden purzeln ließ. Der Hund schaute ihn für einen Moment finster an, dann sprang er neben sein schlafendes Frauchen auf den Rücksitz zurück.

„Tut mir leid", sagte Jane.

Sie erregte seine Aufmerksamkeit, als sie am Armaturenbrett auf einen Knopf drückte. Ein surrendes Geräusch drang an seine Ohren, während sein Sitz langsam wieder in eine aufrechte Position hochfuhr. Offensichtlich hatte sie den Sitz abgesenkt, während er schlief, damit er es bequemer hatte.

„Ich habe versucht, dir Tinkle vom Hals zu halten, doch ich konnte nicht gleichzeitig fahren und sie ständig im Blick haben." Sie zuckte mit den Schultern.

Stöhnend wischte Abel sich den Schlaf aus den Augen und sah sich um. Im Van war es noch dunkel, aber draußen hellte sich der Himmel langsam auf. Als Tinkle wieder knurrte, drehte er sich nach hinten um und bemerkte, dass Janes Großmutter zwar aufrecht auf ihrem Platz saß, allerdings tief und fest schlief und dabei schnarchte und Töne ausstieß wie ein Nebelhorn. Der Hund zeigte ihm seine Zähne, sodass er ihn an eine Ratte mit einer schlecht sitzenden Perücke erinnerte.

Dummes Vieh, dachte er und wandte sich wieder Jane zu. Obwohl er es in der Dunkelheit nicht genau erkennen konnte, fand er, dass sie erschöpft aussah, und unwillkürlich fragte er sich, wie lange er geschlafen hatte. Hatten sie den Abstand zwischen ihnen und Edie noch weiter verringern können?

Edie. Die Angst um sie stieg wieder in ihm hoch. Wer mochte sie in seiner Gewalt haben? War sie verletzt? Hatte man sie bewusstlos geschlagen? Sie irgendwie bedroht, damit sie mitgekommen war? Er versuchte, sich einzureden, dass ihre Entführer sie zumindest nicht schwer verletzt haben konnten, sonst hätten sie sie nicht über die Grenze bringen können.

Die Grenze. Er erstarrte. Mit Sicherheit würde seine Schwester versucht haben, dem Grenzposten zu signalisieren, dass sie eine Gefangene war, die nicht freiwillig unterwegs war.

„Was glaubst du, wie sie sie am Zoll vorbeigebracht haben?", fragte er unvermittelt.

Jane warf dem Mann neben sich einen Blick zu. Er hatte über fünf Stunden geschlafen, viel länger, als sie erwartet hatte. Aber wahrscheinlich hatte er es nötig gehabt.

Es war jetzt kurz nach sechs Uhr morgens. Dank Janes Bleifuß und einer weiteren Pause, die Edies Entführer eingelegt hatten, hatten sie sie vor etwas mehr als einer Stunde eingeholt. Der Tracker hatte Jane geholfen, das gesuchte Fahrzeug auszumachen, und sie war ihm gefolgt, wobei sie gleichzeitig hoffte und fürchtete, dass es irgendwann den Highway verließ und ihnen Gelegenheit gab, Edie zu befreien.

Jane hatte die ganze Zeit Abstand gehalten, denn sie wollte keine Aufmerksamkeit auf sich lenken, während sie dem Wagen erst auf der Route 99 Richtung Süden folgte und dann in östlicher Richtung auf der Route 12. Zunächst war es noch dunkel gewesen, sodass sie nicht mehr als einen dunklen Umriss ausmachen konnte. Aber während die Sonne sich langsam zeigte, hatte sie – nun auf der Route 49 Richtung Süden – schließlich erkennen können, welche Art Fahrzeug es war, dem sie folgte.

Jane schielte wieder zu Abel hinüber und fragte sich, ob sie es wagen konnte, ihm die Wahrheit zu sagen. Sie bezweifelte, dass er die Neuigkeit gut aufnehmen würde. Immerhin hatte sie selbst ihre Probleme damit.

„Tut mir leid, dass ich eingeschlafen bin", sagte Abel und wiederholte die Frage noch einmal, die er einen Moment vorher gestellt hatte. Die Frage, von der sie gehofft hatte, er würde sie vergessen. „Was glaubst du, wie sie durch den Zoll gekommen sind? Wenn sie wach war, wird sie doch etwas gesagt oder getan haben, um Hilfe zu rufen", argumentierte er. „Und sie *muss* wach gewesen sein. Mit Sicherheit hätten die Zollbeamten nicht zugelassen, dass man eine bewusstlose Frau über die Grenze bringt, oder?"

Jane beschloss, dass es nichts brachte, ihr Wissen für sich zu behalten, und so sagte sie schlicht: „Sie haben Edie in einem Leichenwagen durch den Zoll gebracht."

6. KAPITEL

Wie befürchtet, nahm Abel die Nachricht gar nicht gut auf. Die Art, wie er die Luft anhielt, und das Entsetzen in seinem Gesicht ließen daran keinen Zweifel. Dennoch war Jane bestürzt, als er brüllte: "Sie ist tot?"

Hinter ihnen rührte Gran sich zwar auf ihrem Sitz, aber es gelang ihr, bei diesem Ausbruch weiterzuschlafen.

"Nein. Ich bin mir sicher, dass sie nicht tot ist", beruhigte sie ihn. "Ich kann mir kaum vorstellen, dass sie sich die Mühe machen würden, sie den ganzen Weg hierher zu bringen, wenn sie tot wäre. Sie hätten die Leiche irgendwo verschwinden lassen. Ich denke, aus irgendeinem Grund brauchen sie sie lebend." Sie ließ ihre Vermutung erst einmal sacken und fügte dann hinzu: "Ich glaube, sie liegt betäubt in diesem Leichenwagen und wurde als vermeintlich Tote durch den Zoll geschmuggelt."

Sie zeigte ihm das dunkle Fahrzeug auf der Straße vor ihnen, und Abel starrte es unglücklich an.

"Deiner Meinung nach liegt sie also bewusstlos in einem Sarg?"

"Ja", bestätigte Jane schweren Herzens. Auch sie wollte sich das lieber nicht vorstellen. Dass Edie höchstwahrscheinlich betäubt war, machte die Sache auch nicht viel besser, obgleich es erklären würde, warum sie in den letzten sechsunddreißig Stunden keinen weiteren Tracker benutzt hatte. "Vermutlich haben sie sie beim Zoll als verstorbenes Familienmitglied ausgegeben. Damit wäre auch klar, warum sie noch nicht besonders weit gekommen waren, als ich sie über den Tracker gefunden habe. Wären sie irgendwann Donnerstagnacht mit ihr losgefahren, wären sie schon außer Reichweite gewesen, als ich Freitagnachmittag nachgeschaut habe. Aber vermutlich mussten sie noch diverse Papiere besorgen und weitere Vorbereitungen treffen, um sie als angebliche Leiche über die Grenze bringen zu können."

"Leiche." Bei dem Wort zuckte Abel zusammen. Unruhig beugte er sich auf seinem Sitz vor, als der Leichenwagen, dem sie folgten, um eine Kurve bog und kurzfristig nicht mehr zu sehen war. „Fahr schneller. Du könntest sie verlieren", drängte er Jane.

„Wenn ich zu nahe hinter ihnen bleibe, könnte ihnen auffallen, dass wir ihnen folgen. Ich will lieber verhindern, dass sie vorsichtig werden, denn der Überraschungseffekt könnte sehr hilfreich sein, wenn wir deine Schwester befreien wollen."

Als Abel sich wieder zurücklehnte, angstvoll die Hände zu Fäusten ballte und die Straße vor ihnen absuchte, schlug Jane ihm vor: „Warum nimmst du dir nicht den Laptop? Ich habe ihn zusammengeklappt und auf den Boden gestellt, als ich sicher war, welchem Fahrzeug wir folgen müssen."

Sofort schnappte er sich den Laptop nebst Satellitenschirm.

Jane befahl dem Computer, das Tracking-Programm zu öffnen, denn sie hoffte, dass es für Abel leichter würde, wenn er das blinkende Signal verfolgen konnte, sobald das Fahrzeug außer Sichtweite geriet. Aber dem war nicht so. Eine Weile starrte er zwar auf den Bildschirm, dann wieder auf die Straße vor ihnen, aber nur um festzustellen, dass der Leichenwagen noch immer nicht zu sehen war. Schließlich sagte er: „Du bist jetzt furchtbar lange wach gewesen. Vielleicht sollte ich mal ein bisschen fahren."

„Behalte du den Laptop im Auge", schlug Jane erschöpft vor. Sie war tatsächlich müde, dennoch war sie nicht bereit, ihn ans Steuer zu lassen. Immerhin konnte sie nicht ausschließen, dass er in einem verrückten Versuch, seine Schwester zu retten, das Fahrzeug vor ihnen rammte oder sonst etwas in der Art anstellte. Ihrer Einschätzung nach war der Mann im Augenblick einfach nicht in der Lage, klar zu denken, und sie war Edie nicht den ganzen Weg bis nach Kalifornien gefolgt, nur um zuzulassen, dass Abel sie am Ende alle umbrachte.

„Sonora", sagte Maggie Spyrus verschlafen.

„Sonora?" Im Rückspiegel sah Jane, wie ihre Großmutter sich umschaute und auf ihrem Sitz aufrichtete.

„Das stand auf dem Schild. ‚Willkommen in Sonora'", erklärte Gran und begann, in ihrer Handtasche herumzuwühlen. Kurz darauf stocherte sie mit einem Kamm in ihren Haaren herum und puderte sich dann die Nase. Gran sah niemals weniger als vorzeigbar aus.

In zerschlissenen Jeans und ohne Make-up wie ihre Enkelin würde sie sich nirgends sehen lassen.

Jane richtete ihre Aufmerksamkeit wieder auf die Straße und stellte überrascht fest, dass die Bäume und roten Erdhügel, an denen sie eine ganze Weile vorbeigefahren waren, Gebäuden gewichen waren. Sie hatten eine Siedlung erreicht. Obwohl sie den starken Verdacht hatte, dass der Wagen, den sie verfolgten, nun bald anhalten würde, hatte sie immer noch keine Ahnung, was sie dann tun sollten. Anfangs hatte sie überlegt, dass sie und Abel es schaffen könnten, Edie irgendwie wegzuschaffen, wenn die Entführer zur Toilette gingen. Aber wenn sie sich jetzt ihrem endgültigen Zielort näherten, war nicht davon auszugehen, dass sie noch einmal anhielten. Höchstwahrscheinlich würden die Entführer sie direkt dorthin bringen. An einen Ort, wo Jane und Abel es wahrscheinlich mit sehr viel mehr Leuten zu tun bekämen als den ein oder zwei Kerlen im Wagen, auch wenn diese möglicherweise bewaffnet waren.

Mit jedem Kilometer, den sie hinter sich brachten, wuchs die Anspannung in Jane. Sie befürchtete, dass es Abel nicht interessierte, wie viele Kidnapper es gab oder ob sie bewaffnet waren. Er wirkte aufgebracht genug, um etwas Dummes zu versuchen, was ihn und seine Schwester möglicherweise das Leben kosten würde. Sie zerbrach sich den Kopf, wie sie das verhindern konnte.

Während sie noch damit beschäftigt war, mögliche Szenarien durchzuspielen und wieder zu verwerfen, bog der Leichenwagen plötzlich rechts ab und hielt an. Sie war so überrascht, dass sie ihm beinahe direkt hinterhergefahren wäre. Glücklicherweise kam sie im letzten Moment noch zur Besinnung, fuhr an der Abzweigung vorbei und folgte dem Straßenverlauf.

„Eine geschlossene Wohnanlage." Abel drehte sich auf seinem Sitz um und blickte wütend zu dem Fahrzeug, an dem sie vorbeigefahren war. Es stand vor einem weißen Metalltor. „Dreh wieder um, dreh um! Da sind sie!"

Zähneknirschend fuhr Jane weiter und durch eine Kurve, die sie außer Sichtweite des Leichenwagens brachte. Erst dann fuhr sie in eine Einfahrt, um zu wenden.

„Mach schnell, beeil dich!", rief Abel und verrenkte sich den Hals, obwohl er längst nichts mehr sehen konnte.

Jane ließ sich bewusst Zeit, denn sie hoffte, dass der Leichenwagen das Tor bereits passiert hätte und damit außer Reichweite wäre, wenn sie zurückkehrten. Was, wenn Abel aus dem Wagen stürzte und die Entführer seiner Schwester angriff? Sie hatte wirklich keine Lust, ihn am Ende tot auf einer Straße in Kalifornien liegen zu sehen.

„Verdammt!", fluchte Abel, als sie ein Stück zurückgefahren waren und feststellten, dass der Wagen mit seiner Schwester verschwunden war und das Tor langsam ins Schloss fiel.

„Abel", versuchte Jane ihn mit ruhiger Stimme zu besänftigen, während sie vor das Tor fuhr und anhielt. Aber er hörte ihr nicht zu, sondern öffnete die Tür auf seiner Seite.

„Ich werde über diesen Zaun klettern müssen und …"

„Nimm lieber das hier", sagte Gran. Jane und Abel drehten sich gleichzeitig zu ihr um. Als Jane jedoch den Kompaktpuder erkannte, den ihre Großmutter in der Hand hielt, und sah, wie sie die Lippen gespitzt hatte, ging sie instinktiv hinter ihrem Sitz in Deckung, während eine Puderwolke Abel direkt ins Gesicht flog.

„Wa…", setzte er verwirrt an und sackte dann zusammen. Nur der Sicherheitsgurt hielt ihn noch auf seinem Sitz.

Jane fing gerade noch ihren Laptop auf, bevor er von seinen schlaffen Knien rutschte, dann drehte sie sich wieder um und sah ihre Großmutter scharf an. „Gran!"

„Fantastisch! Dein Knock-out-Puder funktioniert wirklich wunderbar, was?", freute sich die alte Dame, während sie die Dose zuklappte und wieder in ihre Tasche legte. „Und so schnell. Du bist eine geniale Erfinderin, Liebes. Zu meiner Zeit hätte ich das hin und wieder gut gebrauchen können."

„Gran." Misstrauisch musterte Jane die Handtasche, die ihre Großmutter fest an sich drückte. Wieder einmal fragte sie sich, was sich darin befinden mochte. Maggie Spyrus' Neigung, Janes Erfindungen aus ihrem Arbeitszimmer zu klauen und „für sie zu testen" – in der Regel an ihren Nachbarn –, war der Hauptgrund dafür gewesen, dass Jane Jill eingestellt hatte. Es ging einzig darum, zu verhindern, dass die Frau in Schwierigkeiten geriet. Jane war es, milde ausgedrückt, unangenehm gewesen, nach Hause zu kommen und die nette alte Mrs Jakobowski schlafend auf dem Fußboden vorzufinden oder den alten Mr Flynn, wie er in einem Tutu herumtanzte und unzüchtige Seemannslieder schmetterte. Abgesehen davon hätte sie dadurch auch großen Ärger auf der Arbeit bekommen können.

„Nun", reagierte Gran sanft auf Janes vorwurfsvollen Ton, „er fing an, mir auf die Nerven zu gehen, meine Liebe. Ich verstehe ja, dass er sich schreckliche Sorgen um seine Schwester macht, aber wirklich … so überstürzt wird er das arme Mädchen eher umbringen als retten."

Da Jane diese Befürchtung teilte, konnte sie kaum etwas dagegen einwenden. Seufzend blickte sie zu dem reglosen Mann auf dem Beifahrersitz.

„Wie lange wird er bewusstlos sein?", fragte Gran interessiert.

„Das hängt davon ab, wie viel Puder du in seine Richtung gepustet hast und wie viel er eingeatmet hat", antwortete Jane. „Ich hatte den Eindruck, es war eine ganz ordentliche Dosis."

„Ja, ich habe mir Mühe gegeben", bestätigte Gran.

Jane überlegte. „Okay. Dann könnte die Wirkung zwischen einer halben und zwei Stunden anhalten."

„Hm. Ich schätze, das dürfte reichen", meinte ihre Großmutter. „Also, was hast du vor?"

„Mit ihm?", fragte Jane.

„Nein. Mit dem Tor."

„Oh." Jane sah sich das Tor an und dann die Zahlentastatur neben ihrem Wagenfenster. Sie stellte den Schalthebel in die

Parkposition. „Ich denke, ich werde meinen Taschenrechner brauchen."

„Himmel, ja, eine gute Idee", sagte Gran strahlend, als Jane auch schon ausstieg und zum Heck des Vans ging. „Den hatte ich ganz vergessen. Eine weitere sehr kluge Erfindung von dir, meine Liebe. Keine Frage, welche Gene in dir stecken."

„Danke, Gran", murmelte Jane, nahm ihre Aktentasche hinten aus dem Wagen und ging schnell wieder zu ihrem Sitz.

„Vielleicht solltest du Abel lieber die Fesseln anlegen, Janie, Liebes. Nur für den Fall, dass er aufwacht. Möglicherweise hat er doch nicht so viel eingeatmet, wie wir hoffen, und könnte uns Ärger machen."

Für einen Augenblick rang Jane mit sich, dann betätigte sie seufzend einen Schalter am Armaturenbrett. Sogleich schlossen sich gepolsterte Metallringe um Abels Beine, Taille und Schultern. Auch das war eine ihrer Erfindungen, die sie mit diesem Van zwar getestet hatte, allerdings ohne je ernsthaft daran gedacht zu haben, dass sie sie einmal brauchen könnte.

Sie öffnete die Aktentasche und nahm ihren Terminplaner heraus, aus dessen vorderer Seitentasche sie einen Rechner zog. Es war ein praktisches kleines Ding, das Jane oft beim Einkaufen benutzte. Aber jetzt würde er erstmals für seinen eigentlichen Zweck zum Einsatz kommen.

Sie schob ein Fach an der Rückseite auf und fischte zwei Clips heraus, die an Drähten befestigt waren. Dann ließ sie das Fenster herunter, um an die Zahlentastatur zu gelangen, in die die Bewohner der Anlage vermutlich den Code eingaben, der das Tor öffnete. Besucher konnten klingeln, um hereingelassen zu werden, doch jedem anderen sollte auf diese Weise der Zutritt verwehrt sein. Jane legte ihren B.L.I.S.S.-Codeknacker an, drückte gleichzeitig auf die Freischalt- und Dividiertaste und wartete dann ab. Der Code, den sie brauchte, würde bald auf dem kleinen Bildschirm erscheinen.

Eine Geschichte ihrer Großmutter aus ihrer aktiven Zeit im Spionagegeschäft hatte sie auf die Idee zu dieser Erfindung gebracht. Das war schon häufig so gewesen. Maggie erwähnte irgendein Problem, auf das sie während der Arbeit gestoßen war, und automatisch versuchte Jane, sich etwas einfallen zu lassen, um es zu lösen.

„Du solltest dich lieber beeilen, Liebes."

Jane sah sie fragend an, und ihre Großmutter wies auf eine Frau in mittleren Jahren, die das grauenhafteste gelbe Kleid trug, das Jane je gesehen hatte. Die Frau kam den Fahrweg herunter und ging auf eine Reihe Briefkästen neben dem Tor zu. Offenbar hatte nicht einmal der Briefträger Zugang zu dieser elitären Gemeinschaft.

Ihr Rechner ließ ein leises Piepsen hören und lenkte Janes Aufmerksamkeit damit wieder auf sich. Auf dem Bildschirm waren vier Zahlen zu sehen. Rasch löste sie die beiden Clips und legte den Rechner auf den Boden, wo er nicht gesehen werden konnte. Sie tippte die notwendigen Zahlen ein und stellte erleichtert fest, dass das Tor aufschwang. Überzeugt, dass die herannahende Frau weder ihr Gerät noch die Drähte gesehen hatte, brachte Jane ein Lächeln zustande, als sie grüßend die Hand hob und nickte. Dann drückte sie auf den Schalter, der ihre schwarz getönten Scheiben hochfahren ließ, und fuhr weiter.

„Was machen wir jetzt?", fragte Gran, beugte sich vor und brachte ihr Gesicht neben das ihrer Enkelin.

„Ich bin mir nicht sicher. Herausfinden, zu welchem Haus Edies Kidnapper gefahren sind, und dann … äh, irgendeinen Plan schmieden, schätze ich mal."

Im Rückspiegel sah sie, wie ihre Großmutter nickte. „Du hast recht", sagte sie. „Pläne sind wichtig. Gute Agenten handeln niemals vorschnell und planlos. Nun ja … jedenfalls selten."

Jane war erleichtert. Mit Plänen kannte sie sich aus. Vielleicht fiel ihr sogar ein guter ein. Und es erleichterte sie auch, dass Gran glaubte, noch Zeit für einen Plan zu haben, also offenbar nicht der Meinung war, Edie schwebe in unmittelbarer Lebensgefahr.

„Da ist es."

Jane hatte die Geschwindigkeit bereits gedrosselt, als sie auf der gewundenen kleinen Straße durch das Tor hindurchgefahren war. Aber als sie die Einfahrt passierten, in der der Leichenwagen stand, fuhr sie so langsam, dass sie beinahe stehen blieb. Das Fahrzeug parkte vor einem großen Haus, eins der größten, die Jane je gesehen hatte. Dennoch schenkte sie der Villa kaum Aufmerksamkeit, sondern konzentrierte sich auf die sechs Männer, die vor dem Gebäude standen. Während sie sie beobachtete, stieg einer von ihnen in den Leichenwagen und startete den Motor, während ein anderer durch eine Nebentür in der riesigen Garage verschwand. Einen Augenblick später öffnete sich eins der beiden Haupttore, und der Leichenwagen fuhr hinein. Die übrigen Männer folgten ihm. Einer öffnete die Hecktür des Fahrzeugs und gab den Blick auf einen Holzsarg frei.

Jane zweifelte nicht daran, dass Edie in dem Sarg lag, und sie verspürte das überwältigende Bedürfnis, auf die Bremse zu treten und zu ihrer Rettung zu eilen. Dabei war ihr nur allzu bewusst, dass Abel nicht gezögert hätte, die Sache zu einem Ende zu bringen. Während sie noch darüber nachdachte, schloss sich die Garagentür langsam wieder.

„Du solltest lieber Gas geben, Liebes. Anscheinend hat uns noch niemand bemerkt, aber ich denke, wir sollten es auch nicht dazu kommen lassen."

Jane zögerte. „Aber sollte ich nicht ..."

„Eine Agentin handelt niemals überstürzt, Liebes. Ich weiß, du willst Edie helfen, aber du könntest ihr mehr schaden als nützen, wenn du versuchst, dich jetzt mit dem Feind anzulegen. Eine Agentin sondiert die Lage und entscheidet dann, auf welche Weise sie am besten mit der Situation umgeht."

„Ich bin keine Agentin, Gran", wandte Jane erschöpft ein. „Ich habe nicht die geringste Ahnung, wie ich mit dieser Situation umgehen soll."

„Natürlich werden wir das Haus überwachen."

„Wie denn? Es ist eine geschlossene Wohnanlage. Hier gibt es fast keinen Verkehr. Jedenfalls sind keine Autos auf der Straße.

Ein Van, der hier herumsteht, würde auffallen." Selbst das war noch eine Untertreibung. Ein Van würde auffallen wie ein bunter Hund. Tatsächlich hatten sie großes Glück gehabt, dass die Männer am Leichenwagen zu abgelenkt waren, um sie zu bemerken. Zweifellos fiel allein schon ihre Anwesenheit in dieser Straße auf, die nirgendwo hinführte, sondern nur einen Kreis zurück zum Tor schrieb. „Es ist eine Schande, dass es hier in der Nähe kein Hotel oder etwas in der Art gibt."

„Hm. Ja." Schweigend ließ Gran den Blick über die Häuser an der exklusiven Straße gleiten. Dann zog sie ein Handy aus ihrer Tasche. Beklommen schielte Jane auf diese Handtasche und wünschte, sie könnte durch sie hindurchsehen. Es war beängstigend, sich vorzustellen, was Maggie Spyrus darin alles mit sich herumtragen mochte.

„Wen rufst du an?", fragte Jane, als ihre Großmutter damit begann, eine Nummer einzutippen.

„Ich werde jemanden daran erinnern, dass er mir noch einen Gefallen schuldet." Maggie hob das Telefon ans Ohr und suchte Janes Blick im Rückspiegel, während sie darauf wartete, dass am anderen Ende jemand abnahm. „Du solltest wirklich losfahren, Liebes."

Jane trat aufs Gaspedal, und als sie wieder am Tor waren, fragte sie: „Was jetzt?"

„Fahr in den Ort", wies Gran sie an. „Wir werden etwas essen."

Als das Tor aufsprang, fuhr Jane hindurch und lenkte den Van zurück in Richtung der kleinen Stadt, die sie bei ihrer Ankunft gesehen hatten.

Allerdings fuhren sie nicht den ganzen Weg bis dorthin zurück. Gran hatte ihre Freundin nicht erreichen können, aber eine Nachricht hinterlassen, in der sie die Situation kurz beschrieb. Als sie damit fertig war, entdeckte sie ein kleines Café namens Perko's.

Jane war erschöpft und wusste, dass sie etwas essen sollte, um wieder zu Kräften zu kommen, also fuhr sie auf den Parkplatz.

„Was machen wir mit Abel?", fragte Gran, als sie anhielten. Jane stellte den Motor aus, warf einen Blick auf ihren Beifahrer und löste den Sicherheitsgurt. Abel schlief noch immer tief und fest. Wahrscheinlich würde sich daran auch in der nächsten halben Stunde nichts ändern. Falls er den größten Teil des Puders eingeatmet hatte, könnte auch gut eine weitere Stunde Schlaf daraus werden.

„Wir werden ihn erst einmal hierlassen", entschied Jane. „Sollte er tatsächlich aufwachen, bevor wir zurückkommen …" Sie zuckte mit den Schultern. „Dieser Van ist schalldicht, und er wird sich aus diesen Klammern nicht befreien können."

„Ja", stimmte Gran zu. „Das gibt uns auch Zeit zu überlegen, was wir mit ihm machen sollen."

In Janes Ohren klang diese Bemerkung irgendwie unheilvoll, aber sie ließ es auf sich beruhen und öffnete die Tür. Sie holte Grans Rollstuhl heraus, und trotz Tinkles wiederholter Versuche, sich an ihr vorbei aus dem Wagen zu stehlen, gelang es ihr, die Frau hineinzusetzen. Nachdem sie sich vergewissert hatte, dass sie ihr Handy und ihre Brieftasche dabeihatte, schloss Jane den Van ab und schob Gran in das Restaurant. Nicht, dass es wirklich nötig gewesen wäre, den Stuhl zu schieben, denn abgesehen davon, dass er mit allen möglichen technischen Spielereien ausgestattet war, verfügte er auch über einen Selbstantrieb.

Nachdem sie in einer vinylgepolsterten Nische des Cafés Platz gefunden hatte und Gran mit ihrem Rollstuhl am Ende des Tisches stand, sah sich Jane in Ruhe um. Die Dekoration des Cafés war in Blaugrün und Weinrot gehalten, Tapeten im Landhausstil und Kränze aus Trockenblumen. Die Kellnerin, die auf sie zukam, war jung, strahlte übers ganze Gesicht und hatte einen kecken Pferdeschwanz, der hin und her schwang, während sie sprach. Angesichts ihrer guten Laune und Energie fühlte sich Jane, als wäre sie hundert Jahre alt. Aber sie tröstete sich damit, dass sie seit fast vierundzwanzig Stunden auf den Beinen war, und sah davon ab, die Strähnen, die sich aus ihrem eigenen Pferdeschwanz gelöst hatten, wieder festzustecken.

Die Kellnerin reichte ihnen die Speisekarte und wies auf ein paar Spezialitäten hin. Doch Jane hörte gar nicht richtig zu, denn jetzt, da sie nicht mehr am Steuer saß, schien sich ihr Hirn abgeschaltet zu haben. Für sie klang alles, was die Kellnerin sagte, nur wie ein fröhliches „Bla, bla, bla", während sie geistesabwesend auf die zitronengelbe Uniform starrte, die das Mädchen trug. Sie war erleichtert, als die Bedienung endlich ging und sie mit der Speisekarte allein ließ.

„Ich habe einen gewaltigen Hunger", bemerkte Gran, während sie die verfügbare Auswahl überflog. Jane war nicht überrascht, denn außer einem Sandwich und etwas Knabberzeug hatten sie seit Beginn ihrer Reise nichts mehr zu sich genommen. Auch sie selbst war völlig ausgehungert. Und außerdem schreckhaft, wie sie bemerkte, als Grans Handy einen schrillen Ton von sich gab.

„Das wird ... meine Freundin sein", sagte Gran.

Während sie den Anruf entgegennahm, zwang sich Jane zu entspannen. Sie lauschte, während ihre Großmutter wieder und wieder „Ja" sagte. Maggie Spyrus hatte in ihrer Nachricht nur grobe Angaben über ihre Situation gemacht – Edies Namen genannt, was mit ihr passiert war, den Namen der Firma erwähnt, für die Edie arbeitete, und ebenso Sonora, die Stadt, in der sie alle nun gelandet waren. Offenbar hatte das allerdings gereicht, um eine Menge Informationen zusammenzutragen.

„Wirklich?", fragte Gran, und ihr Blick wanderte zu Jane, als wollte sie sagen: „Siehst du?" Aber Jane hatte keine Ahnung, was Grans Gesprächspartnerin auf der anderen Seite sagte.

Sie verlor das Interesse an dieser einseitigen Unterhaltung und sah sich wieder im Restaurant um. Diesmal achtete sie verstärkt auf die anderen Gäste. Ihr müdes Hirn brauchte einen Augenblick, um zu verarbeiten, was sie sah, während ihr Blick von einer Person zur nächsten wanderte. Aber dann erstarrte sie auf ihrem Sitz, und mit einem Schlag hatte Panik ihre Müdigkeit vertrieben.

„Was ist los?", fragte Gran, der der plötzliche Stimmungswandel nicht entging.

Jane beugte sich über den Tisch und zischte ihr zu: „In diesem Laden wimmelt es von Polizei."

Sogleich entspannte sich Maggie Spyrus und musterte die verschiedenen Uniformen, die die Leute um sie herum trugen. Bundes-, Staats- und die örtliche Polizei aus Sonora machten etwa drei Viertel der Cafégäste aus. Es war der reinste Polizeikonvent.

„Na und? Wir haben nichts verbrochen", meinte Gran nur.

„Ich glaube nicht, dass Abel dir da zustimmen würde. Ihn zu betäuben und zu fesseln, ist das nicht …" Jane setzte sich auf. „Das ist doch Kidnapping, oder? Ihm diese Klammern anzulegen und ihn im Wagen festzuhalten …?" Dann beantwortete sie sich ihre eigenen Fragen mit finsterer Miene selbst. „Nein, ist es nicht. Schließlich wollte er mit uns kommen."

„Entspann dich", riet Gran ihr und schwieg wieder, um dem Telefon zu lauschen. Einen Augenblick später erklärte sie: „Madge sagt, dass sich der Hauptsitz von Staats- und Bezirkspolizei hier in Sonora befindet. Deshalb gibt es hier drei Arten von Gesetzeshütern plus Forstaufseher. Das Kriminalitätsaufkommen in dieser Stadt ist sehr gering."

„Erzähl das Edie", grummelte Jane, entspannte sich jedoch ein wenig. Abel war im Van. Gefesselt. Es bestand also keine Gefahr, dass er jeden Augenblick hereinstürmen und losschreien würde.

„Also!"

Das Wort riss Jane aus ihren Gedanken. Sie sah, wie Gran ihr Handy zuklappte und auf den Tisch legte. Fragend zog sie eine Augenbraue hoch und wartete auf eine Erklärung für die gute Laune der älteren Frau.

„Madge sagt, du bist ein Genie."

„Wieso das?", fragte Jane zweifelnd.

„Weil sowohl B.L.I.S.S. als auch die Bundesbehörden und verschiedene andere Dienste Edies Arbeitgeber, die Ensecksi Satellites, seit geraumer Zeit im Auge haben. Wie es aussieht, hast du es jetzt geschafft, sie bei etwas Illegalem zu ertappen. Das dürfte reichen, um eine umfassende Untersuchung einzuleiten."

„Hm", sagte Jane. „Ja. Es war wirklich genial von mir, meine Sachen auf dem Badezimmerfußboden zu verstreuen und dann zu faul zu sein, sie wieder einzusammeln, sodass Edie sich einen Tampon-Tracker nehmen konnte, mit dessen Hilfe ich ihr folgen konnte, als ihr böser Boss sie entführt hat."

Gran kicherte über Janes trockene Art. „Schätzchen, mach dich nicht kleiner, als du bist. Du weißt doch, dass einige der besten Erfindungen reiner Zufall waren, oder nicht? Nun, das gilt auch für das Spionagegeschäft. Einige der größten Erfolge haben damit begonnen, dass ein Agent völlig unerwartet über irgendeine Sache gestolpert ist. Na, ich erinnere mich noch an die Zeit, als ich …"

„Gran."

„Ja, Liebes?"

„Was wird deine Freundin unternehmen?"

„Hm." Gran schürzte die Lippen und musterte Jane nachdenklich, als versuchte sie zu entscheiden, wie viel sie ihr sagen konnte.

„Gran", brummelte Jane in einem warnenden Tonfall. Die ältere Frau seufzte.

„Na schön. B.L.I.S.S. will also das Haus neben dem kaufen, in dem Edie zurzeit steckt, und wir werden …"

„Sie kaufen das Haus?", unterbrach Jane. „Ich hatte gar nicht bemerkt, dass dort ein Haus zum Verkauf steht."

„Das tut es auch nicht."

„Und dann? Wie werden sie …"

„Bitte, Jane, das ist B.L.I.S.S. Sie finden immer eine Möglichkeit. In Wahrheit werden sie es wahrscheinlich gar nicht kaufen. Sie quartieren die Familie, die dort wohnt, aus und übernehmen es für die Dauer der Operation. Wenn alles vorbei ist, dürfen die Eigentümer wieder zurückkehren. B.L.I.S.S. wird es nur so aussehen lassen, als wäre das Haus verkauft …"

„Sie quartieren sie aus?"

„Sprich leiser, Liebes. Du ziehst die Aufmerksamkeit dieser stattlichen Polizisten dort drüben auf dich. Meine Güte … das sind aber wirklich ein paar attraktive junge Männer, findest du nicht?", fragte Maggie staunend.

Jane rieb sich die Stirn und versuchte, sich in Geduld zu üben, als ihre Großmutter einem dieser „stattlichen" Männer lächelnd zuwinkte.

„Gran."

„Hm?" Abgelenkt warf die Frau ihr einen Blick zu.

„Willst du mir damit sagen, dass B.L.I.S.S. jetzt weiß, dass Edie sich einen meiner Tracker ausgeliehen hat? Eine höchst geheime B.L.I.S.S.-Requisite, von deren Existenz niemand etwas wissen soll? Und dass sie auch wissen, dass wir Edie den ganzen Weg bis nach Kalifornien gefolgt sind, gemeinsam mit ihrem Bruder Abel, der momentan im Van eingeschlossen ist?" Jane stellte ihre Fragen mit äußerster Ruhe. Sie fürchtete sehr, wieder im Kellergeschoss zu landen, wenn sie am Montag zur Arbeit erschien. *Falls* sie am Montag zur Arbeit erschien.

„Selbstverständlich nicht, meine Liebe." Jane wollte sich gerade entspannen, als ihre Großmutter hinzufügte. „Ich habe Madge erzählt, dass Edie sich mit dem Verdacht an dich gewandt hat, dass irgendetwas Merkwürdiges bei ihr auf der Arbeit vor sich gehe, und du sie absichtlich bei ihrem ‚Meeting' einen der Tracker hast tragen lassen. Und Abel ist deshalb bei uns, weil Edie ihn bereits in die Geschichte eingeweiht hatte und er von Anfang an Bescheid wusste."

Stöhnend ließ Jane den Kopf in Richtung Tischplatte sinken, hielt jedoch abrupt inne, als ihr plötzlich eine Tasse Kaffee unter die Nase geschoben wurde.

„Bitte sehr, Ladies! Haben Sie schon entschieden, was Sie zum Frühstück haben möchten?"

Jane bedachte die forsche Kellnerin mit einem bösen Blick und fühlte sich einmal mehr regelrecht geblendet von ihrer gelben Uniform. „Das ist ja mal ein Outfit", bemerkte sie.

„Nicht wahr?" Strahlend blickte das Mädchen an sich herab. „Es ist ganz neu und so schön hell. Sonst hatten wir immer dunkelrote Hosen an, aber der Boss meinte, diese Uniform sähe freundlicher aus."

„Ja. Das stimmt", bestätigte Jane höflich. Sie räusperte sich und senkte den Blick auf die Speisekarte, die sie zwar aufgeklappt, aber noch gar nicht richtig angeschaut hatte. Ihre müden, tränenden Augen wollten sich einfach nicht darauf einstellen. Sie klappte die Karte wieder zu. „Ich nehme das Angebot."

„Gewendet oder einseitig?"

„Wie bitte?" Jane sah sie verständnislos an.

„Ihre Eier. Das Angebot?", erklärte das Mädchen. „Gewendet oder einseitig?"

„Oh. Gewendet."

„Für mich das Gleiche", verkündete Gran und reichte der Bedienung die Speisekarte. „Danke."

Das Mädchen ließ sie wieder allein, und Janes Blick fiel auf ein älteres Paar, das gerade das Restaurant betrat. Der Mann trug ein schrilles Hawaiihemd in violetten und orangen Farbtönen, die überhaupt nicht zueinander passten, genauso wenig wie zu dem gallig gelben Sommerkleid, das seine Frau anhatte.

„Meine Güte, was ist nur mit den Frauen in dieser Stadt los, dass sie alle so auf Gelb stehen?", fragte Jane verzweifelt und wandte ihre überforderten Augen ab.

„Hm?" Gran sah sie fragend an.

„Na, sieh dich doch einmal um", forderte Jane sie auf und ließ den Blick über die Gäste im Restaurant schweifen. Das hohe Polizeiaufkommen war nicht die einzige Merkwürdigkeit. Abgesehen von den Kellnerinnen waren vier weitere Frauen anwesend, und jede einzelne trug ein gelbes Kleid. Unterschiedliche Schattierungen, unterschiedliche Stile, aber immer war es ein gelbes Kleid. Und jeder Mann, der nicht in einer Polizeiuniform steckte, schien ein Hawaiihemd zu tragen.

„Das könnte es sein …", dachte Gran laut und runzelte die Stirn.

„Was meinst du?"

„Nun, bei B.L.I.S.S. hat man den Verdacht, dass Ensecksi Satellites Mikrowellen in Verbindung mit irgendeiner neuen, unbekannten Technologie einsetzt, um die Gedanken von Menschen zu kontrollieren. Und an irgendwem müssen sie ihre Erfindung ja testen."

„Und du glaubst, sie testen sie, indem sie alle gelbe Kleider und grellbunte Hawaiihemden tragen lassen?", fragte Jane skeptisch.

„Warum nicht? Es wäre ein völlig harmloser Test, der nicht den geringsten Verdacht bei den Behörden wecken würde. Die Frau vorhin am Tor trug ebenfalls etwas Gelbes", fügte Maggie hinzu und strahlte ihre Enkelin an. „Es war clever von dir, das zu bemerken, Liebes. Zumal du dich für Mode gar nicht interessierst."

„Hm." Jane war über die Bemerkung keineswegs verletzt und sah die gelben Uniformen und Kleider nun mit anderen Augen. „Vielleicht sind das die merkwürdigen Sachen, die Edie bei der Arbeit aufgefallen sind. Vielleicht hat sie etwas darüber gehört oder gelesen."

„Das könnte sehr gut sein."

„Aber warum sollten sie sie deswegen verschleppen und den weiten Weg bis hierher bringen?"

„Vielleicht wollen sie einfach wissen, wie viel sie weiß und wem sie davon erzählt hat."

„Vielleicht", stimmte Jane zu und verstummte, als die Kellnerin mit zwei Tellern Eier und Speck zurückkehrte. Jane knurrte der Magen, sowie ihr der Duft in die Nase stieg. Sie vergaß das Gespräch und fing an zu essen.

Aber schon wenige Augenblicke später schob sie ihren Teller beiseite. „Dann wollen sie das Haus neben dem, in dem Edie ist, also kaufen?", fragte sie. Jane fühlte sich wie gemästet. Zu viele Kohlenhydrate, dachte sie und griff nach dem Kaffee, um ihre Müdigkeit zu vertreiben. „Und was dann?"

„Dann ziehen wir dort ein und observieren es."

„Was?" Jane wurde ein wenig munterer. „Aber wir sind …"

„… die einzigen Agenten, die sich momentan in der Nähe aufhalten", beendete Gran den Satz zufrieden. „Sie wollen sich jetzt sofort der Sache annehmen, und die meisten Topagenten sind anderweitig im Einsatz."

„Gran, ich bin keine Agentin."

„Aber ich war eine."

„Die Betonung liegt auf *war*."

Maggie Spyrus tat den Einwand mit einer Handbewegung ab. „Ich kenne mich aus in dem Geschäft und kann es dir beibringen. Du schaffst das schon."

„Gran, Edies Leben steht auf dem Spiel. Ich kann nicht ..."

„Glaubst du etwa, du könntest Abel überreden, das alles einem unbekannten und möglicherweise nachlässigen Agenten zweiter Klasse zu überlassen und wieder nach Hause zu fahren?", fragte Gran spitz. Als Jane schwieg, fuhr sie fort. „Und was wird er deiner Meinung nach unternehmen?"

„Es gibt nicht viel, was er tun kann. Er weiß nicht, in welchem Haus sie steckt."

„Aber er weiß, in welcher Wohnanlage sie sich befindet. Und er kennt den Namen Ensecksi. Er würde die Polizei bedrängen und darauf bestehen, dass sie nach ihr sucht und Fragen stellt. Wahrscheinlich wird er das auch selbst tun und damit alle möglichen Probleme heraufbeschwören. Die Leute von Ensecksi werden sofort wissen, dass es Ärger gibt. Sie werden alle Beweise vernichten, die sie überführen könnten, und den Laden für eine Weile schließen."

„Ich nehme an, Edie wäre auch so ein *Beweis*, der sie überführen könnte?"

„Davon ist auszugehen."

„Vielleicht könnten wir ihn davon überzeugen ..."

„Jane, Schätzchen, du hast ihn doch vor dem Tor erlebt. Er wird nicht vernünftig sein, wenn es um Edie geht. Meine Güte, du bist nur eine Freundin, und doch weiß ich, dass du fast aus dem Wagen gesprungen wärst, nachdem der Leichenwagen in diese Garage gefahren war. Dabei gehörst du noch zu den Vorsichtigeren in unserer Familien. Nein. Abel wird keine Ruhe geben und nicht einfach wieder nach Hause fahren. Aber wenn er erfährt, was geschehen soll, und die Möglichkeit hat, dabei mitzumachen, könnte er kontrollierbar sein."

„Kontrollierbar", echote Jane. Abel schien ihr nicht der kontrollierbare Typ zu sein.

„Komm. Du bist erschöpft. Wir gehen einkaufen, mieten uns ein Zimmer und sehen zu, dass wir etwas Schlaf bekommen."

„Einkaufen?", fragte Jane fassungslos.

„Ja. Einkaufen. Ich habe dieses Kleid jetzt seit vierundzwanzig Stunden am Leib und hätte nichts dagegen, mich mal umzuziehen. Abgesehen davon können wir uns so die Zeit vertreiben, bis wir wieder von … Madge hören."

Stöhnend zog Jane genug Geld für Rechnung und Trinkgeld aus ihrer Brieftasche und schob Gran anschließend aus dem Restaurant.

Erschöpft und mit den Gedanken woanders, stellte die junge Frau den Rollstuhl vor der Seitentür des Vans ab und öffnete sie. Das wütende Gebrüll, das sogleich aus dem Innenraum schallte, veranlasste sie jedoch, sie umgehend wieder zu schließen.

7. KAPITEL

Jane blickte sich auf dem Parkplatz um und stellte erleichtert fest, dass niemand sonst etwas von Abels Wutanfall mitbekommen hatte.

„Brave Tinkle. Gutes Hundchen. Ja, du bist ein kluges Mädchen, was?"

Jane sah zu dem Yorkie hinunter, der jaulend um den Rollstuhl herumsprang. Offensichtlich war das Biest in den wenigen Sekunden, in denen die Tür offen stand, aus dem Van gehuscht, und Gran tat nun so, als wäre das eine großartige Leistung.

„Abel scheint außer sich zu sein", bemerkte Jane, nur für den Fall, dass ihrer Großmutter der Umstand entgangen sein könnte.

„Ja, sieht ganz danach aus", bestätigte Maggie Spyrus und kicherte. „Er hat ganz schön kräftige Lungen, was?"

„Das ist nicht lustig, Gran." Janes ernster Ton bewirkte jedoch nur, dass die ältere Frau noch lauter lachte.

„Natürlich ist es das, Janie, Liebes. Wo ist dein Sinn für Humor?"

Jane verdrehte die Augen und wandte sich dem Seitenfenster zu, um hindurchzuspähen. Wegen der geschwärzten Scheiben konnte sie zwar nichts erkennen, aber sie konnte sich vorstellen, wie Abel sich in den Klammern wand, während er vor Wut heulte und brüllte. Sie sah ihre Großmutter an. „Und was jetzt?"

Maggie Spyrus dachte nach. „Ich glaube, du solltest in den Wagen springen und Abel noch einmal betäuben."

„Ihn betäuben?" Fassungslos riss Jane die Augen auf.

„Ja, Liebes", beteuerte Gran, als wäre es das Vernünftigste der Welt.

Jane nahm an, dass es die erfahrene Superspionin, die Maggie Spyrus nun einmal gewesen war, auch genauso empfand. Was Jane wiederum bewies, dass sie mit ihrer beruflichen Entscheidung für die technische Seite des Spionagegeschäfts die richtige Wahl getroffen hatte. Niemals würde sie so gleichgültig darüber reden können, jemanden auszuknocken.

„Bin sofort wieder da." Sie verließ Gran und Tinkle, ging um den Van herum und vergewisserte sich, dass noch immer niemand in der Nähe war. Dann öffnete sie die Tür auf der Fahrerseite. Wie zuvor drang Gebrüll aus dem Innenraum, aber diesmal war sie darauf vorbereitet. Sie sprang auf den Fahrersitz, zog die Tür hinter sich zu und wartete darauf, dass Abel leiser wurde. Wartete. Und wartete.

Ihre Anwesenheit ließ ihn zwar nicht verstummen, aber sein Geschrei wurde langsam verständlicher, und ein paar Ausdrücke, die aus ihm heraussprudelten, ließen Jane zusammenzucken. Er war völlig ungehalten. Verständlicherweise, wie sie fand.

Jane wartete noch einen Augenblick länger darauf, dass sein Zorn abflaute, aber als das nicht geschah, beschloss sie, aktiv zu werden. Schließlich konnten Gran und Tinkle nicht ewig auf dem Parkplatz warten. Doch der einzige Gegenstand im Van, mit dem sie Abel betäuben konnte, war der Knock-out-Lippenstift, den Lipschitz entwickelt hatte, und Jane glaubte nicht, dass Abel seinen Mund lange genug schließen würde, um sich küssen zu lassen. Sie hätte herausspringen können, um Grans Kompaktpuder zu holen, wollte aber nicht riskieren, dass ein Cop, der im falschen Moment das Restaurant verließ, Abels Wutgeschrei zu hören bekam.

Schließlich holte sie ihre Brieftasche heraus, in der sie ein Blatt Papier fand, und notierte rasch: *Muss ich dich noch einmal betäuben, damit du den Mund hältst?* Sie hoffte, die Drohung würde ihn verstummen lassen, denn sie war sich längst nicht sicher, ob sie auch in der Lage wäre, sie in die Tat umzusetzen.

Glücklicherweise bewirkte ihr Zettel, dass er schwieg. Für einen kurzen Moment. Dann brach die nächste Schimpfkanonade aus ihm heraus, und diesmal ging es darum, dass er betäubt worden war. Anscheinend war er sich dessen gar nicht bewusst gewesen. Interessant. Natürlich hätte sie damit rechnen müssen. Jane fiel wieder ein, dass die Versuchspersonen, die den Knock-out-Puder getestet hatten, gleichfalls eine gewisse

Desorientierung beim Aufwachen gezeigt hatten. Das Mittel sorgte offenbar dafür, dass sich Erinnerungen vermischten, und Jane hatte nur nicht erkannt, in welchem Ausmaß. Bislang war die Wirkung des Puders bei den Probanden nur während der Dauer der Betäubung und in Hinblick auf unmittelbar danach auftretende physische Unannehmlichkeiten untersucht worden. Die Versuchsreihe war noch nicht abgeschlossen. Ich muss mir notieren, dass wir uns mit den Folgen auf das Pre-Knock-out-Gedächtnis beschäftigen müssen, dachte sie und merkte dann, dass Abels Zorn sich erschöpft hatte und er endlich Ruhe gab. Aufgebracht funkelte er sie an.

„Es tut mir leid", begann sie aufrichtig. „Gran hat dich nur betäubt, damit du dich und Edie nicht noch durch eine unüberlegte Handlung umbringst."

„Unüberlegt?" Er sah sie an, als wäre sie verrückt. „Ich bin Buchhalter! Wir handeln nicht unüberlegt! Wir sind vorsichtig und pingelig und langweilig!"

„Wirklich?", fragte sie interessiert. „So siehst du dich? Ich finde dich überhaupt nicht langweilig."

Über ihr Kompliment schien er sich nicht zu freuen.

Jane seufzte. „Also, Buchhalter hin oder her, du warst ziemlich aufgeregt und offensichtlich auf dem Sprung, Edie auf der Stelle zu Hilfe zu eilen, was dumm gewesen wäre. Ihre Entführer waren nämlich höchstwahrscheinlich bewaffnet."

„Verstehe", sagte er steif. „Und was ist das hier?" Er ruckelte an den gepolsterten Metallklammern, die seine Beine und Arme umschlossen.

„Oh, nun ja ... das ist nur ... damit du nicht vom Sitz rutschst?", behauptete Jane, wobei sie, noch während sie redete, auch schon wusste, dass das eine mehr als dürftige Erklärung war. Er schien es ihr auch nicht abzunehmen, deshalb fügte sie hastig hinzu: „Hör zu, entspann dich einfach. Ich helfe Gran in den Van, und dann nehme ich dir die Fesseln ab."

„Nimm mir die Fesseln ab, und hilf deiner Gran dann in den Van", konterte er.

„Das geht nicht. Sie hat meine Handtasche mit den Schlüsseln", schwindelte Jane besonnen. Die Schlüssel steckten vorn in ihrer rechten Hosentasche, aber sie wollte nicht riskieren, dass Abel doch aus dem Auto springen und Ärger machen würde, wenn er erst einmal befreit war. Deshalb hatte sie vor, ihm die Fesseln erst abzunehmen, wenn der Van wieder in Bewegung war.

„Ich ..."

„Wir verschwenden unsere Zeit", fiel Jane ihm ins Wort. „Zeit, die wir besser darauf verwenden sollten, herauszufinden, wie wir Edie da herausholen können."

Abel klappte den Mund zu, und Jane spürte die Erleichterung im ganzen Körper.

„Ich bin sofort wieder da." Sie öffnete die Tür und rutschte vom Sitz. Gott sei Dank blieb Abel weiterhin still.

Nachdem sie die Tür wieder geschlossen hatte, ging sie um den Van herum ... und blieb wie angewurzelt stehen, als sie sah, dass Tinkle einen Polizisten angriff. Nun ja, es einen Angriff zu nennen, war leicht übertrieben. Die kleine Hündin hatte zwar den Stiefel des Mannes im Maul, zerrte an ihm herum und knurrte böse, aber ein ganzer Cop war dann doch eine Nummer zu groß für sie. Der Stiefel rührte sich nicht von der Stelle, und der Polizist selbst blickte ziemlich amüsiert auf den Yorkie hinunter.

Erfolglos versuchte Gran, den Hund auszuschimpfen. „Tinkle! Böser Hund! Lass den freundlichen Polizisten los! Böse Tinkle. Ganz böse!"

Jane schloss die Augen, rieb sich die Stirn und fragte sich, wie bloß alles so außer Kontrolle geraten konnte. Normalerweise verlief ihr Leben äußerst ruhig. Nun ja, abgesehen davon, dass sie mit einer ihrer Erfindungen einem Kollegen fast den Kopf abgerissen hätte.

„Oh, Janie, Liebes! Gott sei Dank! Sorg bitte dafür, dass Tinkle diesen netten Polizisten loslässt."

Jane öffnete die Augen und setzte sich in Bewegung. Es gelang ihr, ein entschuldigendes Lächeln auf ihre Lippen zu zaubern, als sie sich bückte, um den Hund aufzuheben, der prompt nach ihr schnappte. Nachdem sie den Teufelsbraten auf dem Schoß ihrer Großmutter deponiert hatte, wandte sie sich dem Polizisten zu. Wie Abel war er groß und gut gebaut. Sehr gut gebaut, wie sie feststellte. Und mit den sandbraunen Haaren, den blauen Augen und seinen markanten Gesichtszügen sah er filmstarmäßig gut aus.

„Sie müssen Janie sein."

Er streckte ihr die Hand hin und schenkte ihr ein umwerfendes Lächeln, dem Jane nicht widerstehen konnte. Sie merkte, dass sie wie eine Idiotin grinste, als sie ihre Hand in seine legte. „Und Sie müssen … dieser nette Polizist sein."

„Das ist Officer Alkars, Jane", verkündete Gran. „Er sah mich hier allein sitzen und kam näher, um sich zu vergewissern, dass ich keine Hilfe brauche. Ich hatte ihm gerade erklärt, dass du nur unsere Handtaschen im Wagen verstaust, als Tinkle ihn grundlos angriff." Mit finsterer Miene wandte sie sich an ihren Yorkie. „Böser Hund."

„Es tut mir schrecklich leid", erklärte Jane, als Officer Alkars angesichts der fehlenden Ernsthaftigkeit hinter diesem Tadel erstaunt die Augenbrauen hob. „Und danke dafür, dass Sie nach dem Rechten gesehen haben."

„Jederzeit gerne. Das ist mein Job", erklärte er, und sein Lächeln wurde breiter. Dann nickte er, drehte sich um und ging wieder zum Restaurant.

Jane sah ihm nach und dachte, dass Gran recht hatte – sie hatten wirklich ein paar ausgesprochen stattliche junge Männer hier.

„Alles in Ordnung, Liebes?", fragte Gran und lenkte Janes Aufmerksamkeit damit auf sich, während Officer Alkars im Restaurant verschwand.

„Ja", antwortete Jane. „Fürs Erste."

Zu ihrer großen Erleichterung blieb Abel ruhig, als sie Gran in den Van half und den Rollstuhl verstaute. Aber sie konnte spüren, wie er sie währenddessen mit wütenden Blicken durchbohrte.

„Liebes, warum holst du Abel nicht ein Frühstück zum Mitnehmen? Er muss völlig ausgehungert sein", schlug Gran vor, als Jane schließlich wieder aus dem Van kroch. Sie wollte schon die Seitentür schließen, als sie innehielt und zwischen den beiden hin- und hersah. „Ich glaube nicht …"

„Ich schon", unterbrach Gran sie bestimmt. „Geh nur. Wir werden zurechtkommen."

„Nein, warte!", protestierte Abel. „Nimm mir erst die Fesseln ab und …"

Jane schloss die Tür, sodass sie den Rest seines Protests nicht mehr hören konnte, und ging ins Restaurant zurück. Wenn Gran glaubte, sie könnte mit dem Mann fertigwerden, sollte sie es versuchen. Jane traute es sich jedenfalls nicht zu.

Gezwungen lächelnd ging Jane auf das Mädchen an der Kasse zu. Das helle Gelb der Uniformen tat ihr immer noch in den Augen weh, aber sie wusste, dass es daran lag, dass sie die ganze Nacht gefahren war und ihre Augen deshalb empfindlich und müde waren. Sie bestellte eins der Frühstücksangebote sowie Kaffee zum Mitnehmen, bezahlte und wandte sich dann ab, so als würde sie die anderen Gäste beobachten. In Wirklichkeit ging es ihr jedoch nur darum, dem grellen Gelb der Uniformen auszuweichen, während sie auf ihre Bestellung wartete.

Ihr Blick wanderte zu dem Van auf dem Parkplatz, und besorgt fragte sie sich, was Gran mit dem armen Abel anstellen mochte. Hoffentlich gelang es ihr, ihn zur Kooperation zu bewegen und nichts zu tun, was seine Wut noch steigerte.

Jane seufzte. Nur zu gerne hätte sie daran geglaubt, dass ihr die Polizei bei Edies Befreiung helfen könnte. Aber das tat sie nicht. Im Gegenteil befürchtete Jane, dass die Einmischung der Gesetzeshüter nur zu einer bewaffneten Konfrontation führen würde oder Edie dann sogar ganz verschwinden könnte. Wenn die Firma Ensecksi und ihre engsten Mitarbeiter von B.L.I.S.S. und dem FBI beobachtet wurden, handelte es sich um keine unbedeutende Organisation. Allein die Tatsache, dass B.L.I.S.S. nicht in der Lage gewesen war, etwas über sie in Erfahrung zu bringen, war Beweis genug, dass sie clever aufgestellt sein musste. Die örtliche Polizei zu rufen würde da wenig Sinn machen, denn für diese Art von Verbrechen war sie einfach nicht ausgebildet. Gedankenkontrolle, dachte sie, und es überlief sie eine Gänsehaut.

Als sich die Tür zum Restaurant öffnete, blickte Jane nervös dorthin. Ein junges Paar kam herein. Jane entspannte sich und wollte sich gerade wieder dem Tresen zuwenden, als ihr die Kleidung der beiden auffiel. Es war genauso wie bei allen anderen. Die hübsche Blondine trug ein einfach geschnittenes goldfarbenes Sommerkleid und der Mann ein Hawaiihemd.

Jane machte ein finsteres Gesicht. Offenbar war das der Beweis für den Erfolg der Gedankenkontrolle, von der Gran gesprochen hatte. Und sie musste sich eingestehen, dass der Test perfekt war. Scheinbar harmlos, aber dennoch aussagekräftig.

„Kann ich noch einmal Sahne bekommen, Jennie?"

Jane drehte den Kopf und sah Officer Alkars neben sich stehen. Er lächelte sie an, während er darauf wartete, dass die Kellnerin ihm die Sahne brachte. „Ist das Essen so gut, dass Sie unbedingt noch etwas mitnehmen wollen?"

Jane gelang es, lächelnd zu nicken.

„Ihrer Großmutter wird schon nichts passieren", versicherte ihr der Polizist. „Sie blicken die ganze Zeit zu Ihrem Van hinüber, als hätten Sie Angst, er könnte jeden Augenblick mit ihr darin gestohlen werden. Doch diese Stadt ist sicher. Hier gibt es nicht viel Kriminalität. Sonora ist Kreisstadt, deshalb haben wir die staatliche Highway Patrol hier, den County Sheriff und die örtliche Polizei." Er grinste wieder. „Die Anwesenheit von so viel Gesetzeshütern zieht Kriminelle nicht gerade an."

„Ich weiß", sagte Jane und hätte sich gleich darauf am liebsten selbst in den Hintern getreten, als sein Blick eindringlicher wurde. „Das war einer der Gründe für unser Kommen. Keine Kriminalität", log sie rasch.

„Sind Sie hierhergezogen, oder machen Sie Urlaub?"

Jane merkte, wie sie in Panik geriet. Sie wusste nicht, wie sie die Frage beantworten sollte. Falls es B.L.I.S.S. gelang, das Haus neben dem zu kaufen, in dem Edie gefangen gehalten wurde, würde sie dort einziehen. Aber was, wenn nicht?

„Bitte schön, Ma'am."

Erleichtert drehte sich Jane wieder zum Tresen und regte sich nicht einmal darüber auf, dass man sie „Ma'am" nannte. Ihr war klar, dass man ihr nach der langen Fahrt und aufgrund des Schlafmangels wahrscheinlich jedes einzelne ihrer fast dreißig Jahre ansah. Sie rang sich ein Lächeln ab, nahm ihren Kaffee und den Styroporbehälter mit dem Essen, murmelte ein Dankeschön und eilte aus dem Restaurant, bevor Officer Alkars ihr noch weitere Fragen stellen konnte, die sie nicht beantworten wollte.

Schnellen Schrittes lief Jane durch die Tür, wurde aber langsamer, als sie einen Wagen auf den Parkplatz fahren sah. Sie hatte noch deutlich Abels Gebrüll von vorhin in den Ohren und war sich nicht sicher, was sie diesmal erwartete. Also ließ sie sich Zeit, bis der fremde Wagen geparkt hatte und die Insassen ausgestiegen waren und den Weg zum Restaurant eingeschlagen hatten. Jetzt war sie nicht mehr so sonderlich überrascht, eine Frau in mittleren Jahren zu sehen, die Gelb trug, neben ihr ein lachender Ehemann in einem Hawaiihemd. Der Anblick der zwei Mädchen aber, die nicht einmal das Teenageralter erreicht hatten und beide in gelben Kleidern steckten, ließ für Jane keinen Zweifel mehr offen, dass in Sonora etwas nicht in Ordnung war.

Im Vorbeigehen erwiderte sie das freundliche Lächeln der Gruppe, und als sie ihren Van erreicht hatte, wühlte sie in ihren Taschen, als würde sie ihre Schlüssel suchen. Sie wartete, bis die Tür des Restaurants sich hinter der Familie geschlossen hatte, dann öffnete sie rasch die Tür an der Fahrerseite, sprang hinein und schlug sie hinter sich zu.

Zu ihrer großen Erleichterung gab es diesmal kein Gebrüll. Dennoch spähte sie argwöhnisch zu dem Mann auf dem Beifahrersitz hinüber. Jane war so erschöpft, dass sie einen Augenblick brauchte, bis sie merkte, dass er nicht länger gefesselt war. Er sah auch nicht mehr ganz so wütend aus, obwohl er auch nicht gerade freundlich wirkte, sondern sie vielmehr beäugte wie ein gefährliches exotisches Wesen.

„Es wird Zeit, dass wir ein Zimmer in einem Motel nehmen

und uns etwas ausruhen", verkündete Maggie Spyrus mit Entschiedenheit, als Jane ihm den Styroporbehälter mit dem Frühstück und den Kaffee reichte.

„Ich dachte, du wolltest noch Kleidung kaufen", sagte Jane überrascht.

„Madge hat angerufen. Sie meinte, wir sollen in einem Motel einchecken und abwarten, bis B.L.I.S.S. uns etwas zum Anziehen besorgt hat."

„Hast du ihr von diesen gelben Kleidern erzählt?", fragte Jane und fuhr los.

„Ja. Sie fand das sehr interessant. So, und jetzt lass uns ein Motel finden, bevor du noch am Steuer einschläfst."

Unsicher zuckte Jane mit den Schultern. Ja, sie war erschöpft, und schlafen klang prima. Aber sie traute Abel nicht. Während sie ihr Nickerchen machte, sollte sie ihn vielleicht lieber gefesselt im Van lassen. Oder ihm in einem Bett Handschellen anlegen.

Sie mussten nicht lange fahren, bis sie ein Motel fanden. Jane war nicht wählerisch und bog an dem ersten Hinweisschild ab, das sie sah. Es war das Sonora Sunset Inn. Das Gebäude aus violett gefärbten Lehmziegeln mit einer langen Reihe rosaroter Türen sah schrecklich billig aus, aber Jane störte es nicht, solange es nicht gelb war.

Sie hielt vor der Tür der Rezeption und ließ Gran und Abel im Van, während sie zwei Zimmer mietete, die nebeneinanderlagen. Dann parkte sie das Fahrzeug genau zwischen den beiden.

„Vielleicht solltest du mir erst in mein Zimmer helfen, Janie. Dann kannst du Abel die Fußfesseln abnehmen und ihm Handschellen anlegen, sodass ihr aneinandergefesselt seid. Du hast doch Handschellen eingepackt, oder?"

„Ja." Überrascht sah Jane auf das Metallband, das Abels Beine noch immer umschloss. Offenbar hatte Gran zwar die oberen Fesseln gelöst, aber nicht die um seine Unterschenkel.

„Ich habe Ihnen doch gesagt, dass ich nichts tun werde, was Edie in Gefahr bringen könnte", wandte Abel müde ein. Es war das erste Mal seit längerer Zeit, dass er überhaupt etwas sagte.

„Ich weiß, mein Lieber. Aber Gefühle sind selten vernünftig, und es könnte Ihnen auch ganz plötzlich etwas in den Sinn kommen, was Sie für einen genialen Plan halten, und dann begehen Sie doch noch eine ausgesprochene Dummheit. Ich mag Edie zu sehr, um das zu riskieren."

Zu müde zum Streiten, stieg Jane aus, machte die Tür zu und ging um den Van herum. Es dauerte nicht lange, bis Gran im Rollstuhl saß und Jane sie in eines der Motelzimmer schieben konnte, während Tinkle hinter ihnen herlief.

„Ich bringe Abel nur rasch im Nebenzimmer unter, dann hole ich Tinkles Futter und deine Sachen und helfe dir ins Bett", schlug sie vor und war schon auf dem Weg zur Tür.

„Nein, Liebes. Hilf mir lieber erst ins Bett, und gib Tinkle dann ihr Futter. Dann kannst du Abel nebenan unterbringen, ohne dich um mich sorgen zu müssen."

Jane blieb im Türrahmen stehen und drehte sich langsam um. „Was?"

Gran schnitt eine Grimasse. „Wir können ihm noch nicht trauen, Janie. Er wird schon bald merken, dass es das Klügste ist, sich unserer Führung anzuvertrauen, aber bis dahin kannst du ihn nicht allein lassen. Du wirst schlafen müssen, während er mit Handschellen an dich gefesselt ist."

„Aber ... Kann ich ihn denn nicht einfach nebenan mit Handschellen ans Bett fesseln und ...?" Die Frage erstarb ihr auf den Lippen, als Gran den Kopf schüttelte.

„Er ist kein dummer Junge. Es könnte ihm gelingen, die Handschellen zu öffnen."

„Er ist doch kein Houdini, Gran. Er ..."

„Vertrau mir, Liebes. Du wirst ihn in deiner Nähe behalten müssen."

Jane gab sich geschlagen und ging wieder zu ihr. „Was ist, wenn du mich brauchst?"

„Ich kann rufen, wenn ich etwas brauche. Glaube mir, es ist wichtiger, dass du bei ihm bist als bei mir."

Abel starrte auf die Tür, hinter der Jane und Maggie verschwunden waren. Er hatte keine Ahnung, was sie taten, aber er hatte den Verdacht, dass sie einen Plan aushecken, was sie als Nächstes mit ihm anstellen sollten. Doch das war ihm nur recht, denn es gab ihm Gelegenheit, sich Vorwürfe zu machen. Er konnte nicht fassen, dass er ein solcher Idiot war. Zum Teufel, er war sich nicht einmal sicher, wie groß das Ausmaß seiner Dummheit war.

Wenn er Maggie Spyrus glauben konnte, waren sie und ihre Enkelin Agentinnen, die für einen Geheimdienst namens B.L.I.S.S. arbeiteten. Er hatte über diese Behauptung gelacht, bis sie ihn darauf hinwies, dass er gefesselt auf dem Beifahrersitz eines Vans saß. Wie viele Vans waren seiner Meinung nach wohl mit gepolsterten Klammerfesseln ausgestattet? Ihm war das Lachen lange genug vergangen, dass sie weitere schlagende Beweise ins Feld führen konnte: Edie trug einen Tracker. Jane, die angeblich für einen Spielzeughersteller arbeitete, besaß einen Computer mit einem Mini-Satelliten und einem Programm, das es ihr ermöglichte, Edie aufzuspüren. Die alte Dame selbst hatte ihn mit einem Puder betäubt, das als Make-up getarnt war.

Sofort hatte Abel Maggie mit Fragen bombardiert. Hatte Edie ihr von ihrem Verdacht bezüglich der Arbeit erzählt? Waren Maggie und Jane etwa als Edies Nachbarn eingeschleust worden und hatten ihren Auftrag vermasselt? Was planten sie nun, nachdem Edie gekidnappt worden war? Aber Maggie hatte keine seiner Fragen beantwortet und nur erklärt, dass sie ihm keine weiteren Informationen geben dürfe, bis sie das Okay ihrer Vorgesetzten hätte.

All das hatte Abel so weit überzeugt, dass er nicht mehr brüllte und an seinen Fesseln zerrte, aber er war sich keineswegs sicher, wie viel er davon glauben sollte. Wenn Jane und ihre Großmutter Agentinnen waren und den Auftrag hatten, für die Sicherheit seiner Schwester zu sorgen, warum war Edie dann nicht in Sicherheit? Und warum hatte Jane so lange damit gewartet, den Tracker zu checken? Waren die beiden wirklich nur inkompetente Spioninnen? Oder arbeiteten sie vielleicht sogar für Ensecksi? Aus irgendeinem Grund wollten ihn die Frauen aus der ganzen Sache heraushalten, und so wusste er noch immer nicht, ob ihn der Feind in der Hand hielt oder ob es die Guten waren. Doch er hatte vor, es herauszufinden und …

Abel wurde abrupt aus seinen Gedanken gerissen, als sich die Seitentür hinter ihm öffnete. Er rutschte auf seinem Sitz zur Seite und verdrehte den Hals, nur um festzustellen, dass Jane sich hereinbeugte und Tinkles leeren Hundekorb herausholte.

„Ich brauche nur ein paar Minuten", erklärte sie ihm, klemmte sich den Korb unter den Arm und griff nach einem Beutel Hundefutter.

Abel sagte nichts dazu, aber sie hätte ihn ohnehin nicht gehört. Kaum hatte sie ihren Satz beendet, als sie sich auch schon aufrichtete, die Tür mit dem Ellbogen zuschob und wieder im Motel verschwand.

Diesmal war sie nicht annähernd so lange aus seinem Blickfeld verschwunden wie beim ersten Mal. Doch als sie wieder herauskam, stellte Abel verärgert fest, dass sie Tinkle an der Leine führte. Sie wollte mit ihr vor dem Gebäude hin- und hergehen, aber das teuflische Fellknäuel blieb stehen, setzte sich und ließ sich nicht von der Stelle bewegen. Jane hob den verzogenen Hund auf und trug ihn zu einer kleinen Rasenfläche am Ende des Motels.

Abel sah Jane mehrere Minuten lang zu, bis ihm bewusst wurde, dass er die ganze Zeit über auf ihren Hintern in der ausgefransten Jeans starrte. Sofort zwang er sich dazu, den Blick zu senken, sodass dieser auf den Styroporbehälter fiel, der auf seinem Schoß lag. Er überlegte, ob er etwas essen sollte, denn er hatte Hunger. Aber er wusste ganz genau, dass Jane ihren Spaziergang mit dem Hund beenden und ihn holen würde, sowie er damit angefangen hätte.

Und er hatte recht. Als er den Blick wieder hob, sah er, wie Jane den Hund zum Hotelzimmer zurücktrug. Diesmal hielt sie sich sogar noch kürzer darin auf, und als sie wieder erschien und zum Van kam, hatte Abel die vage Hoffnung, dass er endlich befreit werden würde. Aber sie ging an seiner Tür vorbei, öffnete das Heck und begann, Taschen aus dem Fahrzeug zu ziehen.

„Dabei könnte ich helfen", bot er ihr an, während er im Kopf alle Möglichkeiten durchspielte, wie er sie dazu zwingen könnte, ihm die ganze Wahrheit zu sagen.

„Nein danke. Bin sofort wieder da." Sie klappte die Hecktür zu und brachte die Taschen in das zweite Motelzimmer. Sie musste zweimal gehen, um auch Mr Tibbs und sein ganzes Zubehör zu holen. Diesmal blieb sie länger weg als die beiden Male davor, und Abel hatte bereits den Verdacht, dass sie ihn im Van lassen würde, während sie sich schlafen legte. Aber dann kam sie wieder heraus. Er merkte, wie er sich anspannte, als sie an die Wagentür neben ihn trat. Endlich frei!

Die Tür ging auf.

Jane lächelte.

Klick.

Abel starrte auf die Handschelle an seinem rechten Handgelenk, die mit einem Ende an ihrem linken Arm befestigt war.

„Es ist eine elektrische Handschelle", erklärte sie ihm entschuldigend und drückte auf einen Knopf, um seine Beinklammern zu lösen. „Und sie ist so programmiert, dass du einen Stromschlag bekommst, wenn du zu sehr daran zerrst. Wir werden also vorsichtig sein müssen."

„Verstehe." Er sah ihr herausfordernd in die Augen. „Aber was ist, wenn ich schreie?"

„Dann drücke ich hier drauf." Sie hob ihre freie rechte Hand, zeigte ihm ein kleines schwarzes Kästchen und drückte auf einen Knopf. Abel zuckte auf seinem Sitz zusammen, als ihm ein Stromschlag vom Handgelenk aus in den Arm schoss. Es tat weh! „Im Augenblick ist das Gerät auf die niedrigste Stufe eingestellt", fügte Jane hinzu. „Ich kann das aber jederzeit ändern."

Abel war sich bewusst, dass sie ihm drohte, und es fiel ihm plötzlich schwer zu glauben, dass er es hier mit den Guten zu tun haben sollte. Doch bevor er länger darüber nachdenken konnte, erklärte Jane: „Es tut mir leid, aber mir liegt genauso viel an Edie wie meiner Gran. Wir sind Freundinnen geworden, und ich werde nicht zulassen, dass ihr Bruder etwas Leichtsinniges anstellt, das sie das Leben kosten könnte."

„Ich bin Buchhalter", wiederholte Abel erschöpft. „Leichtsinn gehört nicht zu meinen herausragenden Charaktereigenschaften." Als Jane sich wenig überzeugt zeigte, seufzte er tief. „Kann ich dann wenigstens jetzt aussteigen?"

„Natürlich." Sie trat zurück und gab die Tür frei.

Abel rutschte nach rechts und stieg aus dem Van. Als er die Muskeln streckte, konnte er ein Stöhnen nicht unterdrücken. Es war Stunden her, seit er zuletzt den Sitz verlassen hatte. Er bemerkte den mitleidigen Blick, den Jane ihm zuwarf, zog es jedoch vor, nicht darauf einzugehen, und ignorierte sie, als sie die Wagentür hinter ihm zuwarf und abschloss. Dann führte sie ihn in das zweite Motelzimmer.

Es war das kleinste, das ihm je untergekommen war. Es standen ein Doppelbett darin, ein kleiner Tisch und ein Stuhl, und auf dem Toilettentisch befand sich ein Fernseher. Abel sah eine Tür, von der er annahm, dass sie ins Badezimmer führte. Alles stand eng beieinander und ließ kaum Platz um das Bett herum. Er konnte froh sein, dass er nicht an Klaustrophobie litt.

„Ich habe Mr Tibbs rausgelassen, sein Katzenklo eingerichtet und ihm Futter hingestellt", teilte Jane ihm mit, während sie die Zimmertür abschloss. „Aber ich glaube, er versteckt sich unter dem Bett. Anscheinend verreist er nicht gern. Musst du mal ins Bad?"

Abel, der dank der stromverstärkten Handfesseln neben ihr stand, drehte sich brüsk zu ihr herum. Jane sah von der Tür auf, bemerkte seinen Gesichtsausdruck, folgte seinem Blick zu den Handschellen und lief rot an. „Nun, das wird zwar kompliziert sein, aber …" Unbehaglich wandte sie den Blick ab, und er konnte sehen, wie sie nach einer Lösung suchte.

„Ich nehme an, du warst schon auf der Toilette, bevor du mich geholt hast?", bemerkte er trocken und stellte überrascht fest, dass sich die Röte auf ihrem Gesicht weiter ausbreitete.

Er fasste es als Nein auf seine Frage auf und musste zum ersten Mal seit Stunden grinsen. Doch Jane schien das nicht zu schätzen zu wissen.

„Komm mit", murmelte sie und führte ihn zur Badezimmertür.

Er hatte nicht wirklich erwartet, dass sie ihm ins Bad folgen würde, deshalb war er nicht überrascht, als sie an der Tür stehen blieb, einen Schlüssel aus der Tasche zog und ihm bedeutete, allein hineinzugehen. Wie das Schlafzimmer war auch das Bad unglaublich klein. Es gab darin ein winziges Waschbecken, eine Toilette und eine Wanne, alles in Weiß und eng beieinander. Jane fesselte Abel an den Handtuchhalter.

Für einen Augenblick machte sich Abel die Mühe, den Handtuchhalter zu untersuchen, aber er schien fest an die Wand montiert zu sein. Auf keinen Fall könnte Abel sich befreien, ohne eine Menge Lärm zu machen. Also beschloss er, es gar nicht erst zu versuchen, erledigte rasch sein Bedürfnis und schaffte es sogar, sich trotz der Fessel die Hände zu waschen, bevor er nach Jane rief.

Als er zurück im Zimmer war, schloss sie ihn mit den Handschellen an den Metallrahmen des Betts, um selbst das Bad aufsuchen zu können.

Doch auch danach ließ sie ihn weiter gefesselt auf dem Bett liegen. Sie schaltete den Fernseher ein und reichte ihm die Fernbedienung. Dann nahm sie seinen Kaffee und sein Frühstück vom Tisch und stellte alles in Reichweite neben ihn auf den Nachttisch. Nachdem sie das erledigt hatte, zog sie ihren Computer mit dem Satellitenschirm aus der Tasche, baute beides auf dem Tisch auf, setzte sich und rief das Tracking-Programm auf.

Abel ignorierte Fernseher und Frühstück und reckte lieber den Hals, um erkennen zu können, was sich auf dem Bildschirm tat.

„Was gibt es Neues?", fragte er schließlich, denn Jane hatte so lange nichts gesagt, dass er nervös zu werden begann.

„Sie ist verschwunden", gestand sie und klappte den Computer zu.

„Was? Was soll das heißen? Ist sie …?" Unfähig, seine größte Befürchtung in Worte zu fassen, brach er ab.

„Es bedeutet, dass sie sie wahrscheinlich in einen Raum gebracht haben, der irgendwie isoliert ist."

„Wahrscheinlich? Woher willst du wissen, dass sie nicht tot ist?"

„Das weiß ich nicht, aber …" Jane streckte sich und ging müde zum Bett. „Abel, ich weiß nicht, was sie getan haben. Ich weiß nur, dass das Signal verschwunden ist. Wenn deine Schwester tot wäre, würde es deshalb nicht automatisch verschwinden, sondern wäre immer noch auf dem Bildschirm zu sehen. Das ist es aber nicht, deshalb ist es wahrscheinlich, dass sie Edie in irgendeinen isolierten Raum gebracht haben, der keinerlei Radiowellen durchlässt."

„Glaubst du, sie wissen, dass sie einen Tracker trägt? Warum sollten sie ihr den nicht einfach abnehmen? Warum …"

„Keine Ahnung", unterbrach sie ihn, „und ich bin zu müde, um mir darüber Gedanken zu machen." Sie bückte sich, um ihn vom Bett loszumachen, dann fesselte sie ihn wieder an ihr Handgelenk. „Ich weiß nur, dass B.L.I.S.S. sich der Sache annimmt und wir alles in unserer Macht Stehende tun werden, um die Sache zu klären."

Aha! Das war ein Anfang. „Was ist B.L.I.S.S. eigentlich?"

„Ich bin auch zu müde, um dir das jetzt zu erklären", antwortete Jane.

Sie bedeutete ihm, auf dem Bett ein Stück zur Seite zu rücken. Ohne nachzudenken, tat er es. Sie legte sich neben ihn und streckte sich auf dem Rücken aus, wobei sie den Arm anwinkelte, um nicht aus Versehen an den Handschellen zu ziehen und ihm so einen weiteren Stromschlag zu verpassen.

„Du kannst doch jetzt nicht einfach einschlafen! Ich muss wissen, was los ist! Ich muss …" Er brach ab, als sie die Augen öffnete.

„Ich weiß nicht, was los ist, Abel", gestand sie mit leiser Stimme. „Und das werden wir auch nicht wissen, bis B.L.I.S.S.

uns wieder anruft. Wir müssen abwarten. Sie werden dir Edie zurückbringen. Versprochen."

Jane schloss die Augen wieder, und diesmal ließ Abel sie in Ruhe. Er glaubte ihr, dass sie keine Antworten hatte. Er glaubte ihr, dass sie darauf wartete, von ihren Leuten zu hören, und er glaubte ihr auch, dass sie volles Vertrauen in B.L.I.S.S. hatte. Er wünschte nur, er könnte dieses Vertrauen ansatzweise teilen.

Abel rutschte auf dem Bett ein Stück weit nach oben, stopfte sich mit der freien Hand ein Kissen in den Rücken, sodass er sich halbwegs bequem ans Kopfende anlehnen konnte, und griff nach seinem Frühstück. Als er die Packung aufmachte, fand er darin eine undefinierbare Masse. Doch er hatte Hunger, also probierte er ein wenig davon und kaute anfangs nur vorsichtig. Dann entspannte er sich. Das Essen war zwar kalt, schmeckte aber immer noch recht gut.

In diesem Moment beschloss Mr Tibbs, sein Versteck zu verlassen. Er sprang aufs Bett, ignorierte Abel und kuschelte sich neben Jane. Verschlafen murmelte sie etwas, streichelte unbeholfen den getigerten Kater und nickte dann wieder ein.

Abel bedachte das Haustier seiner Schwester mit einem finsteren Blick. „Verräter", brummelte er und schaltete durch die Fernsehkanäle, um sich abzulenken.

Er wusste, dass er Geduld haben musste. Natürlich war nicht vorherzusehen, wie lange es dauern würde, bis B.L.I.S.S. sich wieder meldete, aber er wusste genau, wie er die Zeit bis dahin verbringen würde: Er würde sich Sorgen machen. Sorgen um Edie und um sich selbst. Eine ganze Weile lang versuchte er herauszufinden, wie er sich am besten befreien könnte, und spielte die Möglichkeiten im Kopf durch. Er könnte Jane sagen, dass er noch einmal zur Toilette müsste. Dann würde er die Tür abschließen, den Handtuchhalter, an den sie ihn gefesselt hatte, aus der Wand reißen und damit das Fenster über der Badewanne einschlagen.

Keine Frage, Jane würde sofort anfangen, ihn mit Stromschlägen zu traktieren, aber er glaubte nicht, dass sie ihm ernsthaft

Schaden zufügen würde. Diese Elektroschocks könnte er lange genug aushalten, um nach draußen zu klettern und zur Polizeistation zu laufen. Dann würde er den Polizisten erzählen ...

An dem Punkt hakte sein Plan. Was könnte er sagen? Dass seine Schwester entführt und nach Sonora verschleppt worden war? Aber er hatte sie nicht gesehen, und alles, was er darüber wusste, hatte er ausschließlich von Jane oder ihrer Großmutter erfahren. Darüber hinaus hatte er auch nicht wirklich auf den Weg geachtet, als sie zu der geschlossenen Wohnanlage gefahren waren, wo der Leichenwagen gehalten hatte.

Selbst wenn er den Computer stehlen würde, könnte er seine Schwester damit nicht finden, denn Jane hatte gesagt, dass Edie nicht mehr im Tracking-System war. Es bestand eine geringe Chance, dass er die Wohnanlage wiederfinden könnte, aber was dann? Er war bewusstlos gewesen und hatte nicht gesehen, in welches Haus man sie gebracht hatte. Was also sollte die Polizei tun? Von Tür zu Tür gehen und seine Schwester suchen? Er befürchtete, dass er Edie dann tatsächlich nur noch tot wiedersehen würde. Wenn nicht, würden die Entführer sie dann aber an einen anderen Platz bringen, wo man sie nicht finden konnte. Und schließlich konnte auch die Polizei einen falschen Schritt machen und damit eine Katastrophe heraufbeschwören.

Ihm graute bei dem Gedanken daran, und er begann einzusehen, warum Jane und Maggie die Gesetzeshüter nicht einschalten wollten. Wenn die beiden Frauen wirklich einem Geheimdienst angehörten, waren sie tatsächlich seine größte Chance, um Edie zu retten. Wenn seine Schwester nicht bereits ...

Seine Gedanken wurden unterbrochen, als ein Telefon klingelte.

8. KAPITEL

Jane war so erschöpft, dass sie zunächst gar nicht wusste, was sie aus dem Schlaf gerissen hatte. Als sie erkannte, dass es das Stakkato-Klingeln eines Telefons war, streckte sie den Arm aus und tastete auf der Suche nach dem Apparat blindlings herum. Ihre Hand wanderte über den Nachttisch. Dann berührte sie etwas, was sich anfühlte wie der Fuß einer Lampe. Zögernd öffnete sie ein Auge und wurde sich erst jetzt bewusst, dass es sich nicht um ihren eigenen Nachttisch handelte, sondern um ein fremdes, schäbiges kleines Möbel, auf dem eine überaus kitschige Lampe stand.

Das Motelzimmer! erkannte sie und schloss stöhnend wieder das Auge.

Das Telefon klingelte weiter. Langsam drehte Jane sich nach links, denn die Schlussfolgerung ihres müden Hirns lautete: Wenn der Apparat nicht auf dem rechten Nachttisch steht, muss er sich auf dem linken befinden. Das Klingeln verstummte jedoch, als Jane auf irgendetwas rollte. Abel! Als sie die Augen aufriss, hatte sie eine graue Anzugshose aus Leinen unter sich. Edies Bruder saß noch immer auf dem Bett, doch Jane lag nun auf seinen Beinen, und ihr Gesicht war in seinem Schoß gelandet. Sie hob den Kopf und sah zu ihm hoch.

Ist ja klar, dass er wach ist, dachte sie seufzend und wunderte sich einen Augenblick lang, warum er so amüsiert aussah. Er sollte nicht so gut gelaunt sein, schließlich war er mit Handschellen gefesselt und wurde gegen seinen Willen festgehalten.

„Guten Morgen", sagte Abel munter. „Suchst du das hier?"

Jane wurde rot und sah erst jetzt, dass er den Telefonhörer in der Hand hielt und ihn ihr reichte. Noch während Jane ihn entgegennahm, klingelte es schon wieder. Nur, dass es diesmal nicht derselbe Klingelton war wie der des Zimmertelefons. Verwirrt warf sie einen Blick auf den Boden und stellte fest, dass ein Stück Handtasche unter dem Bett hervorlugte.

Sie erkannte Grans Tasche und schob sich nun noch weiter

über Abels Beine, um sie erreichen zu können. Ich muss sie mit dem anderen Gepäck hereingebracht haben, dachte sie.

Nachdem es ihr gelungen war, die Tasche zu packen, kämpfte sie sich auf Abel wieder hoch, um Grans Handy darin zu suchen. Wieder klingelte es, und Jane wurde leicht hektisch, weil sie befürchtete, es könnte Grans Kontakt zu B.L.I.S.S. sein und dass wer immer es sein mochte wieder auflegen könnte, bevor sie es schaffte, das Gespräch anzunehmen. Aber da schloss sich ihre Hand auch schon um das kleine schwarze Gerät. Erleichtert zog sie es hervor und drückte auf den grünen Knopf.

„Ja?"

„Jane?"

Jane erkannte Ys Stimme und fuhr erschrocken hoch. Sofort stöhnte Abel vor Schmerz und schnellte nach vorn, wobei ihn fast eine Brust ins Auge traf, als Jane unwillkürlich den Rücken durchdrückte.

„Ma'am!" Jane wand sich, als sie merkte, wie aufgeregt ihre Stimme klang.

„Hier ist Y."

„Ja, Ma'am. Ich, äh, habe Ihre Stimme erkannt, Ma'am. Gibt es …?" Jane verhaspelte sich kurz.

„Wie ich höre, beobachten Sie die Ensecksis."

„Ähem, ja. Ja, Ma'am. Sie haben eine Freundin von mir entführt und …"

„Ja, ja. Bassmuth hat mir alles erklärt."

„Bassmuth?", echote Jane. Sie vermutete, dass Bassmuth Grans Freundin war. Und Bassmuth hatte alles erklärt? Super, dachte Jane, und das Herz rutschte ihr in die Hose. Sie war erledigt. Oder zumindest arbeitslos.

„Es war sehr clever von Ihnen, den Leuten von Ensecksi den Tracker unterzujubeln."

„Tatsächlich?", fragte Jane und richtete sich wieder etwas auf.

„Ja. Edie gehört zu uns."

„Ähem, Edie gehört zu uns? Wie darf ich das verstehen, Ma'am?", fragte Jane verunsichert.

„Sie sollte eine unserer Informantinnen werden. Vor zwei Wochen hat sie sich mit ihrem Verdacht bezüglich der Ensecksi Satellites an den C.I.S.I.S. gewandt. Die haben aber schnell eingesehen, dass das eher ein Job für uns ist. Leider haben sie die Information erst am Donnerstag weitergeleitet. Wir wollten für nächste Woche ein Treffen mit Edie Andretti vereinbaren, aber …" Jane konnte geradezu sehen, wie ihre Chefin mit den Schultern zuckte. Der geplante Termin war zu spät. Selbst Donnerstag wäre wahrscheinlich zu spät gewesen. Bei Ensecksi hatte man irgendwie erfahren, dass Edie etwas wusste, und sie deshalb entführt. „Wie auch immer, es war sehr clever von Ihnen, Jane, wie Sie den Fall geknackt haben."

„Ähem, also, ich weiß nicht genau, was Bassmuth Ihnen erzählt hat, Ma'am, aber der Fall ist noch nicht geknackt."

„Selbstverständlich ist er das. Sie haben bestätigt, dass Ensecksi eine Mikrowellentechnologie zur Gehirnwäsche nutzt, die sie testen, indem sie die Bevölkerung dazu bringen, gelbe Kleider und Hawaiihemden zu tragen."

„Also das ist nur eine Hypothese. Ich meine, es scheint mir schon eine seltsame Modeerscheinung für eine ganze Stadt zu sein, aber …"

„Ja, ja. Ganz die bescheidene Wissenschaftlerin. Verifizierung und so weiter. Aber zufällig glauben wir, dass Sie recht haben, Jane. Abgesehen davon haben Sie auch das Versteck von Ensecksi entdeckt. Dazu war hier sonst niemand in der Lage."

„Hat denn jemand danach gesucht?", fragte Jane zweifelnd.

„Ja", sagte Y mit Bestimmtheit. „Ensecksi Satellites stand schon länger unter Verdacht. Seit geraumer Zeit schon haben wir versucht, das Testgelände und die Zentrale für die verdeckten Operationen ausfindig zu machen. Jedes Stück Land, das sich in Firmenbesitz befindet, wurde gründlich unter die Lupe genommen. Nur dieses hier haben wir übersehen, weil es von der Tochter der Familie Ensecksi erworben wurde, die dazu den Mädchennamen ihrer Mutter verwendet hat."

„Verstehe."

„Bisher ging man davon aus, dass die Tochter mit den Firmengeschäften nichts zu tun hätte, aber es scheint, dass sie immer im Zentrum stand."

„Verstehe", wiederholte Jane.

„Sie müssen den Fall übernehmen."

„Ma'am?" Jane wusste, dass ihr das Entsetzen anzuhören war.

„Ich weiß, Sie sind nicht darauf trainiert, aber wir setzen großes Vertrauen in Sie."

„Sollten nicht lieber die Agenten, die ursprünglich dafür vorgesehen waren …?"

„Nein. Sie wurden enttarnt."

„Enttarnt?"

„Zwei unserer besten Agenten waren in Bulgarien auf Ensecksi senior angesetzt. Er muss sie als Agenten erkannt haben, denn er hat sie rausgeschmissen. Damit sind sie für diese Aktion unbrauchbar geworden. Wir glauben, der Firmenchef befindet sich jetzt auf dem Heimweg nach Sonora, wenn er nicht bereits dort ist. Wir nehmen an, dass Ms Andrettis Entdeckung Ensecksi veranlasst hat, die Umsetzung ihrer Pläne vorzuverlegen. Gut möglich, dass sie in diesem Augenblick einen Versuch vorbereiten, um weltweit die Gedankenkontrolle zu übernehmen."

„Sie glauben, dass sie die ganze Welt dazu bringen wollen, gelbe Sommerkleider zu tragen?", fragte Jane zweifelnd.

„Jane."

„Ja, Ma'am?"

„Wie lange haben Sie geschlafen?"

„Hm … nicht lange."

„Das dachte ich mir." Y räusperte sich und erklärte geduldig: „Jane, die gelben Sommerkleider sind nur ein Test. Es ist ganz schön schwer, den Modegeschmack einer Frau zu verändern. Noch dazu steht den meisten Menschen Gelb nicht besonders. Es ist kaum eine massentaugliche Farbe. Damit testet Ensecksi nur die Technologie, die sie entwickelt haben, um sicherzustellen, dass sie funktioniert. Ich möchte wirklich bezweifeln, dass sie mit ihrer Mikrowellentechnologie zur Gehirnwäsche vorhaben, alle Frauen auf diesem Planeten in gelbe Sommerkleider zu stecken."

„Ja. Natürlich, Ma'am", sagte Jane geknickt und hätte sich für ihre dumme Bemerkung treten können. Um wach zu werden, rieb sie sich mit einer Hand übers Gesicht und schüttelte heftig den Kopf.

„Wir wissen nicht genau, was sie damit vorhaben. Vielleicht planen sie, es bei Politikern einzusetzen: dem Präsidenten von Amerika, den Premierministern von England und Kanada. Wer weiß? Vielleicht wollen sie auch nur, dass jeder eine Satellitenschüssel ihrer Firma kauft. Es spielt keine Rolle. Wichtig ist nur, dass das, was sie damit tun *könnten*, verdammt beängstigend ist. Und illegal."

„Ja, Ma'am. So ist es."

„Wir müssen sie aufhalten."

„Verstehe, Ma'am."

„Und Sie und Maggie haben die beste Chance dazu. Sie sind vor Ort. Wir werden versuchen, Ihnen Rückendeckung zu schicken, aber die meisten unserer Agenten sind momentan anderweitig im Einsatz. Leider strebt derzeit nicht nur Ensecksi nach der Weltherrschaft."

„Ist klar." Jane versuchte, stark zu klingen, aber ihr war ganz bang ums Herz. Die Welt verließ sich darauf, dass sie von ihr und Gran gerettet wurde. Ein Technikfreak und eine halb gelähmte Exspionin. Oh, das war einfach fantastisch!

„Wir bringen Sie im Nachbarhaus unter. Es ist alles geregelt."

„Tatsächlich?" Jane war überrascht von dem Tempo, das ihre Chefin vorlegte. Zugleich war sie entsetzt, weil es für sie kein Entkommen mehr aus diesem Chaos zu geben schien.

„Ja. Im Augenblick ist ein Team dort, das den Auszug der alten Besitzer organisiert. Noch in dieser Stunde sollte alles geklärt sein. Zum Glück pflegten die Goodinovs keine sonderlich engen Kontakte zur Nachbarschaft. Mr Goodinov hat Alzheimer, und Mrs Goodinov ist die meiste Zeit bei ihm. Man kann ihn nicht allein lassen. Niemand kennt die beiden besonders gut. Wir haben die Geschichte gestreut, dass sich seine Krankheit nun verschlechtert hat und sie deshalb für ein paar Monate nach Europa gehen, um es dort mit einer innovativen neuen Behandlungsmethode zu versuchen. Die Goodinovs haben seine Schwester Maggie und ihre Enkelin Jane gebeten, während ihrer Abwesenheit das Haus zu hüten."

„Verstehe." Jane räusperte sich und sah zu Abel hinüber. Als sie merkte, dass er sie genau beobachtete, wandte sie den Blick rasch ab. „Ma'am, Edies Bruder …"

„Ja. Abel." Y schwieg einen Moment. „Wird er Ärger machen?"

Jane fing Abels Blick auf und wich ihm erneut aus, bevor sie wahrheitsgemäß antwortete: „Ich bin mir nicht sicher. Aber die Chance ist größer, wenn wir ihn nicht in die Aktion mit einbeziehen."

Für einen Augenblick herrschte Schweigen, dann sagte Y: „Das wäre möglich. Reden Sie mit ihm. Erklären Sie ihm die Situation, und bekommen Sie ein Gespür für ihn, Jane. Wenn Sie glauben, dass er ein Problem sein wird …"

Den Rest sprach sie nicht aus, und Jane nickte zögernd. Dann räusperte sie sich und sagte: „Ja, Ma'am."

„Gut. Sie werden schnell herausfinden müssen, ob wir ihm trauen können, denn Sie werden innerhalb einer Stunde im Haus der Goodinovs erwartet. Wenn Sie dort sind, möchte ich, dass Sie alles beobachten und abhören, also so viel wie möglich in Erfahrung bringen. Ich hoffe, Ihnen in zwei Tagen Hilfe schicken zu können, aber bis dahin sind Sie auf sich gestellt." Y legte eine kurze Pause ein und fügte dann hinzu: „Jane, unter keinen Umständen werden Sie versuchen, Ihre Freundin dort herauszuholen."

„Was ist denn, wenn …"

„Unter keinen Umständen", wiederholte Y entschieden. „Ich weiß, dass Sie sich Sorgen um sie machen, aber vorläufig scheint Edie sicher zu sein. Nach unseren Wahrscheinlichkeitsberechnungen werden die Leute von Ensecksi sie eher als Versuchsobjekt für ihre Gedankenkontrolltechnologie nutzen, als sie zu töten. Deshalb möchten wir, dass Sie fürs Erste nur beobachten und lauschen."

„Ja, Ma'am", stimmte Jane kläglich zu. Wie sollte sie Abel nur davon überzeugen?

„Sprechen Sie mit Maggie, und hören Sie sich an, was sie darüber denkt. Sowie Sie entschieden haben, was mit Abel geschehen soll, ober er einbezogen wird oder nicht, rufen Sie mich zurück, und ich werde arrangieren … was es zu arrangieren gibt."

„Ja, Ma'am."

„Sie schaffen das, Jane. Ira setzt Vertrauen in Sie, und das tue ich auch." Damit beendete die Chefin von B.L.I.S.S. das Gespräch und legte auf.

Auf der Stelle sackte Jane in sich zusammen, als hinge sie an Drähten, die mit einem Schnitt gekappt worden wären.

„Schlechte Nachrichten?"

Bei der Frage kam wieder Leben in sie, und sie sah Abel ins Gesicht. Seine Stimme hatte seltsam rau und angespannt geklungen. Sie wusste, dass es an der Sorge um seine Schwester lag, und suchte in ihrem müden Hirn verzweifelt nach Worten, die ihn beruhigen könnten. Dann erst bemerkte sie seine gequälte Miene. Er nahm die Situation wirklich nicht gut auf, was sie absolut nachempfinden konnte. Jetzt lag nicht nur Edies Leben in ihren Händen, sondern auch noch die Zukunft der Welt.

Weltherrschaft? Gedankenkontrolle? Lieber Himmel, in was hatte Edie sie da nur hineingezogen?

„Es scheint, dass deine Schwester in ein Wespennest gestochen hat", gestand sie zögernd. „Meine Bosse glauben, dass die gelben Sommerkleider nur ein Test sind und dass Enseksi die Weltherrschaft durch Gedankenkontrolle anstrebt."

„Verstehe."

„Für Edie ist das aber nur gut."

„Tatsächlich?"

„Ja. Sie werden sie nicht umbringen wollen. Stattdessen werden sie es mit einer Gehirnwäsche versuchen und sie zu ihrem Versuchskaninchen machen."

Entgeistert starrte Abel sie an. „Und das soll gut sein?"

„Wenn alles vorbei ist, kann man sie wieder umprogrammieren. Aber von den Toten zurückholen könnte man sie nicht", gab Jane zu bedenken.

„Oh." Abel wurde still. Dann räusperte er sich. „Glaubst du, du könntest …?"

Jane folgte seinem Blick, der Richtung Schoß ging. Ihr wurde bewusst, dass sie noch immer auf ihm saß, und sie schämte sich fast zu Tode. Lieber Himmel! Sie saß rittlings auf ihm wie …

Sie sprang von ihm auf und wollte aus dem Bett flüchten. Dabei zog sie an den Handschellen, womit sie Abel einen Stromstoß versetzte.

Sie ließ sich zurückfallen und schloss die Augen. Für diese Seite des Geschäfts war sie wirklich nicht gemacht. Sie handelte einfach nicht so gewieft und cool wie der Rest ihrer Familie. Worauf hatte sie sich da nur eingelassen?

„Was geschieht jetzt?"

Jane erstarrte. Sie hoffte von Herzen, dass Abel sich still verhielt und sie ihre Demütigung ertragen ließ, während sie so tun konnte, als wäre nichts gewesen. Aber vermutlich war das zu viel verlangt. Abgesehen davon hatte sie auch gar keine Zeit für Selbstmitleid, denn schon bald würde sie Y anrufen müssen, um ihr die Entscheidung mitzuteilen, ob Abel nun mitmachen würde oder abgeholt werden musste.

„Wir müssen reden", verkündete sie mit Bestimmtheit.

„In Ordnung." Er klang wachsam, was sie nicht überraschte. Sie holte tief Luft und drehte sich auf dem Bett zu ihm um.

„Zufällig hat Edie vor einiger Zeit etwas über die wahren Absichten von Ensecksi Satellites herausgefunden. Das Unternehmen scheint über eine Technik zu verfügen, die mit Mikrowellen zu tun hat und es möglich macht, die Gedanken von Menschen zu kontrollieren. Edie hat sich mit ihrer Entdeckung an den C.I.S.I.S. gewandt. Die haben aber nach kurzer Zeit beschlossen, dass B.L.I.S.S. übernehmen soll. Am Donnerstag haben sie die Info an B.L.I.S.S. weitergeleitet, aber unser Dienst hatte keine

Möglichkeit mehr, ein Treffen mit Edie zu arrangieren, bevor sie entführt wurde."

„Am Donnerstag?" Abel wirkte verwirrt. „Aber du warst doch schon monatelang ihre Nachbarin. Wie …?"

„Ich lebe schon seit Jahren in dieser Wohnung", fiel Jane ihm ins Wort. „Schon lange, bevor Edie überhaupt nach Vancouver gekommen ist. Es ist einfach ein Zufall, dass wir Nachbarinnen und Freundinnen geworden sind."

„Aber sie trug diese Tracking-Halskette, die du ihr gegeben hast. Hat sie etwas davon erwähnt, dass …?"

„Nein." Jane hatte ihn zwar unterbrochen, brauchte dann aber einen Augenblick, um ihre Gedanken zu sortieren. Y hatte gesagt, sie sollte ihm die Situation erklären. Das ließ ihr etwas Spielraum. „Edie hat mir gegenüber nichts von ihrer Arbeit erwähnt, jedenfalls nichts von ihrem Verdacht über das, was dort vor sich geht. Warum sollte sie auch? Sie glaubt doch, dass ich für einen Spielzeughersteller arbeite."

„Edie weiß also nichts davon, dass du für diesen B.L.I.S.S. arbeitest?"

„Nein. Das wissen niemand außer Gran und die Leute, mit denen ich zusammenarbeite." Leise fügte sie hinzu: „Und jetzt du. Normalerweise ist es uns nicht gestattet, darüber zu sprechen. Du bist eine echte Ausnahme."

„Nun, und wie ist Edie dann an deine Halskette gekommen?"

Jane schürzte die Lippen, dann gestand sie: „Der Tracker ist keine Halskette."

Abel verengte die Augen, als er ihre verlegene Miene sah. „Nicht? Was ist es dann?"

Jane holte tief Luft. „Ein Tampon."

Abel blinzelte. „Wie bitte?"

„Ich habe diese B.L.I.S.S.-Tampon-Tracker entwickelt … also ein Aufspürgerät, das in den Kern des Tampons eingebaut wird. Damit sollte das Problem umgangen werden, dass Agentinnen ihre Tracker verlieren, die in Uhren, Ohrringen oder Halsketten versteckt sind, wenn sie gezwungen werden, diese abzulegen. Wir haben in der Vergangenheit einige Agentinnen verloren, weil die normalen Tracker ihnen nichts mehr nützten. Mit den Tampon-Trackern sollte dieses Problem aus der Welt geschafft werden."

„Und Edie …?"

„Edie kam herüber, als ich gerade mit Tinkle Gassi gehen wollte. Ich habe ihr gesagt, sie solle sich einfach nehmen, was sie braucht. Dabei hatte ich keine Ahnung, dass sie Tampons brauchte."

„Verstehe." Abel dachte kurz darüber nach und schüttelte dann den Kopf. „Also war es ein reiner Glücksfall, dass wir sie verfolgen konnten."

„Ja", gab Jane zu. „Erst als ich in mein Arbeitszimmer ging, um den Besen zu holen, fiel mein Blick auf den Computer. Vorher habe ich gar nicht daran gedacht, sie auf diese Weise zu suchen."

„Gott sei Dank, dass es dir eingefallen ist."

„Ja." Jane schwieg, während sie überlegte, wie sie herausfinden sollte, ob Abel erlaubt werden sollte zu bleiben oder ob er gehen musste.

„Das war eine geniale Idee."

Unsicher hob Jane den Kopf. „Was meinst du?"

„Die Tampon-Tracker. Und jetzt weißt du, wie gut sie funktionieren. Vielleicht solltest du sie nur mit einer größeren Reichweite ausstatten."

„Ja." Überrascht und erfreut über sein Kompliment stimmte Jane ihm zu. „Das sind nur Prototypen. Mir war schon klar, dass die endgültigen Tracker stärkere Transmitter brauchen."

Abel nickte. „Also, was machen wir jetzt?"

Jane sah ihn von der Seite an. „B.L.I.S.S. hat alles vorbereitet, damit wir in das Haus neben dem, in das Edie gebracht wurde, einziehen können. Sie wollen, dass wir die Ensecksis beobachten, abhören und so viel wie möglich in Erfahrung bringen, bis Verstärkung eintrifft. Dann werden wir entscheiden, wie wir weiter vorgehen."

Abel nickte bedächtig. „Das macht Sinn. Wir können nicht einfach dort reinstürmen. Es könnte Edie das Leben kosten."

Erst fühlte Jane sich bei seinen Worten erleichtert, merkte aber schnell, wie sie angesichts seines plötzlichen Kurswechsels misstrauisch wurde.

Offenbar spürte Abel ihren Argwohn. Seufzend erklärte er: „Hör zu, damit will ich nicht sagen, dass ich nicht gern in dieses Haus stürmen und Edie herausholen würde. Aber ich habe lange darüber nachgedacht, als du geschlafen hast, und mir ist klar geworden, dass ich damit ihr Leben gefährde. Und dann ist da noch die Sache, von der du eben gesprochen hast. Wenn sie die Möglichkeit haben, mit Gehirnwäsche zu arbeiten, werden sie von Gewaltanwendung wahrscheinlich absehen. Nun vertraue ich darauf, dass eure Leute wissen, was sie tun. Ich will nur meine Schwester lebend wiedersehen."

Jane nickte und entspannte sich. Sie glaubte ihm.

„Also dann. Ich schätze, wir sollten uns jetzt lieber mal waschen und dann Gran holen. Willst du zuerst ins Bad?"

„Kommt darauf an."

„Auf was?"

„Müssen wir unbedingt diese Handschellen tragen?" Einen Augenblick später fügte er hinzu: „Nicht, als hätte ich etwas dagegen, mit dir zu duschen, aber …"

Jane wurde rot und blickte auf die Handschellen, die sie noch immer aneinanderfesselten. Sie zögerte kurz, kam dann aber zu dem Schluss, dass sie ihm ohnehin bald vertrauen musste. So aneinandergekettet würden sie kaum ins Haus der Goodinovs einziehen können. Da konnte sie Abel genauso gut gleich jetzt auf die Probe stellen. Sie griff in ihre Tasche und holte den Schlüssel für die Handschellen heraus.

„Ich hole Gran, während du unter der Dusche bist", erklärte sie und nahm ihm die Handschellen ab.

Abel nickte nur und ging ins Bad.

Von der Tür aus konnte Jane hören, wie das Wasser angestellt wurde, und irgendwie freute sie sich über das plätschernde Geräusch, als sie nach draußen ging.

Sie weckte Gran, und während sie Maggie beim Anziehen

half, erzählte sie ihr von Ys Anruf und ihrem Gespräch mit Abel. Dann setzte sie Tinkle auf Grans Schoß und schob die beiden aus dem Zimmer.

Als sie wieder in das andere Zimmer zurückkamen, hatte Abel das Badezimmer verlassen. Triefnass wie er war, hatte er sich nur ein kleines Handtuch um die Hüften geschlungen und war nun damit beschäftigt, in einer von Janes Taschen herumzuwühlen. Überrascht schaute er auf und wurde rot, als er sie sah. Aber noch bevor er etwas sagen konnte, brach auch schon die Hölle los. Tinkle hatte Mr Tibbs entdeckt, der am Fußende des Betts schlief, und drehte völlig durch. Im Raum herrschte ein einziges Bellen und Fauchen, und Fell flog durch die Luft, als Mr Tibbs vom Bett sprang und sich in Sicherheit bringen wollte, indem er an Abel hochkletterte.

Jane zuckte zusammen, als Edies Bruder vor Schmerz aufheulte. Er ließ das Handtuch los, das er mit einer Hand festgehalten hatte, und griff instinktiv nach dem Kater. Er riss Mr Tibbs von seiner Brust und hielt die verängstigte Kreatur auf Armeslänge von Tinkle weg, die bellend und jaulend an ihm hochsprang.

„Oh mein Gott", murmelte Gran. „Mag ja sein, dass sie hier in Kalifornien attraktive Polizisten haben, aber ich schwöre dir, Kanada hat die bestaussehenden Buchhalter."

Verwirrt durch diesen Kommentar blickte Abel zu Jane hinüber, bis es ihr gelang, den Blick von seinem Körper loszureißen und eine erklärende Geste zu machen. Als er sah, dass er sein Handtuch verloren hatte, und begriff, was ihre Großmutter da beäugte, senkte er prompt die Arme, um seine Blöße mit dem Kater zu bedecken. Sofort sprang Tinkle wieder an ihm hoch und schnappte nach Mr Tibbs, sodass Abel das arme Geschöpf unwillkürlich erneut in die Höhe hielt. Mehrmals hob und senkte er den Kater nun in dem verzweifelten Versuch, sich zu bedecken und das Tier dennoch vor der kläffenden Tinkle zu schützen. Jane konnte nur staunen. Rauf und runter, rauf und runter ging der Kater; in einem Moment sah man Abels

Kronjuwelen, dann wieder nicht. Fasziniert beobachtete Jane das Schauspiel.

„Hm, Liebes. So erfreulich der Anblick auch sein mag, solltest du dir vielleicht mal Tinkle greifen, bevor sie noch nach etwas anderem schnappt als nach dem Kater", schlug Gran vor.

„Oh." Jane schüttelte sich kurz und beeilte sich dann, den Hund hochzuheben. Anschließend kehrte sie mit ihm auf dem Arm rasch wieder zu Maggie zurück. Noch einmal verdeckte Abel mit Mr Tibbs seine Blöße. Zum Glück hielt er Mr Tibbs dabei im Nacken fest, sodass keine Gefahr bestand, dass er ihn kratzte oder biss.

„Ich, äh, hatte gehofft, dass du vielleicht einen Rasierer in einer deiner Taschen hättest", erklärte er entschuldigend und fügte, während er sich ins Bad zurückzog, noch hinzu: „Ich hätte auf dich warten sollen, wollte aber fertig sein, bevor du zurückkommst."

„Oh." Jane glaubte ihm. „Ich bin mir nicht sicher, ob ich einen eingesteckt habe. Ich schau gleich mal nach", bot sie ihm an. Ihr Blick wanderte von seinem Gesicht zu dem Kater vor seiner Leistengegend und wieder zurück. „Soll ich dir Mr Tibbs abnehmen?"

„Nein! Nein, wir werden gut zurechtkommen." Rückwärts verschwand er im Bad, lächelte noch einmal gequält, sagte „Danke" und schloss dann die Tür mit dem Fuß.

„Soll ich dir Mr Tibbs abnehmen?", ahmte Gran sie amüsiert nach.

Jane wurde rot. „Damit meinte ich natürlich, *nachdem* er sich bedeckt hat."

„Selbstverständlich hast du es so gemeint, Janie, Schatz." Noch immer belustigt, fügte sie hinzu: „In meiner Handtasche müsste ein Rasierer sein. Wenn du sie mir bringst, suche ich ihn für Abel heraus. Dann schlage ich vor, dass wir Y zurückrufen und ihr sagen, dass Abel fürs Erste dabei ist."

Jane nickte zustimmend und holte Grans Handtasche, wobei es ihr jetzt leidtat, dass sie zuvor nicht die Gelegenheit wahrgenommen hatte, deren Inhalt zu inspizieren. Jetzt ist es zu spät, sagte sie sich und reichte ihr die Tasche. Nachdem ihre Großmutter darin einen rosa-weißen Rasierer für Frauen ausgegraben hatte, trug sie diesen zum Badezimmer und klopfte leise an.

Es dauerte einen Augenblick, dann ging die Tür einen Spaltweit auf, gerade genug, dass Abel hinausspähen konnte, aber nicht weit genug, um Tinkle herein- oder Mr Tibbs herauszulassen.

„Gran hat einen Rasierer gefunden." Jane hielt ihn hoch.

„Danke." Abel nahm ihn ihr ab. „Entschuldige bitte, dass ich deine Taschen durchsucht habe."

„Schon in Ordnung", sagte Jane achselzuckend. „Darin ist ohnehin nichts Persönliches zu finden." Sie bemerkte, dass er sie neugierig ansah, reagierte aber nicht darauf, sondern wandte sich ab.

Gran telefonierte bereits, als Jane wieder zu ihr kam. „Nein, nein. Das reicht nicht", sagte sie gerade. „Wir müssen erst irgendwo anhalten und einkaufen. Wir haben nichts anzuziehen."

Jane erschrak über den herrischen Ton ihrer Großmutter und machte sich Gedanken, wie sich das auf ihren Job auswirken konnte. Mit Grans Hilfe würde sie ihn doch noch verlieren.

„Das könnte gehen", sagte Gran plötzlich. „Aber ein paar Sachen sollten wir wirklich selbst besorgen." Dann hörte Gran wieder zu und wandte sich schließlich an Jane. „Frag Abel, welche Größe er hat, Liebes."

Jane nickte, ging wieder zur Badezimmertür, klopfte und fragte laut: „Abel, welche Größe hast du ... Oh!" Sie lächelte unsicher, als sich die Tür öffnete. Abel hatte zwar immer noch einen freien Oberkörper, trug jedoch mittlerweile wieder seine Hose. Sein Gesicht war mit Seifenschaum bedeckt, was Jane allerdings nur am Rande bemerkte, da ihre ganze Aufmerksamkeit seinem breiten, muskulösen Oberkörper galt.

„Meine Größe?"

„Äh ..." Jane konnte sich nur mit Mühe von dem Anblick losreißen. Es war wirklich ein sehr ansprechender Körper. „Ja.

Gran will deine Konfektionsgröße wissen. Ich glaube, B.L.I.S.S. will uns mit Kleidung ausstatten."

Er nannte sie ihr. „Meine Schultern sind allerdings ein bisschen breit, und ich trage meine Hemden gern lässig."

„Breit", echote Jane, und wieder wanderte ihr Blick über seinen Oberkörper.

„Jane?", rief Gran.

„Oh, ja." Jane gab die Information weiter, während Abel die Tür zum Bad wieder schloss.

Gran telefonierte noch ein paar Minuten länger, bevor sie Jane das Telefon reichte. „Ira möchte mit dir sprechen."

Erleichtert, dass Gran mit Ira Manetrue gesprochen hatte und nicht mit Y, nahm Jane das Telefon entgegen.

„Hallo?", meldete sie sich.

„Jane, Manetrue am Apparat. Ich möchte Ihnen sagen, wie stolz ich auf Sie bin."

„Oh, nun ja ... danke, Sir."

„Wir werden Sie vor Ort als Maggie, Jane und Abel Goodinov einführen. Sie und Abel sind Bruder und Schwester. Maggie ist Ihre Großmutter."

„In Ordnung."

Mr Manetrue redete bereits weiter. „Wir hatten überlegt, Sie und Abel als Ehepaar auszugeben, aber Y hat darauf hingewiesen – und da muss ich ihr recht geben –, dass das ihre Ermittlungsarbeit beeinträchtigen könnte. Nach unseren Informationen ist Dirk Ensecksi nämlich ein ganz schöner Frauenheld."

„Wie?" Jane blinzelte.

„Verzeihung?", fragte Ira. „Was heißt ‚wie'?"

„Wie, sagen Sie, ist sein Name?"

„Dirk. Dirk Ensecksi."

„Oh." Sie lachte nervös. „Es war nur, als Sie den Namen so schnell ausgesprochen haben, da klang es wie ..."

„*Dark 'n sexy*", wiederholte Ira lachend. „Dunkel und sexy. Also, das könnte passen. Wie auch immer, aus diesem Grund haben wir uns für die Bruder-Schwester-Variante entschieden.

Auf diese Weise werden Sie beide einen größeren Handlungsspielraum haben, falls es erforderlich sein sollte, Dirk oder Lydia Ensecksi näherzukommen."

„Lydia Ensecksi", wiederholte Jane. „Na, wenigstens klingt ihr Name nicht so doppeldeutig."

„Nach allem, was man hört, ist sie eine Femme fatale, und sie könnte über aufschlussreiche Informationen verfügen. Aber vergessen Sie nicht: Mr Andretti ist kein Profi, deshalb möchte ich, dass Sie ein Auge auf ihn haben."

„Ja, Sir", versprach Jane, wobei sie allerdings der bloße Gedanke daran, dass sie ebenso wenig eine professionelle Spionin war, in Panik versetzte. Warum machte sich niemand Sorgen um sie? Wieso gingen alle davon aus, dass sie diesen Nacht-und-Nebel-Blödsinn quasi mit der Muttermilch aufgesogen hatte? Dabei war sie eine Fachidiotin! Wissenschaftlerin! Und noch dazu eine sehr zerstreute Wissenschaftlerin.

„Schön", sagte Ira Manetrue, der nichts von der Panik ahnte, die sich in seinem Schützling breitmachte. „Und Sie sollten auch auf Ihre Großmutter achten, Jane. Maggie war die Beste in der Branche, aber jetzt ist sie schon eine ganze Weile raus aus dem Geschäft."

„Ja, Sir." Jane vermied es, ihre Gran anzuschauen.

„Sehr gut. Haben Sie irgendwelche Fragen?"

Warum tut man mir das an? dachte sie. Aber sie räusperte sich und sagte: „Nein, Sir."

„In Ordnung. Sie werden das schaffen, Jane. Ich weiß, dass Sie im Augenblick nervös sind, aber das ist nur natürlich. Ich glaube an Sie."

„Danke, Sir."

„Wir sind dabei, Ihnen eine Rückendeckung zu besorgen, und rufen Sie mich an, falls irgendwelche Probleme oder Fragen auftauchen."

„In Ordnung. Danke, Mr Manetrue", wiederholte Jane.

Kaum hatte sie aufgelegt, als es an der Tür zu ihrem Motelzimmer klopfte.

„Das dürften unsere Ausweise sein", meinte Gran.

Jane schüttelte den Kopf, denn sie konnte sich nicht vorstellen, dass B.L.I.S.S. so schnell war. Aber als sie die Tür öffnete, wartete dort ein Kurier. Er trug eine braune Uniform, auf der die Buchstaben „BQD" prangten.

„Jane Spyrus?", fragte er und hielt ihr ein Klemmbrett entgegen, als sie nickte.

„BQD?", fragte Jane, während sie es entgegennahm.

„B.L.I.S.S. Quick Delivery. Eilzustellung", erklärte er grinsend.

„Das war tatsächlich schnell", murmelte Jane und trug ihren Namen in das dafür vorgesehene Kästchen ein.

„Tatsächlich bin ich schon seit fünfzehn Minuten hier, aber ich musste auf die telefonische Bestätigung warten, welchen Umschlag ich aushändigen soll", erklärte er. Jane konnte es nicht fassen. Wenn es, wie Gran annahm, die Ausweispapiere waren, musste die Organisation zwei unterschiedliche Päckchen losgeschickt haben, nachdem sie das Gespräch mit Y beendet hatte: eins, das Abel mit einschloss, und eins ohne ihn. Ihre Vorgesetzten mussten dafür gesorgt haben, dass sie von einer B.L.I.S.S.-Zweigstelle in Kalifornien hergeflogen wurden, anders hätten sie nicht so schnell bei ihnen sein können. Es sei denn, die Papiere waren gleich nach Grans erstem Anruf angefertigt worden.

Jane reichte das Klemmbrett zurück, nahm den Umschlag entgegen, murmelte ein „Danke" und schloss dem Kurier die Tür vor der Nase.

„Was ist das?", fragte Abel, der gerade aus dem Bad kam. Jane hob den Umschlag hoch.

„Das sind unsere Ausweise", verkündete Gran, während Jane das wiederverschließbare Päckchen aufriss.

Sie schüttelte den Umschlag über dem Bett aus, und drei Kartenbehälter fielen heraus. Einen davon hob sie auf, öffnete ihn und stellte fest, dass er einen ganzen Satz Ausweiskarten enthielt: Führerschein, Sozialversicherungskarte, Visa, American Express. Es gab sogar einen Mitgliedsausweis für die Bücherei in Sonora, und auf allen Karten stand der Name Margaret L. Goodinov, wohnhaft in Sonora.

„Offenbar sind wir jetzt Amerikaner", bemerkte Jane leise, als sie Gran das Kästchen mit den Karten reichte.

Das nächste Kästchen, das sie aufhob, war für Abel N. Goodinov. Sie reichte es weiter und hielt schließlich ihr eigenes in der Hand.

„In Ordnung. Dann gebt mir jetzt eure richtigen Ausweise", verlangte Gran und sicherte sich damit die Aufmerksamkeit der anderen.

„Warum?", fragte Abel.

„Nun, du kannst nicht zulassen, dass man beide bei dir findet, nicht wahr? Das würde für einige Verwunderung sorgen. Du wirst nur die neuen Papiere benutzen können."

Jane und Abel tauschten einen Blick und taten wie geheißen. Gran nahm ihre Ausweiskarten, steckte sie zusammen mit ihren eigenen in den wiederverschließbaren Umschlag, rollte in ihrem Stuhl zur Tür, öffnete und reichte dem Kurier, der noch immer geduldig wartete, den Umschlag.

„Danke." Er lächelte wieder und entfernte sich, während Gran die Tür schloss. „Mach den Mund zu, Janie, Schatz. Das ist das übliche Vorgehen. Es ist nur zu unserer Sicherheit."

Jane schloss den Mund wieder.

„Wenn du noch duschen willst, bevor wir aufbrechen, Jane, solltest du dich beeilen", mahnte Gran. „Wir haben im Haus eine Verabredung mit der Maklerin, um …"

„Der Maklerin?", unterbrach Jane sie überrascht. „Ich dachte, B.L.I.S.S. will das Haus gar nicht wirklich kaufen. Ich dachte, wir würden es nur für eine Weile übernehmen."

„Ja, Liebes. Aber vor allem wurden die Goodinovs von dort weggebracht. Irgendjemand musste sich die Geschichte anhören, dass sich der Zustand von Mr Goodinov plötzlich verschlechtert hätte und sie deshalb sofort aufbrechen mussten und uns gebeten haben, das Haus während ihrer Abwesenheit zu hüten.

Die Geschichte soll sich herumsprechen, und ich schätze, diese Maklerin wurde ausgewählt, weil sie das Klatschmaul im Ort ist. Also los jetzt, wenn du noch duschen willst. Unser Treffen ist um 10:30 Uhr."

Jane warf einen Blick auf ihre Armbanduhr. Es war 9:36 Uhr. Sie konnte kaum mehr als zwanzig Minuten geschlafen haben, als Y anrief. Kein Wunder, dass sie noch immer so erschöpft war und sich wie betäubt und unglaublich begriffsstutzig vorkam. Sie brauchte unbedingt eine Dusche, um wieder munter zu werden. Also beeilte sie sich, ins Bad zu kommen.

9. KAPITEL

„Es ist mir ein Rätsel, wie Sie das alles so schnell schaffen konnten!"

Die Maklerin Trixie Leto schwankte munter vor ihnen her zum Garagentor der Goodinovs. Es war erst halb elf vormittags, aber der Weingeruch, der die Frau umwehte, war überwältigend. Trixie schien gern Saft zum Frühstück zu trinken, fermentierten Traubensaft, und davon offenbar reichlich, wenn man danach urteilte, wie sie auf ihren High Heels vorwärtsstolperte. Sie sah aus wie sechzig, war aber gekleidet wie eine Zwanzigjährige mit ihrem kurzen strohgelben Sommerkleid, das den Blick auf die mit Besenreisern übersäten Beine freigab. Auf ihrem faltigen Gesicht lag eine dicke Schicht Make-up, und ihre Haare waren in demselben Ton gefärbt wie ihr Kleid – eine äußerst unglückliche Wahl bei Nikotinflecken auf der Haut und entsprechenden Zähnen.

Sie sieht aus wie ein in die Jahre gekommenes Flittchen, dachte Jane und warf sich gleich darauf vor, gemein zu sein. Es gab Leute, die alterten nun einmal schlechter als andere. Aber ihr schien, dass es den meisten würdevoller gelang als dieser Frau.

„Beatrice Goodinov hat mich aus dem Tiefschlaf gerissen", berichtete die Maklerin lachend. „Ich bin fast aus dem Bett gefallen, als sie mir sagte, dass sie und Arthur in eine Klinik nach Europa wollen und jemanden brauchen, der die Schlüssel an sich nimmt, bis Sie eintreffen."

Beatrice und Arthur. Jane wiederholte die Namen im Kopf, um sie sich einzuprägen. Es wäre nicht gut, die Vornamen ihrer „Tante" und ihres „Onkels" zu vergessen. Falls Mr Manetrue sie Gran gegenüber erwähnt haben sollte, so hatte Gran vergessen, sie weiterzugeben. Aber die letzte Stunde war auch ein wenig hektisch gewesen. In Rekordzeit war Jane unter die Dusche gehüpft und wieder heraus und hatte sich ihre Sachen übergeworfen. Als sie ins Zimmer zurückgekommen war, hatte Abel bereits alles in den Van geräumt, mit Ausnahme von Gran, Tinkle und

Mr Tibbs. Tatsächlich hatte Edies Kater sich im Bad versteckt, während Jane duschte.

Jane hatte dann den traumatisierten getigerten Kater in seinem Käfig zum Van getragen, während Abel mit Gran und Tinkle folgte. Das verwöhnte Yorkie-Weibchen hatte lange genug gewinselt, sodass Gran nicht zulassen wollte, dass es wieder in seinen Korb kam, und es auf ihren Schoß nahm. Anschließend hatten sie nur noch Zeit für einen kleinen Abstecher gehabt, um Zahnbürsten und Zahnpasta zu kaufen, bevor sie zum Haus der Goodinovs gefahren waren.

„Als sie dann sagte, dass Sie um halb elf hier sein würden", fuhr Trixie Leto fort, „habe ich natürlich angeboten, Sie gleich hier zu treffen, um Ihnen den weiten Weg zu meinem Büro zu ersparen. Privat wohne ich ganz in der Nähe, wissen Sie."

„Nein, wusste ich nicht", murmelte Jane und streckte instinktiv die Hand aus, als Trixie über Tinkle stolperte. Der Hund war Gran vom Schoß gesprungen und direkt vor den Füßen der Maklerin auf der geteerten Einfahrt gelandet. Aber diese fing sich wieder, sodass Jane ihr nicht helfen musste.

„Oh, was für ein reizendes Hündchen. Bist du nicht ein hübsches Mädchen?", fragte die Maklerin.

Erschrocken riss Jane die Augen auf, als Trixie in die Knie ging, um Tinkle zu streicheln. Sie hatte den Mund schon geöffnet, um sie zu warnen, biss sich dann aber auf die Lippen, als der Yorkie sich benahm und auf den Rücken rollte, um sich den Bauch kraulen zu lassen.

„Dummer Hund", bemerkte Abel, der neben Jane stand.

Es gelang Jane, sich ein Lachen zu verkneifen. „Ja, aber Tinkle ist ziemlich gut darin, den Charakter eines Menschen einzuschätzen. Sie mag nur, wer etwas zwielichtig oder aber richtig böse ist", erklärte sie ihm dann.

Abel schüttelte den Kopf. „Das passt. Dann sollte ich also geschmeichelt sein, weil sie versucht hat, ein Stück von mir abzubeißen."

Jane kicherte.

„Es ist eine Schande mit Arthur." Trixie richtete sich mit Tinkle im Arm wieder auf, und das Tier drehte fast durch, während es sich an die Maklerin kuschelte und versuchte, ihr das Gesicht zu lecken. „Natürlich geht es ihm schon seit einer ganzen Weile nicht gut. Für die arme Beatrice ist es eine solche Belastung. Und dann muss sie sich auch noch um dieses riesige Haus kümmern." Trixie schüttelte den Kopf. „Ich habe damit gerechnet, dass sie das Haus bald verkaufen will, und immer wieder einmal bei ihr vorbeigeschaut, um zu sehen, ob die Zeit schon gekommen ist. Von einer Klinik in Europa hat sie aber nie etwas erwähnt."

Jane gelang es, ihre Abscheu zu verbergen. Diese Frau war ein Geier! Jane spürte Mitgefühl für ihre angebliche Tante in sich aufsteigen.

„Die Klinik war meine Idee", erklärte Gran und funkelte die Frau, die ihr Schätzchen auf dem Arm hielt, böse an. Maggie Spyrus konnte ein wenig eifersüchtig sein, wenn es darum ging, wem der Hund Zuneigung entgegenbrachte. „Ich hatte in einem Magazin etwas darüber gelesen und ihr vor ein paar Monaten davon erzählt. Damals zeigte sie sich nicht sonderlich interessiert, aber als es mit Arthur plötzlich schlimmer wurde …" Sie zuckte mit den Schultern und streckte die Arme aus. „Komm her, Tinkle."

Der Yorkie zögerte und schien sich von Trixie Leto gar nicht mehr trennen zu wollen. Aber dann fiel Tinkle offenbar wieder ein, woher ihre Leckerlis kamen, und sie sprang aus den Armen der Maklerin zurück auf Grans Schoß.

„Braves Mädchen", flüsterte Gran und strahlte wieder.

„Nun, es ist gut, dass Sie sich bereit erklärt haben, das Haus in ihrer Abwesenheit zu hüten", bemerkte Trixie steif. Offenbar leicht verärgert über den Verrat des Hundes, drehte sie sich abrupt um und ging in die Garage. An Jane gewandt erklärte sie: „Wie Sie sehen, waren die Handwerker bereits da und haben den Lift eingebaut, den Ihre Großmutter braucht. Sie waren gerade mit den abschließenden Arbeiten beschäftigt, als ich eintraf. Beatrice muss sie noch hereingelassen haben, bevor sie abgereist sind.

Es war töricht von ihr, die Männer hier allein zu lassen. Wenn sie mir etwas gesagt hätte, wäre ich früher gekommen, um ein Auge auf sie zu haben."

Trixie wies auf den brandneuen Aufzug in der hinteren Ecke der Garage. Das Haus war an einen Hang gebaut. Zufahrt und Garage waren ebenerdig angelegt, aber dann stieg das Grundstück steil an. Der Vorgarten und zwei Drittel des Hauses befanden sich auf einem grünen Hügel, während sich das letzte Drittel über der Garage befand. Die einzigen Wege ins Haus hinein waren eine Treppe, die neben dem neuen Aufzug von der Garage aus nach oben führte, sowie etwa vierzig Stufen, die Einfahrt und Haustür miteinander verbanden. Und da Rollstühle und Treppen nicht kompatibel waren, war der Einbau des Aufzugs eine Notwendigkeit gewesen. Es überraschte Jane nicht, dass die Leute von B.L.I.S.S. daran gedacht hatten. Liebe zum Detail war ihre Stärke.

„Sie haben ja so ein Glück, dass Sie eine wundervolle Enkelin haben, die bereit ist, sich um Sie zu kümmern", wandte sich Trixie mit erhobener Stimme an Gran, so laut, als wäre Gran taub, tatterig oder beides. Da sie das vorher nicht getan hatte, konnte Jane nur vermuten, dass es eine billige Retourkutsche für Tinkles Abtrünnigkeit war.

Maggie Spyrus wirkte ganz und gar nicht amüsiert. Jane kannte dieses besondere Funkeln in Grans Augen und war dankbar, dass sie die Handtasche der alten Dame im Wagen gelassen hatte. Hätte Gran sie jetzt zur Hand gehabt, läge Trixie Leto mit großer Wahrscheinlichkeit bereits bewusstlos in der befestigten Einfahrt.

„Ich schlage vor, dass wir den Fahrstuhl ausprobieren, dann kann ich Ihnen das Haus zeigen", fuhr Trixie unbekümmert fort. Sie taumelte auf den Aufzug zu und freute sich offensichtlich darüber, Gran geärgert zu haben.

„Das wird nicht nötig sein", erklärte Abel, und Jane warf ihm einen dankbaren Blick zu. Offensichtlich war sie nicht die Einzige, die sich schnellstmöglich von Trixie verabschieden wollte. Sie würden sich schon allein im Haus zurechtfinden.

Überrascht drehte die Maklerin sich um. „Aber ..."

„Wir brauchen keine Führung durchs Haus. Also, wenn Sie uns einfach die Schlüssel geben würden …" Um seiner Aufforderung Nachdruck zu verleihen, hielt Abel ihr die Hand hin. Trixie Leto war die Enttäuschung anzusehen, und sie schürzte die Lippen zu einem Schmollmund, der vor dreißig Jahren sexy ausgesehen haben mochte, jetzt aber nur auf lächerliche Weise die Falten um ihre Lippen betonte.

„Wir waren schon zu Besuch hier", log Jane freundlich, denn plötzlich tat ihr die Frau leid. Sie glaubte nicht, dass Trixie absichtlich so nervtötend war; sie war einfach zu bedauern. „Wir schätzen es sehr, dass Sie sich so viel Mühe gemacht haben, um Tante Beatrice zu helfen, aber wir sehen doch, wie beschäftigt Sie sein müssen."

„Oh, ja." Die Maklerin riss sich zusammen, ergriff die Chance, ihr Gesicht zu wahren, und kam wieder zu ihnen zurück. „Ich habe ja ständig so viel zu tun! Es ist wirklich ein Segen, dass Sie keine Besichtigung wünschen." Eine fruchtige Atemwolke begleitete ihre Worte, als sie Jane die Schlüssel aushändigte. „Wenn Sie sich allein zurechtfinden, kann ich mich wieder meinem hektischen Tagwerk zuwenden! Genießen Sie Ihren Aufenthalt!", schloss sie in ihrer immer fröhlichen Stimme und wankte an ihnen vorbei aus der Garage hinaus.

„Erbärmlich", bemerkte Gran, während sie zusahen, wie Trixie Leto sich in ihren kleinen roten Sportwagen fallen ließ.

„Nun ja …" Jane packte die Griffe des Rollstuhls und drehte ihre Gran wieder in Richtung Garage um. „Nicht jeder kann in Würde alt werden wie du."

„Nein." Lächelnd zog Maggie die Decke zurecht, die Jane ihr auf den Schoß gelegt hatte. „Das ist wohl wahr."

Abel folgte ihnen zum Aufzug und sah sich neugierig um, als Jane auf den Knopf drückte, um die Tür zu schließen, und dann auf einen zweiten Knopf, um ihn in Bewegung zu setzen. „Ich hatte nicht einmal daran gedacht, dass es Schwierigkeiten mit irgendwelchen Treppen geben könnte. Eure Leute denken wirklich an alles."

„Ja, das tun sie", bestätigte Gran stolz.

Jane empfand zwar ganz ähnlich, aber wenn sie jetzt darüber nachdachte, hätte sie wetten können, dass Ira Manetrue für den Rollstuhlzugang gesorgt hatte. Er hatte eine große Schwäche für ihre Großmutter und würde so etwas nicht vergessen.

Die Fahrstuhltüren gingen auf, und Jane schob Gran auf einen gebrochen weißen Berberteppich.

„Ganz schön kostspielig", kommentierte Gran und deutete zu beiden Seiten über den Flur. Links führte er nach nur wenigen Metern in einen Raum, bei dem es sich vermutlich um die Küche handelte. Rechts zog er sich weitaus länger hin, wobei mehrere Türen von ihm abgingen.

„Wir wollen uns einmal umsehen." Gran wies nach rechts, und Jane drehte sie mit dem Rollstuhl in diese Richtung und ging los. Als Erstes erreichten sie das Wäschezimmer, dann ein Badezimmer. Die anderen vier Räume waren Schlafzimmer, zwei davon mit Badezimmern en suite, zwei ohne. In jedem Zimmer standen ein Bett, eine Kommode, ein Beistelltisch und sogar Stühle, dazu Unterhaltungselektronik inklusive Fernseher und DVD-Spieler.

Sie brauchten eine Weile, um sich die Zimmer genauer anzusehen, anschließend gingen sie in den anderen Teil des Flurs. Als sie in die riesige Küche kamen, seufzte Jane vor Freude. In der Mitte befand sich eine große Arbeitsinsel mit zwei Spülbecken und einem gefliesten Tresen. Gläser, Töpfe und Pfannen hingen an einem Gestell darüber. Der restliche Raum war rundherum mit zusätzlicher Arbeitsfläche ausgestattet, und fast jedes Gerät war zweimal vorhanden: Es gab zwei Herde, zwei Spülmaschinen, zwei Mikrowellen. Der Stauraum in den Schränken hätte jede Frau glücklich gemacht. Offensichtlich war es eine Küche für Leute, die häufig und viele Gäste hatten.

Jane war keine großartige Köchin. Was das anging, kam sie nach ihrer Großmutter. Aber selbst sie wusste die Funktionalität des Raumes zu schätzen.

„Mir gefällt die Einrichtung des Esszimmers."

Jane schob Grans Rollstuhl über den Linoleumboden ins Esszimmer, wo ein langer heller Holztisch mit acht Stühlen stand. An der gegenüberliegenden Wand befand sich ein großer Geschirrschrank aus dem gleichen Holz, dessen obere Hälfte komplett verglast war und eine ordentliche Menge Waterford-Kristall sowie ein bezauberndes Geschirrset mit Goldrand und Herbstblumendekor beherbergte. Alles passte wunderbar zu dem großen Keramikhahn, der von farbenfrohen Kürbissen umringt in der Mitte des Tisches stand. Mrs Goodinov hatte bereits mit der Dekoration für Thanksgiving begonnen!

„Wunderschön."

Als sie Abels leise Bemerkung hörte, folgte Jane seinem Blick nach links, wo eine große Verandatür auf eine weitläufige Terrasse hinausführte. Aber es war die Aussicht dahinter, die Abels Aufmerksamkeit erregte. Das Haus stand auf einem Hügel, der sich aus dem Tal erhob, sodass man von der Terrasse aus einen Blick auf die Bäume am Berghang hatte, die sich langsam herbstlich färbten.

„Was für eine Aussicht", hauchte Jane, die allmählich glaubte, dass ihr dieser Einsatz schließlich doch noch gefallen könnte.

„Traumhaft", stimmte auch Gran zu. „Aber den Blick können wir später noch genießen. Lasst uns erst das restliche Haus in Augenschein nehmen."

Nur ungern wandte sich Jane von dem Panorama ab und schob Gran durch die Flügeltür auf der gegenüberliegenden Seite ins nächste Zimmer, wo sie alle abrupt stehen blieben.

Dieser Raum war einfach gigantisch! Riesig! Groß wie seinerzeit die Festhalle eines mittelalterlichen Schlosses, verfügte er über eine Gewölbedecke mit Holzbalken. Die Wand, die zur Terrasse hinausführte, bestand komplett aus Kassettenfenstern und Türen. Es gab einen offenen Kamin, in den sich ein halbes Dutzend Leute stellen konnten, und dazu ein Billardtisch in der vorgeschriebenen Größe.

Außerdem gab es eine Kitchenette-Bar sowie einen gewaltigen Fernsehschirm, der in die Wand eingelassen war. Davor stand eine kleine Gruppe wuchtiger Polstermöbel, und doch gab es noch viel freie Fläche bis zum Piano an der gegenüberliegenden Wand.

„Der Raum sieht aus wie ein Ballsaal, nur dass er mit Teppich ausgelegt ist." Gran klang beeindruckt.

„Ja, das stimmt. Und Mrs Goodinov ist es wirklich gelungen, ihn dennoch gemütlich zu machen", stellte Jane fest, als sie von rechts etwas hörten, was wie ein Klopfen klang.

Wie der Flur war auch das große Zimmer mit Berberteppich ausgelegt, und genau dort, wo Jane stand, führten zwei Stufen über die ganze Breite des Raums zu einer Art offenem Eingang, der einen Holzboden hatte. Dort befand sich eine große Flügeltür, durch die ein Lastwagen gepasst hätte. Und das Klopfen kam von dieser Tür.

Bevor Jane etwas sagen konnte, sprang Abel die zwei Stufen hinauf und zog die riesige Tür auf. Von dort, wo sie stand, hatte Jane einen freien Blick auf den Mann im Eingang, und als sie in ihm den Kurier vom Motel erkannte, ging sie auf ihn zu.

„Oh, da sind Sie ja. Ich habe zwei Pakete für Sie", sagte er, verschwand kurz hinter dem anderen Türflügel und tauchte mit einer Sackkarre wieder auf, auf der zwei Kisten standen.

Jane stellte sich neben Abel, sah sich die Kisten genauer an und fragte müde: „Was ist das?"

Der Kurier zuckte mit den Schultern. „Ich bin nur der Bote. Mir wurde gesagt, dass ich das an die leitende Agentin", er warf einen Blick auf sein Klemmbrett, „Jane Spyrus ausliefern soll. Das sind doch Sie, nicht wahr?"

„Ja", antwortete sie leise, denn bei dem Titel „Leitende Agentin" wurde ihr ganz mulmig zumute. Wie kam sie dazu, eine leitende Agentin zu sein? Gran hatte die Erfahrung, nicht sie.

„Alles in Ordnung, Janie, Schatz", verkündete Gran. „Zeichne die Empfangsbestätigung ab, und lass ihn die Sachen in das Schlafzimmer bringen, das du haben willst."

Jane nahm das Klemmbrett entgegen und unterschrieb das entsprechende Papier, dann reichte sie dem Mann alles zurück und betrachtete neugierig, was er gebracht hatte.

„Wohin soll ich die Kisten stellen?", fragte der Kurier.

Jane zwang sich nachzudenken. Sie hatten noch nicht das ganze Haus gesehen, und es gab noch einen weiteren Flur. Dieser noch unerforschte Bereich befand sich genau gegenüber von dem Haus, in dem Edie gefangen gehalten wurde. Jane vermutete, dass es auch dort Schlafzimmer gab, allerdings führten drei Stufen in diesen Flügel hinauf. Für Maggie in ihrem Rollstuhl waren sie nicht zu bewältigen, und Jane wollte in der Nähe ihrer Gran schlafen, für den Fall, dass sie gebraucht wurde. Also würden sie sich für Zimmer im ersten Flügel entscheiden.

„Folgen Sie mir", sagte sie dem Kurier und ging voraus.

Der Mann rollte die Sackkarre über den Holzboden und vorsichtig die beiden Stufen hinunter. Schweigend folgte er Jane durch Esszimmer und Küche in den Flur mit seinen diversen Schlafzimmern. Jane entschied sich für das erste Zimmer rechts und ließ den Kurier dort die Kisten auf den Boden neben das Bett stellen. Dann begleitete sie ihn wieder zurück zum Ausgang.

Abel und Gran waren nicht mehr in dem großen Raum, aber als Jane die Haustür hinter dem Kurier schloss, machten leise Stimmen von rechts sie auf ein weiteres Zimmer aufmerksam, das sie zuvor nicht bemerkt hatte. Vom Ballsaal führte ein Türbogen in eine Bibliothek, die sich vor der Küche befand, und dort unterhielten sich die beiden miteinander.

„Da ist sie ja." Gran lächelte, als Jane eintrat. „Du solltest dir mit Abel einmal das restliche Haus anschauen."

„Ja. Das machen wir jetzt gleich", stimmte Jane ihr zu.

Als sie jedoch den Rollstuhl schieben wollte, winkte die ältere Frau ab. „Kümmere dich nicht um mich. Diese Stufen werden mich von diesem Flügel des Hauses ohnehin weitgehend abschneiden."

„Gran, es sind nur drei Stufen", protestierte Jane. „Die kann ich dich schon irgendwie hinaufziehen, damit du die Räume dort wenigstens einmal siehst."

„Viel zu viel Aufwand. Geht ihr zwei nur allein. Ich werde auf die Terrasse fahren und die Aussicht genießen."

Achselzuckend ging Jane hinter Abel her, der bereits den Raum verließ und über die Stufen, von denen Gran gesprochen hatte, einen weiteren, sehr viel kleineren Flur betrat. Hier gab es nur drei Türen. Die rechte führte in ein Büro, in dem zwei Computer standen, die Jane neugierig machten. Sie hatte angenommen, dass die Goodinovs pensioniert waren, aber dieses Zimmer war definitiv wie ein Büro eingerichtet.

Dann drehte sie sich um und warf einen Blick durch die Tür auf der linken Seite. Dahinter befand sich ein großes Badezimmer mit Oberlicht. Das ist ja riesig, dachte Jane und ließ den Blick über die Dusche aus Glas, eine lange Ablagefläche, zwei Waschbecken und die Pflanzen wandern, die den Platz füllen sollten.

„Das Haus gefällt mir", verkündete Abel.

Jane lachte. „Ich wette, es würde dir nicht gefallen, das alles hier zu putzen."

„Tja, alles hat seine Nachteile."

Gemeinsam drehten sie sich um und gingen über den Flur zu der letzten Tür, die ins Hauptschlafzimmer führte. Die Hälfte des Raums wurde von einem großen Kingsize-Bett beherrscht, das so gemütlich aussah, dass Jane einen Seufzer unterdrücken musste. Die andere Hälfte war möbliert mit einer Couch, Sesseln, Tischen und einem weiteren Großbildfernseher. Jane betrachtete die dick gepolsterte Couch und die Sessel mit den modern gemusterten Bezügen und ging dann in das angrenzende Badezimmer. Auch das war ein Traum, mit Oberlicht, einer Sauna, Waschbecken für sie und ihn mit großen Spiegeln, Toilette und Bidet.

„Also." Abel blieb hinter ihr im Badezimmer stehen. „Maggie kann hier nicht wohnen, deshalb nehme ich an, dass es zwischen dir und mir entschieden wird. Wer nimmt dieses Zimmer?"

„Ich muss in Grans Nähe bleiben", sagte Jane zögernd. Sie wünschte, es wäre nicht nötig, und das nicht nur deshalb, weil sie das Zimmer gern selbst bewohnt hätte, sondern auch, weil man von hier aus auf das Haus der Ensecksis blicken konnte. Und es gab noch einen weiteren Nachteil, wenn sie es nicht nahm: Der Raum verfügte über eine eigene Tür nach draußen, was bedeutete, dass Abel das Haus verlassen konnte, ohne dass Jane es mitbekam. Sollte er aus einem Impuls heraus doch noch versuchen wollen, seine Schwester im Alleingang zu retten, hätte er dank dieser Tür leicht die Möglichkeit dazu.

„Ich werde nichts tun, was Edie in Gefahr bringen könnte", sagte er, als würde er Janes Gedanken lesen. „Das verspreche ich dir. Ich werde mich nicht mitten in der Nacht nach draußen schleichen, um den tapferen kleinen Soldaten zu spielen."

Jane entspannte sich und nickte. „Danke."

„Ich denke, ich hole jetzt mal unsere Taschen herein." Abel ging an ihr vorbei aus dem Badezimmer.

Jane folgte ihm etwas langsamer. Im Schlafzimmer trat sie an die Tür neben dem Bett, öffnete sie und blickte durchs Fliegengitter nach draußen auf Gras und Bäume. Der Hügel, auf dem das Haus stand, ragte noch einige Meter weiter in die Höhe. Das Nachbarhaus – das aus Lehmziegeln gebaute Haus der Ensecksis – stand am Fuß dieses Hügels. Von dort, wo Jane stand, war nur das Dach zu sehen oder vielmehr ein paar braune Dachziegel, die zwischen den Bäumen, die zweifellos als Sichtschutz gedacht waren, hindurchblitzten.

Jane nahm an, dass sie Abel entweder vertrauen musste oder ihn nachts mit Handschellen ans Bett fesseln sollte. Bei dem Gedanken daran musste sie lächeln und ging leise zu ihrer Großmutter zurück.

„Abel ist draußen und holt Mr Tibbs", erklärte Gran, als Jane wieder auf der Terrasse erschien. Tinkle hatte ihren Platz auf Grans Schoß verlassen und flitzte herum, beschnüffelte die Terrasse und was sie sonst noch fand.

Als Jane sah, wie aufgekratzt der Hund war, fragte sie: „Wie sollen wir das mit Tinkle und Mr Tibbs regeln?"

„Oh, die beiden werden sich schon verstehen. Anfangs müssen sie sich zusammenraufen, aber dann werden sie sich vertragen wie zwei Erbsen im Topf."

Jane hegte zwar leise Zweifel, beschloss jedoch, abzuwarten und zu sehen, was passierte. Sollte es zum Zweikampf kommen, würde sie auf Mr Tibbs setzen. Der Kater mochte im Motelzimmer zwar erschrocken gewirkt haben, aber er war fast doppelt so groß wie Tinkle. Ein Schlag mit seiner Pfote würde reichen, um dem Hund eine Lehre zu erteilen. Jane hatte nichts dagegen, sich dieses Schauspiel anzusehen.

„Ich schau mir mal an, was in den Kisten ist, die der Kurier gebracht hat", erklärte sie und wandte sich zur Terrassentür, die ins Esszimmer führte. „Welches der Schlafzimmer hättest du gern?"

„Ich glaube, das erste auf der linken Seite", entschied Gran. „Ich komme gleich mit Tinkle nach."

Jane nickte und setzte ihren Weg fort.

Die Kisten standen dort, wo sie sie zurückgelassen hatte, aber Jane musste noch einmal in die Küche zurück, um etwas zu holen, womit sie sie öffnen konnte. Sie fand ein kleines Messer, blieb dann aber noch dort, um kurz einen Blick in Schränke, Kühlschrank und Gefriertruhe zu werfen. Sie fand dort eine riesige Auswahl an Lebensmitteln, und alles war frisch und unberührt. Jane vermutete, dass B.L.I.S.S. die Lebensmittel herein- und die Goodinovs hinausgebracht hatte, aber nur Gran würde wissen, ob dies das übliche Vorgehen war. Sie wollte sie später danach fragen, im Moment war sie viel zu neugierig auf den Inhalt der Kisten.

Also verließ sie die Küche und ging zurück ins Schlafzimmer, wo sie die Kisten der Reihe nach öffnete. Begeistert stieß sie leise Freudenlaute aus, als sie erst die Klappen der einen Kiste zurückschlug, dann die der anderen und feststellte, dass sich eine beeindruckende Sammlung von Abhörgeräten, Infrarotkameras und Waffen darin befand. Sie hob ein langes Mikrofon heraus, das durch seinen Griff aussah wie eine Schusswaffe.

„Was ist das?"

Jane zuckte zusammen und hätte das Mikrofon beinahe fallen gelassen, dann drehte sie sich um.

„Entschuldige." Abel verließ seinen Platz an der Tür und kam zu ihr, um sich neugierig den Inhalt der Kisten anzuschauen.

„Das ist ein Waffenmikrofon", antworte Jane, die sich zwingen musste, die Kisten nicht wieder zuzuklappen und den Inhalt vor ihm zu verbergen. Dieser Mann würde Gran und ihr helfen, da musste er wissen, was ihnen zur Verfügung stand.

Er nahm ihr das Gerät aus der Hand, um es sich genauer anzusehen. Dann blickte er in die Kiste und wies auf ein Mikrofon, das in der Mitte einer Vorrichtung steckte, die aussah wie eine Satellitenschüssel. „Und was ist das?"

„Ein Satellitenmikrofon."

„Lauter Sachen, mit denen man unsere Nachbarn abhören kann, nicht wahr?"

„Ja", antwortete Jane und war sich plötzlich überdeutlich seiner Nähe bewusst. Als sein Arm ihren streifte, musste sie schlucken. Schließlich räusperte sie sich und fragte: „Hat Tinkle sich nicht gleich auf Mr Tibbs gestürzt, als du ihn aus dem Käfig gelassen hast?"

„Hm?" Abwesend sah er sie an. „Oh. Nein. Ich habe Mr Tibbs im Schlafzimmer auf der anderen Seite herausgelassen und die Tür zugemacht, damit der Hund nicht zu ihm kann." Er legte das Waffenmikrofon wieder in die Kiste zurück und fügte hinzu: „Was mich daran erinnert, weshalb ich dich holen wollte. Ich glaube, die Master-Suite ist für dich vorgesehen."

Erstaunt hob Jane die Augenbrauen. „Wieso?"

„Komm mit und sieh selbst", meinte er und setzte sich in Bewegung.

Jane folgte ihm durchs Haus, und als er im Schlafzimmer gleich vor den begehbaren Kleiderschrank trat, wurde ihre Neugier von Verwirrung abgelöst.

„Irgendwie habe ich das Gefühl, dass das hier nicht für mich gedacht ist", sagte er und zog die Türen auf.

Jane blieb stehen und starrte auf die Damengarderobe, die auf sämtlichen Kleiderbügeln hing. „Mrs Goodinov ..."

„Auf der Kommode steht ein Foto von Mrs Goodinov, und Mrs Goodinov erscheint mir für diese Sachen hier definitiv zu füllig. Abgesehen davon hängen überall noch die Preisschilder dran."

Er zog ein eng geschnittenes schwarzes Kleid heraus, um es ihr zu zeigen, und Jane erkannte, dass das die Kleiderlieferung sein musste, die B.L.I.S.S. versprochen hatte. Obwohl sie keine Ahnung hatte, wie sie es geschafft hatten, das alles zu besorgen und in der Stunde zwischen dem Telefonat und ihrem Eintreffen in dem Haus hier zu deponieren. Es sei denn, sie hatten es gar nicht erst kaufen müssen. Jane vermutete, dass es ganze Lagerräume voller Kleidungsstücke für solche Notfälle gab.

„In der Anrichte liegt auch Unterwäsche." Abel hängte das Kleid wieder auf die Stange. „Alles Sachen für Frauen, und alles neu. Ich glaube, sie rechnen damit, dass du hier schläfst. In den anderen Zimmern gibt es wahrscheinlich Sachen für mich und Maggie."

„Wahrscheinlich hast du recht, aber ich kann Gran nicht allein lassen …"

„Ich kann doch auch horchen, ob sie etwas braucht", bot Abel an, womit er Jane komplett überraschte.

Sie schüttelte den Kopf. „Nein, es kann sein, dass sie etwas braucht, wobei du ihr nicht helfen kannst."

„Dann kann ich dich holen."

Jane rieb sich die Stirn, während sie über seinen Vorschlag nachdachte. Es gab vieles, was berücksichtigt werden musste, nicht nur Grans Bedürfnisse, sondern auch das, was hier von ihnen erwartet wurde. Ihre Aufgabe war es, die Ensecksis abzuhören und zu observieren. Sollten sie sie rund um die Uhr überwachen? Wahrscheinlich, beantwortete sie sich ihre eigene Frage.

„Jane!" Grans Stimme riss sie aus ihren Gedanken. Sie verschob die Lösung ihres Dilemmas auf später, lief aus dem Zimmer und fand Maggie Spyrus vor den Stufen im großen Saal. Neben ihr stand eine attraktive Brünette von etwa Mitte vierzig. Sie trug zwar auch das gelbe Standardkleid, aber Jane musste zugeben, dass dieses wirklich hübsch aussah. Das Kleid war blassgelb, fast schon weiß, und hatte einen dezenten Schnitt, sodass es frisch und luftig wirkte und es nicht in den Augen schmerzte, wenn man nur hinsah.

„Das ist Leigh Senchall, unsere Nachbarin, bis Arthur und Beatrice zurückkehren und uns aus ihrem Paradies werfen", verkündete Gran leichthin, womit sie Leigh ein leises Lachen entlockte.

„Es ist wirklich ein schönes Haus, nicht wahr?" Die Frau sah sich kurz um und reichte Jane, die auf sie zugegangen war, die Hand. „Hallo, Jane."

„Hallo, Leigh." Jane schüttelte ihre Hand und wies dann auf Abel, der ihr gefolgt war. „Mein Bruder Abel."

Die beiden begrüßten einander. Anschließend erklärte Gran: „Leigh ist gekommen, um uns in der Nachbarschaft willkommen zu heißen, und hat einen köstlich aussehenden Kuchen zum Kaffee mitgebracht."

„Oh, das ist ja nett", sagte Jane überrascht und war ganz gerührt. „Nun, ich denke, dass auch Tee in Ordnung wäre?"

„Tee klingt wunderbar", stimmte Leigh zu. „Aber nur, wenn Sie nicht viel zu beschäftigt damit sind, auszupacken."

„Oh. Wir müssen nur unsere Kleidung in die Schränke räumen, und das haben wir schon fast geschafft", schwindelte Gran unbekümmert, während Jane sie ins Esszimmer schob.

Abel bot an, Jane zu helfen, aber sie winkte nur ab und machte sich daran, Tee aufzusetzen und Teller, Tassen und Besteck herauszusuchen. Währenddessen nahmen er, Leigh und Gran am großen Esszimmertisch Platz. Jane konnte der Unterhaltung folgen und wunderte sich über die geschickte Art, mit der ihre Großmutter das Gespräch auf die Ensecksis lenkte.

„Oh, da brauchen Sie sich keine Sorgen zu machen", sagte Leigh gerade, als Jane nur wenig später das Tablett mit dem Teegeschirr zum Tisch trug. „Lydia ist sehr ruhig. Wir sehen sie kaum einmal."

„Lydia?", murmelte Gran. „Das ist ein sehr schöner Name."

„Ja." Leigh lächelte Jane an, als sie ihre Teetasse entgegennahm. „Lydia ist …"

Jane hielt die Luft an und wartete ebenso wie Maggie und Abel gespannt darauf, was die Brünette nun sagen würde.

„Also, sie ist interessant", beendete Leigh ihren Satz, wobei ihr etwas unbehaglich zu sein schien. Etwas ungezwungener fügte sie hinzu: „Sie ist sehr hübsch."

Als Jane einfiel, dass Mr Manetrue Lydia als Femme fatale bezeichnet hatte, beschlich sie der Verdacht, dass Leigh bloß höflich sein wollte.

„Hübsch, hm? Ist sie Single?", erkundigte sich Abel.

Überrascht sah Jane ihn an, als sie ihm seinen Tee reichte. Wäre da nicht diese pochende Ader auf seiner Stirn gewesen, hätte sein jungenhaftes Grinsen sie zu der Annahme verleiten können, dass er tatsächlich auf ein Abenteuer aus war. Offensichtlich war Leigh dieser kleine Hinweis auf Abels Anspannung entgangen. Sie lachte gutmütig und schüttelte den Kopf.

„Männer", sagte sie leicht verbittert. „Ja. Sie ist ein Single."

„Na bitte, Abel. Vielleicht werde ich ja lange genug leben, um dich doch noch verheiratet zu sehen", frotzelte Gran und wandte sich dann lächelnd an Leigh. „Ich nehme nicht an, dass es hier einen netten Junggesellen geben könnte, der etwas für meine Janie wäre?"

„Eigentlich ..." Leigh unterbrach sich und wirkte ganz überrascht. „Wissen Sie, Lydias Bruder ist gerade zu Besuch hier, und er ist unverheiratet." Sie wandte sich an Jane. „Er sieht sehr gut aus, Jane. Und ist so sexy. Er hat dunkle Haare und ein umwerfendes Lächeln."

„Hm." Jane lächelte. „Klingt perfekt. Dann hoffe ich, ihn schon bald kennenzulernen."

„Ja, das wäre ... Oh!" Leigh richtete sich auf. „Das können Sie! Gleich heute Abend!"

„Heute Abend?", echoten Jane, Maggie und Abel.

Leigh nickte. „Ja. Heute Abend findet bei mir ein kleines Nachbarschaftstreffen statt, eine vorgezogene Thanksgiving-Party sozusagen. Ich wollte ja nächste Woche dazu einladen, aber die Johnsons verreisen und ..." Sie machte eine vage Handbewegung. „Wie auch immer, Sie drei sollten wirklich kommen. Dann können Sie alle kennenlernen. Und Lydia und Dirk werden auch da sein."

„Das klingt wunderbar!" Erfreut strahlte Gran ihre Nachbarin an.

„Ja, es wird sicher nett", bestätigte Leigh. „Es gibt Cocktails und ein Buffet. Der Dresscode ist ungezwungen elegant." Sie warf einen Blick auf ihre Armbanduhr und verzog das Gesicht. „Und wenn ich gerade davon spreche … Für das Essen habe ich einen Catering-Service, aber es gibt noch eine Menge anderer Dinge zu erledigen. Ich denke, ich sollte mich auf den Heimweg machen." Sie erhob sich und ging zur Haustür. „Kommen Sie irgendwann ab sechs."

„Wir freuen uns schon darauf", sagte Gran, während Jane Leigh zur Tür begleitete.

Als sie kurz darauf ins Esszimmer zurückkam, sah sie, dass ihre Großmutter Papierblock und Stift aus ihrer Tasche gezaubert hatte und sich Notizen machte.

„Was hast du vor?", fragte sie und ließ sich wieder auf ihren Stuhl fallen.

„Ich mache eine Liste von allem, was wir brauchen, um heute Abend vorbereitet zu sein", erklärte Maggie Spyrus, hob den Kopf und musterte ihre Nichte kritisch. „Ganz oben steht, dass du schlafen musst."

„Schlafen?" Jane hatte den Punkt erreicht, an dem ihr schon der Begriff wie ein Fremdwort vorkam.

„Ja, du hast dicke Ringe unter den Augen, Janie, Liebes. So wirst du Dirk Ensecksi niemals auf dich aufmerksam machen."

„Und ich dachte, mein Name wäre schlimm", warf Abel ein.

Jane ignorierte ihn. „Was war noch mal der Grund, weshalb ich Dirk Ensecksi für mich interessieren soll?"

„Um so viele Informationen wie möglich aus ihm herauszuquetschen", antwortete ihre Gran. „Und damit wären wir bei Punkt zwei. Wenn du dein Nickerchen gemacht hast, werde ich dir beibringen, eine Frau zu sein."

„Ich dachte immer, so wäre ich bereits zur Welt gekommen", murmelte Jane.

„Das ist keine große Kunst." Gran rümpfte die Nase. „Ich habe vor, dir beizubringen, eine Spyrus-Frau zu sein. Heute Abend bist du eine Femme fatale."

Jane verkniff sich ein verächtliches Schnauben. Eine Femme fatale? Das war sie allenfalls einmal ansatzweise gewesen, als sie Dick mit ihrem Mini-Raketen werfenden Vibrator beinahe den Kopf abgerissen hatte. Sie war einfach nicht der Typ dafür, und daran würde sich auch in Zukunft nichts ändern.

10. KAPITEL

„Einkaufen?" Gähnend starrte Jane ihre Großmutter an. Sie war gerade von ihrem „Nickerchen" aufgewacht. Genau genommen war sie gar nicht mal von selbst aufgewacht, ihre Gran war hereingekommen, hatte sie leicht geschüttelt und etwas von Einkaufen gesagt. „Wir müssen nicht mehr shoppen gehen, Gran. B.L.I.S.S. hat uns alles geschickt."

„Ja, ich weiß, Liebes", sagte Maggie Spyrus geduldig. „Nichts anderes habe ich dir gerade gesagt. Ich dachte, ich müsste dich wecken, um einkaufen zu gehen, aber Abel hat die Sachen gefunden, die B.L.I.S.S. geschickt hat, deshalb konnten wir dich noch etwas länger schlafen lassen. Aber jetzt ist es fast fünf. Du musst aufstehen und dich für heute Abend fertig machen."

„Fünf Uhr", wiederholte Jane. Sie hatte sich am Mittag hingelegt und einige Stunden lang geschlafen. Nun fühlte sie sich beinahe wieder wie ein Mensch.

„Komm schon. Beweg dich. Wir müssen dafür sorgen, dass du fertig wirst."

Jane nickte, schlug Laken und Steppdecke zurück und setzte sich auf den Bettrand. Sie hatte in dem Zimmer geschlafen, für das sie sich zuvor entschieden hatte, und trug nur ein T-Shirt und Unterwäsche. Natürlich hätte sie in der Master-Suite nach einem Nachthemd suchen können, aber das war ihr zu mühsam gewesen.

„Abel und ich haben ein Kleid für dich ausgesucht, das du tragen sollst", verkündete Gran und tätschelte Tinkle, die auf ihrem Schoß unruhig wurde. „Es hängt an der Badezimmertür, sodass du dich nur duschen und anziehen musst. Dein Haar frisiere ich dir später."

„Wie hast du mit Abel ein Kleid aussuchen können?", fragte Jane und suchte nach ihrer Jeans. „Alle Sachen, die für mich gedacht sind, befinden sich in der Master-Suite."

„Abel hat mir geholfen."

„Oh." Jane sah ihre Gran eindringlich an, bevor sie weitersprach. „Aber ihr habt doch nicht etwa auch die Dessous ausgesucht, die ich tragen soll, oder?" Allein die Vorstellung, dass Edies Bruder eigenhändig Spitzenwäsche für sie zusammengesucht haben könnte, trieb ihr die Röte in die Wangen.

„Nein." Ihre Gran runzelte die Stirn. „Daran habe ich gar nicht gedacht."

„Gott sei Dank!" Jane zog ihre Jeans an und stand auf, um zur Master-Suite zu gehen. „Dann hole ich sie mir, bevor ich dusche."

Die Tür war geschlossen, als Jane vor dem Raum stand. Sie öffnete sie und trat ein. Bei dem Anblick, der sich ihr bot, blieb sie jedoch wie angewurzelt stehen. Abel hatte die Ausrüstungskisten in das Zimmer gebracht, bevor Jane sich hingelegt hatte. Sie hatte gewusst, dass er darin herumwühlen würde, aber dass er knietief in Überwachungsgerätschaften versinken könnte, damit hatte sie nicht gerechnet. Der gesamte Inhalt der Kisten schien auf dem Boden um ihn herum verteilt zu sein. Er hatte sich Kopfhörer aufgesetzt und stand mit einem Waffenmikrofon in der Hand an der offenen Tür und blickte zum Haus der Enseckis hinüber. Ungeduldig verzog er das Gesicht und fummelte an den seitlich angebrachten Drehknöpfen herum. Jane fand den Anblick einfach hinreißend.

Sie stand dort und hatte nur Augen für Abel, bis sie Tinkle bemerkte, die an ihr vorbei ins Zimmer huschte. Erschrocken bückte sie sich, um den Hund zu packen, aber es war zu spät. Der Yorkie hatte Mr Tibbs entdeckt, der auf dem Bett schlief, machte einen Satz nach vorn und war damit außer Reichweite für sie.

Mittlerweile hatte Edies Kater offenbar gespürt, dass Unheil drohte. Er machte die Augen auf, sah den herannahenden Yorkie und war auf und davon.

Knurrend hechtete Tinkle hinter ihm her. Die beiden Haustiere rasten ums Bett herum, sprangen nacheinander auf die Couch, flitzten von einem Stuhl zum anderen. Während sie so eine Runde durchs Zimmer drehten, gelangten sie zu Abel, und damit ging das Chaos erst richtig los.

Plötzlich sprangen ihm Tinkle und Mr Tibbs wie verrückt um die Füße herum, und Abel schnappte überrascht nach Luft.

Dann riss er das Mikrofon hoch, um das lange Kabel, an dem es hing, in Sicherheit zu bringen. Doch dafür war es zu spät. Tinkle zog die Kabelschnur bereits mit ihren kleinen Pfoten hinter sich her. Abel tanzte im Kreis um sie herum, um nicht selbst in dem Kabelsalat gefangen zu werden, konnte sich aber nicht so schnell bewegen wie Kater und Hund. Deshalb war er nach allen Regeln der Kunst gefesselt, als Mr Tibbs sein Ausweichmanöver schließlich aufgab und weglief.

Tinkle, die die ganze Zeit hinter dem Kater hergelaufen war, schnappte nach seinem Schwanz und hielt ihn zwischen den Zähnen fest. Das ungleiche Paar verschwand unter dem Bett und zog das abgewickelte Mikrofonkabel hinter sich her.

„Autsch!"

Jane, die auf die andere Seite des Bettes ging, um die beiden dort in Empfang zu nehmen und dem Zirkus ein Ende zu setzen, schaute auf und sah gerade noch, wie Abel auf den Hintern fiel.

Erschrocken sah sie wieder zum Bett hin, aber weder Mr Tibbs noch Tinkle ließen sich blicken. Eine Weile war nur wildes Fauchen und Knurren zu hören, dann folgte ein Bellen. Sekunden später sprang Tinkle doch noch unter dem Bett hervor und floh aus dem Zimmer. Offenbar hatte Mr Tibbs die Angelegenheit für sich entschieden.

„Nun", sagte Abel. „Ich schätze, damit wäre das Problem gelöst."

Jane verzog die Lippen zu einem amüsierten Lächeln, als sie ihn sah. Er saß umwickelt von Kabel auf dem Boden, hielt das Mikrofon angewinkelt in der Hand und hatte die Kopfhörer schräg auf dem Kopf.

„Tut mir leid", entschuldigte sie sich. „Ich wusste nicht, dass Tinkle mir gefolgt ist. Ich dachte, sie wäre bei Gran geblieben."

Abel zuckte mit den Schultern, stand auf und begann, das Kabel zu entwirren.

„Nun … hast du etwas Interessantes gehört?", fragte sie ihn strahlend.

Abel verzog das Gesicht. „Das Gezwitscher von Vögeln, das Nagen von Eichhörnchen und die Schritte von Rehen."

„Rehe? Echt?"

„Jawohl." Er grinste. „Es war eine ganze Herde, die da den Hügel heraufkam." Seine Begeisterung klang rasch wieder ab. „Aber von unseren Nachbarn keinen Ton. Ich glaube, das blöde Ding funktioniert nicht", fügte er hinzu und warf einen bösen Blick auf das Waffenmikro.

„Nein. Kann es auch nicht", bestätigte Jane. „Für diesen Job brauchen wir das Parabolmikrofon und auf jeden Fall das Wandkontaktmikrofon."

„Parabol? Du meinst sicher das, was aussieht wie eine Satellitenschüssel, oder?", fragte Abel interessiert nach. Er vergaß das Kabelgewirr und machte sich daran, das Chaos auf dem Boden zu sondieren.

„Ja." Jane nahm ihm das Wandkontaktmikrofon ab, als er es gefunden hatte. „Wenn es dunkel wird, werden wir es auf dem Hügel installieren." Sie runzelte die Stirn. „Wir werden uns etwas einfallen lassen müssen, um es zu tarnen."

Abel nickte. „Was ist ein Wandkontaktmikro?"

„Genau das, wonach es sich anhört", erklärte Jane. „Ein hochsensibler Verstärker, mit dem man durch eine solide Betonwand von dreißig Zentimetern Durchmesser ein Gespräch mithören kann."

„Aber man muss es an einer Wand anbringen?"

Jane zuckte mit den Schultern. „Deshalb müssen wir darauf warten, dass es Nacht wird. Wir kümmern uns nach der Party darum."

„Ach ja, die Party", murmelte er wenig begeistert.

Nun fiel Jane auch wieder ein, weshalb sie zu ihm gekommen war, und sie ging zu der Kommode auf der anderen Seite des Betts. „Ich wollte mir nur ein paar Sachen holen."

„Deine Gran und ich haben schon ein Kleid …"

„Ja, ich weiß", unterbrach sie ihn, und eine leichte Röte stieg ihr ins Gesicht. „Aber ich brauche noch etwas anderes."

„Ach." Jane konnte die Belustigung in seiner Stimme hören, als sie die obere Schublade aufzog, in der ordentlich gefaltet mehrere Garnituren Unterwäsche lagen. Dann fügte er hinzu: „Ich hätte dir auch davon etwas ausgesucht und zu dem Kleid gelegt, war mir aber nicht sicher, ob dir das gefallen würde."

„Aha. Nein. Aber danke." Sie hörte, wie er leise lachte. Jane war viel zu verlegen, um in Abels Anwesenheit den Inhalt der Schublade einer genaueren Prüfung zu unterziehen, deshalb nahm sie einfach das, was ihr als Erstes in die Hände fiel, schaute kurz nach, ob es auch die richtige Größe war, und wollte die Schublade wieder schließen.

„Ähem ... es wäre möglich, dass du lieber etwas Schwarzes tragen würdest", wandte Abel ein, womit kein Zweifel daran bestand, dass er sie tatsächlich beobachtete. „Das Kleid, das wir ausgesucht haben, ist schwarz."

„Oh." Jane warf das lavendelfarbene Dessous-Set, das sie herausgenommen hatte, zurück und griff stattdessen nach etwas Schwarzem. Als sie den Raum verließ, vermied sie es, Abel anzusehen.

Sie sprang kurz unter die Dusche, warf das Handtuch nach dem Abtrocknen beiseite und griff nach der Unterwäsche. Anders als ihre eigenen Sachen bestand diese aus Spitze und war sehr sexy. Normalerweise bevorzugte sie bequeme schlichte Unterwäsche aus Baumwolle. Aber Jane bezweifelte, dass B.L.I.S.S. überhaupt irgendetwas aus bequemer schlichter Baumwolle geliefert hatte, denn das war nicht *ihr* Stil.

Sie zog sich BH und Slip an und nahm sich die Zeit, sich aufmerksam im Spiegel zu betrachten. Beim Anblick ihres Körpers hatte sie das Gefühl, eine andere Frau stünde vor ihr. Der BH war einer dieser Push-up-Dinger. Aber Jane brauchte keine Stütze, um vollbusig auszusehen. Als sie die weichen Rundungen unter der schwarzen Spitze sah, schnitt sie eine Grimasse und drückte erst unbehaglich auf die eine Schale, dann auf die andere. Aber es nützte nichts. Davon wurden ihre Brüste weder kleiner, noch ließ es sie nach weniger aussehen.

Seit die Jungs angefangen hatten, sie zu bemerken und damit aufzuziehen, hatten ihre Brüste Jane verlegen gemacht. Damals war sie zwölf gewesen. Von da an war alles nur noch schlimmer geworden. Die Jungs hatten versucht, sie zu begrapschen, ältere Männer begonnen, ihr nachzustellen, und jedes männliche Wesen, dem sie begegnet war, schien im Gespräch eher ihren Busen im Blick zu haben als ihr Gesicht. In der achten Klasse hatte Tommy Simpson ihr einmal ein durchgekautes Papierkügelchen direkt in den Ausschnitt geschossen, als sie vor der Klasse einen Vortrag gehalten hatte. Es war das Ende von Janes Karriere als öffentliche Rednerin gewesen.

All diese Erfahrungen hatten sie zunehmend gehemmter und introvertierter werden lassen. Vielleicht hätte sie sich irgendwann davon frei gemacht, aber dann begann die Zeit der Verabredungen. Ihr erster Freund war Jerry Jordan, und er hatte sie zum Schulball eingeladen. Jane war begeistert und freute sich darauf, wobei sie gerne bereit war, seine unschönen Sommersprossen zu übersehen. Doch dann setzte sein bester Freund sie davon in Kenntnis, dass Jerry sie nur gefragt hatte, weil sie große Brüste hatte und deshalb angeblich leicht herumzukriegen wäre.

Jane war zu Jerry gestürmt, hatte ihm einen Schlag auf die Nase verpasst und ihn angebrüllt. Aber als sie wieder zu Hause war, in der Sicherheit ihres Zimmers, hatte sie geweint. Danach hatte sie sich nur noch weiter zurückgezogen, sich auf ihre Bücher und Hausaufgaben konzentriert und sämtliche Jungs ignoriert, die Interesse an ihr zeigten. Zumindest hatte sie es versucht. Gelegentlich hatte es männliche Wesen gegeben, die hartnäckig genug waren, ihre Abfuhren zu ignorieren und sie so lange einzuladen, bis sie aus lauter Verzweiflung nachgab. Aber keine dieser Beziehungen hatte funktioniert.

„Janie?"

Jane nahm das für sie ausgesuchte Kleid vom Bügel, der an der Tür hing, zog es sich über den Kopf und zupfte es zurecht. Dann öffnete sie die Tür.

„Abel sagt, du hättest die Strümpfe vergessen."

Jane starrte auf die schwarze Seide, die ihre Großmutter ihr reichte. Ja, die hatte sie vergessen. Abel nicht. Sie nahm ihr die beiden hauchfeinen Strümpfe ab und stellte fest, dass auch ein schwarzer Strumpfgürtel dazugehörte. Offenbar dachte Abel an alles.

„Das Kleid ist perfekt." Gran rollte ins Badezimmer, während sich Jane auf den Rand der Badewanne setzte, um die Strümpfe anzuziehen.

„Wo ist Tinkle?", fragte sie. Der gemeine Hund zwickte und kratzte nämlich immer gern an ihren Beinen herum, wenn sie Nylons anzog, und hatte schon für riesige Laufmaschen gesorgt, noch bevor sie die Wohnung verlassen konnte.

„Ich weiß nicht. Sie ist dir auf die andere Seite gefolgt, als du die Unterwäsche geholt hast, aber danach ist sie nicht wieder aufgetaucht. Sicherlich wird sie alles auskundschaften."

Wahrscheinlich wird sie sich eher vor Mr Tibbs verstecken, dachte Jane und freute sich darüber.

„Du solltest zuerst den Strumpfhalter anziehen, Liebes."

Jane, die gerade einen Strumpf halbwegs hochgezogen hatte, stand auf und tat, was Gran ihr geraten hatte. Dann setzte sie sich wieder und zog sich auch den anderen Strumpf an.

„Fertig." Sie erhob sich und strich das Rockteil ihres schwarzen Kleides glatt.

„Perfekt", verkündete Gran.

Jane betrachtete sich im Spiegel. Sie war zwar nicht sicher, ob perfekt das richtige Wort war, aber sie machte schon etwas her in diesem Kleid. Die langen Ärmel und der größte Teil des Rückens bestanden aus durchbrochener schwarzer Spitze, die auch vorn bis zum Rand ihres BHs reichte, wo der feste Stoff des Unterkleids angesetzt war. Jetzt verstand sie auch, warum Abel die schwarze Spitzenunterwäsche vorgeschlagen hatte. Wenn sie sich vorbeugte, reckte oder sich auch nur in diesem Kleid bewegte, blitzte an irgendeiner Stelle garantiert ihr BH durch. Und als sie sich umdrehte, stellte sie fest, dass dasselbe für den Rand ihres Slips galt, denn die durchsichtige Spitze im Rücken reichte ziemlich tief nach unten.

Es hätte lächerlich ausgesehen, wenn dort Lavendelblau durchgeblitzt hätte. Das Schwarz sieht wirklich sexy aus, dachte sie ... bis sie ihr Gesicht und die feuchten Haare sah. Das Kleid war B.L.I.S.S., aber vom Hals aufwärts war sie noch immer dieselbe alte Jane. Enttäuscht ließ sie die Schultern hängen. Sie sah aus wie der Technikfreak Jane Spyrus in einem sexy Kleid und war Lichtjahre davon entfernt, eine Femme fatale zu sein.

„Als du geschlafen hast, habe ich Abel gebeten, einen Lockenstab und einen Föhn aufzutreiben", ergriff ihre Großmutter das Wort. „Zum Glück hat Beatrice Goodinov beides, und dazu auch noch ein hervorragendes Haarspray. Abel hat alles ins Esszimmer gebracht und dazu noch sämtliches Make-up, das wir auftreiben konnten. Komm mit, dann kann ich dich herrichten."

Gehorsam folgte ihr Jane ins Esszimmer. In der Küche fanden sie einen niedrigen Hocker, auf den sie sich setzte, sodass Gran vom Rollstuhl aus an ihr arbeiten konnte. Dann hielt sie geduldig still, während Maggie Spyrus an ihrem Haar herumwerkelte.

Es schien ewig zu dauern und Unmengen von Haarspray zu brauchen, bevor Gran beschloss, dass Janes Frisur saß. Anschließend nahm sie sich das Gesicht ihrer Enkeltochter vor. Sie hatte schon mehrere Minuten daran gearbeitet, als Jane den Kompaktpuder erkannte, den sie benutzte.

„Aber das ist doch der Knock-out-Puder!", rief sie aufgeschreckt.

„Ja, aber ich benutze den gepressten Teil", versicherte Gran. Die Puderdose hatte zwei Kammern. Auf der Seite mit der Puderquaste befand sich der richtige Kompaktpuder, doch es gab noch ein Geheimfach, das den losen Knock-out-Staub enthielt.

Jane entspannte etwas, bis ihre Großmutter einen Lippenstift in die Hand nahm. Entsetzt riss Jane die Augen auf. „Das ist der Knock-out-Lippenstift von Lipschitz!"

„Wirklich?" Gran hielt inne und schürzte die Lippen. „Ist es sicher, ihn aufzutragen?"

„Im anderen Ende befindet sich eine klare Grundierung. Davon muss man zuerst eine Schicht auflegen. Ich schätze, sie wirkt entweder wie eine Barriere oder als Gegenmittel."

„Gut. Die Farbe ist nämlich perfekt." Gran reichte Jane den Stift und einen kleinen Spiegel.

„Kann ich nicht einfach meinen eigenen benutzen?"

„Deiner sieht langweilig aus, Janie, Liebes. Der hier ist scharf. Der feuchte Traum aller Männer. Leg ihn auf."

Jane murrte leise, tat jedoch wie geheißen.

„Versteck ihn in deinem BH", sagte Gran, als Jane beide Schichten aufgetragen hatte und den Lippenstift wieder zur Make-up-Sammlung legen wollte.

„Was?", fragte Jane verwundert.

„Steck ihn in deinen BH, Liebes. Es kann sein, dass du ihn später noch einmal auflegen musst, und ich weiß, dass du keine Handtasche mitnehmen wirst." Sie wartete, bis Jane der Aufforderung zögernd folgte, und begann dann damit, ihr die Augen zu schminken, indem sie etwas Lidschatten sowie Eyeliner auftrug.

Als die ältere Frau allerdings ein silbernes Fläschchen Parfüm in die Hand nahm, wich Jane ein Stück zurück. „Das ist doch mein Wahrheitsserum-Parfüm!"

„Ja, ich weiß. Das könnte heute Abend ganz praktisch sein. Meinst du nicht?"

Nach kurzem Zögern nickte Jane. „Ja, du hast recht. Falls Dirk mir nahe genug kommt, um es einzuatmen."

„Du wirst einfach dafür sorgen müssen, dass das geschieht." Ihre Großmutter träufelte etwas von dem Duft auf einen Wattebausch und verteilte ihn großzügig hinter Janes Ohren, an ihrem Hals und den Handgelenken. Jane schnitt eine Grimasse, als Gran ein wenig davon zwischen ihre Brüste gab.

„Versuche, ihn nahe genug an dich herankommen zu lassen, damit er das Parfüm einatmet, aber lass nicht zu, dass er dich küsst. Es könnte schwierig werden zu erklären, wie ein Kuss ihn so umwerfen kann, dass er das Bewusstsein verliert."

„Als ob mich überhaupt jemand küssen wollte", murmelte Jane.

Gran hielt für einen Moment darin inne, das Make-up wegzuräumen, und zog eine Augenbraue hoch. „Janie, Schatz, ich glaube, du solltest mal einen Blick in den Spiegel werfen. Ich habe nicht den geringsten Zweifel, dass er versuchen wird, dich zu küssen."

Jane stand auf und ging wieder ins Badezimmer. Fast wäre sie in Ohnmacht gefallen, als sie in den Spiegel schaute. Lieber Gott, das war ein Wunder! Sie sah fantastisch aus. Sexy. Richtig scharf.

„Ich sehe … gut aus", sagte sie zaghaft, als ihre Großmutter ihr im Rollstuhl folgte.

„Du siehst besser aus als gut, Liebling. Du siehst aus wie eine Spyrus." Die Frau musterte sie nachdenklich. „Jetzt müssen wir nur noch an deiner Haltung und deinem Gang arbeiten."

„Was stimmt mit meiner Haltung nicht?"

„Nichts … wenn man ein Bücherwurm und Technikfreak ist und probiert, ein paar fantastische Brüste zu verbergen, indem man den Rücken zu einem Buckel krümmt, um dahinter zu verschwinden."

„Lass nur alles raus, Gran", erwiderte Jane ironisch.

„Und was deinen Gang betrifft … Du gehst eigentlich gar nicht. Du huschst wie eine Maus herum, die nicht entdeckt werden will."

Jane seufzte tief, denn sie wusste, dass die Beschreibung ihrer Gran stimmte. Es kam sehr oft vor, dass sie sich bemühte, nicht entdeckt zu werden. Und ja, sie lief tatsächlich mit hochgezogenen Schultern herum, damit ihre Brüste nicht so groß wirkten. Was natürlich lächerlich war. Nichts würde ihre Oberweite kleiner machen, es sei denn eine Operation, was sie auch schon mehrfach ernsthaft überlegt hatte. Bisher hatte sie nur noch nicht den Mut gefunden, diesen Plan tatsächlich in die Tat umzusetzen.

„Stell dich gerade hin", kommandierte ihre Gran. „Schultern zurück, Brust raus."

Jane zögerte, schließlich straffte sie die Schultern und streckte die Brust heraus ... nur um gleich darauf wieder ihre gewohnte Haltung einzunehmen. Sie war noch nicht bereit für diesen Schritt.

„Schultern zurück und Brust raus", wiederholte ihre Gran nachdrücklich.

Erneut richtete Jane sich auf und schnitt eine Grimasse. Warum kann ich nicht kleine kecke Brüste haben anstelle dieses üppigen Vorbaus? grübelte sie, während sie im Spiegel zusah, wie ihr Rücken sich wieder krümmte und ihre Schultern nach vorn sackten.

„Jane, hör auf zu verstecken, was Gott dir gegeben hat! Die Einzige, der du damit etwas vormachst, bist du selbst", fuhr Maggie Spyrus sie an. „Jetzt stell dich gerade hin, streck diese Brust raus und stolziere – damit meine ich nicht huschen – über den Boden. Ich will sehen, wie du die Hüften schwingst."

„Gran!" Jane wurde rot. „Das kann ich nicht ..."

„Du brauchst Schuhe", entgegnete ihre Großmutter. „Ich bin sicher, Abel hat sie zusammen mit dem Kleid hierhergebracht."

Jane entdeckte sie neben der Tür und holte sie. Fassungslos riss sie die Augen auf, sowie sie sich die Schuhe genauer anschaute. Sie trug immer flache Schuhe, aber diese hier waren nicht flach. Es waren schwarze Riemchensandalen mit hohen Absätzen. Mit Sicherheit würde sie sich darauf umbringen.

„Nein. Das kann ich nicht." Jane schüttelte den Kopf.

„Jane Spyrus kann es vielleicht nicht", erwiderte Gran grimmig. „Aber Jane Goodinov kann es ... Tu es für Edie."

Jane blickte ihrer Großmutter ins Gesicht. Ja, für Edie konnte sie das tun. Sie musste es sich einfach wie eine Theaterrolle vorstellen. Wenn sie sich als eine andere Person sehen konnte – als Jane Goodinov –, konnte sie es vielleicht schaffen, aber auch nur vielleicht.

Entschlossen schlüpfte sie in die Sandalen und richtete sich auf. Sie zwang sich dazu, gerade zu stehen und die Brust herauszustrecken.

Jane drehte sich auf einer Fußspitze um und gab ihr Bestes, durch das große Badezimmer zu stolzieren, wobei sie nicht vergaß, sich möglichst gerade zu halten.

„Das ist es!", triumphierte Gran. „Schau dich nur an. Du bist schön. Du bist sexy. Du bist genial. Du bist all das. All diese Eigenschaften sind dein Erbe. Du solltest als Agentin im Außendienst arbeiten. Als Technikfreak hast du dich nur versteckt, aber das hier ist dein wahres Ich!"

Jane konnte förmlich spüren, wie das Selbstvertrauen in ihr wuchs.

„Du kannst es."

„Ich kann es", wiederholte Jane.

„Du machst es ja schon."

„Ich mache es ja schon."

„Den Hüftschwung noch ein bisschen stärker", wies Gran sie an, und Jane gehorchte.

„Jetzt möchte ich, dass du dich entspannst", fuhr Gran fort, als Jane am anderen Ende des Raums angelangt war und sich wieder umdrehte. „Du wirkst ein wenig steif. Stell dir eine verführerische Situation vor und komm dann mit einem aufreizenden Gang wieder zurück. Noch besser, stell dir vor, du bist die personifizierte Sinnlichkeit und verströmst Sexappeal."

„Was denn nun?", fragte Jane verärgert. „Stolzieren oder verströmen?"

„Beides!", antwortete ihre Gran entschieden, sodass Jane alles tat, um sich so zu bewegen, wie sie sich einen Sexappeal verströmenden, aufreizenden Gang vorstellte.

„Du denkst zu viel darüber nach, was du tust. Konzentriere dich nicht zu sehr darauf. Lass es einfach geschehen."

„Du hast leicht reden", grummelte Jane, drehte sich um und ging erneut durch den Raum. Verströmen, stolzieren, dachte sie dabei. *Verströmen, stolzieren. Verströmen* ... Sie hielt an, um das Handtuch, mit dem sie sich nach der Dusche abgetrocknet hatte, mit dem Fuß aus dem Weg zu schieben. Plötzlich stand ihr wieder deutlich das Bild vor Augen, wie sie Abel im Motelzimmer gesehen hatte – völlig nackt, bis auf ein kleines Tuch um die Hüften. Er hatte gut darin ausgesehen. Wirklich gut. Am liebsten hätte sie seine nackte Brust mit beiden Händen gestreichelt und …

„Das ist es!" Gran kicherte und klatschte Applaus.

Überrascht drehte Jane sich um.

„Das war perfekt. Jetzt hast du den Bogen raus", erklärte Gran.

„Na super!" Jane war leicht verärgert. „Und dabei habe ich nicht einmal an einen Sexappeal verströmenden Gang gedacht."

„Nun, was immer es war, denk den ganzen Abend daran. Es war perfekt." Gran rollte auf sie zu. „Und jetzt musst du versuchen, dich an Dirk heranzumachen. Finde heraus, was du kannst. Wenn du ihm eine Einladung in sein Haus entlockst, umso besser."

„Aber …"

„Agenten nehmen jede Gelegenheit wahr, die sich ihnen bietet", belehrte Gran sie bestimmt. „Nutze deinen Vorteil. Schlage Kapital aus deiner Figur, und lächle ihn einladend an. Du hast das gewisse Etwas, also mach Gebrauch davon. Setz alles ein, was du hast."

„Aber was ist, wenn ich es vermassle?", fragte Jane unsicher.

„Das wirst du nicht. Aber falls etwas schiefgehen sollte, werde ich da sein, um dir zu helfen."

Jane dachte nach und nickte zögernd. Sie konnte das. Für Edie.

„Du bist fertig", entschied Gran. „Jetzt muss ich mich fertig machen."

Jane half ihr beim Umziehen, dann scheuchte Gran sie aus dem Zimmer und nahm Frisur und Make-up selbst in die Hand. Als Jane auf den Flur trat und sah, wie schön lang er war, beschloss sie, ihr Sexappeal verströmendes Stolzieren noch ein wenig zu üben. Sie hob das Kinn, straffte die Schultern und streckte die Brust heraus, der sie – fest konzentriert auf das Bild von Abel mit dem Handtuch – über den Gang hinweg folgte. Sie dachte an Abel ohne das Handtuch, an Abel mit dem Kater über dem Kopf und an Abel, der sich mit dem Kater bedeckte. Die Bilder zauberten ein sündiges Lächeln auf ihre Lippen, als sie in die Küche kam.

„Lieber Gott, ich hatte es fast nicht geglaubt."

Jane blieb wie angewurzelt stehen und starrte Abel an. Mit Anzug und Krawatte sah er beinahe genauso sexy aus wie halb nackt mit einem Handtuch. Er stand vor der Terrassentür im Esszimmer und schien die Aussicht zu genießen.

„Hm ..." Jane wollte schon wieder in ihre gewohnte Körperhaltung zurückfallen, riss sich jedoch zusammen, richtete sich wieder auf und fragte ihn: „Was hast du fast nicht geglaubt?"

„Dass du wirklich eine Spionin bist", gestand er und kam langsam auf sie zu. „Du schienst so süß zu sein und viel zu nett dafür. Vielleicht sogar ein bisschen unbeholfen. Aber ..." Er machte eine Pause, um sie von oben bis unten zu mustern, und Jane konnte fühlen, wie seine Blicke ihren Körper streichelten. „Erst jetzt, als du in die Küche gekommen bist, ohne zu wissen, dass ich dich beobachte ... da konnte ich sehen, dass du definitiv dazu in der Lage bist."

Jane musste lächeln, aber bevor sie noch etwas sagen konnte, kam Gran zu ihnen in die Küche. „Sind wir bereit, nach drüben zu gehen?", fragte sie.

„Ja." Abel schnappte sich den Rollstuhl und schob sie zum Fahrstuhl.

Schweigend fuhr das Trio nach unten und passierte dann die Garage. Abel schob Gran die Einfahrt entlang, was Jane anfangs nett fand, bis sie sich fragte, ob sie das Schieben nicht lieber selbst übernehmen sollte. Dann hätte sie etwas, woran sie sich festhalten konnte. Sie war wirklich nicht an High Heels gewöhnt und fühlte sich ein wenig wacklig auf den Beinen.

„Hört mal, mir fällt gerade ein, dass wir ein Problem haben könnten", sagte Gran plötzlich.

Jane und Abel tauschten einen kurzen Blick.

„Was denn?", fragte Abel.

„Dein Vorname."

„Oh." Ungeduldig schnalzt Jane mit der Zunge. Daran hatte sie wirklich nicht gedacht.

„Was stimmt nicht mit meinem Namen?", fragte Abel.

„Er kommt nicht gerade häufig vor", erklärte Jane. „Ich denke, Gran macht sich Sorgen, dass Edie von dir gesprochen haben könnte."

„Ja." Auch Gran ließ ein Zungenschnalzen hören. „Daran hätte ich früher denken sollen."

„Ich könnte einfach meinen zweiten Vornamen nehmen", schlug Abel vor.

„Und wie lautet der?", fragte Jane.

„Nathaniel."

„Nathaniel", wiederholte Jane. „Nathan. Nat. Nat Goodinov." Sie kicherte.

„Dazu ist es zu spät", stellte Gran klar. „Wir haben dich Leigh als Abel vorgestellt."

„Hm", murmelte Jane. Sie schwiegen, während sie in die Straße einbogen. Dann sagte sie: „Ich schätze, wir werden einfach hoffen müssen, dass Edie ihren Bruder nicht erwähnt hat. Oder dass sich die anderen nichts dabei denken, wenn du denselben Namen trägst", fügte sie hinzu, als ihr bewusst wurde, dass Edie ihn wahrscheinlich doch erwähnt haben dürfte. Immerhin hatte sie sich einen Tag freigenommen, um ihren Bruder vom Flughafen abzuholen.

„Und dass sie die Tatsache übersehen, dass du Edie sehr ähnlich siehst", ergänzte Gran.

Abel ähnelte Edie wirklich auffallend. Er war eine männliche Version seiner Schwester. Als Angst in ihr aufstieg, blieb Jane stehen. „Vielleicht solltest du lieber zu Hause bleiben."

„Das könnte eine gute Idee sein", stimmte Gran ihr zu.

Abel richtete sich auf und war offensichtlich bereit, die Angelegenheit auszufechten, doch auf einmal waren hinter ihnen Schritte zu hören, sodass sie sich alle umdrehten. Aus der Einfahrt zum Haus der Ensecksis kam ein Paar und steuerte direkt auf sie zu.

„Zu spät", verkündete Abel zufrieden und schob Gran weiter. „Wir werden einfach das Beste hoffen müssen."

Zögernd ging Jane hinter ihnen her und schwieg, bis sie in die Einfahrt zu Leigh Senchalls Haus einbogen.

Unsicher blieben sie stehen, als sie an den Fuß einer Treppe gelangten, die genauso kühn angelegt war wie die, die zu ihrer eigenen Haustür führte. Jane hatte nicht einmal daran gedacht, dass die Senchalls eine Treppe haben könnten. Bestürzt blickte sie auf Grans Rollstuhl.

„Ich kann Maggie tragen", erklärte Abel schließlich. „Kannst du mit dem Rollstuhl nachkommen, oder ist er dir zu schwer? Du könntest ihn auch einfach stehen lassen, und ich komme noch mal zurück."

„Nein. Ich denke, das schaffe ich", sagte Jane rasch. Immerhin verstaute sie ihn ja auch ständig im Heck des Vans.

Abel nickte und hob den schmächtigen Körper ihrer Gran aus dem Stuhl. Dann stieg er mit ihr die Treppe hinauf. Jane sah ihm für einen Moment dabei zu, aber als er gut zurechtzukommen schien, wandte sie sich wieder dem Rollstuhl zu. Als sie ihn hochhob, war sie sich unangenehm bewusst, dass das Paar hinter ihr näher kam. Diese Leute waren mit ziemlicher Sicherheit üble Schurken und darauf aus, die Weltherrschaft an sich zu reißen. Mindestens aber waren sie Kidnapper. Mit anderen Worten: Sie waren die Bösen.

Während ihr dieser Gedanke nicht mehr aus dem Kopf ging, mühte sie sich mit dem Rollstuhl die Treppe hinauf … und bewies einmal mehr, dass sie nicht zu den geschicktesten Menschen gehörte. Sie hielt den Rollstuhl nicht hoch genug. Er blieb an einer Stufe hängen, sodass Jane das Gleichgewicht verlor und nach hinten taumelte.

11. KAPITEL

"Hoppla!" Ein paar warme, kräftige Hände hielten Jane an den Armen fest und bewahrten sie davor, sich am Fuß von Leigh Senchalls Treppe den Hals zu brechen.

Jane fühlte, wie ihr das Blut in den Kopf schoss. Erleichtert sank sie kurz an die Brust ihres Retters.

„Eine hübsche junge Frau wie Sie sollte nicht versuchen, diesen Rollstuhl herumzuschleppen." Die Stimme klang seidenweich, und Jane durchlief ein wohliger Schauer, als ein warmer Atemstoß ihr Ohr streichelte. Sie legte den Kopf zur Seite und drehte ihn so, dass sie den Sprecher sehen konnte … und merkte, wie ihr der Magen im gleichen Moment bis in die Zehen rutschte. Der Mann, der sie festhielt, war so ziemlich die schönste Kreatur, die sie je zu Gesicht bekommen hatte. Seine dunklen Haare, die dunklen Augen mit den langen Wimpern, die gerade edle Nase, die hohen Wangenknochen und die perfekt geschwungenen Lippen, die sich ihrem Mund näherten.

„Oh, lass das arme Mädchen in Ruhe. Sie spielt ja wohl kaum in deiner Liga, Dirk."

Jane versteifte sich bei dieser ätzenden Bemerkung und zwang sich, wieder auf die Beine zu kommen. Armes Mädchen? Kaum in seiner Liga? Grimmig presste sie die Lippen zusammen, als sie sich von ihm löste und wieder aufrichtete. Denen würde sie es noch zeigen!

Sex verströmen und stolzieren, dachte sie noch schnell, während sie Grans Rollstuhl auf der Treppe absetzte. Sie rief sich das Bild eines handtuch- und katerlosen Abel ins Gedächtnis, hielt den Rollstuhl mit einer Hand an seinem Platz und drehte sich mit einem – wie sie hoffte – glühenden Ausdruck in den Augen um. „Dirk? Sie müssen Dirk Sexy sein."

„So nennen mich die Frauen", murmelte er und grinste amüsiert. Jane hielt die Luft an. Um sich abzulenken, richtete sie den Blick auf die Frau neben Dirk. Sie war kleiner als er und schlank. Eine schöne Eisprinzessin mit blonden Haaren und blauen Augen.

Kontaktlinsen und Haartönung, dachte Jane gehässig. Sie würde Abel im Auge behalten müssen. Dieser Frau war die Femme fatale auf die Stirn geschrieben. „Dann wären Sie Lydia."

Jane machte sich nicht die Mühe, Begeisterung zu heucheln, aber seltsamerweise brachte sie die Frau durch ihre ablehnende Haltung zum Lächeln.

„Ja." Die Frau reichte Jane die Hand. „Ich wollte Sie mit dieser albernen Bemerkung nicht verärgern. Da konnte ich Sie noch nicht einmal genau sehen. Lydia Ensecksi."

„Jane Goodinov", antwortete Jane und drückte die angebotene Hand. Zu ihrer Überraschung fühlte sie sich kühl und fest an.

„Goodinov wie *good enough* – gut genug? Das wird sich noch herausstellen", spielte Lydia amüsiert auf ihren Namen an. Bevor Jane darauf reagieren konnte, fügte sie hinzu: „Sie müssen die Nichte der Goodinovs sein, die hierhergeeilt ist, um das Haus zu hüten."

„Die Neuigkeit hat sich ja schnell verbreitet."

„Trixie hat es mir heute Nachmittag gezwitschert."

„Trixie ist ohnehin gerne mal angezwitschert", witzelte Jane.

„Das ist wahr", bestätigte Lydia und lachte hell. „Ich glaube, wir könnten Freundinnen werden, Jane Goodinov."

Gott bewahre, dachte Jane.

Dirk beugte sich vor und legte seine Hand auf ihre. Es war die Hand, mit der sie den Rollstuhl festhielt. „Darf ich Ihnen den abnehmen?" Jane war sich der Berührung so deutlich bewusst, dass es plötzlich in ihrem ganzen Arm kribbelte. Sie hatte zwar reichlich Erfahrung mit Männern, die sie nicht anziehend fand, aber sehr wenig mit Männern, bei denen dies nicht der Fall war, und sie merkte, wie ihr Verstand sich aufzulösen schien. Dümmlich lächelte sie ihn an, bis ihr auffiel, was sie tat, und sie schnell damit aufhörte. In der Hoffnung, wieder einen klaren Kopf zu bekommen, wenn sie nur ein wenig Distanz zwischen ihn und sich brachte, schob sie den Rollstuhl zwischen sie, womit sie Dirk beinahe von der Treppe stieß. Lydia und sie mussten ihn an den Armen festhalten, um ihn davor zu bewahren.

„Sie sollten den Rollstuhl wirklich lieber mir überlassen", sagte Dirk, als er sein Gleichgewicht wiedergefunden hatte. „Offensichtlich sind Sie im Umgang mit ihm eine Gefahr."

Sexy Gang. Nackter Abel. Jane verzog die Lippen zu einem angedeuteten Lächeln und erwiderte mit heiserer Stimme: „Eine Gefahr bin ich im Umgang mit vielem."

Es war ein dummer Spruch, das wusste sie, noch bevor sie Dirks verwirrte Miene sah. Offenbar funktionierte das Sexy-Gang-nackter-Abel-Mantra nicht immer. Innerlich seufzend überließ sie ihm den Stuhl und zwinkerte ihm kurz zu, bevor sie sich umdrehte und die Treppe hinaufstolzierte.

Sie sah nicht nach, ob die Ensecksis ihr folgten, denn sie war viel zu sehr damit beschäftigt, sich Vorwürfe zu machen. Wie konnte sie sich nur von dem führenden Kopf einer Verbrecherbande angezogen fühlen? Wie konnte sie nur so etwas Dummes tun, wie auf der Treppe zu stolpern und dabei auch noch beinahe Dirk zu Fall zu bringen? Und was sollte der dumme Spruch über Trixie, dass diese häufig angezwitschert wäre? Das war gemein, und sie war kein gemeiner Mensch.

„Oh, Jane!"

Die Stimme klang voller Bedauern. Jane hörte auf, sich selbst zu geißeln, und hob den Kopf. Leigh Senchall stand in der geöffneten Haustür und trug ein weiteres hübsches Kleid in einem cremigen Gelb. Auch sie sah aus, als machte sie sich Vorwürfe.

„Es tut mir so leid", stöhnte die Frau beschämt. „Ich hatte überhaupt nicht an die Stufen gedacht, als ich Sie eingeladen habe."

Diesmal war Janes Lächeln echt, und sie lachte sogar leicht. „Nun, lieber Stufen, als nicht eingeladen zu sein."

„Oh, ja! Aber ... Also ich hätte Vorbereitungen treffen können, um es Ihnen leichter zu machen." Sie machte eine Pause. „Wo ist der Rollstuhl überhaupt? Abel hat gesagt, dass Sie ihn mitbringen."

„Schon da."

Jane seufzte, als sie Dirks Stimme hinter sich hörte. Wie zum Teufel schaffte er es nur, zwei mickrige, unbedeutende Worte so verdammt sexy klingen zu lassen?

„Oh, Dirk." Ihrer belegten Stimme nach zu urteilen, war auch Leigh Senchall nicht immun gegen den Charme dieses Mannes. „Wie nett von Ihnen."

„So ist mein Bruder. Nett, nett, nett", bemerkte Lydia und ging an Jane und Leigh vorbei die Treppe hinauf. „Ich brauche einen Drink."

Jane tauschte mit ihrer Gastgeberin einen Blick und ging dann gleichfalls weiter. Sie wollte nicht riskieren, dass Dirk andernfalls hinter ihr stehen blieb und ihr mit seinem Atem weitere Schauer über den Rücken jagte. Leigh führte sie in ihr Haus und in ein Wohnzimmer, das beinahe ebenso groß war wie der Ballsaal in der Goodinov-Villa. Mehr als zwanzig Leute waren dort versammelt, und jede der Frauen schien ein gelbes Abendkleid zu tragen. Immerhin hatten die Männer auf ihre Hawaiihemden verzichtet ... zugunsten von gelben Anzughemden. Dafür waren ihre Krawatten knallbunt, fast schon hawaiianisch, wie Jane feststellte, während sie den Blick über die Gäste schweifen ließ, die an ihren Drinks nippten und sich leise in kleinen Gruppen unterhielten.

Dann blieben Jane und Leigh vor Gran und Abel stehen. Maggie Spyrus saß auf einem Stuhl mit gerader Rückenlehne, während Abel neben ihr stand.

„Da wären wir", sagte Leigh strahlend. Dirk stellte den Rollstuhl mit einer natürlichen Anmut ab, als wäre er federleicht.

„Danke für Ihre Hilfe", murmelte Jane.

„Dazu sind Nachbarn doch da", sagte der Mann weich und klappte den Rollstuhl auf.

Abel hob Maggie vorsichtig hinein.

„So." Leigh schien erleichtert. „Jetzt ist alles in Ordnung." Dann wandte sie sich an Dirk. „Ich sollte Sie vorstellen. Dirk, das sind Abel und Maggie Goodinov. Jane haben Sie ja bereits kennengelernt."

„Ja." Er schenkte ihr ein weiteres Megawattlächeln.

Anschließend erkundigte sich Leigh bei Dirk: „Wo ist denn Ihr Vater? Lydia hat gesagt, dass er eventuell auch käme."

„Anders als erwartet, hat er es nicht rechtzeitig geschafft", antwortete Dirk. „Er wurde durch seine Arbeit aufgehalten, müsste aber bald hier eintreffen."

Jane und ihre Gran sahen sich an. Y hatte gesagt, dass sich Ensecksi senior der Agenten entledigt hatte, die auf ihn angesetzt waren, und vermutlich auf dem Weg nach Sonora war. Sie würden ihr mitteilen müssen, dass sie mit dieser Annahme richtiglag.

„Oh, gut. Dann wird er ja rechtzeitig zu Thanksgiving hier sein", sagte Leigh. „Sie werden Robert Ensecksi mögen", fügte sie hinzu.

Leigh lächelte Jane an, dann wandte sie sich an Dirk und fragte: „Hat Jane Ihnen schon erzählt, dass sie Schriftstellerin ist?"

„Nein, hat sie nicht", antwortete Dirk interessiert.

Jane glaubte, sich verhört zu haben, und drehte sich völlig schockiert zu ihrer Großmutter um.

„Ich weiß, du magst es nicht, wenn ich damit angebe, Janie, Schatz. Aber wir haben uns unterhalten, und Leigh hat sich erkundigt, was wir so machen", erklärte Gran achselzuckend. „Nun, ich musste ihr einfach erzählen, dass du Kriminalromane schreibst. Du weißt doch, wie stolz ich auf dich bin."

„Ja", murmelte Jane, der aufging, dass das eine ebenso gute Tarnung war wie alles andere, zumal es eine Erklärung dafür war, warum sie überhaupt alles stehen und liegen lassen konnte, um mit ihrer Gran das Haus zu hüten.

„Kriminalromane?" Dirks sexy Lächeln wurde breiter. „Das klingt aufregend."

Als er sie mit seinem Arm streifte, fühlte sich dieser warm an wie ein in der Sonne gebackener Stein, und es kostete Jane Kraft, nicht die Kontrolle über sich zu verlieren. Leicht verwirrt blickte sie zu Abel hinüber.

„Ja, das klingt wirklich aufregend", schwärmte Leigh. „Sie müssen wissen, wir haben noch eine weitere Schriftstellerin hier in unserer Gemeinschaft. Melanie Johnson. Sie ist ein Schatz. Sie beide werden sich sicher großartig verstehen." Sie drehte sich um und ließ den Blick über die Leute im Raum schweifen. „Sie und Brian sind kurz vor Ihnen eingetroffen. Wo ist sie denn nur? Brian arbeitet im Silicon Valley", fügte sie hinzu und lächelte dann strahlend. „Ach, da ist sie ja. Kommen Sie mit, ich werde Sie miteinander bekannt machen. Ich weiß, Sie werden sie mögen."

Hilflos warf Jane ihrer Gran einen Blick zu, bevor sie sich entführen ließ, um die Johnsons kennenzulernen. Sie wusste, Leigh meinte es nur gut, aber Jane hatte genau dort gestanden, wo sie sein sollte. Leider konnte sie Leigh das kaum erklären.

Auf der anderen Seite des Raums unterhielten Melanie und Brian Johnson sich gerade mit einem älteren Ehepaar – den Wares, wie Jane erfuhr, als Leigh sie einander vorstellte. Kurz darauf wanderten die Wares weiter, und Leigh entschuldigte sich, um ihren Pflichten als Gastgeberin anderweitig nachzukommen.

„Also, danke dafür, dass Sie uns gerettet haben", sagte Brian Johnson.

Jane sah Leigh noch hinterher, die nun darauf drängte, dass auch Gran und Abel sich einer Gruppe von Gästen anschlossen. Jane drehte sich zu Brian um. „Ich habe Sie gerettet?"

„Vor den Wares", erklärte augenzwinkernd. „Sie wollten uns zum Dinner einladen, und wir hatten gerade versucht, höflich abzulehnen."

Jane zog eine Augenbraue hoch. „Sie mögen die Wares nicht?"

„Oh, ich mag sie schon", versicherte er ihr. „Aus der Ferne. Und bekleidet."

Verwirrt über seine Äußerung, blinzelte Jane, während Melanie ihren Mann mit dem Ellbogen anstupste. Lachend erklärte sie: „Sie sind Swinger. Brian und ich nicht."

„Oh", sagte Jane verblüfft und musterte die Schriftstellerin. Melanie Johnson war eine grazile Frau und gut dreißig Zentimeter kleiner als ihr Mann. Sie war schlank, hatte erdbeerblondes Haar und schöne große Augen. Auch sie trug ein gelbes Kleid, wenn auch mit einer goldfarbenen Bordüre, was Jane auf die Idee brachte, dass dies ein Zeichen des Widerstands gegen die

Mikrowellen-Gedankenkontrolle sein könnte. Vielleicht funktionierte die Technik nicht bei allen Menschen gleich gut. Leigh und Melanie schienen sich jedenfalls mit ihren cremefarbenen Tönen gegen die völlige Gleichschaltung zu sträuben.

„Nein. Wir sind keine Swinger", bestätigte Brian und fragte dann mit unbewegter Miene: „Sie etwa?"

„Brian!" Melanie stieß ihm mit dem Ellbogen in die Seite, musste aber unwillkürlich lachen.

Jane stellte fest, dass sie die beiden mochte. „Nur, wenn ich ohne BH in der Öffentlichkeit herumlaufe", konterte sie mit ebenso unbewegter Miene.

Einen Augenblick lang sahen die Johnsons sie verdutzt an, dann prusteten sie beide vor Lachen. Seine Stimme klang dabei voll und tief, ihre höher und glockenhell. In beiden Fällen drückte ihr Lachen echte, ungekünstelte Belustigung aus, und Jane entschied, dass sie dieses Paar definitiv gut leiden konnte.

Diese Sympathie half ihr bei der Entscheidung, sich weiter mit ihnen zu unterhalten, anstatt eine Entschuldigung vorzubringen, um wieder zu Dirk zurückzukehren. Mr Manetrue hatte gesagt, dass Dirk ein Frauenheld war. Was wiederum nahelegte, dass ihm die Jagd gefiel. Demnach, so schlussfolgerte sie, sollte sie es ihm wirklich nicht zu leicht machen. Wahrscheinlich war es besser, abzuwarten, bis er auf sie zukam.

Natürlich würde sie irgendwann den Weg an seine Seite finden müssen, falls er nicht aktiv wurde. Aber es konnte nicht schaden, wenn sie ihm zu verstehen gab, dass er nicht der Mittelpunkt des Universums war.

In der halben Stunde, die sie mit den Johnsons verbrachte, erfuhr Jane eine Menge. Zu dritt standen sie etwas abseits vom Rest der Gesellschaft, sodass sich Jane neugierig nach den Partygästen erkundigen konnte. Die Johnsons erzählten ihr, was sie wussten, und ihr trockener Humor ließ Jane wiederholt in schallendes Gelächter ausbrechen. Wie so häufig gab es unter den anwesenden Gästen auch hier die streunende Katze, die sich auf Teufel komm raus amüsieren wollte, während sich ihr Zahnarztgatte nicht nur mit dem Bohrer seinen Patientinnen näherte. Da war die geniale Forscherin mit ihrem Strandgammler/Toy-Boy-Gatten, den sie aushielt, und natürlich gab es die Ensecksis, die Melanie gern die „Too sexys" nannte und …

„Und das sind Daniel und Luellen …" Fragend sah Melanie ihren Mann an. „Wie war noch ihr Familienname?"

„Brownstone", sagte Brian.

Neugierig blickte Jane zu dem Paar hinüber, das aus einem kräftig gebauten Mann und einer hübschen Rothaarigen bestand. Sie ertappte die beiden dabei, wie sie sie anstarrten. Das Paar nickte ihr lächelnd zu und wandte sich dann beiläufig ab. In diesem Moment fiel Jane auf, dass auch sie nicht unter dem „gelben Bann" standen. Die Frau trug rot, der Mann eine normal gemusterte Krawatte und ein weißes Hemd.

„Braunstein", korrigierte Melanie, die sich nun offensichtlich besser erinnern konnte. „Ich weiß nicht viel über sie. Sie sind neu hier und auch erst heute eingezogen. Aber sie haben ein Haus gekauft", fügte Melanie hinzu. „Deshalb nehme ich an, dass sie auf Dauer hier wohnen werden. Zumindest teilweise."

„Anders als wir, denn wir werden nur relativ kurz bleiben."

„Ja. Was ein Jammer ist. Ich glaube, ich kann Sie gut leiden."

Jane lächelte, sagte aber nichts, weil ihr Blick auf einen männlichen Gast fiel, der gerade das Haus betrat.

„Wie gefällt Ihnen Sonora bisher?", fragte Brian.

„Oh, es scheint sehr nett zu sein", antwortete sie, ohne den Neuankömmling aus den Augen zu lassen. „Es ist ein malerischer Ort."

„Ja, und er kann auf eine lange Geschichte zurückblicken", setzte Melanie an, fragte dann aber: „Kennen Sie Colin?"

„Colin?", wiederholte Jane, doch der Name sagte ihr nichts.

„Ja. Colin Alkars. Er ist …"

„Oh!" Jane lachte, als sie sich an den Familiennamen erinnerte. „Officer Alkars. Ich wusste doch, dass er mir irgendwie bekannt vorkommt. Wohnt er auch hier?"

„Nicht in der Anlage", antwortete Melanie. „Aber er ist Leighs Bruder und der Sheriff hier, deshalb wird er eingeladen. Wie um alles in der Welt haben Sie ihn bereits kennengelernt? Hatte Leigh nicht gesagt, Sie wären erst heute Morgen hier eingetroffen?"

„Ja, das stimmt. Und kennengelernt habe ich ihn... nun ja, weil Tinkle ihn angegriffen hat." Dann erzählte Jane die Geschichte, wobei sie alles lustiger darstellte, als es in Wirklichkeit gewesen war. Und wieder mussten sie alle drei lachen.

„Das scheint mir die unterhaltsamste Gruppe zu sein. Etwas dagegen, wenn ich mich anschließe? Ihr Lachen ist unwiderstehlich."

Jane blieb das Lachen in der Kehle stecken, als sie sich umdrehte und in Dirks dunkle Augen blickte. Sie waren hypnotisierend.

„Alle mal herhören!" Leighs Stimme bewahrte Jane davor, in diesen Augen zu versinken, und erleichtert blickte sie zu ihrer Gastgeberin hinüber, die neben der Tür stand. „Inzwischen scheinen alle eingetroffen zu sein, und das Dinner steht bereit. Wir können also essen. Nebenan ist ein Buffet aufgebaut. Greifen Sie zu, und lassen Sie es sich schmecken."

Offenbar hatten zahlreiche Gäste einen wahren Heißhunger und stürmten nun geradezu ins angrenzende Zimmer. Jane beobachtete, wie Abel, Lydia und Gran ihnen langsamer folgten. Abel lächelte und nickte, als Dirks Schwester etwas sagte, aber da war wieder diese pulsierende Ader auf seiner Stirn, die seine Anspannung verriet. Jane war seltsam erleichtert, als sie sie bemerkte. Er war dem Zauber der Frau also nicht verfallen und hatte nicht vergessen, dass sie seine Schwester gefangen hielt.

„Auf geht's."

Als sie Brian Johnsons Aufforderung hörte, drehte Jane sich um. Seine Frau rümpfte die Nase.

„Lass uns lieber warten, bis der größte Ansturm vorbei ist", schlug Melanie vor, aber ihr Mann sah sie an, als spräche sie Chinesisch.

„Aber du hast dich doch auf dem Weg hierher die ganze Zeit beklagt, dass du Hunger hast."

„Habe ich auch. Aber ich hasse solch ein Gedränge."

„Aha. Wohlan denn, sorgt Euch nicht, Mylady. Ich werde der tobenden Menge trotzen und Euch etwas zum Schmausen bringen." Er unterbrach seine Deklamation und fügte an Jane gewandt hinzu: „Meine Frau schreibt Liebesromane."

„Aber keine, die im Mittelalter spielen", erwiderte Melanie verächtlich schnaubend, wobei ihre Augen jedoch fröhlich blitzten.

„War das etwa mittelalterlich?", fragte Brian.

„Ich glaube schon. Ist aber auch egal." Sie stieß ihn leicht an. „Geh und hol mir lieber etwas. Und nimm Dirk gleich mit."

„Okay. Kommen Sie, Dirk. Mich dünkt, die Weiber wollen über uns jammern."

Dirk sah Jane mit hochgezogenen Augenbrauen an. „Darf ich Ihnen auch einen Teller zusammenstellen?"

„Ja, bitte", antwortete Jane, die ziemlich hungrig war. Seit dem Stück Kuchen mit Leigh hatte sie nichts mehr gegessen.

„Was mögen Sie denn gern?"

„Oh. Ach …" Jane zuckte mit den Schultern. „Irgendetwas. In der Beziehung bin ich unkompliziert."

Dirk sah sie erstaunt an, und Jane merkte, wie sie rot wurde. Sexy stolzieren, dachte sie panisch, als sie merkte, wie er sie verwirrte. Es funktionierte, und augenblicklich wurde sie etwas ruhiger und brachte es sogar fertig, ihm verführerisch zuzuzwinkern, bevor sie sich wieder zu Melanie umdrehte.

„Dirk sieht sehr gut aus", sagte die Schriftstellerin, sowie die beiden Männer außer Hörweite waren.

„Ja", bestätigte Jane stirnrunzelnd. Melanie öffnete den Mund, um weiterzusprechen, hielt dann jedoch inne und lächelte jemandem zu, der hinter Jane stand.

„Hi, Colin."

„Hallo, Melanie", erklang eine freundliche Stimme. Als Jane sich umdrehte, blickte ihr der Sheriff ins Gesicht, sah noch einmal hin und grinste. „Und hallo ‚Janie, Schatz'", neckte er sie. „Was für eine Überraschung, Sie hier zu treffen!"

„Dasselbe dachte ich auch gerade, ‚freundlicher Polizist'." Sie lachte.

„Nennen Sie mich Colin", schlug er vor, lächelte sie an und wandte sich wieder an Melanie. „Wo steckt Brian?"

„Am Buffet."

In den Augen der Schriftstellerin lag echte Sympathie, und erst jetzt wurde Jane bewusst, dass ihr Lächeln etwas dünner geworden war, als sich Dirk zu ihrer Gruppe gesellt hatte. Anscheinend mochte Melanie Dirk nicht. Sie musste einen guten Instinkt haben.

„Ich glaube, jetzt habe ich meine Antwort."

Jane sah Colin verständnislos an. „Welche Antwort?"

„Als wir in diesem Restaurant waren, habe ich Sie gefragt, ob Sie hierherziehen wollen oder nur Urlaub machen. In dem Moment kam Ihr Essen, und Sie sind gegangen, ohne mir meine Frage zu beantworten."

„Ich bin …"

„Die Nichte der Goodinovs", beendete Colin den Satz für sie. „Leigh hat es mir gerade erzählt. Ich habe Sie nur nicht gleich wiedererkannt, weil Sie heute Morgen den natürlichen und gesunden Look getragen haben."

„Er meint, ich habe müde und abgespannt ausgesehen", informierte Jane die Schriftstellerin lachend. „Ich trug eine abgewetzte Jeans und ein einfaches T-Shirt."

„Nein", widersprach Colin entschieden. „Ich meine, dass Sie natürlich hübsch und gesund ausgesehen haben."

„Da wären wir!", verkündete Brian munter, als er mit zwei Tellern zurückkehrte. „Für dich, meine Liebe." Er überreichte seiner Frau einen davon und begrüßte Colin mit einem ungezwungenen Lächeln. „Hey. Die Schlange hat sich jetzt zwar langsam aufgelöst, aber das gilt auch für das Essen. Sie sollten sich noch schnell etwas holen, bevor alles weg ist."

„In der Küche wird es noch mehr geben. Leigh hat immer noch etwas in Reserve." Colin lachte. Dann fiel sein Blick auf

Dirk, der sich neben Jane gestellt hatte und ihr einen gut gefüllten Teller reichte. Als der Sheriff den Mann sah, wurde sein Blick kühler, und er schien sich leicht anzuspannen. Schließlich sagte er: „Aber vielleicht sollte ich mich doch noch schnell übers Buffet hermachen, nur für den Fall. Ladies." Er nickte ihnen zu und wandte sich ab.

Jane sah ihm nach, als er davonging. Dann widmete sie sich dem Essen auf ihrem Teller. Dirk hatte eine gute Auswahl getroffen – gefüllte Pilze, Dillkartoffeln, Truthahn, Preiselbeeren, etwas von der Füllung und noch andere Leckereien. Jane hatte schon etwas von den Dillkartoffeln auf die Gabel genommen, als ihr plötzlich der Knock-out-Lippenstift einfiel. Sollte die klare Grundierung ein Gegengift enthalten, dürfte sie keine Probleme haben. Aber was, wenn sie nur eine Schutzschicht war? Jane konnte nicht essen, ohne dass Lippenstift an die Gabel und wahrscheinlich auch ans Essen gelangte. Und wenn sie das dann schluckte …

Schon sah sie sich im Geiste bewusstlos zu Boden fallen und wie Preiselbeeren nebst Truthahnfüllung auf ihrem schönen Kleid landeten. Das reichte, um die Gabel wieder abzulegen. Erleichtert stellte sie fest, dass die anderen mit ihrem Essen beschäftigt waren, also rieb sie sich rasch die Lippen mit der Serviette ab, die Dirk ihr mitgebracht hatte.

Als sie ihren Teller wieder aufnahm, sah sie sich um und entdeckte Abel und Lydia auf der Couch. Grans Rollstuhl stand ganz in der Nähe. Die eisige Blondine ignorierte Gran komplett, während sie auf Abel einredete und ihm dabei eifrig den Arm und den Oberkörper tätschelte. Er ging gar nicht weiter darauf ein und versuchte zu essen.

Miststück, dachte Jane gereizt. Gleich würde Lydia ihm noch vor aller Augen auf den Schoß kriechen. Nur gut, dass Abel wusste, dass sie eine üble Verbrecherin war, sonst hätte Jane sich am Ende noch versucht gefühlt, zu den beiden hinüberzuziehen und ihn zu retten. Natürlich nur in seinem Interesse, wie sie sich versicherte.

„Dirk." Leigh Senchall näherte sich ihnen mit bekümmerter Miene. „Da ist ein Mann, der sagt, dass er dringend mit Ihnen sprechen muss. Es geht um Ihren Vater."

„Ach." Dirk stellte seinen Teller auf einen Beistelltisch und griff beschwichtigend nach Leighs Hand. „Keine Sorge. Wahrscheinlich hat er nur wieder seine Reisepläne geändert. Steht er an der Tür?"

„Nein. Ich habe ihn in Wills Arbeitszimmer geführt", erklärte Leigh, während sie und Dirk sich gemeinsam entfernten.

„Will?", erkundigte Jane sich neugierig bei den Johnsons.

„Leighs Mann", erklärte Melanie. „Er muss hier irgendwo sein. Noch so ein Computerfreak."

„Sind wir das nicht alle?", fragte Brian. „Das heißt übrigens Computer-Guru, meine liebe Frau. Wir sind Computer-Gurus."

Melanie verdrehte lachend die Augen und schaute sich um. Dann runzelte sie enttäuscht die Stirn. „Ich sehe ihn nirgends, sonst hätte ich Ihnen Will gezeigt."

„Er kümmert sich um den Truthahn", erklärte Brian. „Er tranchiert das Fleisch eigenhändig, so wie es sich für den Mann des Hauses gehört, und gibt dem Caterer Anweisungen."

„Will ist sehr nett", fügte Melanie hinzu. „Er und Brian sind gute Freunde."

„Aha", sagte Jane abgelenkt, denn sie war damit beschäftigt, die Tür zum Flur im Auge zu behalten. Als sie Leigh zurückkommen sah, wandte sie sich wieder den Johnsons zu und zwang sich zu einem Lächeln. Sie stellte ihren Teller neben den von Dirk. „Entschuldigen Sie mich, ich glaube, ich muss mal ins Bad."

„*Glauben* Sie?" Amüsiert zog Brian eine Augenbraue hoch.

Jane wurde rot, zuckte aber nur mit den Schultern und eilte davon.

Im Eingangsbereich sah sie sich um. Die Haustür befand sich rechts von ihr, aber sie hatte beobachtet, dass Leigh und Dirk nach links gegangen waren, wo sich demzufolge das Arbeitszimmer befinden musste. Also bog Jane links ab und kam in einen langen Flur. Sie fragte sich, welche der Türen zu Wills Zimmer führen könnte. Sie sahen alle gleich aus, und alle waren geschlossen. Nach kurzem Zögern begann sie, an den einzelnen Türen zu lauschen. Die Hälfte hatte sie hinter sich, als sie das Klacken hoher Absätze auf dem Holzparkett hinter sich hörte. Sie warf einen Blick über die Schulter. Es war die Rothaarige, Luellen Braunstein. Jane richtete sich auf und rang sich ein verlegenes Lächeln ab, als die Frau auf sie zukam.

Gerade versuchte sie, sich eine Erklärung für ihre Neugier einfallen zu lassen, als die Tür hinter ihr aufging und Männerstimmen zu hören waren.

„Sag ihm, dass wir nicht zu spät zurück sein werden. Es ist die übliche langweilige Gesellschaft, obwohl es eine interessante Newcomerin gibt."

Jane erkannte Dirks Stimme und verzog das Gesicht. Gleich würde er sie wie ein verlorenes Hündchen auf dem Flur herumstehen sehen.

Nicht so Luellen Braunstein. Die Rothaarige schlüpfte durch die nächstbeste Tür und war nicht mehr zu sehen. Allerdings ließ sie die Tür einen Spaltweit offen. Jane bemerkte es und vermutete, dass die Frau dort hindurchspähte, während sie selbst sich nun umdrehte, um sich der Situation zu stellen.

Als Erstes fiel ihr Blick auf den blonden Mann neben Dirk. Er war kleiner als er, hatte einen Körper wie ein Fass und ein pockennarbiges Gesicht. Als der Blonde sie entdeckte, verengten sich seine Augen zu Schlitzen. Zum Glück sah Dirk sie nicht auf dieselbe Weise an. Er strahlte stattdessen.

„Jane, haben Sie mich gesucht?" Er trat zu ihr und gab dem Mann ein Zeichen zu verschwinden.

„Nein. Mir war nur sehr heiß, deshalb wollte ich kurz raus, um etwas frische Luft zu schnappen", log sie und hörte selbst, wie unglaubwürdig das klang. Nicht einmal sie selbst hätte sich diese Ausrede abgenommen – und sie war schrecklich gutgläubig, wie Lizzy immer zu sagen pflegte.

„Was für eine gute Idee." Sein Lächeln wirkte wölfisch, als er ihren Arm nahm und sie über den Flur führte.

„Wohin gehen wir?", fragte sie nervös. Sie warf einen Blick zurück und hoffte beinahe, dass Luellen Braunstein sich bemerkbar machen und sie damit retten würde. Die Tür, hinter der die Rothaarige verschwunden war, bewegte sich jedoch nicht, und der Mann, mit dem Dirk gesprochen hatte, trödelte zwar noch auf dem Flur herum, sah aber nicht so aus, als wollte er ihr helfen. Genau genommen musterte er sie sogar ziemlich misstrauisch.

„Nach draußen, um etwas Luft zu schnappen", antwortete Dirk. Das ließ sie wieder nach vorn schauen. Er führte sie in das Büro, aus dem er gerade gekommen war. „Weil Ihnen doch so *heiß* ist."

So doppeldeutig, wie er das Wort aussprach, hatte Jane plötzlich das Gefühl, dass sie überreizt und ihr Sexappeal verströmendes Stolzieren allzu gut funktioniert haben könnte.

12. KAPITEL

"Jane ist nicht mehr da." Abel war plötzlich aufgeschreckt, nachdem er zuvor damit beschäftigt gewesen war zu verhindern, dass Lydia Ensecksi ihm hier und jetzt, mitten in Leigh Senchalls Wohnzimmer, in die Hose griff. Endlich hatte die Frau sich entschuldigt, um „sich kurz frisch zu machen", und sogleich hatte er sich umgeschaut, weil er feststellen wollte, wie Jane mit „Dirk Juan" klarkam. Aber Jane war verschwunden.

„Leigh und Dirk sind vor ein paar Minuten rausgegangen, und Jane ist ihnen gefolgt", erklärte Maggie, die nicht sonderlich besorgt schien.

„Vielleicht sollte ich mich vergewissern, dass alles in Ordnung ist", schlug Abel vor.

„Setz dich wieder, Junge!" Janes Großmutter klang amüsiert. „Wir sind die Profis, schon vergessen? Jane wird sich zu helfen wissen. Ihr stehen mehrere Waffen zur Verfügung."

Abel sah sie an. „Waffen? Ich habe keine Waffen gesehen. In diesem Kleid kann sie unmöglich Waffen verbergen, Maggie. Sie versuchen nur, mich davon abzuhalten, nach ihr zu schauen."

„Nenn mich Gran", forderte sie ihn auf, um ihn daran zu erinnern, dass er angeblich ihr Enkel war. „Und vertrau mir. Sie hat Waffen."

Er blieb hartnäckig. „Was für Waffen denn?"

Genervt sah Maggie Spyrus ihn an und seufzte. „Zwanzig Jahre Kampfsport und Knock-out-Lippenstift, unter anderem."

„Zwanzig Jahre?", fragte Abel ungläubig.

„In der Familie Spyrus werden alle Kinder in Kampfsportarten unterwiesen, sobald sie fünf sind. Das gilt auch für Jane. Sie hatte Training in Taekwondo, Jiu Jitsu, Karate, Kung Fu, Goshin-Jitsu und Jeet Kune Do." Maggie zuckte mit den Schultern. „Erst als vor zwei Jahren ihr Terminkalender aus allen Nähten platzte, hat sie damit aufgehört. Hin und wieder nimmt sie aber noch an einem Kampf teil."

Abel schüttelte den Kopf. Allmählich beschlich ihn ein Gefühl von Minderwertigkeit. Als Teenager hatte er fünf Jahre lang Karate praktiziert, aber Jane hatte zwanzig Jahre lang trainiert … Jemand setzte sich neben ihn, und Abel spürte, wie eine Hand an seinem Bein hinaufwanderte. Er musste nicht hinschauen, um zu wissen, wem sie gehörte. Lydia war zurück. Na super!

„Du hast ganz unglaubliche Augen."

Dirk hatte Jane durch Wills Büro nach draußen in den Patio geführt, und eine Weile hatten sie nur den sternenübersäten Himmel betrachtet, bis er sich ihr zuwandte und mit einer tiefen, unglaublich erotischen Stimme zu ihr sprach. Wer wäre da nicht geschmeichelt? Jane war es ganz sicher. Vor allem war sie von der Tatsache beeindruckt, dass er ihr tatsächlich in die Augen blickte und nicht auf ihre Brüste. Damit stieg er in ihrer Meinung gleich ein wenig höher. Der Mann konnte nicht ganz und gar verdorben sein.

Als sie merkte, dass er auf eine Erwiderung zu warten schien, suchte sie nach Worten. Leider fiel ihr nur der Spruch aus „Rotkäppchen" ein: „Damit ich dich besser sehen kann." Er war vielleicht nicht ganz angemessen, aber dafür traf er ihre Gefühlslage ziemlich genau. Der Mann war der reinste Augenschmaus, und sie konnte es kaum fassen, dass er sich für sie zu interessieren schien. Und so kam es, dass Jane nicht mehr weiterwusste. Sie war nicht die erfahrenste aller Frauen. Männer wie Dirk Ensecksi hatten ihr im Laufe der vergangenen Jahre einfach nicht allzu viel Aufmerksamkeit geschenkt. Stattdessen war sie von hartnäckigen Nervensägen verfolgt worden oder auch von Technikfreaks, die Computersex cool fanden und Sätze wie „Gott, ich liebe deinen Verstand!" für ein Vorspiel hielten.

„Und du hast herrlich sinnliche Lippen", fuhr Dirk fort.

Jane erschrak und trat nervös einen Schritt zurück, wobei sie ans Geländer der Terrasse stieß. Dirk hob eine Hand und strich ihr sanft mit einem Finger über die Unterlippe. Ihre scheue Reaktion lag ebenso an ihrer Überraschung wie an dem Gefühl, das sie bei seiner Berührung durchfuhr. Für eine Frau wie Jane war es einfach atemberaubend, die Aufmerksamkeit eines so gut aussehenden, sexy Mannes zu erfahren. Und so stand sie einfach nur da und fragte sich, wie sich sein Kuss anfühlen würde, als er auch schon den Kopf senkte und sich ihr näherte. Erst als seine Lippen nur noch einen Hauch von ihren entfernt waren, fiel ihr der Knock-out-Lippenstift wieder ein, und sie drehte den Kopf zur Seite, sodass seine Lippen auf ihrem Ohr landeten.

Lieber Himmel! Was hatte sie sich nur dabei gedacht? Wäre das nicht ein Spaß, allen erklären zu müssen, warum Dirk Ensecksi bewusstlos auf der Terrasse lag?

„Und du riechst so gut", murmelte Dirk, wobei sein Atem die empfindliche Haut unter ihrem Ohr kitzelte.

Doch schließlich hatte sie sich den Lippenstift abgewischt, um essen zu können. Vielleicht hatte sie es ja gründlich genug getan, um sich von Dirk küssen zu lassen.

Böse Jane! schalt sie sich im nächsten Atemzug. *Das ist der Mann, der Edie gekidnappt hat und plant, die Weltherrschaft an sich zu reißen. Schäm dich, dass du auch nur daran gedacht hast, ihn küssen zu wollen!*

„Mhmm. Ich wünschte, ich könnte dich einfach in meinen Körper einatmen." Er legte die Arme um sie, zog sie näher an sich heran und roch an ihrem Hals.

Außerdem hatte Mr Manetrue gesagt, dachte Jane vage, als sie die Hände um seinen Nacken schlang und den Kopf zurückbog, dass sie bei ihren Ermittlungen gegen Dirk und seinen Vater nichts herausgefunden hatten. Der Plan, die Methode der Gedankenkontrolle mithilfe des Modegeschmacks auszutesten, war wirklich typisch weiblich. Vielleicht steckte ja Lydia hinter den üblen Machenschaften bei Ensecksi Satellites. Und Dirk war nicht mehr als ein ahnungsloser Helfer. Seufzend erlaubte sie sich, sich an ihn zu schmiegen.

„Davon habe ich schon vom ersten Moment an geträumt, in dem ich dich sah", murmelte Dirk, hob den Kopf und blickte wieder auf ihre Lippen.

„Wirklich?", fragte Jane, die das alles kaum glauben konnte. Sie lag in den Armen eines attraktiven Mannes, der ihr wunderbare Sachen zuflüsterte. Was hatte sie sich nur all die Jahre entgehen lassen, in denen sie sich in Bücher vergraben hatte?

„Also, nein, nicht wirklich. Als du mit diesem Rollstuhl auf der Treppe rückwärtsgestolpert bist, war mein erster Gedanke eigentlich: Was für ein Tollpatsch. Und mein zweiter Gedanke war dann: Nicht viel im Kopf, aber ich will diesen Körper."

Jane war so schockiert, dass sie ihn nur mit offenem Mund anstarrte. Noch einmal versuchte er, sie auf den Mund zu küssen. Schlechtes Timing. Und ein schlechter Kuss. Als sein Mund feucht und schlaff auf ihrem lag, verspürte Jane das beinahe überwältigende Bedürfnis, Dirk ein Knie in die Kronjuwelen zu stoßen und ihn dann über die Schulter auf die Holzdielen zu werfen.

Sie hatte ihr Bein schon angehoben, als ihr zum Glück das Wahrheitsserum wieder einfiel. Dirk hatte an ihrem Hals geschnuppert und es mehrere Sekunden lang eingeatmet. Was natürlich irgendwie alles nur noch verschlimmerte, denn nun wusste sie, dass er ihr gerade die volle Wahrheit gesagt hatte. Aber es erinnerte sie auch an den Grund, weshalb sie mit diesem Mann hier stand. Ihm das Knie zwischen die Beine zu rammen und ihn auf den Boden zu zwingen, würde ihr zwar kurzfristig eine ungeheure Befriedigung verschaffen, doch damit würde sie nicht an die Informationen gelangen, um die es ihr ging.

Allerdings würde sie die auch nicht bekommen, wenn sie zuließ, dass er ihr seine Zunge wie einen schlüpfrigen Aal in den Hals schob. So würden sie kaum reden können, und deshalb löste sie sich von ihm.

„Ähem, Dirk?" Sie überlegte, was sie ihn problemlos fragen könnte, denn er würde ihr zwar alles wahrheitsgemäß beantworten, sich aber hinterher auch daran erinnern können. Deshalb musste sie vorsichtig sein.

„Du hast die schärfsten Brüste, die ich je gesehen habe", verkündete er und wollte schon danach greifen. „Und dieses Kleid ist echt scharf!"

„Danke", sagte sie trocken und versuchte, seine Hände festzuhalten. „Apropos Kleider. Ist dir mal aufgefallen, dass hier in Sonora alle Frauen die Farbe Gelb zu tragen scheinen?"

„Allerdings. Ich bin dieses Gelb ja so leid."

„Ja, aber ..." Sie zögerte und überlegte, wie er ihr verraten würde, dass die gelben Kleider auf die Gedankenkontrolle zurückzuführen waren, ohne dass sie ihn direkt danach fragte. Sie zog seine Hände von ihrer Brust, und er ließ es zu, legte sie ihr aber dann fest auf den Hintern.

„Du hast auch einen tollen Hintern", verkündete er. „Ich konnte einfach nicht wegsehen, als du vor mir die Treppe heraufgegangen bist. Am liebsten hätte ich den Rollstuhl fallen lassen und mir einfach beide Pobacken gepackt."

„Oh!" Jane schnappte nach Luft, als er genau das tat, nämlich fest zudrückte und sie an sich zog. Seine Worte klangen jetzt leicht verwaschen, und Jane begann sich zu fragen, ob er an diesem Abend nicht doch mehr getrunken hatte, als sie mitbekommen hatte. Oder ob die Kombination aus Alkohol und Wahrheitsserum eine solche Wirkung haben konnte. Was immer es sein mochte, Dirk presste sie so fest an sich, dass ihre Füße über dem Boden baumelten und sie beide ungefähr auf gleicher Höhe waren. Diese Position nutzte er, um seinen Kopf zwischen ihre Brüste zu senken und tief einzuatmen. „Gott, ich liebe dieses Parfüm."

„Dirk, ich denke ..." Sie griff hinter sich und versuchte, seine Hände von ihrem Po zu schieben. Hatte sie je geglaubt, das Spionagegeschäft würde glanzvoll sein und Spaß machen?

„Nicht denken. Fühlen", sagte er, ohne auch nur im Geringsten von ihren Abwehrversuchen Kenntnis zu nehmen. „Ich weiß doch, dass du meinen Knochen willst."

„Deinen Knochen?" Jane vergaß ihre Versuche, sich von ihm zu befreien, und starrte ihn entgeistert an.

„Ja, ihr Frauen liebt meinen Knochen. Und ich habe einen großen, das kann ich dir versprechen. Ich könnte dich befriedigen, wie du noch nie befriedigt worden bist."

„Oh, ich …" Sie brach ab. „Wirklich?"

„Ja, aber nicht, dass ich das am Ende auch tun würde", fügte er mit skrupelloser Aufrichtigkeit hinzu. „Ich werde tun, was nötig ist, um dich ins Bett zu bekommen, aber dann will ich nur noch meinen …"

„Natürlich", unterbrach sie ihn seufzend. Das passte perfekt! Mr Prachtkerl konnte haben, wen er wollte, warum sich also bemühen? Damit hatte er sämtliche ihrer verrückten Hoffnungen platzen lassen. Plötzlich hatte sie nicht mehr das geringste Problem damit, nur noch den Schurken in ihm zu sehen. Was für ein selbstsüchtiger, ignoranter Mistkerl!

„Seit wann wohnst du schon in Sonora?", fragte sie, denn jetzt wollte sie ihm nur noch so viele Informationen wie möglich entlocken und sich dann davonmachen.

„Ich wohne nicht hier." Dirk presste seine Nase an ihren Hals und atmete tief ein. Wie es aussah, versuchte er, das Serum von ihrer Haut aufzuschnupfen. Vielleicht hatte sie zu viele Pheromone hineingetan. Sie würde den Anteil reduzieren müssen. Obwohl … bei ihren Testpersonen war keine derart starke Reaktion feststellbar gewesen. Könnte es sein, dass er einfach besonders heftig darauf ansprang?

„Dieses Parfüm finde ich wirklich umwerfend. Ich könnte es glatt verschlingen." Er leckte an ihrem Hals, und Jane erstarrte. Das konnte keine Reaktion auf zu viele Pheromone sein. Das war einfach zu viel …

Er wankte leicht, und Jane schoss die Angst in den Körper. „Dirk?"

„Hm?" Er hob den Kopf, und Jane sah ihm in die Augen. Seine Pupillen waren geweitet. Dann bemerkte sie den kleinen roten Fleck von Lipschitz' glühend rotem Knock-out-Lippenstift an seinem Mund. Offenbar hatte sie ihn doch nicht komplett abgewischt, trug aber auch nicht mehr genügend davon, um Dirk das Bewusstsein verlieren zu lassen. Sie vermutete, dass der Lippenstiftrest in Kombination mit dem Wahrheitsserum die Erklärung für sein seltsames Verhalten war, das schon fast einem

Rausch glich. Auf einmal wünschte sie, sie hätte bei Lipschitz' Präsentation besser aufgepasst. Dann wüsste sie jetzt, was in dem verdammten Lippenstift steckte und was sie zu erwarten hatte. Immerhin konnte der Mann immer noch umkippen.

Schließlich sah sie ein, dass sie nun nichts mehr daran ändern konnte und Dirk lieber noch ein paar Antworten entlocken sollte. „Du wohnst also nicht in Sonora?"

„Nein. Ich wohne in Kanada. Ich leite die kanadische Zweigstelle der Ensecksi Satellites. Lydia wohnt hier. Sie pendelt zu unserem Büro in San José."

„Dann bist du also nur zu Besuch hier?"

„Nein. Ja."

Eindringlich betrachtete Jane ihn. „Was denn nun?"

„Beides." Er ließ den Kopf fallen, und seine Nase landete wieder in ihrem Ausschnitt.

Sie seufzte ungeduldig, als er noch mehr Wahrheitsserum einatmete. „Was soll das denn nun wieder heißen, Dirk?"

Sein Mund klebte an ihrer Haut, sodass seine Stimme nur gedämpft zu hören war. „Ich hatte geplant, herzukommen und bis nach Thanksgiving zu bleiben, aber dann musste ich zusammen mit meinem Assistenten Josh fahren und E…"

„Hier bist du!", rief Abel in diesem Moment erfreut. „Gran wird langsam müde und möchte gehen."

Über Dirks gesenkten Kopf hinweg warf Jane ihrem angeblichen Bruder einen schneidenden Blick zu, als er durchs Büro nach draußen kam. Sie hätte ihn treten können, weil er Dirk unterbrochen hatte. Aber dann fiel ihr ein, dass es so wahrscheinlich das Beste war, denn wenn Dirk sich später daran erinnerte, was er ihr verraten hatte, dürfte er nicht übermäßig alarmiert sein. Hätte er jedoch weitergeredet und zugegeben, Edie gekidnappt zu haben …

Erst als Abel plötzlich ein finsteres Gesicht machte, merkte Jane, dass Dirk noch immer sein Gesicht in ihrem Ausschnitt vergraben hatte. Seit Dirk aufgehört hatte, sie zu begrapschen, und stattdessen an ihrem Parfüm schnüffelte, kam er ihr eher vor wie ein nerviger kleiner Hund. Abel schien das anders zu sehen.

Mit beiden Händen packte sie Dirk bei den Ohren und schob sein Gesicht unsanft von sich weg. „Ich muss gehen. Gran ist müde", teilte sie ihm mit.

„Kann er sie denn nicht begleiten? Ich will nicht, dass du gehst." Jane wusste, dass Dirk die Wahrheit sagte, aber sie hatte an diesem Abend schon genug Wahrheiten gehört, um auch zu wissen, dass es ihm nicht wirklich um sie ging. Es waren ihr scharfes Kleid, ihre köstlichen Brüste und ihr fantastischer Hintern, die es ihm angetan hatten. Genau genommen hatte sie den Verdacht, dass er mittlerweile vor allem daran interessiert war, ihr das Parfüm von der Haut zu lecken. Was vielleicht Spaß gemacht hätte, wenn er nicht vorher gesagt hätte, dass sie doch nur seinen Knochen wollte. Leider konnte sie ihm das nicht sagen, denn sie durfte den Mann auch nicht verprellen. Er war ihre Verbindung zu Edie, ganz zu schweigen davon, was Ensecksi Satellites mit der Mikrowellentechnologie im Schilde führte.

Sie zwang sich, ein bedauerndes Gesicht zu machen, und schüttelte den Kopf. „Ich wünschte, ich könnte bleiben, aber mein Bruder kann Gran nicht ausziehen und ins Bett bringen. Ich muss gehen." Sie lächelte süß.

„Das ist echt ätzend. Ich hatte Pläne für dich", sagte er mit einer Aufrichtigkeit, bei der Jane fast lachen musste. Zum Glück ließ er sie in seiner Enttäuschung zu Boden gleiten, sodass sie wieder auf ihren eigenen Füßen stehen konnte.

„Nun ja ... vielleicht ein anderes Mal." Seinen Schraubstockgriff lockerte er jedoch nicht. Deshalb versuchte sie, sich aus der Umklammerung zu winden, schaffte es aber nur, sich so zu drehen, dass Abel einen perfekten Blick auf Dirks Hände auf ihrem Po erhielt.

„Ich zähle darauf, Baby", sagte Dirk in dem heiseren Tonfall, den sie anfangs so anziehend gefunden hatte. „Ich kenne alle Anmachsprüche, die es gibt, und werde dich binnen achtundvierzig Stunden im Bett haben, sonst bist du es nicht wert, dass ich meine Zeit an dich verschwende."

„Aha." Mit etwas Mühe gelang es Jane, seine Hände wegzuziehen, und sie entfernte sich rasch von ihm, bevor er sie wieder packen konnte. „Ich, äh ... freue mich darauf", sagte sie.

Bloß das nicht!

An Abel vorbei ging sie zurück ins Haus. Gemeinsam durchquerten sie das Büro und hatten auf dem Weg zur Party im Wohnzimmer bereits den halben Flur hinter sich gelassen, als etwas klappernd zu Boden fiel. Es war der Lippenstift. Jane spürte, wie ihr Herz wie wild klopfte, als sie sich bückte, um ihn aufzuheben. Zweifellos hatte Dirk mit seinen Zudringlichkeiten dafür gesorgt, dass er ihr aus dem BH fallen konnte. Wahrscheinlich konnte sie noch froh sein, dass sie ihn nicht draußen verloren hatte, ohne es zu bemerken. Schließlich war das nichts, was man einfach herumliegen lassen sollte.

„Was ist das?", fragte Abel.

„Ein Lippenstift", antwortete Jane und wunderte sich über seine steife Art, als er neben ihr stehen blieb. Er verhielt sich, als wäre er sauer auf sie.

„Du solltest ihn lieber mal benutzen." Abel musterte sie kritisch. „Und dir die Frisur richten. Du siehst aus, als hättest du herumgeknutscht."

Er ist definitiv sauer, erkannte Jane. Schuldbewusst spürte sie, wie ihr die Hitze in die Wangen schoss.

„Das Bad ist hinter dieser Tür dort. Ich war eben selbst drin", fügte er hinzu, als sie überrascht schien.

Jane ging an ihm vorbei ins Bad. Als sie sich im Spiegel sah, riss sie entsetzt die Augen auf. Dem Himmel sei Dank, dass Abel sie so nicht zu der Party hatte zurückkehren lassen. Sie sah aus, als hätte sie mehr getan als nur geknutscht. War das etwa ein Knutschfleck? Nicht zu fassen! Sie hatte gewusst, dass Dirk an ihrem Hals herumgeschnüffelt hatte, und gespürt, dass er ihr sogar ein- oder zweimal über die Haut geleckt hatte, aber wie konnte es sein, dass sie ein solches Saugen nicht bemerkt hatte?

Jane beugte sich zum Spiegel vor und sah sich den roten Fleck genauer an. Sie schüttelte den Kopf. Noch nie hatte sie einen

Knutschfleck gehabt und fand, dass er wirklich hässlich aussah. Sie richtete sich wieder auf und tat ihr Bestes, um ihre zerzausten Haare wieder in eine Art Frisur zu bringen. Dann legte sie noch einmal beide Schichten von Lipschitz' Lippenstift auf. Als sie das Gefühl hatte, nicht mehr ganz wie eine Hure auszusehen, straffte sie die Schultern und ging wieder zu Abel hinaus.

Sie schwiegen, als sie das Wohnzimmer betraten und Gran abholten. Dann entschuldigten sie sich bei Leigh und legten wiederum schweigend den kurzen Weg zum Haus der Goodinovs zurück. Erst als sie dort im Fahrstuhl standen, wurde das Schweigen gebrochen, und es war Maggie Spyrus, die fragte: „Hast du etwas Interessantes von Dirk erfahren können, Liebes?"

„Nicht viel", antwortete Jane und unterbrach sich, als Abel ein abfälliges Schnaufen hören ließ.

„Für mich sah es so aus, als würdest du eine Menge erfahren."

Jane versteifte sich bei seiner höhnischen Bemerkung, sagte aber nur: „Ich habe nur herausgefunden, dass Lydia das Büro in San José leitet, während Dirk für die Zweigstelle in Vancouver zuständig ist."

Abel brummte missbilligend. „Stell dir vor, ich habe dasselbe von Lydia erfahren und musste mich dafür nicht von ihr begrapschen lassen. Gar nicht so schlecht für einen Buchhalter. Vielleicht sollte ich es ja mal als Agent versuchen."

In dem Moment öffneten sich die Fahrstuhltüren, und Abel stolzierte in Richtung Master-Suite davon.

„Tatsächlich hat sich Lydia ganz schön an ihn herangeschmissen", verriet Gran einen Augenblick später.

Jane stand nur dort und blickte Abel wütend hinterher. „Ja, das habe ich gesehen", sagte sie eingeschnappt und schob ihre Großmutter aus dem Fahrstuhl.

„Du wolltest noch etwas sagen. Was hast du sonst noch in Erfahrung gebracht?", fragte Gran, als sie in ihr Zimmer kamen.

„Nur, dass Dirk und sein Assistent Josh diejenigen waren, die Edie hierhergefahren haben."

„Hat er das gesagt?", fragte Maggie erschrocken.

"Er hatte den Satz begonnen, aber Abel hat ihn unterbrochen, bevor er Edies Namen vollständig aussprechen konnte." Jane hielt neben dem Bett.

"Hm", murmelte Maggie Spyrus, während Jane zur Kommode ging, um ihr ein Nachthemd herauszusuchen. "Dann ist es wahrscheinlich das Beste, dass Abel euch gestört hat."

"Ja", stimmte Jane zu. Sie holte noch einen Hausmantel und Pantoffeln und legte ihrer Großmutter alles auf den Schoß, bevor sie sie ins Bad schob.

"Er ist eifersüchtig, weißt du."

Jane blieb stehen und begegnete Grans Blick im Badezimmerspiegel.

"Ja, so ist es. Er fühlt sich zu dir hingezogen und ist eifersüchtig. Aber er wird darüber hinwegkommen", fügte sie hinzu.

Jane dachte über diese Möglichkeit nach, während sie Gran beim Waschen und ins Bett half. Anschließend ließ sie die Tür ein Stück weit auf und begab sich in das Zimmer auf der anderen Seite des Flurs, wo sie nachmittags ihr Nickerchen gehalten hatte, um sich selbst hinzulegen. Beim Anblick von Tinkle blieb sie allerdings stehen, denn der Hund lag in einem Haufen Federn auf dem Bett. Wütend holte Jane Luft, riss sich dann aber zusammen und versuchte zu entspannen. Zweifellos erwartete das kleine Biest doch nur, dass sie sich aufregte. Damit wollte Tinkle klarstellen, dass sie immer noch die Königin war, auch wenn Mr Tibbs sich als der Stärkere erwiesen hatte.

"Gran liegt in ihrem Bett", erklärte Jane ärgerlich. Die Worte hatten die gewünschte Wirkung: Tinkle sprang vom Bett und flitzte durch die Tür.

"Da ist ja mein kleiner Liebling!", hörte Jane ihre Großmutter. "Hast du dich ein bisschen umgeschaut, Tinkle-Baby? Hast du deine Mama vermisst? So ein gutes Hündchen."

Jane verdrehte die Augen und wollte schon zum Wandschrank gehen, als ihr einfiel, dass sie außer ihrer Jeans und dem T-Shirt nichts zum Anziehen hier hatte. Die Sachen von B.L.I.S.S. waren nicht in diesem Zimmer. Sie befanden sich auf der anderen Seite des Hauses in der Master-Suite ... wo Abel vermutlich noch immer wütend auf sie war.

Jane überlegte, ob sie trotzdem hinübergehen sollte, damit sie sich etwas zum Schlafen überziehen konnte. Dann fiel ihr ein, dass sie beide nach der Party noch die Abhörgeräte anbringen wollten.

Sie stand mitten im Zimmer, dachte kurz über die Sache nach und warf verzweifelt die Arme in die Luft. Unter diesen Umständen wollte sie nicht in die Master-Suite. Stattdessen durchsuchte sie die Wandschränke in den anderen Zimmern, bis sie die Sachen fand, die B.L.I.S.S. für Abel bereitgestellt hatte. Wie erwartet befanden sich darunter auch Männerpyjamas. Jane entschied sich für den einzigen schwarzen – natürlich aus Seide – und ging in ihr Zimmer zurück.

Vielleicht würde sie duschen, nachdem die Kameras und Abhörgeräte installiert waren. Aber sie hatte nicht die Absicht, in ihrem schwarzen Spitzenkleid und den High Heels draußen herumzurennen. Vor allem die Schuhe wollte sie möglichst schnell loswerden. Hinzu kam, dass Jane sich mehr wie sie selbst fühlen wollte, wenn sie Abel gegenübertrat. Männerpyjamas hatte sie schon immer gemocht. Für heimliche nächtliche Geländebegehungen war dieses Exemplar außerdem dunkel genug, und es war bequem.

Das Oberteil war schön weit, womit sich nicht zuletzt verbergen ließ, dass sie ihren BH ausgezogen hatte. Aber natürlich war ihr die Hose viel zu groß. Im Badezimmer fand Jane eine Sicherheitsnadel, und mit etwas Mühe gelang es ihr, sie so zu befestigen, dass die Hose nicht mehr rutschen würde. Als sie damit fertig war, ging sie entschlossen durchs Haus zur Master-Suite.

Wenn er wollte, würde sie sich von Abel bei den Kameras und Abhörgeräten helfen lassen; dann würde sie ihn bitten, die erste Wache zu übernehmen, während sie duschte. Anschließend konnte er ins Bett gehen, während sie ihre Nachbarn observierte. Wahrscheinlich würde sie ihnen nur beim Schlafen zugucken, aber so unspektakulär sah das Leben einer Spionin vermutlich häufig aus.

Jane rechnete fest damit, Abel abweisend und wütend vorzufinden. Als sie das Zimmer betrat, war sie deshalb angenehm überrascht, ihn am Fußende des Bettes sitzen zu sehen, wo er Mr Tibbs streichelte und aussah, als wäre sein Zorn verflogen. Er brachte sogar ein Lächeln und eine Entschuldigung zustande.

„Was ich gesagt habe, tut mir leid. Lydia hat mich den ganzen Abend wahnsinnig gemacht, und dann ..." Er zuckte mit den Schultern.

Dasselbe tat Jane. „Schon in Ordnung."

Er blickte wieder auf den Kater. „Ich nehme an, so etwas kommt öfter vor, hm?"

„Was?"

Wieder zuckte er mit den Schultern. „Ich nehme an, dass du bei deinem Job vielen Männern nahekommen musst."

Jane schwieg, während sie überlegte, was sie dazu sagen sollte. Sollte sie ihm gestehen, dass sie eigentlich gar keine Spionin war, sondern ein Technikfreak? Nein, entschied sie. Das konnte sie nicht machen. Er könnte das Vertrauen in sie verlieren, und zweifellos auch das in B.L.I.S.S. Am Ende würde ihn das womöglich dazu verleiten, Edie auf eigene Faust retten zu wollen. Sie musste ihn in dem Glauben lassen, dass sie kompetent war. Sie musste lügen. Aber sie sagte sich, dass es eigentlich ja gar keine richtige Lüge war. Sie war jetzt tatsächlich eine glaubwürdige Spionin, auch wenn sie sich niemals vorgestellt hätte, dass es so sein würde – diese ganzen Lügen, diese Aufdringlichkeiten von Dirk.

Früher hatte sie sich durchaus vorgestellt, wie es wäre, eine Spionin zu sein. Die Aufregung, der Glamour. Aber nachdem Gran dann gelähmt war, hatte Jane entschieden, dass es vielleicht besser wäre, etwas mehr auf Sicherheit zu achten.

„Nicht wirklich", antwortete sie schließlich. „Dirk ist so ziemlich der Schlimmste, der mir bisher untergekommen ist."

„Ja?" Er wirkte überrascht.

„Ja."

„Erzähl mir doch mal etwas von deinen Fällen. Hattest du schon einmal einen wie diesen?"

Jane geriet in Panik. Offenbar wollte sich Abel vergewissern, dass sie in diesen Dingen Erfahrung hatte und alle bisherigen Entführungsopfer lebend befreit hatte. Aber natürlich gab es keine anderen Fälle.

„Oh, natürlich", sagte er plötzlich. „Die Geheimhaltung bei B.L.I.S.S. Ich nehme an, du darfst mir nichts von deinen Einsätzen in der Vergangenheit erzählen."

„Ja", bestätigte Jane erleichtert und korrigierte: „Ich meine, nein, ich kann es dir nicht erzählen."

Abel nickte. „So ein Leben als Spionin muss aufregend sein."

„Ja, denke ich auch ... Ich meine, ja, das stimmt."

„Kann ich mir vorstellen. Diese ständige Spannung, das Adrenalin."

„Ja." Jane dachte an die haarsträubenden Geschichten, die ihre Großmutter ihr erzählt hatte.

„Dagegen muss mein Leben langweilig sein."

„Ja." Sie seufzte. Auch ihr eigenes Leben war schrecklich langweilig im Vergleich zu den Abenteuern, die der größte Teil ihrer Familie erlebt hatte. Auf der anderen Seite hatten sie und Abel aber auch eine höhere Lebenserwartung. Jane hatte beide Eltern und drei Cousins durch die Spionagetätigkeit verloren. Es war ein gefährlicher Beruf.

„Also." Abel stand auf. „Sollen wir jetzt die Mikrofone und die anderen Geräte installieren?"

„Hm? Oh, ja." Sie musterte ihn. Er hatte sein Jackett ausgezogen und trug nur noch seine dunkle Hose und das Smokinghemd. „Du wirst dich umziehen müssen, denn du brauchst ein dunkles Hemd. Und ich brauche Schuhe."

„Wird gemacht." Er verließ das Zimmer.

Jane sah ihm stirnrunzelnd nach. Er klang irgendwie deprimiert. Doch natürlich hatte er auch allen Grund dazu, solange die Ensecksis seine Schwester in ihrer Gewalt hatten.

13. KAPITEL

„Aufgepasst!"

Als ihr die Warnung durch den Hörer ins Ohr gezischt wurde, drückte sich Jane fest gegen die Hauswand der Ensecksis. In der Dunkelheit versuchte sie Abel auszumachen, aber er schien mit den Schatten am Abhang des Hügels verschmolzen. Jane hoffte, dass sie genauso unsichtbar war, während sie das Wandkontaktmikrofon anbrachte, um die Gespräche im Haus mithören zu können. Abel stand auf dem Hügel Wache.

Gemeinsam hatten sie bereits mehrere Abhörvorrichtungen und Kameras an strategisch günstigen Punkten positioniert. Zwei der Kameras waren bei voller Farbauflösung nachtsichtfähig. Die beiden anderen waren Standardausführungen. Alle waren mit einem wasserdichten Gehäuse ausgestattet und *wireless*. Sie fungierten auch als Bewegungsmelder, und ihre Aufnahmen wurden auf einen Remote-Bildschirm übertragen, den Jane noch im Haus aufstellen musste.

Als sie Stimmen hörte, sah Jane nervös zur Einfahrt hinüber, wo Lydia und Dirk in ihr Blickfeld traten. Ungeduldig schritt Lydia in einem schnellen Tempo voran, während ihr Bruder hinter ihr herstolperte und im Gehen vor sich hin brabbelte.

„Sie hat einen tollen Hintern. Ich kann es kaum abwarten, sie auszuziehen."

Bei diesen Worten, die sie verstehen konnte, verzog Jane das Gesicht. Dirks Aussprache klang noch immer verwaschen.

„Ja. Ich habe es verstanden. Du magst Ms Goodinov", sagte Lydia genervt. Jane konnte es ihr nicht verübeln. Sie hoffte nur, dass Abel Lydia nicht hören konnte. Das Ganze war ihr peinlich.

„Nein, ich mag sie nicht einmal besonders", erwiderte Dirk mit quälender Aufrichtigkeit. „Aber sie riecht wirklich gut und hat einen scharfen Körper. Kurvenreich und weich. Sie ist nicht so dürr und spitzgesichtig, wie du und diese anderen Frauen es seid, die ständig nur hungern."

Die Mischung aus Wahrheitsserum und Knock-out-Droge wirkte definitiv immer noch. Jane konnte sich nicht vorstellen, dass Dirk so offen über die Figur seiner Schwester gesprochen hätte, wenn es nicht so wäre. Ein kluger Mann gab niemals einen Kommentar über den Körper einer Frau ab, es sei denn, es wäre ein Kompliment.

„Halt den Mund!", fuhr Lydia ihn an. „Ich habe eine tolle Figur."

„Nee." Dirk blieb stolpernd stehen und schüttelte den Kopf. „Janes ist besser."

„Jane sollte lieber mal zwanzig, dreißig Pfund abnehmen", fauchte Lydia.

Sofort streckte sich Jane. Sie hatte sich immer gewünscht, etwas schlanker zu sein, aber gleich zwanzig oder dreißig Pfund weniger wiegen?

Zicke, dachte sie gereizt.

Dirk schüttelte den Kopf. „Nee. Sie ist perfekt. Weich und kuschlig. Wie ein Kissen."

Okay, vielleicht doch zwanzig Pfund, dachte Jane unglücklich. *Ein Kissen?*

„Oh, das würde sie bestimmt gerne hören." Lydia lachte plötzlich, und ihre Verärgerung schien sich in Luft aufzulösen. „Als ob die meisten Männer ein Kissen im Bett wollten."

„Die meisten Männer wollen das sehr wohl." Wie zur Bestätigung nickte Dirk mehrmals, wobei er schwankte. „Eine dünne Frau flachzulegen ist, als würde man es mit einem Brett treiben. Die Beckenknochen drücken sich in dich. Bamm, bamm, bamm. Das kann richtig wehtun."

Oh, jetzt reichte es ihr aber wirklich langsam mit der Wahrheit. Jane lehnte sich an die Hauswand und wünschte, die Ensecksis würden sich beeilen und ihr nicht länger im Weg stehen. Sie wollte dieses Mikrofon noch fertig installieren und dann nach Hause gehen.

„Du bist betrunken." Lydia musterte ihren torkelnden Bruder wie einen ekligen Käfer. „Ich habe dich nicht mehr betrunken gesehen, seit du achtzehn warst. Wie viel hattest du heute Abend?"

„Äh … ein Glas Wein."

„Ja klar." Offensichtlich glaubte Lydia ihm nicht und drehte sich zum Haus um. „Wenn du so darauf reagierst, dass du wahrscheinlich zum ersten Mal in deinem Leben nicht zum Schuss gekommen bist, dann solltest du dich lieber von Jane Goodinov fernhalten. Sie scheint sich nicht so leicht flachlegen zu lassen."

„Sie ist heiß!"

„Mag sein. Aber sie wohnt mit ihrer Großmutter zusammen. Sie passt nicht zu dir. Das habe ich dir schon gesagt, als du sie auf der Treppe davor bewahrt hast, sich den Hals zu brechen."

„Du hast gesagt, dass du sie magst." Dirk stolperte seiner Schwester in der Einfahrt hinterher. „Du hast gesagt, dass ihr beide Freundinnen sein könntet."

„Nun ja, sie ist clever, und das gefällt mir. Aber das ist nur ein weiterer Grund, weshalb sie nicht in deiner Liga spielt. Halt du dich lieber an deine hübschen Dummchen."

„Und was ist mit Abel? Der wohnt auch noch bei seiner Großmutter."

„Abel." Lydia blieb wieder stehen, und Jane spitzte die Ohren, um hören zu können, was die Frau sagen würde. „Abel ist etwas anderes. Er wohnt nicht mit den beiden zusammen. Er ist nur besuchsweise mitgekommen, um ihnen zu helfen, sich in Bea und Arthurs Haus einzuleben."

„Du magst ihn." Für Jane sah es so aus, als würde Dirk grinsen.

„Ja, das stimmt", gab Lydia zu. Ihre Zähne glänzten weiß in der Dunkelheit. „Abel ist zum Anbeißen. Er hat definitiv Potenzial. Und ich glaube, er ist interessiert." Sie seufzte. „Das wird auch Zeit. Ich sitze jetzt schon so lange auf dem Trockenen, ich brauche dringend ein Abenteuer."

„Dann lade ihn doch ein und treib es mit ihm. Ich werde Jane einladen."

„Oh, Dad wäre begeistert." Lydia schnaubte und setzte sich wieder in Bewegung.

„Er muss es doch nicht erfahren. Abgesehen davon ist er schon längst im Berg. Er wird nicht mal mehr heraufkommen, um Luft zu schnappen, bis er den Mikro-Sat auf Touren gebracht hat. Und vielleicht nicht einmal dann."

„Ja", stimmte Lydia zu. Schweigend gingen die beiden ein paar Schritte, bevor Lydia entschied: „Wir laden sie zum Essen ein. Aber ich glaube nicht, dass du bei Jane landen wirst. Und du wirst nichts trinken."

Nun hatten sie das Haus fast erreicht, sodass Jane sie nicht mehr sehen konnte. Sie hörte, wie sich eine Tür öffnete und wieder schloss. Dann war es still. Sie beendete ihre Installationsarbeiten und schlich sich vorsichtig wieder den Hügel hinauf.

Auf halbem Weg schloss Abel sich ihr an, und gemeinsam gingen sie nach Hause. Erst als sie die kleine Lichtung oben auf dem Hügel erreicht hatten, wo ein Tisch aus Holz und Metall nebst Liegestühlen stand, machten sie eine Pause. Ein schmaler Steinpfad führte weiter zur Master-Suite, doch sie gingen erst noch mal ein Stück des Weges zurück, um sicherzustellen, dass sie nicht entdeckt worden waren.

Im Haus der Ensecksis brannte jetzt Licht, und hin und wieder bewegte sich dort ein Schatten.

„Dirk hat recht. Du riechst wirklich gut."

Aufgeschreckt drehte sich Jane bei dieser Bemerkung, die sehr nah an ihrem Ohr erklang, um und stolperte. Abel umfing sie mit beiden Armen und hielt sie gut fest, damit sie nicht den Berg hinunterfiel. Einen Augenblick blieb Jane, wo sie war, und genoss die Berührung. Anders als Dirk war Abel nicht aufdringlich und betatschte sie nicht. Seine Umarmung fühlte sich warm und sicher an. Aber unterschwellig war da schon auch ein Prickeln, das sich an allen Kontaktpunkten wie ein elektrischer Impuls anfühlte.

„Wirklich gut."

Abels Stimme klang gedämpft durch ihre Haare, und Jane verspannte sich, als sie fühlte und hörte, wie er tief einatmete. *Nicht noch einmal!* Für diesen Abend hatte sie genug von der Wahrheit.

Wahrscheinlich war es besser, wenn die Frauen nicht wussten, was die Männer dachten, und sich mit ihren freundlichen Lügen zufriedengaben. Oder nicht?

„Ähem ... Abel." Widerstrebend nahm Jane etwas Abstand, hielt jedoch inne, bevor sie den Kontakt ganz löste. Es war so schön in seinen Armen.

„Ja?" Er sah zu ihr hinunter.

Inzwischen hatten Janes Augen sich an die Dunkelheit gewöhnt, und Abels Blick wirkte klar, als er ihrem begegnete. Sie zögerte, legte dann aber kurz den Kopf zur Seite. „Gefällt dir mein Parfüm wirklich so gut?"

Brav senkte Abel den Kopf, um zu schnuppern. „Ja."

„Bist du sicher?", fragte sie, als er sich wieder aufrichtete. Er zögerte, beugte sich noch einmal vor und atmete tief ein. Sie hörte, wie er leise seufzte. Dann richtete er sich wieder auf und lächelte sie an.

„Du riechst wie Vanilleeis und Apfelkuchen. Einfach zum Anbeißen."

Jane sah ihn genau an. Seine Pupillen waren eine Idee erweitert, aber nicht so extrem wie vorher bei Dirk. Langsam senkte sie den Kopf und fragte: „Findest du, dass ich knackige Brüste habe?"

Er nickte feierlich. „Und du hast auch einen sehr hübschen Po."

Jane biss sich auf die Unterlippe, denn sie wusste, dass das, was sie tat, unfair war. Aber sie konnte einfach nicht widerstehen, auch wenn sie sich hinterher schuldig fühlen würde. „Findest du, dass meine Brüste zu groß sind und ich zwanzig Pfund abnehmen sollte?"

„Nein. Dein Körper gefällt mir, wie er ist."

Jane lächelte. Gut zu wissen. Aber ... „Ist das alles, was dir an mir gefällt?"

„Nein. Ich mag auch deine Nase."

Jane blinzelte. „Meine Nase?"

Er nickte. „Und deine Lippen."

„Verstehe."

„Du hast ein lustiges Gesicht."

„Lustig?" Das Wort blieb ihr fast in der Kehle stecken. Sie hatte also ein *lustiges Gesicht*? Nun, sie hatte es so gewollt.

„Ja. Wenn du nachdenkst oder sauer bist, verziehst du dein Gesicht so lustig. Aber vor allem bist du hübsch. Du hast schöne Augen. Ich kann darin sehen, wie intelligent du bist. Es gefällt mir, dass du so klug bist."

„Oh." Sie lächelte ihn an. Es gefiel ihm, dass sie klug war.

„Aber es gefällt mir nicht, dass du so herrisch bist."

„Oh." Ihr Lächeln verblasste.

„Und es hat mir überhaupt nicht gefallen, dass du mich mit Handschellen gefesselt hast. Nun ja, es hat mir nicht so viel ausgemacht, mit Handschellen an dich gefesselt zu sein, aber ich hätte es besser gefunden, wenn wir zusammen hätten duschen müssen. Nackt."

„Oh." Für einen Augenblick wusste Jane nicht, was sie dazu sagen sollte, dann räusperte sie sich und fragte: „Und wann genau hast du daran gedacht?"

„In dem Motelzimmer, als ich unter der Dusche stand. Ich fand es wirklich zu schade, dass du uns die Handschellen abgenommen hattest. Ich hätte so gerne deinen feuchten Körper eingeseift und …"

„Hm, ja. Ich glaube, ich verstehe, was du meinst", unterbrach sie ihn, wobei sie sich fragte, ob die Nacht heißer geworden war. Morgen würde es bestimmt eine Affenhitze geben.

„Ich will dich überall berühren."

„Oh." Sie schluckte, dann murmelte sie leise: „Nun ja, das klingt jedenfalls besser, als nur seinen Spaß haben zu wollen."

„Ja, das wäre ein Spaß. Aber ich will, dass du mich erst darum bittest."

Aus Verlegenheit, weil er sie gehört hatte, lief Jane rot an. Dann erst riss sie die Augen auf, als sie begriff, was er gesagt hatte. „Dich bitten?"

Er nickte. „Oh ja. Ich will sehen, dass du mich genauso begehrst wie ich dich. Ich will jeden Teil deines Körpers berühren und lecken, bis du schreist und bettelst, dass ich in dich eindringe."

„Echt?" Jane verschlug es den Atem. Das klang gut. Viel besser als alles, was Dirk zu bieten hatte.

„Ja. Aber das geht nicht."

„Was?", fuhr Jane empört auf. „Warum nicht?"

„Weil ich dich mag und weil du Edies Freundin bist. Und du bist ein braves Mädchen, das mit seiner Großmutter in Vancouver lebt. Ich respektiere dich und meine Schwester zu sehr, um dir eine Affäre anzubieten, denn mehr könnte nicht daraus werden, weil ich in England lebe ... es sei denn, ich bekomme diesen Job in Vancouver." Er machte eine Pause und runzelte nachdenklich die Stirn. „Aber dann bist du auch noch eine Spionin mit einem aufregenden Job und einem aufregenden Leben und triffst all diese aufregenden Leute an diesen aufregenden Orten, und ich bin nur ein langweiliger alter Buchhalter, auch wenn ich erst vierunddreißig bin, also *so* alt eigentlich auch wieder nicht. Aber eine aufregende Frau wie du könnte sich doch niemals für einen Zahlenfreak wie mich interessieren."

Als er endlich fertig war, brauchte Jane eine Minute, um zu sortieren, was er gesagt hatte. Am Ende fiel ihr dazu nur ein, dass er der netteste und süßeste Mann war, der sich je gewünscht hatte, sie überall zu berühren und zu lecken, bis sie schrie. Sie wusste, dass diese Anziehungskraft zum Teil schlicht an den Hormonen lag, aber zum Teil war auch Edie daran schuld. In den letzten sechs Monaten hatte ihre Freundin oft von ihrem Bruder gesprochen. Sie hatte Jane Geschichten aus ihrer Kindheit erzählt und auch, wie klug und gut Abel war. Von Edies Plan, sie zu verkuppeln, hatte Jane zwar nichts gewusst, aber als Abel ihr davon erzählte, war Jane bewusst geworden, wie sehr ihre Freundin sie bearbeitet hatte, damit sie ihn mochte, bevor er überhaupt da war. Und es hatte funktioniert.

Abel sah nicht ganz so gut aus wie Dirk. Er war zwar sehr attraktiv, konnte es aber mit der ebenmäßigen Perfektion von

Dirks Gesichtszügen nicht aufnehmen. Dafür war Abel ein Mann mit Charakter, ganz anders als Dirk.

„Jane?"

„Hm?" Gedankenverloren sah sie ihn an.

„Ich möchte dich wirklich gern küssen. Ich weiß, ich sollte nicht, aber ich glaube, ich werde es tun, und wenn du es nicht willst, solltest du es mir lieber jetzt sagen, denn …" Noch während er sprach, hatte er sich vorgebeugt, und er verstummte, sowie seine Lippen ihren Mund berührten. Das war kein schlabbriger, feuchter Kuss. Er fühlte sich warm und fest an und ging ihr durch und durch. Jane überlief ein Schauer, während Abel sie näher an sich zog – nicht fummelnd, sondern zärtlich. Wie etwas sehr Kostbares hielt er sie fest in seinen Armen. Dieser Mann versteht wirklich, wie man küsst, dachte sie benommen. Sie öffnete die Lippen, und er vertiefte seine Liebkosung.

Diesmal gab es keine schlüpfrigen Aale. Jane schmeckte Pfefferminz und fragte sich, was Abel gegessen oder getrunken haben mochte. Aber das Denken gab sie auf, als die Empfindungen sie überwältigten. Schon seufzte sie vor Lust, da unterbrach Abel den Kuss, trat einen Schritt zurück, schüttelte verwirrt den Kopf und schwankte.

„Was?", fragte er unsicher, als er auch schon rückwärtstaumelte. Jane war voller Angst, aber gleichzeitig geistesgegenwärtig genug, ihn so zu drehen, dass er auf einen der Stühle sank, die sich neben ihnen befanden.

„Abel?" Besorgt beugte Jane sich über ihn und umfasste sein Gesicht. Dann nahm sie ihm die Ohrhörer ab. Sie hatten beide Funksprechgeräte getragen, als er auf dem Hügel aufpasste. Nun legte sie beide Geräte samt Kopfhörern auf den Tisch, wandte sich ihm wieder zu und klatschte leicht auf seine Wange. „Abel?"

Er war völlig weggetreten. Jane wollte schon in die Master-Suite laufen, um den Notruf zu wählen, verharrte dann allerdings wie angewurzelt.

„Schon wieder dieser Knock-out-Lippenstift von Lipschitz!" Die Worte entschlüpften ihr voller Entsetzen, als ihr einfiel, dass sie auf Abels Bemerkung hin ihr Make-up aufgefrischt und ihre Haare gerichtet hatte. Und sie hatte nicht daran gedacht, den Lippenstift wieder abzuwischen, nachdem sie nach Hause gekommen war. Abel hatte die volle Dosis abgekriegt.

Langsam drehte sie sich wieder zu ihm um und sah ihn an. Der Lippenstift funktionierte ziemlich gut. Das war kein langer Kuss gewesen. Sie hätte sich einen längeren gewünscht. Und mehr. Aber dafür standen die Aktien nun schlecht. Den Mann konnte sie fürs Erste vergessen.

„Also wirklich", flüsterte sie, „so habe ich mir das perfekte Ende eines perfekten Abends nicht vorgestellt."

Seufzend sank Jane auf den Stuhl, der Abel gegenüberstand. Eine ganze Weile lang blieb sie dort sitzen und schaute Abel nur an. Dann merkte sie, dass sie sich in der Nachtkühle bereits die Arme rieb. Hatte sie nicht vor ein paar Minuten noch geglaubt, es wäre geradezu heiß? Das musste Abels Körperwärme gewesen sein. In der Hoffnung, noch etwas von dieser einzufangen, schob sie ihren Holzstuhl neben seinen, lehnte sich seitlich an ihn und griff nach seiner Hand.

Wie lange wirkt das Zeug eigentlich? fragte sie sich nach einer Weile. Sie sollte bei den monatlichen Meetings wirklich besser aufpassen. Hätte sie das getan, wüsste sie jetzt Bescheid. Als sie merkte, dass sie zitterte, blickte sie zum Haus hinüber. Auf keinen Fall würde sie es schaffen, Abel dort hineinzubringen. Dazu war er viel zu schwer. Doch sie konnte ihn nicht einfach bewusstlos allein hier draußen lassen, also saß auch sie hier fest.

Wieder rieb Jane sich die Arme. Sie sollte eine Steppdecke holen, um Abel zuzudecken, sonst erkältete er sich noch. Ja, sie würde eine Decke holen, sich darunter an ihn kuscheln und darauf warten, dass er aufwachte. Das klang nach einer guten Idee.

Jane stand auf und nahm die Funksprechgeräte vom Tisch, um sie ins Haus zu bringen, damit sie sie später nicht vergaß.

In der Master-Suite warf Jane die Geräte in die nächstbeste schwarze Tasche. Dann hielt sie inne, als sie an ihre Spionageausrüstung dachte. Sie sollte wirklich den Remote-Receiver installieren. Besorgt blickte sie zur Tür. Sie wollte Abel nicht allein lassen, aber die Sache würde nur ein paar Minuten dauern. Hoffte sie wenigstens.

Eilig baute sie den Receiver auf und stopfte anschließend alle überflüssigen Kabel in die Kisten, die sie im Wandschrank verstaute. Dann nahm sie die Software, die B.L.I.S.S. geschickt hatte, und holte ihren Laptop aus der Tasche. Sie steckte das Netzkabel ihres Laptops in eine Steckdose, um den Akku zu schonen, dann stellte sie den Computer auf den kleinen Tisch vor der Couch. Nachdem sie die Software installiert hatte, prüfte sie, ob sie auch funktionierte. Als sich vier Fenster öffneten, die jeweils eine andere Ansicht des Nachbarhauses zeigten, atmete Jane erleichtert auf.

Sie ließ den Laptop auf dem Tisch stehen, nahm die Steppdecke und ging wieder aus dem Haus. Erst als ihre Füße draußen die kalte Betonstufe berührten, wurde ihr bewusst, dass sie sich ihre Laufschuhe ausgezogen hatte. Wahrscheinlich hatte sie es getan, während sie den Computer programmiert hatte – eine Angewohnheit von ihr. Jane überlegte, ob sie wieder hineingehen sollte, um sie anzuziehen, aber sie waren neu und nicht besonders bequem. Abgesehen davon konnte sie ihre Füße unter die Steppdecke stecken, um sie zu wärmen.

Abel lag noch immer besinnungslos dort, wo sie ihn verlassen hatte.

Jane deckte Abel mit der Steppdecke zu und steckte sie sorgsam an einer Seite um ihn herum fest. Gerade wollte sie sich auf den Stuhl neben ihm legen und sich mit dem restlichen Teil zudecken, als ein Schrei und plötzliches Reifenquietschen ihren Blick in Richtung Straße lenkte. Aber alles, was sie sehen konnte, waren Büsche und Bäume, denn der kleine geschützte Platz wurde auf der einen Seite vom Haus begrenzt, auf allen anderen Seiten von üppiger Vegetation. Auf das Quietschen der Bremsen folgte ein dumpfer Aufschlag, dann war alles still.

Jane hatte sich bereits in Bewegung gesetzt, um herauszufinden, was los war, blieb jedoch stehen, als sie hörte, wie eine Autotür zugeschlagen wurde und gleich darauf noch eine.

„Wo ist er?", erklang die Stimme einer Frau.

„Er ist zum Haus der Goodinovs gelaufen."

Im nächsten Moment konnte Jane bereits hören, wie jemand durch die Büsche stolperte und näher kam. Die Haut in ihrem Nacken begann zu prickeln.

„Hallo?", rief sie. „Ist jemand verletzt?"

Plötzlich legte sich eine bedeutungsschwangere Stille auf den Ort. Das Rascheln zwischen den Bäumen verstummte, und auch von der Straße her war kein Ton mehr zu hören. Jane hielt den Atem an und wartete. Dann hörte sie wieder Türenschlagen. Ein Motor heulte auf, schoss los und bewegte sich über die Straße zum Eingangstor. Anschließend war es wieder still.

„Hallo?", zischte Jane in die Dunkelheit. Einen Augenblick später war wieder das Rascheln zu hören, aber diesmal klang es irgendwie schwerfälliger. Auch kam das Geräusch nicht mehr direkt auf sie zu, sondern war eher seitlich von ihr zu hören, als bewegte sich jemand auf das Haus der Ensecksis zu. Jane trat einen Schritt nach vorn, sperrte Augen und Ohren auf und bemühte sich, eine Bewegung zu erkennen. „Hallo?", wiederholte sie.

Jetzt war es ein hüpfendes, schleifendes Geräusch, so als würde ein verwundetes Tier ein Bein hinter sich herziehen. Und mit jedem Augenblick wurde es langsamer. Auch hörte es sich an, als hätte es sich nun wieder in ihre Richtung gedreht. Ist es meiner Stimme gefolgt? fragte sie sich. *Oder ist die Person in einem so verzweifelten Zustand, dass sie weiß, dass sie es nicht mehr bis zum Haus der Ensecksis schaffen wird?*

„Hallo!", rief Jane nachdrücklich und weigerte sich, einfach wegzulaufen, obwohl sämtliche Instinkte sie dazu drängten. Sie würde Abel nicht hilflos allein lassen. Abgesehen davon war es möglich, dass diese andere Person Hilfe brauchte. Und wenn nicht? Was, wenn es ein Dieb war, der so tat, als wäre er eine Beutelratte …? Nun, dann wäre das vermutlich eine gute Gelegenheit, etwas von der Kampfkunst anzuwenden, die sie so lange trainiert, aber nie gebraucht hatte. Das galt natürlich nur für den

Fall, dass sie Glück hatte und der Fremde über keine Waffe oder Ähnliches verfügte, mit der er sie umlegte, bevor sie sich überhaupt rühren konnte.

„Du siehst zu viel fern", murmelte sie ärgerlich und rief gleich noch einmal.

Diesmal erhielt sie eine Antwort, aber der Ruf kam aus der Richtung von Leigh Senchalls Haus. Erleichtert erkannte Jane an der Stimme, dass es Officer Alkars war.

„Hierher!", rief sie beiden gleichzeitig zu – dem Sheriff und dem Kerl in den Büschen, wer auch immer das sein mochte. Ob Colin sie hörte und kommen würde, wusste sie nicht, aber die Person vor ihr bewegte sich nun auf sie zu. Jetzt konnte Jane sie atmen hören. Eigentlich war es eher ein Keuchen und ungesundes Röcheln. Aber noch immer konnte sie in den umstehenden Bäumen und Büschen nichts erkennen.

„Brauchen Sie Hilfe?", fragte sie in die Dunkelheit.

Als Antwort erhielt sie nur ein wildes Hecheln und ein Rascheln, das näher kam.

„Ms Goodinov? Jane?"

Jane drehte sich nach rechts, wo Officer Alkars nun auf dem Weg vor dem Haus zu sehen war. Erleichterung machte sich in ihr breit. Das Rascheln in den Bäumen verstummte.

„Was ist los? Stimmt etwas nicht?" Er trug noch seinen Anzug und kam offenbar gerade von der Party seiner Schwester. „Ich habe gehört, wie Sie gerufen haben, als ich in meinen Wagen gestiegen bin, und dachte, dass Sie mir wahrscheinlich nur Hallo sagen wollen."

„Nein. Ich glaube, da ist jemand verletzt", erklärte sie ihm. Er verließ das Kopfsteinpflaster und kam auf sie zu. „Ich habe gehört, wie ein Wagen mit quietschenden Bremsen anhielt, dann einen dumpfen Aufschlag, und dann ..." Sie brach ihre Erklärung ab und fuhr zu den Bäumen herum, wo das Rascheln erneut zu hören war. Schon vorher hatte es sehr nahe geklungen, doch jetzt sah sich Jane einer dunklen Gestalt gegenüber, die direkt vor ihr aus einem hohen Blütenstrauch gebrochen war. Der Mann blieb stehen, starrte sie an, riss den Mund auf und rang keuchend nach Luft. Dann fiel er vornüber und schlug hart vor ihren Füßen auf.

Wie erstarrt blieb Jane stehen, bis Officer Alkars bei ihr war. Er bückte sich und drehte den Mann um.

„Er blutet. Und zwar heftig", informierte er sie und beugte sich über ihn, womit er Jane die Sicht nahm. „Er wurde von einem Auto angefahren."

„Ich rufe die 911."

„Bringen Sie auch ein Handtuch mit oder etwas in der Art. Vielleicht auch eine Decke, falls er einen Schock erlitten hat", wies Colin sie an.

Jane nickte und stürzte los. Gleich darauf kam sie wieder zurück und lief zu Abel, der noch immer bewusstlos auf dem Stuhl lag. Sie riss ihm die Steppdecke vom Leib und warf sie über die Beine des Verletzten.

„Was ist mit ihm? Ist er auch verletzt?", fragte Colin stirnrunzelnd, der erst durch ihre Aktion auf Abel aufmerksam geworden war.

„Nein." Sie zögerte, dann log sie: „Nur komplett betrunken. Ich werde jetzt den Notruf wählen." Schnell lief sie davon, bevor der Sheriff ihr weitere Fragen stellen konnte.

Jane blieb nicht so lange weg, wie sie brauchte, um den Anruf zu erledigen und durchs Haus zu laufen, um nach ihrer friedlich schlafenden Gran zu schauen. Als sie zurückkehrte, schaltete sie das Licht im Arbeitszimmer ein, in der Hoffnung, dass es durchs Fenster nach draußen fallen würde. Danach sprang sie kurz ins Bad, um nach einem Erste-Hilfe-Koffer zu suchen, fand aber nur Verbände und ein Desinfektionsspray. Sie nahm beides mit und riss noch ein Handtuch vom Halter. Im Laufschritt kehrte sie in die Master-Suite zurück, wo sie schlitternd an der Tür abbremste, um auch hier sämtliche Lichtschalter umzulegen. Wie erhofft, war der Platz auf dem Hügel nun gut beleuchtet.

Als Jane hinauseilte, hatte Colin sich über den Mann gebeugt, dennoch konnte sie über seine Schulter hinweg dessen Gesicht erkennen. Das Blut stockte ihr in den Adern. Es war der

Kerl, der zu Leigh gekommen war, um mit Dirk zu sprechen! Noch beunruhigender war allerdings, dass er Jane – ohne diesen misstrauischen Blick im Gesicht – irgendwie bekannt vorkam. Sie hatte ihn bestimmt schon einmal woanders gesehen. Einen Augenblick lang zermarterte sie sich den Kopf, dann stand ihr plötzlich ein Bild vor Augen: Sie hatte Edie zur Arbeit gefahren, weil ihr Wagen nicht ansprang, und saß noch mit ihr im Auto, als neben ihnen ein Mann aus seinem Fahrzeug stieg und sie zur Begrüßung anlächelte. Edie hatte ihm zugewinkt, sich zu Jane umgedreht und gesagt: „Das ist …"

„Joshua Parker."

Jane richtete ihre Aufmerksamkeit auf Colin, der dem Mann die Brieftasche abgenommen hatte und nun den Namen auf dessen Führerschein ablas.

„Ja, Josh Parker", murmelte sie und sah sich den Mann noch einmal an. Edie hatte sie einander vorgestellt. Er arbeitete für die Ensecksi Satellites und war Dirk Ensecksis Assistent. Und wenn sie an seinen Gesichtsausdruck dachte, als er mit seinem Boss aus Wills Büro gekommen war, konnte Jane ziemlich sicher sein, dass er sie wiedererkannt hatte. Hatte er Dirk davon erzählt? Verdammt, das war gar nicht gut.

„Er kommt aus Kanada."

Als Colin sich aufrichtete, fiel Janes Blick auf Josh Parkers Brustkorb, und beim Anblick seines blutdurchtränkten Hemds runzelte sie die Stirn. „Ist er …?"

„Ja, er ist tot."

14. KAPITEL

Jane rieb sich die Arme und sah zu, wie die Sanitäter des Rettungswagens Josh Parkers Leiche abtransportierten.

„Sie haben also wirklich nicht gesehen, was passiert ist?", fragte Colin noch einmal. Die Frage hatte er ihr bereits gestellt, als Jane seiner Schwester Leigh und ihm die ganze Geschichte erzählt hatte. Ihre Nachbarin hatte die Sirenen gehört und war zusammen mit ihren Gästen auf die Veranda getreten, um festzustellen, was los war. Als sie sah, dass der Wagen ihres Bruders noch in der Einfahrt stand, er selbst aber nirgends zu entdecken war, war sie den Rettungsassistenten zu der verborgenen Lichtung neben dem Haus der Goodinovs gefolgt. Jane hatte ihr und Colin erklärt, was geschehen war, und dann war Leigh wieder gegangen.

„Nein." Jane stand nur auf einem Fuß und hatte den anderen auf den Spann gestellt, um sich die Fußsohle zu wärmen. Das Kopfsteinpflaster schien eiskalt zu sein. „Können wir uns setzen?"

„Oh ja, selbstverständlich." Er folgte ihr zu den Stühlen auf dem Hügel. Sie nahm neben Abel Platz, zog die Beine hoch und kreuzte sie.

„Vielleicht sollten wir lieber reingehen", schlug Colin vor, als er sah, wie sie sich zitternd die Arme rieb.

„Ich kann Abel nicht allein hier draußen lassen. Das ist der Grund, weshalb ich überhaupt hinausgekommen bin."

„Ja." Colins Blick wanderte zu Abel. „Sind Sie sicher, dass mit ihm alles in Ordnung ist? Er hat sich nicht gerührt, nicht einmal, als die Ambulanz eintraf."

„Er hat bloß ein bisschen zu viel getrunken", log sie und hoffte, Abel würde ihr das verzeihen oder am besten gar nicht erst von ihrer Lüge erfahren.

„Hm." Colin rieb sich den Nacken. „Nun, dann sollten wir ihn lieber hereinbringen."

„Schaffen wir das denn?", fragte Jane hoffnungsvoll, denn sie wäre jetzt liebend gern ins Haus zurückgekehrt. Sie fror bitterlich – vermutlich eine Reaktion darauf, dass jemand vor ihren Füßen gestorben war.

„Natürlich schaffen wir das." Officer Alkars erhob sich, stellte sich vor Abel und zog ihn auf die Beine. Dann legte er sich den bewusstlosen Mann über die Schulter und stemmte ihn hoch.

„Oh!" Jane war aufgestanden, um ihm zu helfen, trat aber schnell zur Seite. Es gab nichts, was sie tun konnte, außer um Colin herum zum Haus zu laufen und ihm die Tür zu öffnen. Die blutbefleckte Steppdecke ließ sie draußen liegen, um sie am nächsten Tag wegzuwerfen.

„Wohin mit ihm?", fragte der Sheriff, nachdem er eingetreten war.

„Legen Sie ihn einfach hier aufs Bett."

Colin tat wie geheißen und richtete sich dann wieder auf, um Abel kopfschüttelnd zu mustern. „Sie sind sich wirklich sicher, dass er okay ist?"

„Oh ja", beteuerte Jane. „Er kann nur mit Alkohol nicht besonders gut umgehen."

„Dann sollte er nicht trinken."

Jane wand sich, als sie den vorwurfsvollen Klang in seiner Stimme hörte. „Das macht er normalerweise auch nicht. Und er hat heute Abend auch nicht wirklich viel getrunken. Aber als wir von Leigh zurückkamen, hat er eine Allergietablette eingenommen, und die Kombination von beidem hat ihn einfach …" Sie zuckte mit den Achseln. „… umgeworfen."

Sie hielt diese Erklärung für eine gute Lüge, denn schließlich wollte sie nicht, dass man Abel für einen Trunkenbold hielt, nur weil sie eine schlechte Agentin war und sich von ihm hatte küssen lassen, obwohl sie den Knock-out-Lippenstift trug. Colins plötzliche Besorgnis sagte ihr allerdings, dass sie wohl einen Fehler gemacht hatte.

„Er hat Alkohol und Medikamente gemischt? Wir sollten ihn wirklich ins Krankenhaus bringen und untersuchen lassen. Er könnte …"

„Es geht ihm gut", wiederholte Jane nachdrücklich. „Ich werde ein Auge auf ihn haben. Deshalb war ich ja auch draußen und nicht längst im Bett, als Parker auftauchte."

Sie hoffte, er würde den dezenten Hinweis verstehen und sich verabschieden. Doch das tat er nicht.

„Oh ja. Parker." Er wischte sich mit einer Hand übers Gesicht, blickte sich um und wies auf die Sitzgruppe gegenüber von ihnen. „Können wir reden?"

Jane wurde ganz bang ums Herz. Sie hatte ihm längst erzählt, was geschehen war. Schon zweimal. Wie es schien, würde sie es ihm noch ein drittes Mal erzählen müssen.

„Natürlich." Jane ging ihm voran zur Couch und nahm Platz. Dann bemerkte sie den aufgeklappten Laptop mit den vier Bildern vom Haus der Ensecksis. Schnell klappte sie ihn zu und lächelte Colin nervös an, als er sich neben ihr niederließ.

Er beäugte den geschlossenen Computer, und ihm war die Neugier deutlich anzumerken, aber er sagte nichts. Stattdessen griff er in seine Brusttasche und runzelte die Stirn, als er nichts darin fand. „Haben Sie einen Stift und Papier für mich?"

Jane schaute sich um und war erleichtert, dass sie einen Notizblock nebst Kugelschreiber neben dem Telefon auf einem Beistelltisch entdeckte. „Wird das gehen?" Sie reichte ihm beides.

„Ja. Danke." Er riss die oberste Seite ab, um auf einer neuen beginnen zu können. „Nun, nach allem, was Sie gesagt haben ... haben Sie nichts gesehen."

„Nein." Jane schüttelte den Kopf. „Abel und ich haben uns unterhalten. Dann ist er eingeschlafen. Ich wollte ihn da draußen nicht allein lassen, aber mir war kalt. Deshalb habe ich eine Steppdecke geholt und ihn damit zugedeckt. Gerade als ich mich neben ihn setzen wollte, hörte ich einen Wagen über die Straße rasen." Sie machte eine Pause, schloss die Augen und versuchte, sich zu erinnern. „Tatsächlich glaube ich, dass ich zuerst einen Schrei gehört habe." Sie öffnete die Augen, um sich zu vergewissern, dass er diesmal alles mitschrieb. Er tat es, und sie schloss die Augen wieder. „Ja. Ich bin mir sicher, dass ich einen Schrei gehört habe und dann einen Wagen, der sehr schnell die Straße entlangraste. Dann hörte ich quietschende Bremsen und einen dumpfen Schlag. Einen Aufschlag."

„Sie haben zuerst die Bremsen gehört und dann den Aufschlag?"

„Ja", antwortete sie bestimmt.

Er machte sich eine Notiz. „Fahren Sie fort."

„Nun, dann hörte ich, wie zwei Türen zufielen. Eine Frau fragte: ‚Wo ist er?' oder ‚Wohin ist er gelaufen?' … irgendetwas in der Art. Und ein Mann antwortete: ‚Zum Haus der Goodinovs.' Ich …" Sie unterbrach sich und machte die Augen wieder auf. „Offensichtlich wussten sie, wem das Haus gehört. Also war es wahrscheinlich jemand aus der Wohnanlage."

„Äh, ja. Nun, da stehen die Chancen ziemlich gut, nicht wahr? Schließlich ist es eine geschlossene Wohnanlage."

„Oh. Ja, natürlich." Jane ließ die Schultern hängen, denn sie war von ihrer Schlussfolgerung ganz beeindruckt gewesen.

„Es ist spät", sagte er wie zur Entschuldigung. „Haben Sie die Stimmen erkannt?"

Jane dachte nach und schüttelte dann bedauernd den Kopf. „Nein."

„In Ordnung. Ich weiß, dass sie die Johnsons kennengelernt haben. Klangen die Stimmen vielleicht nach den beiden?"

Ohne zu zögern, antwortete Jane: „Nein."

„Was ist mit Dirk oder Lydia?"

Sie schüttelte den Kopf.

„Okay." Er brauchte einen Moment, um sich alles zu notieren, dann sagte er: „Sehen Sie, das schränkt den Kreis der Verdächtigen schon ein. Als ich gegangen bin, waren noch vier Paare bei Leigh. Sieben Paare hatten sich bereits verabschiedet, und zwei davon konnten wir dank Ihrer Hilfe gerade von der Liste streichen."

„Oh." Jane lächelte. „Gut."

„So, und was ist passiert, nachdem der Mann ‚Zum Haus der Goodinovs' gesagt hat?"

Wieder schloss Jane die Augen. „Ich konnte hören, wie jemand durch die Bäume kam, und habe gerufen: ‚Hallo. Ist jemand verletzt?' Daraufhin wurde es still. Die Türen wurden wieder zugeschlagen, und der Wagen preschte davon. Dann hat er – also Josh – sich weiter durch die Bäume bewegt. Ich habe immer wieder ‚Hallo' gerufen, und er kam immer näher. Dann haben Sie gerufen und sind herübergekommen und …" Sie zuckte mit den Schultern. Den Rest kannte er. Es war nicht nötig, dass sie weitererzählte.

Er schrieb noch ein paar Sachen auf, faltete das Papier dann zusammen und steckte es sich in die Tasche.

„Sie sehen nicht glücklich aus", bemerkte Jane.

Ein schwaches Lächeln umspielte seine Lippen. „Das bin ich auch nicht. Wir hatten keinen verdächtigen Todesfall mehr in Sonora seit … nun, soweit ich weiß, solange ich lebe. Wie ich Ihnen bei Perko's schon gesagt habe, gibt es hier nicht viel Kriminalität."

Dazu sagte Jane nichts. Es gab hier mehr Kriminalität, als der Sheriff glaubte. Eine Entführung zum Beispiel. „Warum sprechen Sie von einem verdächtigen Todesfall? Einen Unfall schließen Sie also aus?"

Colin zuckte mit den Schultern. „Nun, das Bremsen vor dem Aufschlag würde nahelegen, dass anschließend Fahrerflucht begangen wurde", räumte er ein. „Aber alles andere stört mich an dieser Annahme." Er stand auf und lief mit besorgter Miene vor der Couch ab und ab. „Und warum hat sich Parker in seinem Zustand von der Unfallstelle entfernt? Er war verletzt. Er brauchte Hilfe. Warum ist er nicht geblieben, wo er war, und hat auf Hilfe gewartet?"

Hilflos schüttelte Jane den Kopf. Sie hatte keine Ahnung, was passiert war, aber sie konnte sich auch nicht vorstellen, dass jemand den Mann absichtlich überfahren hatte. Jedenfalls niemand aus der Wohnanlage. Arbeitete er nicht für die Ensecksis? Wer sollte ihn da umlegen wollen?

„Ich schätze, ich sollte gehen, damit Sie noch etwas schlafen können." Colin klang, als täte er es nur ungern.

Jane begleitete ihn zu der Seitentür, die zu dem versteckten Platz hinausführte, blieb davor stehen und lächelte ihn an, als er zögerte.

„Es tut mir leid, dass Ihr erster Abend hier so unangenehm verlaufen ist. So etwas passiert bei uns sonst wirklich nie."

„Oh." Sie tat seine Entschuldigung mit einer Handbewegung ab. „Das ist ja wohl kaum Ihre Schuld."

„Nein." Er brauchte noch eine Minute, bis er fragte: „Sie und Dirk? Sind Sie …?"

Jane zögerte mit der Antwort, sagte dann aber einfach: „Dirk und ich haben uns heute Abend kennengelernt. Ich bin gerade erst angekommen, schon vergessen?"

„Oh." Er lächelte. „Ja. Das stimmt."

Sein Blick fiel auf ihre Lippen, und Jane schoss der Gedanke durch den Kopf, dass er sie womöglich küssen wollte. Aber sie verwarf den Gedanken gleich wieder. Edie war nicht die Einzige, deren Liebesleben öde gewesen war. Deshalb konnte Jane kaum glauben, dass sie nun gleich drei Männer in einer Nacht küssen wollten, nachdem sich so lange niemand für sie interessiert hatte. Es sei denn, das Parfüm mit dem Wahrheitsserum steckt dahinter, fiel ihr plötzlich ein. Vielleicht sollte sie wirklich daran denken, den Pheromongehalt etwas zu reduzieren.

„Jane, ich finde Sie sehr attraktiv."

Sie zuckte zusammen, als er ihr leicht mit den Fingern über die Wange strich. Sie kniff die Augen zusammen und fragte: „Haben Sie etwa an meinem Hals geschnuppert?"

„Wie bitte?" Er wirkte verwirrt.

Jane biss sich auf die Zunge. Wie dumm von ihr. Sie musste lernen, ihre Gedanken für sich zu behalten. Es war nicht gut, dass sie bei der Arbeit so viel Zeit allein verbrachte, denn so platzte sie immer gleich mit allem heraus, sobald sie in Gesellschaft war.

„Vergessen Sie's." Jane lächelte verlegen. „Es ist nur, dass es heute drei Männer gab, die … nun ja, die sich anscheinend von mir angezogen fühlten. Das bin ich nicht gewöhnt. Ich dachte schon, es könnte an meinem Parfüm liegen."

Colin, der das als Einladung auffasste, beugte sich vor und sog den Duft ein. Jane erstarrte und hätte beinahe laut gestöhnt.

„Es riecht gut", verkündete er und unterbrach sich, um noch einmal zu schnuppern. Als er sich wieder aufrichtete, fügte er hinzu: „Sehr sexy, aber es ist nicht so sexy wie der Seidenpyjama, den Sie tragen. Oder dieses Kleid heute Abend." Er pfiff leise durch die Zähne.

„Oh je", murmelte Jane. Sie glaubte wirklich nicht, dass sie noch einen weiteren Mann mit amourösen Ambitionen verkraften konnte. Lag es tatsächlich an dem Parfüm? Vielleicht hatte Abel sie nur küssen wollen, weil ihn das Parfüm …

„Ich mag Sie, Jane." Sie sah zu ihm hoch, und er fügte hinzu: „Ich traue Ihnen zwar nicht, aber ich mag Sie."

Jane hätte nicht sagen können, welche der beiden Aussagen sie mehr überraschte. Colin riss genauso erstaunt die Augen auf wie sie selbst und schlug sich mit der Hand vor den Mund.

„Das habe ich nicht so gemeint", sagte er schnell. „Ich meinte, dass ich Sie süß und klug finde und dennoch glaube, dass Sie irgendetwas im Schilde führen." Jetzt wirkte er sogar noch entsetzter, und Jane wünschte, er hätte mehr von dem Parfüm eingeatmet. Bei ihm war es gerade so viel, dass er zwar die Wahrheit sagte, aber sich dessen im selben Moment bewusst war. Abel und Dirk hatten es nicht im Geringsten merkwürdig gefunden, auszusprechen, was sie wirklich dachten, aber sie hatten auch mehr von dem Duft inhaliert.

„Ich muss gehen", sagte Colin hinter seiner Hand.

„Verstehe", antwortete Jane ernst.

Als er durch die Fliegengittertür hinaustrat, war Jane sich sicher, ihn murmeln zu hören: „Ich wünschte, so wäre es." Sie sah ihm nach, als er an dem gelben Polizeiband vorbeiging, das den Tatort absperrte.

Als Colin um die Ecke bog und außer Sichtweite war, ging Jane wieder zur Couch, wo sie ihren Laptop aufklappte und einen Blick auf die vier Bilder warf, die sich nacheinander öffneten. Es würde eine lange Nacht der Observation werden, und sie wollte sich gerade zurücklehnen, als ihr Gran einfiel. Es war keine gute Idee, die Frau allein auf der anderen Seite des Hauses zu lassen. Nicht, weil jemand einbrechen könnte, aber wenn sie etwas brauchte, wäre Jane zu weit entfernt, um sie zu hören. Janes Blick fiel auf die Taschen, die vor der Couch standen. Sie öffnete die erste, in der sie die beiden Funksprechgeräte fand, und nahm sie heraus.

Eins davon ließ sie auf dem Couchtisch liegen, das andere trug sie ins Schlafzimmer ihrer Großmutter. Maggie Spyrus schlief noch immer tief und fest, während Tinkle zusammengerollt an ihrer Seite lag. Jane stellte das Gerät auf ihren Nachttisch und schaltete es ein. Gran würde sofort wissen, was es bedeutete, wenn sie aufwachte.

So fühlte sich Jane wohler, und sie wollte sich gerade aus dem Zimmer zurückziehen, als sie hörte, wie Gran ihren Namen murmelte.

„Entschuldige. Ich wollte dich nicht wecken", flüsterte Jane. „Ich habe dir nur ein Funksprechgerät auf den Tisch gelegt, damit du mich rufen kannst, wenn du mich brauchst. Ich muss die Ensecksis beobachten."

„In Ordnung, Liebes."

Die sanften Worte ließen Jane lächeln, und sie verließ das Zimmer. Auf dem Rückweg ins Hauptschlafzimmer machte sie noch einen kleinen Abstecher in die Küche, wo sie sich rasch einen Instantkaffee zubereitete, um wach zu bleiben.

Während sie es sich auf der Couch bequem machte, checkte Jane die Übertragungen der vier Kameras und stellte fest, dass sich nichts verändert hatte. Sie bezweifelte, dass sich in dieser Nacht noch etwas tun würde. Schließlich brauchten auch Bösewichte ihren Schlaf. Dennoch musste sie wachsam bleiben, wie ihre Großmutter es ihr eingeschärft hatte … Bei dem Gedanken an Gran schaltete sie das Funkgerät auf dem Tisch ein, setzte sich wieder und starrte auf die Ensecksi-Villa. Mr Tibbs kroch unter dem Bett hervor und leistete ihr Gesellschaft. Er legte sich neben sie, tippte mit seiner Pfote ein paarmal ihre Hand an, bis sie ihn streichelte, dann schloss er die Augen und schlief ein.

Janes Blick schweifte von dem Kater zu Abel, der ausgestreckt auf dem Bett lag.

Es würde eine lange Nacht werden.

Stöhnend öffnete Abel die Augen. Helles Sonnenlicht fiel durchs Fenster direkt in sein Gesicht. *Argh!* Das gibt's auch nur in Kalifornien – strahlende Sonnentage im November, dachte er empört. Als er sich im Bett aufsetzte, stöhnte er gleich noch einmal.

Sein Kopf fühlte sich an, als würde er platzen. Grauenhaft. Er versuchte, ihn nicht allzu sehr zu bewegen, als er sich zum Bettrand schob. Er befand sich in der Master-Suite und trug noch immer die dunklen Sachen, die er am Abend zuvor angezogen hatte, um Jane zu helfen. Kein gutes Zeichen. War er etwa einfach so eingeschlafen? Seine Erinnerung war verschwommen.

Vorsichtig stand er auf. Sein Blick fiel auf die Fliegengittertür und blieb an dem gelben Absperrband der Polizei hängen, das offenbar den gesamten bewaldeten Bereich auf dem Hügel umschloss. Was zum Teufel war letzte Nacht geschehen?

Er machte die Tür auf und trat hinaus, um es sich genauer anzusehen. Ein heller Farbfleck auf dem Boden neben dem Tisch und den Stühlen zog ihn an. Als er näher kam, sah er, dass es die Steppdecke vom Bett war. Beim Anblick der Blutflecke darauf bekam er es mit der Angst zu tun und griff sich instinktiv an den Kopf. Ein kräftiger Schlag auf den Kopf würde seine Kopfschmerzen und die lückenhaften Erinnerungen an diesem Morgen erklären, doch sein Schädel schien intakt zu sein. Er konnte weder Beulen noch Schürfwunden darauf finden.

Verwirrt sah er sich weiter um, aber außer dem Absperrband gab es keinerlei Hinweis auf das, was geschehen war. In der Hoffnung, dem Geheimnis auf die Spur zu kommen, durchforstete er noch einmal sein Gedächtnis. Irgendwie erinnerte er sich vage an die Installation von Kameras und Mikrofonen, und dann hatte er noch ein verschwommenes Bild davon, wie er mit Jane auf dem Hügel gesprochen hatte. Er glaubte, sie eventuell geküsst zu haben, war sich jedoch nicht sicher. Und wie er ins Haus auf das Bett gekommen war, wusste er schon gar nicht.

Verwirrt kehrte er ins Schlafzimmer zurück und blieb stehen, als er Jane fest schlafend auf der Couch entdeckte. Mr Tibbs hatte sich an sie gekuschelt. Abel wollte sie schon wecken, um herauszufinden, was letzte Nacht passiert war, aber dann sah er sich ihr Gesicht genauer an. Vor Erschöpfung hatte sie dunkle Ringe unter den Augen und war ganz blass. Zweifellos war sie die ganze Nacht über wach geblieben und hatte auf die Bilder gestarrt, die von den Überwachungskameras übertragen wurden. Wahrscheinlich war sie erst vor Kurzem eingenickt.

Er beschloss, sie schlafen zu lassen. Als er die zarten Sommersprossen auf ihrer Nase sah, stieg eine merkwürdige Wärme in ihm auf, und trotz seiner Kopfschmerzen musste er einfach lächeln. Er mochte dieses Mädchen. Sie war klug, lustig und wahnsinnig sexy. Auch konnte sie gut küssen, wenn seine vage Erinnerung daran ihn nicht trog. Jedenfalls hatte es regelrecht geknistert, als ihre Lippen sich gefunden hatten.

Er strich ihr eine rotbraune Locke von der Wange und dachte an einige der Geschichten, die Edie ihm während der letzten sechs Monate erzählt hatte. Seiner Schwester war es gelungen, in jedes ihrer Telefonate mindestens eine Information über diese Frau einzuflechten, und auch in jede ihrer E-Mails. Und jedes Mal war das Bild einer damals noch gesichtslosen Jane vor ihm erschienen, die hilfsbereit, witzig und ausgesprochen loyal war. In der Realität war sie sogar noch faszinierender.

Dabei nahm Abel an, dass er Jane in den letzten beiden Tagen von ihrer schlechtesten Seite kennengelernt hatte. Am Anfang war sie misstrauisch gewesen, dann panisch und zuletzt besorgt und erschöpft. All das hatte ihre wahre Persönlichkeit früher durchscheinen lassen, als es unter normalen Umständen der Fall gewesen wäre. Andere Frauen wären kurz angebunden und bissig gewesen, wieder andere wären hilflos in Tränen ausgebrochen. Jane hingegen hatte sich jedem neuen Problem gestellt und getan, was getan werden musste.

Tatsächlich hatte sie sich besser als er verhalten, der wegen Edies Verschwinden zwischen Panik und Frustration schwankte. Alles war so schnell gegangen: Erst hatten sie seine Schwester vermisst, dann der Trip hierher. Er erinnerte sich daran, wie sie sich im Van unterhalten hatten. Aus diesen Gesprächen und den Infos, die Edie ihm gegeben hatte, wusste er bereits, dass es vieles gab, was Jane und ihn verband. Vielleicht könnte es …

Nein, dachte er. *Da gibt es kein Vielleicht.* Eventuell wäre es anders, wenn sie einfach nur Jane Spyrus wäre – Spielzeugerfinderin und Nachbarin seiner Schwester. Dann könnte es ein Vielleicht geben. Aber sie war eine Undercoveragentin. Eine Spionin mit einem aufregenden Leben und einem gefährlichen Beruf. Pech für ihn. In den letzten Jahren hatte er sich ganz auf seine berufliche Karriere konzentriert. Und jetzt, da alles gut lief und er bereit war, sich etwas mehr um sein Privatleben zu kümmern, zu wem fühlte er sich da hingezogen? Zu einer Frau, bei der er sicher sein konnte, dass sie einen langweiligen Buchhalter nicht zweimal ansehen würde.

Fast wünschte sich Abel, Edie hätte ihm diese ganzen Geschichten nicht erzählt. Und natürlich wünschte er sich, sie wäre nicht entführt worden. Er drehte sich um und blickte durch den Raum zur Fliegengittertür. Von dort, wo er stand, konnte er das Haus der Ensecksis nicht sehen, aber das war auch nicht nötig. Irgendwo dort drüben war Edie. Vielleicht war sie verletzt und verängstigt, vielleicht wurden aber auch ihre Gedanken kontrolliert, was sie alles Bisherige vergessen ließ.

Er hasste diese Warterei, hasste die Unsicherheit und wünschte, er hätte eine Kristallkugel, um in die Zukunft sehen zu können. Edie war … nun, sie war seine kleine Schwester. Er hatte sie immer beschützen wollen und alles getan, um sie vor Schwierigkeiten zu bewahren. Irgendwie hatte Abel das Gefühl, sie im Stich gelassen zu haben, weil er nicht da gewesen war, um diese Entführung zu verhindern. Ihm war zwar klar, dass das Unsinn war, aber in seinem Herzen fühlte es sich anders an. In diesem Augenblick beschloss er, wieder nach Vancouver zu ziehen, ob er nun versetzt wurde oder nicht. Familie war viel zu wichtig, um so weit entfernt von ihr zu leben. Komisch, dass ihm das erst jetzt klar wurde, als er um sie bangen musste.

Edie würde sich über seine Entscheidung freuen, das wusste er. Wahrscheinlich würde sie auch ihren Feldzug fortsetzen, um ihn und Jane zusammenzubringen. Er blickte wieder zu der Frau auf der Couch. Jane wäre ein weiterer Grund, der für einen Umzug nach Vancouver sprach. Dann könnte er eine Beziehung mit ihr haben und schauen, ob sie beide nicht doch …

Er verbot sich, sich in Träumereien zu verlieren. Es war ja gut und schön, dass er sich eine Beziehung mit ihr wünschte, aber das hieß noch lange nicht, dass auch sie mit ihm zusammen sein wollte. Edie glaubte zwar, dass es so sein würde und sie perfekt zusammenpassten, aber das änderte nichts daran, dass Jane eine Spionin war.

Doch dann fiel ihm plötzlich etwas anderes ein. Das Absperrband der Polizei! War Edie ihren Kidnappern irgendwie entkommen und zum nächstgelegenen Haus gelaufen, um Hilfe zu suchen? Hatten die Ensecksis sie verfolgt und …

Entgegen seiner ursprünglichen Absicht, Jane schlafen zu lassen, beförderte er Mr Tibbs auf den Boden und setzte sich auf den Rand der Couch neben sie. Er stupste sie an, aber sie antwortete nur mit einem Schniefen. Sie lag halb auf der Seite, halb auf dem Bauch, die Stirn auf eine Hand gelegt und die Nase ans Handgelenk gedrückt. Sie sah hinreißend aus, und er hasste es, sie aufzuwecken. Doch er musste wissen, was geschehen war.

„Jane?"

„Hm?" Sie drehte sich um und blinzelte verschlafen. „Oh, Abel, ich habe gerade von dir geträumt."

Das lenkte ihn einen Augenblick ab. Sie hatte von ihm geträumt? „Was hast du denn geträumt?"

„Du warst nackt, und ich musste nicht mal an Verströmen und Stolzieren denken, um mich sexy zu fühlen."

Ihre Worte verwirrten ihn. Auch schienen sie nicht besonders viel Sinn zu machen. "Ähem, Jane? Was heißt Verströmen und Stolzieren? Und was hat das damit zu tun, dass du dich sexy fühlst?"

"Gran hatte mir gesagt, ich soll daran denken, damit Dirk sich für mich interessiert", erklärte sie verschlafen. "Aber ich fand, dass es besser funktioniert, wenn ich mir dich ohne Handtuch und ohne Kater im Sonora Sunset Motel vorstelle."

"Oh." Abel schnitt eine Grimasse. Der Auftritt war nicht gerade ein Höhepunkt in seiner Biografie gewesen. Er räusperte sich und konzentrierte sich wieder auf sein eigentliches Anliegen. "Jane, was ist letzte Nacht passiert?"

"Du hast mich geküsst, und es hat mir wahnsinnig gut gefallen."

"Wirklich?" Wieder war er abgelenkt und verfluchte seine Hormone, die so viel Macht über ihn hatten.

"Oh ja. Bis du umgekippt bist. Das fand ich schade." Sie seufzte und streckte sich etwas, wobei sie ihn fast von der Couch schubste.

"Ich bin umgekippt?", fragte er. Fasziniert beobachtete er, wie sich ihre Brüste hoben, als sie den Rücken wölbte. Dabei rutschte auch der Saum ihres schwarzen Pyjamas nach oben und gab einen Streifen zarter Haut frei. Abel strich sich mit der Zunge über die Lippen.

"Ja", antwortete sie und fügte ärgerlich hinzu: "Dieser dämliche Knock-out-Lippenstift."

"Knock-out-Lippenstift?" Abel riss sich vom Anblick ihrer Taille los, als die Worte in sein Bewusstsein drangen.

"Lipschitz' Knock-out-Lippenstift", erwiderte sie, als würde das alles erklären. Dann hob sie eine Hand und legte sie linkisch auf seinen Arm. Abel zwang sich dazu, sich von ihrer Berührung nicht ablenken zu lassen.

"Okay", meinte er langsam. "Du hast also gestern Abend diesen Lippenstift getragen. Richtig?"

"Ja. Das hatte ich vergessen, während du mich geküsst hast", gestand sie. „Ich bin keine sehr gute Agentin. Eine gute Agentin hätte sich daran erinnert und sich von deinem Sexappeal nicht überwältigen lassen."

Erfreut richtete Abel sich auf. „Ich habe Sexappeal?"

„Oh ja", bestätigte sie ernst.

Abel genoss es einen Moment lang, dann kam ihm ein anderer Gedanke. „Hast du den Knock-out-Lippenstift auch draufgehabt, als Dirk dich geküsst hat? Warum ist er nicht umgekippt?"

„Weil ich das meiste davon abgewischt habe, um essen zu können. Er hat nur so viel davon abgekriegt, dass es in Kombination mit dem B.L.I.S.S.-WSP gereicht hat, ihn in ein sabberndes, grapschendes Schwein zu verwandeln."

„B.L.I.S.S.-WSP?", fragte Abel, der sich nicht vorstellen wollte, wie Dirk Jane betatscht hatte. Am liebsten hätte er den Kerl abgeknallt. – „Plop, und weg ist das Wiesel", wie ein Freund von ihm zu sagen pflegte.

„Wahrheitsserum-Parfüm."

„Wahrheitsserum-Parfüm?" Er erschrak, denn plötzlich erinnerte er sich daran, wie er in der Nacht zuvor auf dem Hügel ihren Duft eingesogen hatte. Sehr viel weniger deutlich erinnerte er sich daran, was er ihr gesagt hatte … Er blickte sie durchdringend an. „Wie lange wirkt dieses B.L.I.S.S.-WSP?"

„Etwa eine Stunde. Das hängt davon ab, wie viel inhaliert wird."

„Eine Stunde?" Er überlegte kurz. „Dann habe ich nichts davon abbekommen. Du hattest es aufgelegt, bevor wir zu der Party gingen, und ich habe erst an deinem Hals gerochen, als wir …"

„Oh. Ich dachte, du wolltest wissen, wie lange seine Wirkung beim Riechenden anhält. Das ist eine Stunde. Doch nach dem Auftragen hat es eine Lebensdauer von etwa zwanzig Stunden, es sei denn, es wird vorher abgewaschen."

„Zwanzig Stunden?", echote er schockiert.

„Selbstverständlich, schließlich muss es lange vorhalten. Was ist, wenn die Agentin eine Weile braucht, bis sie die Zielperson so weit hat, dass sie an ihr schnuppert?", fragte sie vernünftig.

„Zwanzig Stunden", wiederholte Abel, und dann ging ihm auf, dass der Duft offenbar noch immer wirkte. Neugierig sah er Jane an. Sie schien selbst ziemlich schnell mit der Wahrheit herauszurücken, ohne dass es Anzeichen von Unbehagen oder Zögern gab. Und wenn er sich nicht irrte, waren ihre Pupillen leicht geweitet. „Entfaltet es seine Wirkung auch auf die Trägerin?"

„Nicht über Hautkontakt. Es muss inhaliert werden."

Aha! Sie hatte beim Schlafen die Nase an ihr Handgelenk gepresst und das WSP dabei eingeatmet. Und das womöglich schon über einen längeren Zeitraum hinweg. Er konnte sie jetzt fragen, was er wollte, und sie würde ihm die Wahrheit sagen. Einen Augenblick lang kämpfte er gegen seine Skrupel an, aber dann schob er sie beiseite. Immerhin hatte Jane am Abend zuvor die Wahrheit von ihm gehört. Es war nur fair, den Spieß nun umzudrehen. Aber zuerst musste er erfahren, was in der vergangenen Nacht passiert war. Er musste sich vergewissern, dass Edie nicht verletzt im Krankenhaus lag oder gar tot in einer Leichenhalle.

„Wie kommt es, dass es da draußen ein Absperrband gibt und eine blutbefleckte Steppdecke herumliegt?"

Jane erklärte ihm, was geschehen war. Abel entspannte sich. Die Sache hatte offenbar nichts mit Edie zu tun gehabt. Seine Schwester war zwar noch immer nicht in Sicherheit, aber zumindest war sie nicht tot oder schwer verletzt ... soweit er es wusste.

Abel bemerkte, dass Jane ihn lächelnd musterte. „Was gibt es zu lachen?"

„Du hast wunderschöne Augen. Ich liebe es, sie anzusehen."

„Findest du?" Jetzt strahlte auch Abel. „Was ist mit Dirk? Findest du nicht, dass er schönere Augen hat?"

„Doch."

Abel zuckte zusammen, als ihre Offenheit ihm einen Dämpfer verpasste. *Aber ich habe es ja so gewollt*, dachte er seufzend.

„Dirk ist unglaublich attraktiv", fuhr sie fort und zog die Schrauben damit noch an. „Aber er ist ein dummer, selbstgefälliger Trottel."

Das gab Abel Hoffnung, und er hielt den Mund, als sie weiterredete. „Du siehst sehr gut aus. Nicht so perfekt wie Dirk, aber doch sehr gut. Du bist auch netter und klüger als er. Und ich wünschte, du würdest mich küssen."

Abel stöhnte. Das wünschte er sich auch. Wirklich. Aber er befürchtete, dass das WSP beim Inhalierenden nicht nur dazu führte, die Wahrheit zu sagen, sondern ihn auch Dinge tun ließ, die er normalerweise nicht tun würde. Und er wollte die Wirkung der Droge nicht ausnutzen. Das wäre ungefähr dasselbe, wie mit einer Frau zu schlafen, die zu viel getrunken hatte, und auch das hatte Abel noch nie gemacht.

„Das würde ich gerne, Jane, aber …"

„Du willst mich nicht." Sie seufzte verzweifelt und verzog die Lippen zu einem süßen Schmollmund. Am liebsten hätte er zärtlich in ihre Unterlippe gebissen und mit den Zähnen daran gezogen. Während Abel noch versuchte, sich zurückzuhalten, fügte Jane hinzu: „Ich bin eine Niete, als Frau und als Agentin." Bevor er beides widerlegen und ihr etwas Aufmunterndes sagen konnte, fragte sie: „Nun ja, ich bin ja nicht wirklich eine Agentin, oder etwa doch?"

Ihre Aufrichtigkeit verwirrte nicht nur sie, sondern auch ihn. „Was meinst du damit, du bist keine richtige Agentin?"

„Ich arbeite in der Entwicklungsabteilung. Ich bin keine Spionin. Aber Y hat mich zur Agentin ernannt, weil ich hier vor Ort war und es sonst niemanden gab, der den Job hätte erledigen können."

Abel versteifte sich, während er die Neuigkeit hörte. „Und Maggie?"

„Gran?" Jane zuckte mit den Schultern. „Sie war früher Geheimagentin im Außendienst … bis sie gelähmt war."

„Warum zum Teufel hast du dich dann darauf eingelassen?", stieß Abel hervor, in dem es brodelte. Sie waren drei Amateure, die hier herumpfuschten und versuchten, das Leben seiner Schwester zu retten!

„Weil Edie mich braucht und ich sie wie eine Schwester liebe", erklärte Jane schlicht.

Sein Blick wurde weicher. „Du würdest viel für die Menschen tun, die du liebst, nicht wahr?"

„Im Notfall würde ich für sie sterben", bestätigte sie feierlich. „Doch lieber würde ich darauf verzichten."

Abel musste lächeln. „Jane Spyrus, du bist wirklich etwas Besonderes. Ich glaube, ich bin dabei, mich in dich zu verlieben."

„Oh, das ist schön." Sie seufzte. „Ich könnte dich nämlich auch lieben, Abel." Sie lächelten sich an. Dann fragte Jane: „Können wir jetzt Sex haben?"

Abel lachte. Jane klang einfach nur hinreißend. Als würde sie ihn um ein Eis bitten. Sein Lachen erstarb jedoch, als sie hinzufügte: „Ich hatte noch nie einen Orgasmus und glaube, dass das mit dir anders wäre."

Was? Das war ja mal eine Herausforderung. Sie hatte noch nie einen Orgasmus gehabt? Himmel, wie gerne würde er ihr ihren ersten schenken. Und ihren zweiten und … Komm wieder runter, Junge, rief er sich zur Vernunft und hielt ihre Hand fest, mit der sie ihn streichelte. Sie war nicht bei sich. Er konnte die Situation nicht ausnutzen. Wenn sie ihn später immer noch wollte, würde er …

„Ich fände es wirklich toll, wenn du mich dazu bringen könntest, vor Lust zu schreien und zu betteln, so wie du es gestern Abend gesagt hast."

Abel schloss die Augen, als er sich vorstellte, wie sie mit zurückgeworfenem Kopf nackt unter ihm lag, die Muskeln anspannte und nach ihm schrie. Blinzelnd öffnete er die Augen wieder und verbannte das Bild aus seinem Kopf. Es war viel zu aufregend. Er spürte schon jetzt, wie er hart wurde. Sehr hart. Warum musste sie nur unter dem Einfluss von …? Da kam ihm ein Gedanke, und er fragte: „Jane, wenn du nicht unter dem Einfluss dieses Wahrheitsserums stündest, würdest du dann immer noch wollen, dass ich Liebe mit dir mache?"

„Ich stehe unter dem Einfluss von Wahrheitsserum?", fragte sie überrascht.

„Ja, ich fürchte, so ist es."

„Oh." Sie nickte. „Das würde erklären, warum ich das Gefühl habe, irgendwie zu schweben."

„Hm, ja. Aber Jane ... wenn du nicht unter dem Einfluss dieses Wahrheitsserums stündest, würdest du dann immer noch wollen, dass ich hier und jetzt Liebe mit dir mache?"

„Ich denke schon. Das wollte ich schon gestern, und da hatte ich es noch nicht inhaliert. Abgesehen davon bewirkt das Wahrheitsserum nicht, dass du Dinge tust, die du überhaupt nicht tun willst. Es ist so konzipiert, dass es die Kontroll..."

Das reichte, um Abels Gewissen zu beruhigen. Er brachte Jane zum Schweigen, indem er sich über sie beugte und ihren Mund mit seinem verschloss. Er spürte, wie überrascht sie war, doch nur einen Moment später wurde ihr Körper ganz weich und sie erwiderte seinen Kuss leidenschaftlich.

Abel hatte an verschiedenen Orten in Ontario gelebt und in England. Nun hoffte er, nach Vancouver zurückkehren zu können, doch hier und jetzt auf dieser Couch hatte er das Gefühl, endlich nach Hause gekommen zu sein.

15. KAPITEL

Jane seufzte, als Abel sie küsste. Ja, es war genauso gut, wie sie es in Erinnerung hatte. Der Mann wusste, wie er die Lippen einsetzte, und sie wollte ihm das unbedingt sagen, aber das ging nicht, solange sein Mund auf ihrem lag. Abgesehen davon, überlegte sie leicht benommen, war ihr Mitteilungsdrang wohl darauf zurückzuführen, dass sie unter dem Einfluss des Wahrheitsserums stand.

Sie vergaß, dass sie ihm etwas erzählen wollte, da er seine Hände durch die schwarze Seide des Pyjamaoberteils auf ihre Brüste legte und sie zärtlich umschloss. Sie erschauerte und bog sich seiner Berührung entgegen. Oh, das war schön. Kein Grapschen und Fummeln. Das war es also, was mit dem Wort „Liebkosung" gemeint war. Die Wärme seiner Finger strömte durch den Stoff, der sie trennte, und er begann, mit den Daumen über ihre Spitzen zu streichen, die sich nun hart gegen die Seide pressten.

„Oh, das ist herrlich." Sie seufzte, sowie er mit dem Mund ihren Hals hinunterglitt. Und sie keuchte, als seine warmen Lippen sich um eine ihrer Brustwarzen schlossen und er durch den nun feuchten Stoff daran knabberte. „Abel?"

„Hm?" Er hob den Kopf.

„Das gefällt mir, doch ich glaube, es würde mir noch besser gefallen, wenn du das ohne mein Oberteil tun könntest."

Lächelnd erklärte er: „Ich finde, du bist genial." Schon knöpfte er ihr die Pyjamajacke auf. „Und ich bin fest davon überzeugt, dass dein Wahrheitsserum das hier zu einer ganz unglaublichen Erfahrung machen wird."

„Ist das so?", fragte Jane neugierig.

„Oh, ja. Ganz bestimmt. Vor allem, weil du mir genau sagen wirst, was du willst." Er war mit den Knöpfen fertig und schob den Stoff auseinander, um ihre nackte Haut zu betrachten. „Mit dem Wahrheitsserum wird es keine Spielchen und kein Vortäuschen geben. Was willst du, Jane?"

„Ich will, dass du mich berührst und küsst und …" Hilflos zuckte sie im Liegen mit den Schultern. „Ich will *dich*."

Langsam beugte Abel sich über sie, und sein Mund suchte ihren, als sie beide Hände auf seinen Oberkörper presste und Abel zurückhielt. „Ich möchte, dass du dir auch das Hemd ausziehst. Ich will dich spüren."

Abel beeilte sich, ihr den Wunsch zu erfüllen. Ohne sich um die Knöpfe zu kümmern, streifte er es sich einfach ab und warf es beiseite. Jane verschlang seine breiten, muskulösen Schultern förmlich mit den Augen. „Bist du sicher, dass du Buchhalter bist?"

„Gute Gene", erklärte er und lachte leise. Dann beugte er sich nach unten, um sich erneut ihren Lippen zu widmen.

Jane erwiderte seinen Kuss und genoss stöhnend das Gefühl, als seine behaarte Brust über ihre harten Spitzen strich. Sie legte die Arme um seinen Nacken und streichelte ihn, wobei sie versuchte, jeden Zentimeter seiner Haut zu berühren, und klammerte sich an ihn, sowie er ihren Busen mit der Hand umschloss, diesmal ohne den störenden Stoff zwischen ihnen. Das nächste Mal, als er den Kuss unterbrach, richtete er sich auf, zog sie zu sich hoch, sodass sie sich auf der Couch gegenübersaßen und er ihr Gesicht sehen konnte, während er ihre Brüste streichelte. „Gefällt dir das?"

„Oh ja." Sie schloss die Augen, reckte sich seiner Berührung entgegen und ließ nun auch die Finger über seinen Brustkorb gleiten.

„Was soll ich noch tun?"

„Mehr", antwortete Jane nur.

Er schlang einen Arm um sie, während er den Kopf senkte, um eine Brustwarze zwischen die Lippen nehmen zu können. Sie stöhnte auf, da die Lust sie durchströmte, und rutschte ein wenig nach vorn. Ihr Pyjamaoberteil fiel ihr über die Schultern, bis sein Schenkel den Fall stoppte. Jane fühlte, wie Abels freie Hand an ihrem Rücken nach unten wanderte, ihr die Hose über die Pobacke schob und sie an sich drückte. Seine Erektion schmiegte sich an ihren Oberschenkel, und sie presste ihr Bein noch fester daran, bevor sie ihn durch seine schwarze Jeans hindurch massierte.

Abel stöhnte an ihrem Busen, hob den Kopf und eroberte ihren Mund mit einem wilden Kuss. Dann streifte er ihr den Pyjama von den Hüften, und als sich der schwarze Stoff kühl und seidig um ihre Knie bauschte, bettete er sie wieder auf die Couch, beugte sich über sie und ließ eine Hand zu ihrer Mitte gleiten. Keuchend zuckte Jane unter ihm zusammen, wollte instinktiv die Oberschenkel zusammenpressen, spreizte sie allerdings nur umso weiter.

„Abel, ich will dich so sehr." Während sie sprach, nestelte sie an dem Knopf seiner Jeans.

„Noch nicht", sagte er und verschloss ihr den Mund in einem Kuss, während seine Finger das Zentrum ihrer Lust fanden und sie fast in den Wahnsinn trieben.

Mit dem letzten Rest von Verstand, der ihr noch geblieben war, gelang es Jane, seine Jeans zu öffnen. Schnell schob sie ihre Hand hinein, um ihn zu berühren. Er keuchte auf und stieß die Hüften nach vorn. Anschließend wanderte er mit den Lippen zurück zu ihrem Busen.

„Das ist unfair", brachte Jane keuchend hervor und klammerte sich an seine Schultern, als die Erregung, die sich in ihr aufbaute, unerträglich wurde. „Bitte, ich … Bitte. Abel, *bitte!*"

Wild warf sie den Kopf hin und her, bewegte das Becken im Rhythmus seiner zärtlichen Finger, reckte sich ihm entgegen. Mit jeder Faser ihres Seins genoss sie, was er ihr bot. Noch nie hatte Jane so viel Lust empfunden. Es war wundervoll und erschreckend und … und … Verzweifelt vergrub sie die Hände in seinem Haar, wollte seinen Mund auf ihrem spüren. Sie fühlte, wie sich alles in ihr anspannte, ohne dass sie etwas dagegen tun konnte. Als Abel schließlich den Kopf hob, presste sie ihre geöffneten Lippen auf seine. Und als er ihren Kuss rau und leidenschaftlich erwiderte, schien es Jane, als müsste sie zerspringen.

Abel fuhr fort, sie zu küssen und zu streicheln, während ihr Körper bebte, pochte und pulsierte. Es dauerte eine ganze Weile, bis sich ihr Herzschlag langsam wieder beruhigte.

„Danke", murmelte sie.

„Immer gern zu Diensten." Er gab ihr einen Kuss auf die Stirn und hielt sie ganz fest in seinen Armen.

Für einige Minuten blieben sie still so liegen, bis Jane auffiel, wie etwas hart gegen ihren Oberschenkel drückte. Lächelnd strich sie ihm mit den Händen über den nackten Rücken. „Abel."

„Hm?" Er sah sie fragend an.

Sie hauchte ihm einen Kuss auf die Lippen, fasste seine Jeans hinten am Bund und zog sie ihm mit aller Kraft über die Hüften, wobei sie nur ein einziges Wort sagte: „Mehr."

Grinsend half Abel ihr, die Jeans weiter nach unten zu schieben. Als er kurz aufstand, um sie ganz abzustreifen, stellte Jane fest, dass ihr die Pyjamahose noch an einem Fuß hing. Sie schüttelte sie ab und warf noch einen Blick auf Abel, bevor er wieder zu ihr auf die Couch kam. Sowie sie ihn nun zum zweiten Mal völlig nackt sah, überlief sie ein prickelnder Schauer. Diesmal sah er sogar noch besser aus als im Motel.

Auf halbem Weg hielt er inne, sodass sie sich unruhig auf die Seite rollte. „Was ist?"

„Nur einen Moment." Er beugte sich von dem Sofa herunter, und sie konnte hören, wie er nach irgendetwas zu suchen schien.

„Was machst du denn da?" Sie wollte sich schon aufsetzen, aber er drängte sie mit einer Hand, sich wieder hinzulegen. Sie vernahm ein reißendes Geräusch und dann ein leises Rascheln. Schließlich drehte Abel sich so, dass er auf dem Rand der Couch saß.

„Was tust du?", fragte Jane neugierig, denn sie konnte nicht an seinem Arm und seiner Hüfte vorbeischauen.

„Uns schützen", antwortete er beiläufig.

„Oh", meinte sie und entspannte sich. Er streifte sich nur ein Kondom über. War das nicht typisch für ihn, so vernünftig zu sein? Er war so ...

Kondom? Wo hat er das her? „Abel?"

„Schon fertig." Lächelnd wandte er sich zu ihr um und wollte sich über sie beugen, als er plötzlich innehielt. Überrascht blickte er auf seine umhüllte Erektion.

„Abel?", fragte Jane entsetzt. Der Nebel in ihrem Kopf, den das Wahrheitsserum bewirkt hatte, war auf einmal wie weggeblasen. „Woher hast du das Kondom?"

„Aus der Tasche", murmelte er und starrte mit zunehmendem Unbehagen an sich herunter. „Aber irgendetwas daran ist sonderbar."

„Oh nein!" Jane schlüpfte unter ihm hervor, kniete sich nackt neben das Sofa und begann, wild in den Taschen herumzuwühlen, die sie dort stehen gelassen hatte. Die Taschen, in denen er das Kondom gefunden hatte. Ihr B.L.I.S.S.-Schrumpffolien-Kondom. „Wo ist die Dehnungscreme? Ich muss doch die Dehnungscreme mitgenommen haben."

„Äh, Jane? Stimmt etwas nicht mit diesem Präservativ?"

Sie unterbrach ihre Suche und schaute ihn über die Schulter hinweg an. Abel war blass geworden und bemühte sich, das Kondom wieder abzuziehen. Doch natürlich gelang es ihm nicht. Jane wusste, dass er jede Sekunde anfangen würde, Sopran zu singen. „Da ist nichts, was an dem Präservativ nicht stimmt. Leider macht es genau das, wofür es konzipiert ist."

„Konzipiert?" Fassungslos starrte er sie an. Offenbar glaubte er, dass sie nicht verstand, was da geschah, deshalb erklärte er: „Es wird immer enger. Es ist …"

„Es ist das B.L.I.S.S.-Schrumpffolien-Kondom, Abel. Das soll sich zusammenziehen. Du hättest es wirklich nicht benutzen dürfen."

„Schrumpffolien-Kondom? Schrumpffolien-Kondom!" Verzweifelt zerrte er an dem Latex, doch es gab nicht nach.

„Alles in Ordnung", beschwichtigte sie ihn und kramte wieder in ihren Taschen. „Kämpf nicht dagegen an. Das wird nicht funktionieren. Ich muss nur die Dehnungscreme finden. Dann wird das Kondom sich lockern, und alles ist gut."

„Und was ist, wenn du sie nicht findest?", fragte Abel panisch.

Jane rief sich das Bild von dem Bananenmus ins Gedächtnis und beschloss, ihm lieber nichts davon zu erzählen.

„Ahhhhhh …"

Eigentlich sollte sie keine Zeit verlieren, um nach ihm zu sehen, aber der Aufschlag, der Abels Schmerzensschrei folgte, ließ sich nicht ignorieren. Jane drehte sich kurz um und entdeckte, dass Abel von der Couch gefallen war und jetzt mit gekrümmtem Rücken auf dem Boden hin- und herrollte. Die Beine hatte er in Embryonalhaltung angezogen, während er mit beiden Händen seinen Schritt umklammerte.

„Die Creme!", schrie Jane und suchte bereits weiter.

„Jane." Es war ein erstickter Ton, der viel höher klang als Abels normale Stimme. Jane ging nicht darauf ein und setzte ihre Suche fort.

„Aha!" Ein Gefühl der Erleichterung durchströmte sie, da ihre Hand sich um das Glas mit der Dehnungscreme schloss. „Ich habe sie gefunden, Abel. Wir sind gerettet."

Seine Antwort war ein Wimmern. Er lag auf dem Boden, hatte die Augen zusammengekniffen, und Tränen quollen aus ihnen hervor.

„Hier!" Sie kniete sich neben ihn und schraubte schnell den Deckel von der Creme. Dann tauchte sie die Hand ein und holte etwas davon heraus. Doch als sie versuchte, sie aufzutragen, schrie Abel: „Rühr mich nicht an!"

„Das muss ich, Abel. Ich muss die Creme auftragen", erwiderte Jane geduldig und versuchte, seine Hände aus dem Weg zu ziehen. Doch das war gar nicht leicht. „Lass mich diese Creme auftragen."

„Nein! Oh Gott! Fass mich nicht an. Himmel, das reißt mir mein bestes Stück ab!"

Jane zögerte. War das möglich? Sie hatte noch keine Testversuche in diese Richtung durchgeführt. Wie hätte sie auch? Wer hätte sich freiwillig als Versuchsperson gemeldet?

„Oh Gott! Ich werde ein Eunuch sein und niemals Kinder haben. Ich …" Er rollte auf sie zu und funkelte sie mit schmerzverzerrtem Gesicht wütend an. „Komm schon, Jane. Trag endlich die verdammte Creme auf!"

„Du bist doch derjenige, der nicht zulassen wollte, dass ich …"

„Trag sie auf!", brüllte er, wobei seine Stimmlage inzwischen um einiges höher lag als sonst.

„Hör sich einer das Theater an. Ich dachte immer, Männer würden alles mit stoischer Gelassenheit ertragen", murrte sie und schob seine Hände beiseite.

„Schneid mir einen Arm ab, und ich werde nicht mit der Wimper zucken. Aber das hier ist nicht mein Arm", jammerte er.

„Oh je." Jane erschrak bei dem Anblick, wie weit das Kondom bereits geschrumpft war.

„Schau nicht hin", sagte Jane schnell, aber es war zu spät. Fassungslos sah er an sich herunter, dann ließ er sich wimmernd zurückfallen.

„Lieber Gott, er ist ein Bleistift", quetschte er zwischen zusammengebissenen Zähnen hervor.

„Ich bin mir sicher, dass das nur vorübergehend so ist", plapperte Jane, während sie endlich die Creme verteilen konnte. „Er wird gleich wieder seine alte Form annehmen ... Wie groß war das noch gleich?", fügte sie besorgt hinzu, während das Kondom sich zu dehnen begann, Abels Penis jedoch kaum an Umfang gewann. Sie hatte nicht wirklich hingeschaut, als sie die Gelegenheit dazu gehabt hatte, nur bemerkt, dass er ein Kondom übergestreift hatte und ...

„Riesig!", schnauzte Abel, wirkte allerdings schon nicht mehr ganz so verkrampft wie noch einige Sekunden zuvor. Auch seine Stimme hörte sich schon fast wieder normal an. Es war nur schade, dass sein Penis sich nicht genauso schnell erholte wie der Rest von ihm. Er war zwar nicht mehr ganz so dünn wie am Anfang, schien sich jedoch buchstäblich in Abel verkriechen zu wollen. Wenigstens blutet es nicht, dachte Jane.

Als sie ein Stöhnen vernahm, hob sie den Kopf. Er hatte sich vorgebeugt, um sich besser anschauen zu können, und auf seinem Gesicht lag tiefe Trauer. Seine Stimme klang wehmütig und wie ein Singsang: „Der kleine Abel war immer so groß und tapfer."

„Ähem ..." Jane biss sich auf die Lippe und entfernte das Präservativ. Sie schraubte den Deckel auf den Cremebehälter, setzte sich zurück und musterte Abel verunsichert. Er hatte sich wieder auf den Rücken gelegt, die Arme schlapp an der Seite und die Augen geschlossen. Er sah erbärmlich aus.

„Fühlst du dich etwas besser?"

Er hob die Lider und starrte sie an, als hätte sie den Verstand verloren.

„Offenbar nicht." Sie räusperte sich, stand auf und ging wieder zum Sofa, wo sie rasch in ihren Pyjama schlüpfte. Nachdem sie sich umgedreht hatte, stellte sie fest, dass Abel sie mit einer Leichenbittermiene beobachtete. „Was ist los?"

„Ich hatte noch so viel mit dir vor, und jetzt werde ich nie wieder Sex haben."

Jane biss sich auf die Lippe. „Ich bin sicher, dass es dir bald besser gehen wird. Es sah nicht so aus, als wäre ein bleibender Schaden entstanden."

Abel stöhnte. „Der Puder und der Lippenstift versetzen einen ins Koma. Das Parfüm enthält ein Wahrheitsserum. Was ist mit den Vibratoren?"

„Mini-Raketenwerfer."

„Jesus!" Abel senkte die Lider. „Erinnere mich daran, dass ich nie wieder in deine Taschen greife."

„Janie?"

Sie blickte zu dem Funksprechgerät auf dem Tisch, aus dem nun die Stimme ihrer Großmutter schallte. „Gran?"

„Bist du schon aufgestanden, Liebes?", fragte die Frau hoffnungsvoll.

„Ja. Bin gleich da." Jane legte das Gerät auf den Tisch und sah Abel entschuldigend an. „Ich muss ..." Sie nickte Richtung Tür.

„Geh nur." Er schloss die Augen und blieb einfach auf dem Schlafzimmerteppich liegen, nackt wie am Tag seiner Geburt.

„Wirst du okay sein?", fragte sie.

„Ich werde nie wieder okay sein."

Da sie nicht wusste, was sie darauf erwidern sollte, ließ Jane ihn einfach da, wo er war, und verließ das Zimmer. Sie lief noch schnell in die Küche, um Kaffee aufzusetzen, danach suchte sie ihre Gran auf.

Maggie Spyrus saß aufrecht im Bett, während Jane hereinkam. Neben ihr tat Tinkle so, als würde sie schlafen, aber Jane wusste, dass es nicht so war, denn ihre Augen standen einen Spalt weit offen. Das kleine Biest wollte sie nur überlisten, damit sie nahe genug herkam, um sich von ihr zwicken zu lassen. Tinkle war einfach keine Frühaufsteherin. Doch Jane achtete darauf, einen großen Bogen um das Tierchen zu machen, währenddessen sie ihrer Gran dabei half, in den Tag zu starten.

Als Jane ihre Großmutter mit Tinkle auf dem Schoß in die Küche schob, lehnte Abel an der Arbeitsinsel und trank Kaffee. Seine Haare waren noch feucht vom Duschen, und er trug frische Jeans und ein rotes Poloshirt. Allerdings hatte Jane nicht den Eindruck, dass er sein Trauma überwunden hatte. Finster dreinblickend stand er leicht vorgebeugt und hielt seine freie Hand nahe am Schritt, als wollte er sie jeden Moment schützend davorhalten.

Grans fröhliches „Guten Morgen" und das sonnige Lächeln, das Jane ihm schenkte, beantwortete er nur mit einem Brummen. Er ist definitiv noch nicht über die Sache hinweg, dachte Jane und beschloss, ihn eine Weile in Ruhe zu lassen.

Sie würde Frühstück zubereiten – keine Selbstverständlichkeit für Jane, die keine gute Köchin war. Ein Fertiggericht in den Ofen zu stellen und fünfzehn Minuten aufzuwärmen, schaffte sie gerade noch, aber alles, was komplizierter war als das, erschien ihr viel zu aufwendig. Doch an diesem Morgen wollte sie sich alle Mühe geben. Hieß es nicht, der Weg zum Herzen eines Mannes führe durch seinen Magen? Vielleicht würde ihr hausfraulicher Eifer ja helfen, Abel ein wenig aufzuheitern, und ihm vielleicht sogar ein Lächeln entlocken. Sie hoffte es, denn sie fühlte sich in seiner Gegenwart leicht verwundbar. Vor der Katastrophe mit dem Kondom hatte er wundervolle Dinge mit ihr angestellt. Höchst intime Dinge. Aber die Tatsache, dass er zum Dank dafür von ihrer Erfindung beinahe lebendig verschlungen worden war ... Nun, damit dürfte sie sich bei ihm wohl kaum beliebt gemacht haben.

Um Vertrauen in ihre potenziellen Kochkünste zu bekommen, begann sie mit den leichten Dingen. Sie schenkte Gran eine Tasse Kaffee ein und holte das Futter für Tinkle und Mr Tibbs aus dem Schrank.

Der Yorkie zeigte nur wenig Interesse an Jane, solange sie das Trockenfutter für den Kater in einen Napf gab, aber beim ersten Geräusch des Dosenöffners war das kleine Biest von Grans Schoß gesprungen und an Janes Seite. Nur wenn sie gefüttert wurde, behandelte diese Kreatur Jane nicht wie jemanden, den man beißen oder auf andere Weise ärgern konnte. Jane ließ sich nicht beeindrucken.

Sie stellte beide Futternäpfe auf den Fußboden, richtete sich auf und rief nach Mr Tibbs. Sowie Edies Kater hereinspazierte, sprang Tinkle wieder auf Grans Schoß zurück und fing gleich darauf an, elend zu jaulen. Der getigerte Kater hatte Tinkles Hundefutter probiert und machte sich nun darüber her, anstatt sich an sein Trockenfutter zu halten.

Jane kümmerte sich nicht weiter darum. Sie lächelte strahlend und ging zum Kühlschrank. „Wer möchte Eier mit Schinken?"

„Oh, das klingt gut", antwortete Gran. „Aber glaubst du, das schaffst du, Liebes?"

„Selbstverständlich", erwiderte Jane munter und holte eine Packung Schinken und den Eierkarton heraus. „Was ist mit dir, Abel? Eier und Schinken?"

Jane interpretierte sein Grummeln als Ja, stellte die Zutaten auf die Arbeitsplatte und suchte nach einer Bratpfanne. Sie fand eine in der richtigen Größe, platzierte sie auf dem Herd und stellte die Temperatur viel zu hoch ein.

„Was tust du denn da?" Sofort war Abel bei ihr.

„Kochen."

Abel öffnete den Mund, hielt jedoch inne ... Jane vermutete, um sich noch einmal durch den Kopf gehen zu lassen, was er sagen wollte. Einen Augenblick später räusperte er sich und fragte: „Warum lässt du mich nicht lieber den Schinken zubereiten?"

Argwöhnisch musterte Jane ihn. „Was habe ich denn falsch gemacht?"

„Nichts. Ich habe einfach nur Spaß dabei, Schinken zu brutzeln. Ich übernehme das."

„Willst du an meinem Parfüm riechen?", entgegnete sie, und Abel brachte tatsächlich ein Lächeln zustande.

„Das ist eine Teflonpfanne", meinte er, als würde das alles erklären.

„So? Kann man Eier und Schinken nicht in einer Teflonpfanne braten?"

Abel hob eine Augenbraue. „Du kochst wohl nicht sehr viel, was?"

Jane verzog das Gesicht, dann gestand sie: „Irgendwie liegt mir das nicht besonders."

„Aha. Nun, die gute Nachricht ist, mir liegt es. Und ich mache das wirklich gern."

Jane entspannte sich. Es störte ihn also nicht, dass sie keine gute Köchin war. Das ist gut, dachte sie und sah ihm dabei zu, wie er den Herd herunterstellte.

Dennoch hatte sie plötzlich das Gefühl, dass sie sich doch ein paar Kochkenntnisse aneignen sollte. Sie war immer bereit, etwas hinzuzulernen, hatte nur niemanden gehabt, der es ihr zeigte. Auch Gran war in dieser Hinsicht nicht gerade ein Vorbild. Sie konnte Wasser anbrennen lassen. „Sag mir, warum du die Hitze reguliert hast", bat sie.

Abel zögerte und erklärte dann: „Lässt man Teflon zu heiß werden, zerstört das die Pfanne. Außerdem entsteht dabei ein giftiges Gas."

„Giftiges Gas?", fragte Jane entsetzt.

„Ja. Offenbar reicht es, um kleine Vögel zu töten."

„Nun, wenn es kleine Vögel umbringt, wird es für Menschen auch nicht unbedenklich sein", meinte Jane empört. „Vielleicht sollten wir lieber eine andere Pfanne suchen …"

„Ist schon in Ordnung. Man sollte sie nur bei geringer bis mittlerer Hitze benutzen, dann kann nichts passieren", beruhigte er sie, packte den Schinken aus und lächelte sie an. „Warum kümmerst du dich nicht um den Toast?"

„Das kann ich." Erleichtert, dass er sein Trauma überwunden zu haben schien und sie wieder anlächelte, ging sie zum Toaster und machte sich an die Arbeit.

„Hast du deiner Gran schon erzählt, was passiert ist?", fragte Abel, als sie gerade eine Packung Weißbrot öffnete.

„Selbstverständlich nicht." Jane schnappte nach Luft. „Ich würde ihr niemals erzählen, was zwischen uns passiert ist. Das ist eine sehr persönliche Sache und …"

„Ich meine Parker", unterbrach Abel sie.

„Oh." Jane wurde rot und drückte den Hebel am Toaster nach unten. Natürlich meinte er Parker.

„Wer ist Parker, und was ist mit ihm passiert?", fragte Gran vom Tisch aus.

„Er war Dirks Assistent", antwortete Jane. „Letzte Nacht wurde er vor unserem Haus von einem Wagen angefahren. Es war Fahrerflucht. Er hat sich durch die Bäume zu der Lichtung neben unserem Haus geschleppt und ist dort gestorben."

„Wirklich?", fragte Gran nachdenklich. „Wer hat ihn angefahren?"

„Das weiß ich nicht. Durch die Bäume konnte ich nicht auf die Straße sehen. Ich habe alles gehört, aber nichts gesehen. Es waren ein Mann und eine Frau. Officer Alkars glaubt, dass es jemand von der Party war." Sie zuckte mit den Schultern. „Er wird es herausfinden."

„Glaubt er, es war ein Unfall?", fragte Abel neugierig, während er Schinkenstreifen in die Pfanne legte.

„Keine Ahnung. Irgendwie ist er misstrauisch, aber ich glaube, dass es wahrscheinlich doch nur ein Unfall war."

„Warum, Janie?", fragte Gran.

Der Toast sprang heraus. Jane legte ihn auf einen Teller, um ihn mit Butter zu bestreichen. „Weil Parker aus Kanada kam.

Niemand hier kennt ihn. Wer sollte ihn töten wollen?"

„Ich weiß nicht", sagte Maggie.

Die Art, wie sie sprach, ließ Jane aufhorchen. Neugierig sah sie die ältere Frau an. „Was weißt du nicht?"

„Ob es ein Unfall war. Es wäre möglich, aber ..."

„Aber was?", drängte Abel.

Maggie wirkte ganz unglücklich. „Es könnte auch bedeuten, dass hier mehr Menschen ihre Finger im Spiel haben, als wir gedacht haben."

„Wer zum Beispiel?", fragte Jane interessiert.

„Es könnte jemand sein, der an der Technologie interessiert ist, die die Ensecksis entwickelt haben." Sie sah Jane und Abel eindringlich an. „Ich möchte, dass ihr beide euch vorseht und euch jeden eurer Schritte gut überlegt."

Jane nickte und wandte sich wieder dem Toaster zu, um weitere Brotscheiben hineinzuschieben. Neben ihr arbeitete Abel und schwieg. Beide erstarrten, als Gran plötzlich sagte: „Ich wollte eigentlich nicht danach fragen, aber meine Neugier bringt mich um. Was ist diese ‚persönliche Sache', die ihr miteinander teilt?"

„Nichts", sagte Jane schnell. Zu schnell. Sie klang schuldig wie die Sünde und merkte, wie sie vor lauter Verlegenheit rot anlief.

„Sieht aus, als hätte sich das Wahrheitsserum abgebaut. Gott sei Dank", flüsterte Abel ihr zu.

Jane merkte, wie ihr noch heißer wurde.

„Hm", murmelte Gran. „Und könnte es sein, dass dieses Nichts der Grund dafür ist, dass du so entspannt und fröhlich warst, als du mir heute Morgen geholfen hast?"

„Ich habe einfach gut geschlafen", schwindelte Jane, die allenfalls für zwei Stunden eingenickt war.

„Gut geschlafen, was? Die Ringe unter deinen Augen erzählen eine andere Geschichte."

„Gran, das ist ..." Ein Klopfen an der Tür unterbrach sie, und Jane atmete erleichtert auf.

„Noch mal Glück gehabt", bemerkte Maggie Spyrus trocken.

Jane ging zur Haustür und öffnete. Überrascht sah sie, dass Daniel und Luellen Braunstein auf der Schwelle standen. Auf der Party hatte sie sich mit dem Paar nicht einmal unterhalten, und sie hatte keine Ahnung, was die beiden an ihre Haustür trieb.

„Wir dachten, wir schauen nur kurz vorbei und heißen Sie in der Nachbarschaft willkommen." Luellen Braunstein lächelte strahlend und trat einfach ein. Jane war gezwungen, ein Stück zurückzutreten. Sie waren gekommen, um sie in der Wohnanlage zu begrüßen? Melanie Johnson zufolge war dieses Paar ebenfalls erst gestern eingezogen.

„Ich hoffe, wir sind nicht zu früh dran?", fügte Daniel hinzu, als sein Blick auf den schwarzen Seidenpyjama fiel, den Jane noch immer trug.

„Oh!" Sie wurde rot. Am Morgen hatte sie es so eilig gehabt, zu Gran zu kommen, dass sie gar nicht daran gedacht hatte, sich etwas anderes anzuziehen. „Kommen Sie herein", sagte sie, obwohl das Paar längst im Haus war. Sie schloss die Tür und folgte ihnen in die Küche. „Gran, Abel. Seht mal, wer da ist. Ich bin gleich wieder zurück. Ich will mich nur rasch umziehen."

Sie ließ die Besucher in den fähigen Händen ihrer Großmutter und ging in die Master-Suite, wo sie in Lichtgeschwindigkeit die Kleidung wechselte. Jane hatte es eilig, zurückzukehren und sich anzuhören, was die Braunsteins ihnen zu erzählen hatten, denn sie hatte sofort ihre Stimmen wiedererkannt. Ohne Zweifel waren Luellen und Daniel das Paar, das Josh Parker in der vergangenen Nacht angefahren und getötet hatte.

16. KAPITEL

„Es war ein Unfall."

Jane beschloss, sich mit ihrem Urteil zurückzuhalten, bis sie die Erklärung der Frau gehört hatte. Als sie in einer frischen Jeans und einem kurzärmligen blauen Hemd in die Küche zurückkehrte, hatte sie Tinkle nämlich dabei ertappt, wie diese an Daniel Braunsteins Hosenbein pinkelte. Die Aktion sprach eigentlich für den Mann, denn Tinkle tat so etwas nur bei Leuten, die etwas taugten. Dennoch blieb das kleine Problem zu klären, dass es einen toten Josh Parker gab. Also steckte Jane eine Hand in die Hosentasche, um ihr hochkonzentriertes Nervenspray herauszuziehen, falls die Braunsteins Schwierigkeiten machen sollten.

Sie nahm sich vor, darauf zu achten, dass Gran und Abel nichts von dem Sprühnebel abbekamen, und fragte möglichst neutral, warum sie nach dem Zusammenstoß nicht an Ort und Stelle geblieben waren.

Es folgte Totenstille. Und die dauerte mehrere Augenblicke lang. Dann wiederholte Luellen, dass es ein Unfall war.

„Es war wirklich ein Unfall", betonte Daniel, als er ihre Zweifel bemerkte. „Er ist aus dem Kofferraum gesprungen und ..."

„Ähem ... Entschuldigung", fiel Abel ihm ins Wort. Er nahm die Pfanne von der Herdplatte und kam zum Tisch, den Pfannenwender in der Hand. „Haben Sie gerade gesagt, er sei aus dem Kofferraum gesprungen? Etwa aus dem Kofferraum Ihres Wagens?"

Das Paar tauschte einen Blick, dann griff Luellen in ihre Handtasche. Jane, die auf alles vorbereitet sein wollte, zog ihre Sprühflasche aus der Tasche. Luellen erschrak, als sie das sah. „Das ist jetzt kein Haarspray, oder?"

Jane schüttelte den Kopf.

„Dachte ich mir." Argwöhnisch hob sie den Blick von der Sprühflasche zu Janes Gesicht und erklärte: „Ich hole nur meinen Ausweis heraus." Als Jane nickte, öffnete Luellen vorsichtig ihre Brieftasche und zog eine Karte heraus.

Jane warf einen Blick darauf. „FBI?"

Luellen nickte. „B.L.I.S.S. hat unseren Boss angerufen und die Situation erklärt. Sie baten darum, einige Agenten herzuschicken, um Sie zu unterstützen, bis andere B.L.I.S.S.-Agenten eintreffen könnten." Luellen räusperte sich. „Uns wurde mitgeteilt, es würde reichen, wenn wir Ihnen gegenüber nur Y sagen."

„Y?", fragte Jane.

„Warum, das wüssten wir gerne von Ihnen", ließ Daniel verlauten. „Warum sollen wir Y sagen?"

„Spielt keine Rolle", antwortete Jane, die beschlossen hatte, die Sache nicht weiter zu erklären. Sie war nun etwas entspannter und schob das Nervengas wieder in ihre Tasche zurück.

„Dann hat das FBI also das Haus gekauft und Sie dort unter dem Namen Braunstein eingeschleust."

„Nein. Tatsächlich haben die Braunsteins das Haus vor drei Wochen gekauft und wollten an diesem Wochenende einziehen. Sie wurden in Urlaub geschickt, und wir haben das Haus an ihrer Stelle übernommen."

„Warum war Parker in Ihrem Kofferraum?", fragte Abel, der noch immer misstrauisch klang.

„Weil er Jane enttarnt hatte", antwortete Luellen.

„Enttarnt?"

„Er hat sie wiedererkannt", erklärte Luellen und wandte sich an Jane. „Das konnte ich auf dem Flur im Haus sehen, als Dirk und Parker aus dem Arbeitszimmer kamen."

Jane nickte und erklärte Gran und Abel die Situation. „Luellen hatte gerade den Flur betreten, als die Tür zum Arbeitszimmer aufging. Sie hat sich in einem der anderen Zimmer versteckt. Ich war nicht schnell genug, um es genauso zu machen."

„Es war ein Wandschrank", erläuterte Luellen und schnitt eine Grimasse. „Ich war Ihnen in den Flur gefolgt, weil ich Ihnen sagen wollte, wer wir sind. Sie sollten wissen, dass Sie sich an uns wenden können, falls es Probleme gibt. Aber dann traten die beiden Männer in den Flur. Ich hatte die Tür einen Spaltweit offen gelassen und konnte sehen, wie Dirk Sie begrüßt hat. Dann fiel mir auf, dass Parker sich bedeckt hielt. Sein Gesichtsausdruck sagte mir, dass er Sie von irgendwoher kennen musste. Ich wollte Sie warnen, aber Dirk hat Sie mit sich in dieses Büro gezogen und die Tür geschlossen."

Jane nickte. „Ich glaube, Sie haben recht. Parker hat in mir Edies Freundin erkannt."

„Edie?", fragte Daniel gespannt. Jane erkannte, wie wenig den beiden FBI-Mitarbeitern mitgeteilt worden war. Doch sie hatte nicht vor, ihnen mehr zu erzählen.

„Also haben Sie sich Parker geschnappt?", fragte sie Luellen.

„Ja. Ich bin aus dem Schrank geschlüpft und habe ihn, ähem, ermuntert, mit mir nach draußen zu gehen." Sie räusperte sich. „Dann habe ich das Wahrheitsserum eingesetzt und …"

„Das Wahrheitsserum-Parfüm?", fragte Jane überrascht.

Gran meldete sich zu Wort. „Ja, Liebes. Es handelt sich wahrscheinlich um deines. B.L.I.S.S. gibt seine Technologie gelegentlich an kooperierende Dienste weiter."

„Das B.L.I.S.S.-WSP ist von Ihnen?", fragte Luellen überrascht.

„Ja. Ich habe es entwickelt", räumte Jane ein.

„Wirklich?" Luellen konnte es kaum fassen. „Wow, das Zeug ist genial. Ich kann Ihnen gar nicht sagen, wie oft es mir schon geholfen hat."

„Danke", sagte Jane, deren Wangen schon wieder rosa wurden. „Ich freue mich, dass es von Nutzen ist."

„Von Nutzen? Schätzchen, Sie haben ja keine Ahnung", begann Luellen in einem vertraulichen Tonfall, bis Daniel sich räusperte und sie damit zur Vernunft rief. „Oh, ja. Wo war ich stehengeblieben?"

„Sie haben ihn nach draußen gebracht und …"

„Ach ja. Er hat mir erzählt, dass er Sie wiedererkannt hat und nun vorhätte, Dirk und Lydia zu sagen, sie sollten sich mal ein wenig um Sie kümmern. Also, was hätte ich sonst tun können?" Hilflos zuckte sie mit den Schultern. „Ich habe dem armen Kerl eins auf die Mütze gegeben und ihn im Kofferraum verstaut. Dann bin ich wieder ins Haus und habe Daniel geholt. Als wir nach draußen kamen, wollten Sie drei gerade gehen. Ich hätte Ihnen gern erzählt, was los war, aber Leigh hat Sie zur Tür begleitet. Ich musste mich noch ein paar Minuten lang mit ihr unterhalten, und anschließend habe ich eine ganze Weile gebraucht, um Daniel wiederzufinden." Wiederum zuckte sie mit den Schultern. „Wir wollten gerade zum Haus der Braunsteins zurückfahren, um uns dort zu überlegen, was wir mit Parker anstellen sollten, als ich ihn plötzlich im Rückspiegel sah. Er lief die Straße hinauf zum Haus der Ensecksis." Mit finsterem Gesicht schüttelte sie den Kopf. „Ich hätte ihn fesseln sollen. Ich kann noch immer nicht fassen, dass er wieder zu Bewusstsein kam und den Kofferraum öffnen konnte. Ich war mir sicher, dass er bis zum Morgen nicht mehr zu sich kommen würde."

„Wer hat geschrien?", fragte Jane.

„Das war ich." Luellen schnitt eine Grimasse. „Ich war total erschrocken und wütend. Ich habe den Wagen gewendet und bin ihm hinterhergerast. Ich hatte nicht vor, ihn anzufahren. Tatsächlich wollte ich direkt neben ihm oder kurz vor ihm abbremsen. Aber er hatte sich irgendwie den Fuß umgeknickt und ist mir direkt vors Auto gefallen. Er hat einen ganz schönen Schlag abbekommen. Keine Ahnung, wie er es geschafft hat, von dort noch auf den Berg zu laufen."

„Der Schock, könnte ich mir vorstellen", meinte Jane. „Er wird gar nicht bemerkt haben, wie schwer seine Verletzung war."

„Hm." Daniel nickte zustimmend.

Luellen fuhr fort. „Wir sind ihm nachgelaufen, aber dann fing jemand an zu schreien."

„Das war ich", gestand Jane.

Daniel runzelte die Stirn. „Wir haben nicht erkannt, dass Sie das waren, sonst wären wir zu Ihnen nach oben gekommen."

Jane schüttelte den Kopf. „Es ist gut, dass Sie das nicht getan haben. Officer Alkars hatte mich gehört, als er das Haus verließ. Er hätte Sie entdeckt."

Einen Augenblick sagte niemand etwas, dann erinnerte Abel sich an den Schinken in der Pfanne und ging zurück in die Küche. „Ich werde noch etwas mehr machen."

„Für mich nichts, danke", sagte Luellen.

„Ich nehme gerne etwas. Es riecht gut." Daniel stand auf und folgte Abel. „Kann ich vielleicht auch einen Kaffee haben?"

„Bedienen Sie sich", sagte Abel entspannt. „Was ist mit Ihnen, Luellen? Kaffee?"

„Da sage ich nicht Nein."

Jane stand auf und ging in die Küche, um den Kaffee einzuschenken und neuen zu machen.

„Also", sagte Daniel, nippte an seinem Becher und sah zu, wie sie Wasser in die Kaffeemaschine füllte. „Haben Sie vor, uns einzuweihen, worum es hier eigentlich geht?"

Jane dachte darüber nach, während sie Kaffeepulver in den Filter häufte. Wahrscheinlich hatte Y den beiden bereits erzählt, was sie ihnen erzählen wollte, und Jane sollte nicht mehr als das preisgeben. Aber wie konnte sie höflich ablehnen? Wieder einmal rettete sie ein Klopfen an der Tür. Erleichtert verließ Jane die Küche, um zu öffnen.

Doch dann sah sie Lydia und Dirk auf der Schwelle stehen und war wie vor den Kopf geschlagen. So viel dazu, dass sie ihre Nachbarn überwachen sollte. Sie hatte die beiden völlig vergessen. Vielleicht nicht direkt vergessen, aber Jane hatte den ganzen Morgen nicht daran gedacht, sich an ihre Fersen zu heften.

„Ich weiß, es ist noch früh", sagte Lydia. „Aber wir wollten uns vergewissern, dass mit dir alles in Ordnung ist."

„Alles in Ordnung?", fragte Jane.

„Nun ja, es muss schon ziemlich schlimm gewesen sein, Josh sterben zu sehen", erklärte Dirk.

„Oh!" Jane hätte sich treten können. „Ja, natürlich. Ich ..."

„Wer ist da, Jane?"

Sie drehte sich um und sah Abel, der um die Ecke spähte.

„Oh. Hallo, Lydia. Dirk." Abel gelang es sogar, die Geschwister lächelnd zu begrüßen. Jane war sicher, dass die beiden nicht bemerkten, wie angespannt er war.

„Abel!" Lydia rauschte an Jane vorbei und heftete sich an seine Seite. „Guten Morgen. Du siehst zum Anbeißen aus."

„Oh, ähem ... Hier ist Schinken", bot er an und schob den Teller zwischen sie.

Abel wich der Femme fatale aus, was Balsam für Janes Herz war.

„Du siehst süß aus am Morgen", hauchte Dirk ihr ins Ohr, und Jane verzog das Gesicht, als sie merkte, dass er ihr praktisch am Rücken klebte. Er und seine Schwester waren schon sehr speziell, wirklich. Sie zwang sich zu einem Lächeln und blickte über ihre Schulter.

„Ich habe kein Make-up aufgelegt, und meine Haare sind ..." Jane machte sich nicht die Mühe, den Satz zu Ende zu bringen. Sie war nicht dazu gekommen, ihr Haar auch nur zu bürsten. Als Daniel und Luellen aufgetaucht waren, hatte sie sich zwar angezogen, aber mehr auch nicht. Sie hatte es viel zu eilig gehabt, die beiden damit zu konfrontieren, dass sie Josh Parker getötet hatten.

„Du siehst aus, als wärest du gerade erst aus dem Bett gerollt. Total sexy und zerzaust", meinte Dirk.

Jane seufzte innerlich. Der Mann hörte einfach nicht auf. Zum Glück war sie nun immun gegen seine plumpen Schmeicheleien. „Wir frühstücken gerade. Möchtet ihr auch etwas?" Als Dirk nickte, fragte sie: „Wie viele Spiegeleier hättest du gern?"

„Zwei reichen mir völlig." Vielsagend wanderte sein Blick zu ihrer Brust.

Jane drehte sich abrupt um und ging wieder in die Küche, wo sie verkündete: „Dirk möchte zwei Eier. Kaffee, Lydia?"

„Nein. Ich trinke nur Tee", antwortete die Blondine. Abel gelang es, ihr zu entfliehen und sich weiter um das Frühstück zu kümmern.

„Dann eben Tee." Jane griff nach dem Kessel und füllte ihn mit Wasser. „Wie steht es mit dir, Dirk?"

„Kaffee."

Jane fiel auf, dass beide Geschwister nicht Bitte sagten. Es gab Leute, die einfach keine Kinderstube hatten. Aber was sollte man schon von einem Kidnapperpärchen erwarten, das sexsüchtig und noch dazu darauf aus war, die Welt zu beherrschen? Um etwas zu bitten, wäre in dem Fall wohl ziemlich scheinheilig gewesen, vermutete sie.

„Oh, hallo." Lydia trat näher und beäugte das Paar, das bei Gran am Tisch saß.

„Lydia und Dirk Ensecksi, Luellen und Daniel Braunstein", stellte Jane vor und merkte, wie schnippisch sie klang. Sie brauchte mehr Schlaf. Sie schlief wirklich gerne und kam ohne Schlaf nicht gut zurecht. Sie gab zwar ihr Bestes, um trotzdem ausgeglichen und freundlich zu sein, aber schon kleine Ärgernisse konnten ihr dann wirklich zusetzen. Oder große Ärgernisse, dachte sie, als Dirk ihr an der Spüle erneut auf die Pelle rückte. Keine Manieren, keine Moral, keine Grenzen. Dirk hatte zweifelsohne eine ganze Reihe von Defiziten.

„Hier, bitte, Dirk."

Jane warf einen Blick über die Schulter und sah, dass Abel ihm einen Kaffee reichte. Als Dirk ihn entgegennahm, schlug Abel vor: „Warum setzt du dich nicht, damit Jane und ich beim Kochen nicht über dich stolpern?" Dankbar sah Jane ihn an und bekam ein schlechtes Gewissen, weil sie sich vorher über sein Problem mit Lydia amüsiert hatte.

„Oh, ich stehe gut hier", erklärte Dirk, stutzte und sah entsetzt auf seine Füße.

Jane folgte seinem Blick. Tinkle war von Grans Schoß gesprungen und in die Küche zurückgekehrt. Ihren Futternapf hatte sie jedoch links liegen lassen und leckte stattdessen Dirks Schuh ab, wobei sie den Mann ekstatisch anhimmelte und mit dem Schwanz wackelte.

„Sie scheint dich zu mögen", erklärte Jane, als der Hund versuchte, an ihm hochzuspringen, und winselnd um Aufmerksamkeit bettelte.

„Ja." Er schüttelte das Bein, um den kleinen Fellball loszuwerden, der überall auf seiner schönen schwarzen Stoffhose weiße Haare hinterließ. Aber so leicht ließ Tinkle sich nicht abwimmeln, wenn sie einmal ihr Herz verschenkt hatte. Sie klebte an ihm wie eine Napfschnecke.

„Jedenfalls hat Tinkle einen guten Geschmack", verkündete Abel. Als Jane das unterschwellige Lachen in seiner Stimme hörte, fiel ihr ein, dass sie ihm erzählt hatte, dass der Yorkie eine Schwäche für Leute hatte, die böse oder zumindest zwielichtig waren. Sie lächelten einander zu, und Jane musste sich auf die Lippen beißen, um nicht laut zu lachen, als Dirk auf einem Bein herumzuhüpfen begann.

„Ich glaube, ich setze mich doch lieber", meinte er und durchquerte mit staksigen Schritten den Raum, wobei er weiter versuchte, die hingerissene Hündin abzuschütteln.

„Ich glaube, allmählich mag ich den Hund", murmelte Abel, während sie Dirk hinterherschauten.

„Sie kann ganz nützlich sein", räumte Jane ein und wandte sich wieder dem Toaster zu, um ihn mit weiteren Brotscheiben zu füttern.

„Wer möchte was?", rief Abel laut.

„Für mich nichts", wiederholte Luellen und korrigierte: „Nun ja, vielleicht eine Scheibe Toast, bitte. Und einen Streifen Schinken. Es riecht einfach zu gut, um widerstehen zu können."

„Für mich nur eine Scheibe Toast, Abel", säuselte Lydia.

Alle anderen wollten ein komplettes Frühstück, sodass Jane und Abel eine Weile von den Zudringlichkeiten der Ensecksis verschont blieben und dem Gespräch in ihrem Rücken zuhören konnten. Gran bekundete ihr Beileid zum Tod von Dirks Assistent. Dirk behauptete, sehr betroffen zu sein. Er hatte keine Ahnung, wo er eine Hilfe finden sollte, die so ergeben war wie Josh.

Was für ein Mann! dachte Jane.

Anschließend drehte sich das Gespräch um das Thema Sonora, deshalb konzentrierte Jane sich ganz auf ihre Toastproduktion. Es war keine schwierige Aufgabe, sodass sie zwischendurch fast einschlief und nur aufschreckte, wenn der Toast heraussprang.

„Hier ist alles fertig. Wie sieht's mit dem Toast aus, Jane?", fragte Abel und riss die Augen auf, als er die beiden Brottürme sah. Jane hatte einfach keine Lust auf Dirks Zudringlichkeit gehabt und deshalb immer weiter Brotscheiben getoastet, bis fast zwei Packungen verbraucht waren. Abel schien zu verstehen, und obwohl er lachte, lag in seinen Augen Mitgefühl. „Sieht aus, als würde das reichen", sagte er.

Jane grummelte nur, nahm die beiden Teller und trug sie zum Tisch. Dann kehrte sie zu Abel zurück, um ihm dabei zu helfen, die Frühstückswünsche der anderen auf die verschiedenen Teller zu verteilen.

„Oh, das sieht wunderbar aus." Lydia hielt den Blick auf Dirks Teller gerichtet und nicht auf die Scheibe Toast, die sie sich genommen hatte. Dreist nahm sie sich eins seiner Spiegeleier und die Hälfte seines Schinkens.

„Lydia", protestierte Dirk.

„Also, ich muss doch einmal sehen, ob ... Oh!" Sie biss von dem Schinken ab und stöhnte genüsslich. „Oh, Abel. Ein Mann, der kochen kann. Du bist einfach perfekt!"

„Jedenfalls ist der Toast absolut perfekt", fügte Dirk hinzu und strahlte Jane an, als wäre das eine große Leistung. „Du wirst mal jemandem eine sehr gute Ehefrau sein."

Jane gelang es, die Augen nicht zu verdrehen, und sie setzte sich so weit wie möglich von ihm weg. Sie hatte nicht den geringsten Zweifel, dass er ihr mit seinen Worten zu verstehen geben wollte, dass er für eine langfristige Beziehung offen war. Wahrscheinlich sollte so ein Spruch ihre Augen zum Leuchten bringen, ihr den Boden unter den Füßen wegreißen und sie direkt in sein Bett purzeln lassen.

Während des Essens wurde weiter über Sonora geplaudert. Jane erwähnte, dass sie nichts dagegen hätte, sich in der Gegend ein bisschen umzusehen, wobei sie hoffte, damit eine gute Ausrede zu haben, falls man sie beim Spionieren ertappte.

„Es ist wirklich schön hier", bestätigte Dirk und lächelte sie an, um sie dann zu warnen: „Aber es gibt Berglöwen und Schlangen. Vor denen solltest du dich vorsehen."

„Zu welcher Sorte gehörst du?", fragte sie leise.

Luellen hatte mitgehört und lachte laut. Zögernd setzte Jane ein Lächeln auf, und etwas von ihrer Anspannung löste sich.

„Es ist ein herrlicher Tag", sagte sie, als alle mit dem Essen fertig waren. „Warum genießen wir unseren Kaffee nicht auf der Terrasse?"

„Das wäre schön." Gran nickte und fuhr voraus.

Jane sah zu, wie die ganze Gruppe durch die Terrassentür verschwand, und stellte erleichtert fest, dass Dirk viel zu sehr damit beschäftigt war, die noch immer sehr anhängliche Tinkle abzuwimmeln, als dass ihm ihr Fehlen aufgefallen wäre. Sie hatte nicht vor, nach draußen zu gehen, und wollte sich stattdessen das Geschirr vornehmen. Sie brauchte einfach ein paar Minuten für sich allein.

Sie spülte gerade das Geschirr unter dem Hahn ab, als Dirk wieder hereinspazierte – ohne Tinkle. Jane setzte geduldig ihre Arbeit fort, während er seine übliche Stellung einnahm und ihr dabei fast auf die Fersen trat. Am liebsten hätte sie ihn in die Wüste geschickt, aber sie musste freundlich bleiben, um diese Einladung in sein Haus zu erhalten, von der er und Lydia am Abend zuvor gesprochen hatten. Sie musste dort hinein, um Wanzen anzubringen. Und falls sie dabei aus Versehen in ein abgeschlossenes Zimmer stolpern sollte, in dem Edie eingesperrt war, könnte Y ihr wohl kaum vorwerfen, wenn sie die Freundin befreite, oder?

„Gestern Abend war ich ein wenig durcheinander", sagte Dirk leise und spielte mit ihrem Haar. „Ich denke, dass ich ein paar Sachen gesagt haben könnte, die unangebracht waren, und kann nur hoffen, dass ich dich nicht beleidigt habe."

Jane runzelte die Stirn. Natürlich war ihm ihre Gereiztheit nicht entgangen. Sie hatte es befürchtet. Jetzt musste sie ihn davon überzeugen, dass sie einfach kein Morgenmensch war und ihn noch immer anziehend fand. Wie anstrengend! Sie setzte ein Lächeln auf und zwang sich, sich an ihn zu lehnen.

„Nein. Du hast mich überhaupt nicht beleidigt, Dirk."

„Bist du sicher?"

Mist! Sie musste unbedingt an ihren schauspielerischen Fähigkeiten arbeiten. Er nahm ihr nicht ab, dass sie interessiert war. Sie versuchte es noch einmal mit Verströmen. Es schien nicht zu helfen. Selbst das Bild von Abel ohne Handtuch und Kater zeigte keine Wirkung. Jane nahm sich einen Augenblick Zeit, um sich an die heißeren Momente an diesem Morgen im Schlafzimmer zu erinnern, und als sich ein träges, sündiges Lächeln auf ihre Lippen legte, wusste sie, dass es funktioniert hatte. Schnell drehte sie sich zu Dirk um. „Oh ja. Ich bin mir sicher. Du warst aufrichtig. Und Aufrichtigkeit turnt mich richtig an."

Das reichte, um Dirk zu überzeugen. Er strahlte sie an. „Wirklich?"

Sie nickte. „Ich bin die Männer leid, die so tun, als wollten sie eine Beziehung, wenn sie in Wirklichkeit doch nur Sex wollen. Vor allem dann, wenn ich selbst nichts anderes will", log sie schlagfertig.

„Wirklich?"

Vielleicht ist das doch ein bisschen übertrieben, dachte sie. Der Mann wirkte regelrecht schockiert. Aber jetzt konnte sie schlecht zurückrudern. Sie lehnte sich an ihn, spielte mit seinem oberen Hemdknopf und fuhr fort: „Aber gewiss. Beziehungen nerven doch nur. Abgesehen davon gefällt mir mein Leben so, wie es ist. Wer braucht schon einen Mann, der alles nur durcheinanderwirbelt? Ich lasse ab und zu gern mal alle Hemmungen fallen und gönne mir ein bisschen heißen, sündigen Sex." Sie gab ihr Bestes, um auszusehen wie eine Frau, der man abnahm, dass sie in „sündigem Sex" badete. Und jetzt war sie dankbar, dass ihre Haare zerzaust waren. Jane war sich sicher, dadurch irgendwie sündiger auszusehen. Make-up hätte natürlich auch geholfen.

Der Gedanke verlor sich in einem Ächzen, als sie plötzlich gegen die Arbeitsfläche geschoben wurde. Dirk klebte an ihr wie ein feuchtes Hemd. Der Tresen hinter ihr drückte hart in ihren Rücken, und sie fühlte sich wie warmer weicher Käse, der an den Seiten eines Sandwichs herausquoll. Wie es aussah, war Dirk nicht der Meinung, dass Make-up nötig war.

Sie wusste nicht recht, ob sie darüber froh sein sollte oder nicht. Es war nur gut, dass sie sich nicht allzu sehr darum bemühen musste, sein Interesse an ihr wachzuhalten, denn sie hatte keine Ahnung, ob sie dazu fähig gewesen wäre, ihn zu verführen. Ständig hörte sie seine Stimme im Kopf, die sie „Dummchen" nannte, und dann diesen Satz: „Alle Frauen wollen meinen Knochen."

„Nicht hier", sagte sie, als er anfing, an ihrem Hals zu knabbern. „Denk an die anderen."

„Doch, hier. Jetzt. Ich will dich." Anscheinend reizte ihn die Vorstellung, sich dabei erwischen zu lassen. Sie hätte es wissen sollen.

„Oh, Entschuldigung! Ich wollte nur mal nachschauen, ob noch Kaffee da ist."

Erleichtert atmete Jane auf, als Daniel in die Küche kam. Er lächelte sie strahlend an und schien Dirks finstere Miene nicht zu bemerken. Wie es aussah, mochte Dirk zwar den Gedanken daran, überrascht zu werden, aber keinesfalls, wenn es ihn bei seinen Verführungskünsten störte. Zu schade, dachte Jane grimmig und machte sich wieder daran, das Geschirr abzuspülen.

Daniel ging zur Kaffeekanne und schien in Plauderstimmung zu sein. Er stand da, nippte an seinem Kaffee und ignorierte Dirks Gewitterblicke, während er über Gott und die Welt redete. Dirk ertrug es schweigend, bis Tinkle wieder in die Küche getrottet kam und sogleich auf sein Bein zusteuerte. Erst dann murmelte er, dass er nach draußen gehen würde, umkreiste einmal die Respective Kücheninsel in dem Versuch, den verliebten Yorkie zu verwirren und abzuschütteln, und eilte schließlich zurück auf die Terrasse. Der Hund folgte ihm dicht auf den Fersen.

„Ich kann nicht glauben, dass sie mich angepinkelt hat, aber ihn zu mögen scheint", sagte Daniel angewidert, während er dem ungleichen Paar hinterherschaute.

„Glauben Sie mir. Sie pinkelt nur anständige Menschen an. Wenn sie jemanden mag, ist das für mich ein sicherer Hinweis, dass ich mich vorsehen muss. Doch wenn sie jemanden anpinkelt, kann ich mich schon fast darauf verlassen, dass derjenige in Ordnung ist."

„Echt?" Seine Miene hellte sich auf.

„Echt." Jane wandte sich wieder dem Spülbecken mit den letzten schmutzigen Tellern zu.

„Ich hoffe, dass ich die Zeichen richtig verstanden habe und Sie gerettet werden wollten." Daniel kam etwas näher, um so leise sprechen zu können, dass ihn außer Jane niemand hörte.

„Oh ja. Ich bin froh, dass er weg ist. Er nervt."

„Nun ja, der Kerl scheint sich tatsächlich schwer an sie ranzumachen. Aber ich kann es ihm kaum verdenken." Er strich ihr leicht mit dem Finger über den Arm. „Sie sind eine sehr attraktive Frau."

Jane seufzte ungeduldig und drehte sich zu ihm um. „Das liegt an dem Parfüm."

Daniel blinzelte. „Wie bitte?"

„Sie fühlen sich nicht wirklich von mir angezogen, Daniel. Sie baggern mich an, weil Sie das Wahrheitsserum-Parfüm riechen. Es enthält zu viele Pheromone", erklärte sie. Etwas leiser fügte sie hinzu: „Ich muss dringend mal duschen."

Daniel prustete vor Lachen und zügelte seine Heiterkeit erst, als Jane ihm einen wenig amüsierten Blick zuwarf. Als er merkte, wie gereizt sie war, räusperte er sich und sagte: „Nein, das liegt nicht an dem Parfüm. Das sind Sie."

„Ja klar." Sie schnaubte verächtlich und wandte sich wieder dem Spülbecken zu. „In den letzten vierundzwanzig Stunden haben sich vier Männer herangemacht. So viele Männer haben sich in den letzten beiden Jahren nicht für mich interessiert."

„Sie arbeiten normalerweise nicht als Agentin im Außendienst, richtig?", fragte er grinsend.

„Nein. Ich arbeite in der Entwicklung. Ich erfinde Waffen und Ähnliches", räumte sie ein.

„Wie das Parfüm."

„Ja." Sie sah ihn mürrisch an. „Aber warum sagen Sie, dass ich normalerweise nicht im Außendienst arbeite? Ist das so offensichtlich?"

„Nein, erst als Sie sagten, es läge an dem Parfüm, dass die Männer sich so von Ihnen angezogen fühlen. Als Agentin im Außendienst wären Sie daran gewöhnt und wüssten, dass es nicht wegen des Duftes ist."

„Es ist nicht ..."

„Ich schätze, Sie stecken bei Ihrer Arbeit bis über beide Ohren in technischen Spielereien, irgendwo in einem stickigen kleinen Kellerloch."

Sie war empört. „Ich arbeite nicht im Keller. Und falls Sie damit sagen wollen, dass ich nie einen Mann zu sehen bekomme, muss ich Sie enttäuschen: Es gibt auch dort welche."

„Die ebenfalls bis über die Ohren in technischen Spielereien stecken und die Frauen um sie herum genauso wenig wahrnehmen wie Sie die Männer."

„Ich …" Jane brach ab. Okay, dann war sie eben manchmal ein wenig in ihre Arbeit versunken. „Na und?"

„Also liegt es nicht am Parfüm", sagte er freundlich. Resigniert fügte er hinzu: „Zwischen Ihnen und Abel läuft doch was, nicht wahr?"

Jane sah ihm in die Augen.

Daniel nickte, als hätte sie seine Frage beantwortet. „Das dachte ich mir. Nun, er ist ein glücklicher Mann."

Aus dem Augenwinkel heraus bemerkte Jane eine Bewegung, und als sie sich zur Seite drehte, sah sie Lydia in der Tür stehen.

„Gibt es noch Tee?", fragte diese.

„In der Kanne auf dem Tisch." Jane beobachtete die Blondine und fragte sich, wie viel sie gehört hatte. Das Glockenspiel an der Haustür lenkte Jane allerdings von dieser Sorge ab, und seufzend trocknete sie sich die Hände ab. Anscheinend hatte die ganze Nachbarschaft beschlossen, sie heute zu besuchen.

„Guten Morgen, Jane." Officer Alkars wich ihrem Blick aus, als sie die Tür öffnete. Offenbar war es ihm peinlich, dass er in der vergangenen Nacht seine Zunge so wenig unter Kontrolle gehabt hatte.

„Guten Morgen, Officer Alkars."

„Colin", korrigierte er, sah auf die Papiere in seiner Hand und hielt sie ihr dann hin. „Ich habe Ihre Aussage von gestern Nacht abgetippt und wollte sie Ihnen zum Unterschreiben bringen, damit Sie nicht extra aufs Revier kommen müssen."

„Oh. Das ist sehr nett von Ihnen." Jane trat zur Seite, ließ ihn eintreten und schloss die Tür hinter ihm. Dann folgte sie ihm in die Küche. Lydia ging gerade wieder durch die Terrassentür nach draußen.

„Ist Ihnen inzwischen noch etwas eingefallen?", fragte Colin.

Entschuldigend schüttelte Jane den Kopf. „Ich glaube auch nicht, dass es noch etwas gibt, was mir einfallen könnte. Ich wünschte, es wäre anders, aber ..." Sie zuckte mit den Schultern.

„Wenn ich Sie richtig verstehe, haben Sie den Fahrer des Wagens also nicht gefunden?"

„Nein. Es ist mir zwar gelungen, noch zwei weitere Paare von der Liste zu streichen, dafür konnte ich aber eine unbestimmte Anzahl von Menschen hinzufügen."

„Wie das?"

„Das Tor stand letzte Nacht offen. Es hatte sich irgendwie verklemmt."

„Verklemmt?" Jane fragte sich, ob Luellen und Daniel dafür gesorgt hatten oder ob es einfach nur ein glücklicher Zufall gewesen war.

„Ja." Colin schien sich weniger darüber zu freuen. „Es hätte mir auffallen müssen, als der Rettungswagen nicht klingeln musste, um hereinzukommen. Das ist schon öfter vorgekommen. Vielleicht ein halbes Dutzend Mal. Trotzdem ist es verdammt ärgerlich, dass es ausgerechnet letzte Nacht passiert ist. Meine Leute gehen gerade von Tür zu Tür, um die Bewohner deswegen zu befragen. Ich hoffe, auf diese Weise herauszufinden, ob das Tor schon vor dem Unfall offen stand oder erst danach."

„Oh."

Von draußen waren Stimmen zu hören, und der Sheriff blickte zur Terrassentür. „Sie haben Besuch?"

„Ja. Die Braunsteins und die Ensecksis sind zum Frühstück hier aufgetaucht."

„Tatsächlich? Ich würde gern mit ihnen reden. Darf ich?" Er wies zur Tür, und Jane nickte. Etwas anderes war kaum möglich, also folgte sie ihm auf die Terrasse.

Es dauerte eine Weile, bis Colin alle begrüßt hatte, dann sagte Gran: „Es ist ganz furchtbar, was dem armen Mr Parker zugestoßen ist. Haben Sie schon einen Hinweis, wer ihn angefahren haben könnte?"

„Nicht wirklich. Wie es aussieht, hatte das Tor letzte Nacht einen Kurzschluss und stand eine ganze Weile lang offen. Das macht die Ermittlungen ziemlich schwierig."

„Dann waren es vielleicht nur ein paar Kids, die eine Spritztour gemacht haben", bemerkte Dirk.

„Möglich wär's. Nur, dass sie gewusst haben, welches das Haus der Goodinovs ist." Er sah zu, wie Dirk versuchte, Tinkle mit einem Fuß von sich zu schieben, und lächelte. „Ihnen ist wohl kein Grund bekannt, weshalb jemand Ihrem Assistenten hätte schaden wollen, oder?"

Dirk erstarrte. „Ich dachte, es wäre ein Unfall. Mit Fahrerflucht. Wollen Sie damit sagen, dass dem nicht so ist?"

„Ich will gar nichts sagen. Ich sammle lediglich alle Fakten", antwortete der Polizist höflich. „Wahrscheinlich war es ein Unfall. Die Straße macht hier eine Kurve. Vielleicht hatte der Fahrer Parker nicht gesehen, bis es auch schon zu spät war." Achselzuckend wandte er sich an Daniel und Luellen. „Mr und Mrs Braunstein, können Sie mir sagen, was geschehen ist, nachdem Sie gestern die Party verlassen haben?"

Erschrocken blickte Jane zu dem Paar hinüber, das jedoch völlig entspannt wirkte. Schließlich hatten die beiden auch keinen Grund, sich Sorgen zu machen, nahm Jane an. Selbst wenn Officer Alkars hinter ihr Geheimnis käme, würden sie wohl kaum Schwierigkeiten bekommen, weil sie ihren Job erledigt hatten. Parkers Tod war die unglückliche Folge davon, dass er versucht hatte, sich seiner Verhaftung zu entziehen.

„Wir sind nach Hause gefahren und ins Bett gegangen", log Luellen. „Der Umzug und die Party … es war ein langer Tag."

Colin, der mit dieser Antwort gerechnet zu haben schien, nickte und wandte sich an Jane. „Ich werde mich noch ein paar Minuten zwischen Ihren Bäumen umsehen."

Jane nickte.

„Wir sollten uns verabschieden." Daniel nahm Luellens Arm und half ihr von ihrem Stuhl.

„Ich denke, das sollten wir auch tun." Lydia erhob sich und

ging in Richtung Haustür. Alle folgten ihr, aber dann blieb die Blondine in der Küche stehen, womit sie die anderen zwang, ebenfalls innezuhalten. „Abel, habt du und Jane heute schon etwas vor? Wenn nicht, könnten Dirk und ich euch ein bisschen herumführen …" Sie brach ab, als es an der Tür klopfte, und alle blickten neugierig dorthin.

„Entschuldigung." Jane wand sich durch die Besucher, um aufzumachen. Diesmal stand Melanie Johnson auf der Schwelle, einen Teller mit Brownies in der Hand.

„Guten Morgen", grüßte die Frau mit einem strahlenden Lächeln, das Jane sofort erwiderte.

„Guten Morgen. Treten Sie ein." Sie gab den Weg frei, und Melanie ging ins Haus, wo sie am Eingang zur Küche stehen blieb, offensichtlich überrascht, eine solche Menschenmenge dort anzutreffen.

„Oh! Sieht aus, als wären alle schneller gewesen als ich." Die Autorin lachte und wandte sich wieder an Jane. „Hier. Die sind für Sie. Nur eine Kleinigkeit, um Sie in der Nachbarschaft willkommen zu heißen."

„Oh, danke." Lächelnd nahm Jane die Brownies entgegen. Sie erinnerte sich an ihre guten Manieren und fragte: „Kann ich Ihnen einen Kaffee anbieten?"

„Oh, nein danke. Brian und ich gehen gleich auf den Flohmarkt. Ich wollte nur kurz vorbeischauen, um zu fragen, ob Sie nicht mitkommen wollen."

„Ein Flohmarkt?", fragte Jane interessiert.

„Ja. Er findet jedes Wochenende statt. Ich dachte, es würde Ihnen vielleicht Spaß machen, dort herumzustöbern und nach Schnäppchen zu suchen. Aber ich nehme an, Sie müssen sich um Ihren Besuch kümmern."

„Oh. Der wollte gerade gehen. Deshalb stehen wir auch alle in der Küche herum. Aber ein Flohmarktbesuch klingt …" Janes Begeisterung erlosch, denn plötzlich wurde ihr bewusst, dass sie nicht hier war, um Spaß zu haben. Sie würde eine Ausrede finden müssen. „Ich würde ja gerne mitkommen, aber Gran …"

Was sollte mit Gran sein? Es gab keinen Grund, weshalb sie Maggie Spyrus nicht über einen Flohmarkt schieben könnte. Abel kam ihr zur Rettung. „Gran hatte eben erwähnt, dass sie nach der Reise und der Party gestern Abend ziemlich müde ist. Sie möchte einen ruhigen Tag zu Hause verbringen."

Gute Ausrede, dachte Jane. Abel war jedoch noch nicht fertig.

„Aber es ist in Ordnung, Jane. Geh du nur, und amüsiere dich mit Melanie. Ich kümmere mich um Gran." Während er redete, schweifte sein Blick zu Dirk und Lydia, und Jane wusste, dass er in Wirklichkeit den Bildschirm im Auge behalten wollte. Was richtig süß von ihm war, aber dafür war sie verantwortlich. Ohnehin würde sie viel zu viele Schuldgefühle haben, um den Markt wirklich genießen zu können.

„Warum kommt Ihre Großmutter nicht einfach mit?", fragte Lydia. „Wir könnten alle gehen. Ich wollte auch gerade den Flohmarkt vorschlagen, doch dann hat Melanie auch schon angeklopft."

„Das hört sich wunderbar an", verkündete Gran, die von der Terrasse hereingefahren kam. Offenbar hatte sie alles mitgehört.

Jane runzelte die Stirn. Wenn Lydia und Dirk zum Flohmarkt fuhren, dann sollte wirklich jemand von ihnen mitfahren. Aber auch das Haus musste bewacht werden. Leider hatte Jane ihrer Gran noch nicht gesagt, dass Robert Ensecksi inzwischen vermutlich eingetroffen war. Bevor sie sich noch eine Ausrede einfallen lassen konnte, war Lydia schon an der Haustür.

„Prima. Wird bestimmt Spaß machen. Dirk und ich holen jetzt seinen Wagen. Dann können wir in einem Autokorso fahren. Komm mit, Dirk." Lydia drängte ihren Bruder nach draußen. Jane sah den beiden hinterher. Irgendetwas am Gesichtsausdruck der Blondine gefiel ihr nicht.

„Es wäre doch dumm, mit so vielen Autos zu fahren. Ich weiß, ihr braucht den Van, um Maggies Rollstuhl zu transportieren", sagte Melanie zu Jane und wandte sich dann an Luellen: „Aber warum fährst du mit Daniel nicht bei uns mit?"

Luellen lächelte. „Das wäre großartig."

„Dann kommt gleich mit. Wir wohnen nur zwei Häuser weiter. Wir sehen uns in ein paar Minuten, Jane."

Sowie sich die Tür hinter dem letzten der unerwarteten Gäste geschlossen hatte, sagte Jane: „Wir müssen uns eine Entschuldigung einfallen lassen, weshalb ich nicht mitkommen kann."

„Was? Warum denn nicht?", fragte Gran verblüfft.

„Weil jemand hierbleiben muss, der sich die Aufnahmen von heute Morgen anschaut und am Nachmittag das Haus bewacht."

„Aber Lydia und Dirk werden nicht da sein."

„Möglicherweise aber ihr Vater", erklärte Jane und erzählte rasch, was sie gestern Abend von dem Gespräch zwischen Dirk und Parker aufgeschnappt hatte und danach von dem Gespräch zwischen Lydia und Dirk. Abels Gesicht war anzusehen, dass er sich nur noch teilweise daran erinnern konnte, aber der Knockout-Lippenstift entschuldigte ihn. Kaum war Jane mit ihren Ausführungen fertig, als es schon wieder an der Tür schellte.

„Das ging ja schnell", sagte sie verzweifelt.

„Sag ihnen einfach, dass ich doch zu müde bin und du bei mir bleibst", schlug Gran vor. „Abel kann mitfahren und …"

„Abel bleibt hier", fiel Abel ihr ins Wort. „Jane war fast die ganze Nacht lang wach und hat die Überwachungsgeräte kontrolliert. Ich werde bleiben und die Ensecksis heute im Auge behalten. Jane hat sich eine Pause verdient."

„Du bist so ein guter Junge, Abel", sagte Gran.

Jane war überrascht, wie viel Zuneigung in der Stimme ihrer Großmutter lag. Doch schließlich mochte sie ihn selbst immer mehr.

Sie ging zur Tür und öffnete. Es war weder Melanie noch Luellen. Verunsichert musterte Jane die Frau, die eine weiße Bluse und eine weiße Hose trug. Offensichtlich kam sie nicht aus Sonora. „Ja, bitte?"

„Sie sind viel hübscher als auf dem Foto, Jane." Lächelnd reichte die Frau ihr die Hand. „Ich bin Nancy. Ihre neue Krankenschwester. Y schickt mich."

17. KAPITEL

„Schließen Sie die Tür ab."

Jane merkte, wie sie sich beim Befehlston der Frau versteifte, die an ihr vorbei ins Haus schritt. Nancy schien zu glauben, dass jetzt sie das Ruder in der Hand hielt. Das Problem war, dass das tatsächlich möglich sein könnte. Jane verschloss die Tür und folgte ihr in die Küche.

„Gran, Abel, das ist …"

Jane brach ab, als Nancy eine Hand hob und ihr bedeutete zu schweigen. Sie zückte einen Gegenstand, der aussah wie ein Feuerzeug, aber Jane wusste, dass es ein RF-Detektor war, mit dem man überprüfen konnte, ob irgendwo Wanzen versteckt waren. Die Frau drehte sich langsam im Kreis herum und steckte das Gerät anschließend wieder ein. Dann holte sie aus ihrer Handtasche mehrere kleine Geräuschgeneratoren, von denen sie einen auf die Arbeitsfläche stellte, einen auf den Geschirrschrank und einen auf den Tisch. Falls jemand versuchen sollte, sie abzuhören, würde er nun feststellen müssen, dass das sehr viel schwerer geworden war. Sie nickte Jane zu und sagte: „Gut. Alles sauber. Sprechen Sie."

„Okay." Jane wies auf Gran und versuchte erneut, alle einander vorzustellen. „Das ist meine Großmutter, Ma…"

„Maggie Spyrus", ergänzte Nancy trocken. „Und das ist Abel Andretti. Ich habe die Akte gelesen, Jane. Sie können sich die Höflichkeiten sparen. Ich will wissen, was hier los ist. Wie heiß ist die Situation?"

Für einen Augenblick war Jane wie vor den Kopf geschlagen von der ungehobelten Art der Frau, dann tat sie ihr Bestes, um die Ereignisse der letzten Tage kurz und knapp zu erklären.

Nancy wirkte völlig unbeeindruckt. Mit bewegungsloser Miene hörte sie zu, schien kurz nachzudenken und sagte dann: „Ich möchte, dass Sie und Abel zum Markt gehen. Maggie wird zu meiner Tarnung hierbleiben, während ich das Haus mithilfe der Überwachungsgeräte beobachte und feststelle, was der alte Kerl vorhat."

Besorgt blickte Jane zu ihrer Großmutter. Sie traute dieser Nancy zu, dass sie Gran, die der angebliche Grund für ihre Anwesenheit war, völlig vergessen würde, wenn sie erst auf der anderen Seite des Hauses war.

„Ich werde mich um sie kümmern", versprach Nancy, als könnte sie Janes Gedanken lesen.

„Sie ist kein Pflegefall", erwiderte Jane etwas steif. „Sie ist weitgehend unabhängig und braucht nur Hilfe ... bei ein paar Dingen."

„Ich wollte nicht unterstellen, dass sie hilflos ist", sagte Nancy kühl. „Ich würde niemals den Fehler begehen, das zu glauben. Selbst in einem Rollstuhl kann sie mich wahrscheinlich locker in die Tasche stecken. Maggie Spyrus hat mich ausgebildet."

„Ja, das ist richtig", bestätigte Gran in einem neutralen Tonfall. Dann lächelte sie Jane an. „Ich komme zurecht. Ihr zwei solltet euch beeilen."

Jane entspannte sich etwas, aber nicht ganz. „Was hat B.L.I.S.S. vor?", fragte sie noch.

„Sie werden alles erfahren, was Sie wissen müssen, aber diese Information gehört nicht dazu."

Jane zuckte zusammen, und plötzlich taten ihr Luellen und Daniel leid.

„Liebes, kannst du mir bitte mal mein Handy holen?", fragte Gran zuckersüß. „Ich glaube, ich habe es in meinem Zimmer vergessen. Dort habe ich Ys Privatnummer gespeichert. Sie wird uns sagen ..."

„Also gut", gab Nancy mit finsterem Blick nach. „Ich habe den Auftrag, zu überprüfen, ob Robert Ensecksi sich tatsächlich auf dem Anwesen befindet. Außerdem soll ich den Satelliten lokalisieren, den sie einsetzen wollen, und herausfinden, wie viel Sicherheitspersonal sie haben und wie weit sie mit ihren Plänen sind. Anschließend wird B.L.I.S.S. entscheiden, ob sie jemanden einschleusen oder einen Angriff starten wollen", verkündete sie und fügte dann noch hinzu: „Ich bin jetzt die leitende Agentin. Sie dienen jetzt nur noch zur Tarnung. Also gehen Sie, und behalten Sie die jüngeren Ensecksis im Auge."

Jane öffnete den Mund, um eine bissige Bemerkung zu machen, aber Abel hielt sie am Arm zurück und zog sie in Richtung Garage. „Lass uns gehen."

„Zur Tarnung?", fauchte sie, als sie in den Van stiegen. „Wir waren zuerst hier."

„Ich weiß." Abel hielt ihr seine Hand hin. „Die Schlüssel, bitte."

Jane gab sie ihm, wobei sie erst jetzt merkte, dass sie irgendwie auf dem Beifahrersitz gelandet war. Abel saß am Steuer, aber es war ihr egal. Sie war so sauer, dass es vermutlich ohnehin besser war, wenn nicht sie fuhr. „Ich kann sie nicht ausstehen. Sie ist eine arrogante Hexe."

„Ich mag sie auch nicht. Aber nicht nur, weil sie uns degradiert hat." Abel startete den Motor. „Als sie ihre Ziele auflistete, hat sie meine Schwester nicht einmal erwähnt. Verstehst du?"

„Ja." Jane biss sich auf die Lippen. Solange sie in dieser Sache die Leitung gehabt hatte, war ihr in jeder Minute bewusst gewesen, dass Edies Leben auf dem Spiel stand. Nancy schien das nicht zu interessieren. Was zählte schon ein Einzelner, wenn es um die Weltherrschaft ging?

„Es ist okay. Wir sind noch immer im Spiel, auch wenn es vielleicht nicht so aussieht", sagte Abel grimmig und fuhr aus der Garage. Am Ende der Zufahrt warteten bereits zwei Fahrzeuge auf der Straße. Lydia und Dirk saßen in einem kleinen roten Sportwagen. Der zweite Wagen war ein schwarzer Jeep, in dem die Johnsons mit Daniel und Luellen Platz genommen hatten.

Jane schwieg, während Abel aus der Einfahrt fuhr und sich hinter den Jeep setzte, dann sagte sie: „Etwas von dem, was sie gesagt hat, macht mir Sorgen."

„Was denn?"

„Sie sagte, dass sie herausfinden soll, wie viele Sicherheitsleute die Ensecksis haben. Daran hatte ich nicht einmal gedacht. Ich meine, auf den Aufnahmen ist niemand zu hören oder zu sehen und …"

„Wir haben die Kameras und Mikrofone erst gestern installiert, Jane. Heute könnte sich da mehr tun", gab er zu bedenken.

„Ja, aber ..." Sie legte wieder eine Pause ein, um ihre Gedanken zu ordnen. „Gestern Nacht habe ich die Kameras eine ganze Weile lang beobachtet. Da war nichts. Das Haus der Ensecksis war dunkel und still, wenn man von Dirks Schnarchen einmal absieht."

„Er schnarcht?" Es schien Abel zu freuen, dass der Mann doch nicht so perfekt war.

„Ja." Jane lächelte und fuhr fort: „Es war langweilig, deshalb beschloss ich, mir mal die Mikrofonaufzeichnungen anzuhören. Du weißt schon, aus der Zeit, als wir oben auf dem Hügel waren und es den Unfall gab."

Neugierig sah er sie an. „Hast du etwas Auffälliges gefunden?"

Jane nickte. „Lydia und Dirk haben sich unterhalten. Lydia sagte, dass sie zu ihrem Vater gehen wollte, um mit ihm zu reden. Dirk wollte mitkommen, aber sie war dagegen, weil es ihrem Vater nicht gefallen würde, in welchem Zustand Dirk sich befand. Sie schlug vor, dass er sich lieber auf der Couch ausruhen sollte und sie anschließend zurückkommen würde, um ihm alles zu erzählen. Dirk war einverstanden. Ich hörte ein Klicken, dann ihre Schritte. Es folgte ein Rascheln, das wahrscheinlich von Dirk stammte, der sich hinlegte. Dann war da eine Art Rauschen zu hören, und schließlich war alles still, bis Dirk anfing zu schnarchen."

„War es ein richtig lautes, nerviges Schnarchen?", fragte Abel mit Schadenfreude.

Jane musste lachen und fühlte sich gleich etwas besser. Sie wusste, dass er das beabsichtigt hatte, damit sie sich nicht mehr so sehr über Nancys rücksichtsloses Verhalten ärgerte. Es funktionierte. „Ja, es war ein lautes Schnarchen. Aber die Sache ist die, dass auf den Kameraaufnahmen in dieser Zeit das Licht im Wohnzimmer ausgeht."

„Wahrscheinlich wird Lydia das Licht ausgeschaltet haben, damit ihr Bruder schlafen konnte", meinte Abel, jetzt wieder ernst.

„Das dachte ich anfangs auch, aber im ganzen Haus ging anschließend nirgendwo sonst ein Licht an. Ich habe die Bilder der Kamera auf dem Hügel überprüft und die anderen auch. Das Haus war vollkommen dunkel."

„Hm." Abel dachte nach. „Vielleicht hat der Vater schon geschlafen, und Lydia ist dann auch ins Bett gegangen."

„Vielleicht. Aber hätte sie dann nicht in ihrem Schlafzimmer Licht gemacht? Es wurde aber nirgendwo mehr Licht eingeschaltet", wiederholte sie. „Erst wieder eine Stunde später."

„Eine Stunde später?" Abel nahm die Augen von der Straße und warf ihr einen erstaunten Blick zu. Sie nickte.

„Das Haus war dunkel, und mehr als eine Stunde lang war Dirks Schnarchen das einzige Geräusch, das zu hören war. Dann war da wieder dieses Rauschen. Ich konnte Lydias Absätze auf einem harten Fußboden hören, dann ein leiser werdendes Rascheln, als sie in ihr Schlafzimmer ging. Die Kameras zeigten, wie bei ihr dann ein paar Minuten lang Licht brannte, lange genug, um sich fürs Bett fertig zu machen. Nachdem das Licht gelöscht war, blieb das Haus für den Rest der Nacht völlig still, abgesehen von Dirks Schnarchen. Nun ja, jedenfalls so lange, bis ich eingeschlafen bin."

„Hm."

Für eine kurze Weile schwiegen sie beide und überlegten. Schließlich sagte Jane: „Dieses Rauschen hat mich an etwas erinnert."

„An was?"

„Ich bin mir nicht sicher." Nachdenklich biss sie sich auf die Lippe. „Vielleicht an eine pneumatische Tür."

„Eine pneumatische Tür? Du meinst diese Türen, die sich so zischend öffnen und wieder schließen?"

„Das ist es! Es war ein Zischen, kein Rauschen. Es klang genau wie eine dieser Türen im Supermarkt." Sie nickte. „Das könnte es sein. Diese Dunkelheit und Stille im Haus, während sie vermutlich mit ihrem Vater redete, schien irgendwie nicht zu passen. Aber was ist, wenn es dort eine Art Keller gibt?"

„Einen Keller? Ich weiß nicht. Das Haus der Goodinovs hat jedenfalls keinen. Es ist direkt auf den Felsen gebaut und den geologischen Gegebenheiten angepasst. Deshalb liegen die Garage und die Einfahrt auch ebenerdig, während das übrige Haus darüber auf den Hügel gesetzt wurde. Ich nehme an, dass es beim Haus der Ensecksis ganz ähnlich ist."

„Nun, vielleicht steht ihr Haus über einer Höhle. Das würde auch Dirks Bemerkung erklären, als er sagte, sein Vater sei *im Berg*."

Abel schüttelte den Kopf. „Ich weiß nicht, Jane. Ich meine, wenn der Senior im Keller war, hätte Dirk das doch einfach sagen können."

„Ja. Vielleicht. Aber falls es ein Kellergeschoss geben sollte, das von Fels umschlossen ist, könnten sich dort auch die übrigen Sicherheitsleute der Ensecksis aufhalten … und Edie. Der Fels würde sie von allen Seiten abschirmen. Sie müssten nur noch die Decke isolieren, um zu verhindern, dass Signale nach außen dringen und sie abgehört werden können."

„Du glaubst, Edie könnte dort unten sein?"

„Ich halte es für möglich und denke, dass das auch erklären würde, warum Lydia letzte Nacht die Sirenen von Polizei und Ambulanz nicht gehört hat und nicht herausgekommen ist, um nach dem Rechten zu schauen. Colin hat sie erzählt, sie hätte geschlafen, aber wir wissen, dass sie zu dieser Zeit mit ihrem Vater gesprochen hat. Warum haben die beiden nicht auf die Sirenen reagiert?"

Nun nickte Abel nachdenklich. „Was glaubst du, wer könnte sich noch alles da unten aufhalten? Ich meine, du scheinst dir ziemlich sicher zu sein, dass es dort noch andere Leute gibt."

„Nun, Dirk und Lydia scheinen nicht gerade die Cleversten zu sein. Was ihre Intelligenz angeht, sind sie ziemlich durchschnittlich. Vielleicht sind sie gute Geschäftsleute, aber sie scheinen mir nicht zu denen zu gehören, die in der Lage sind, eine Technologie zu entwickeln, die eine ganze Stadt dazu bringt, dass die Frauen gelbe Kleider und die Männer Hawaiihemden tragen.

Es muss dort Techniker geben, ein oder zwei Wissenschaftler, Assistenten und auch einen Sicherheitsdienst." Jane zuckte mit den Schultern.

„Das müsste dann allerdings ein großer Keller sein. Und diese Leute würden doch sicherlich hin und wieder mal herauskommen. Ich meine, Edie mögen sie ja dort festhalten können, aber wenn die Leute für die Ensecksis arbeiten …" Einen Augenblick später fragte er: „Und warum sollten sie sich überhaupt im Keller aufhalten? Sie würden doch sicher dort sein wollen, wo der Satellit steht."

„Ja, natürlich. Du hast recht", sagte Jane entmutigt. Der Wagen vor ihnen fuhr langsamer. Sie hatten den Flohmarkt erreicht.

Sie schwiegen beide, während Abel parkte. Grimmig lächelnd drehte er sich anschließend zu ihr. „Noch mehr Spaß mit den Ensecksis. Wir hätten unterwegs anhalten und uns Hockeypolster besorgen sollen, um sie unter unseren Klamotten zu tragen."

Jane lachte. „Ja, ein Schutz vor Dirks Zudringlichkeiten wäre schön. Aber ich bezweifle, dass hier in Sonora viel Hockeyausrüstung zu haben ist."

Nicht weit entfernt von ihnen stiegen Dirk und Lydia aus ihrem Wagen. Abel folgte Janes Blick zu dem roten Fahrzeug. „Ich frage mich, wie er das Auto hierherbekommen hat. Ich meine, wenn er doch zusammen mit Josh und Edie in dem Leichenwagen gefahren ist", sagte er.

„Hm. Vielleicht lässt er den Wagen gewöhnlich hier und nimmt das Flugzeug nach Kanada."

„Könnte sein."

Sie stiegen aus und gingen zu den Geschwistern, während die Johnsons sowie Luellen und Daniel aus dem Jeep kletterten und sich zu ihnen gesellten.

„Alle bereit für Sonoras Einkaufsvergnügen?", fragte Brian gut gelaunt, als die Gruppe beisammen war.

„Alle bereit", bestätigte Jane lächelnd.

„Du wirst doch deine Großmutter nicht im Van lassen wollen, während wir hier herumlaufen?", fragte Lydia lachend und rührte sich nicht von der Stelle, obwohl die anderen schon auf die Buden und Tische zugingen, die überall auf den „Mother Load Fairgrounds" aufgebaut waren.

„Oh." Jane schüttelte den Kopf. „Sie ist nicht im Van. Sie ist zu Hause geblieben."

„Was? Aber sie wollte doch mitkommen. Sie hatte gesagt, dass sie mitkommt." Lydia schien über die Nachricht wenig erfreut.

Jane hätte Lydias Unmut ja noch verstanden, wenn Abel ebenfalls im Haus geblieben wäre, aber so überraschte ihre Reaktion sie dann doch ein wenig. „Die Krankenschwester, die sich um sie kümmern soll, ist endlich eingetroffen, und Gran war wirklich sehr müde. Sie hatte sich nur bereit erklärt mitzukommen, damit Abel und ich gehen können."

Es war definitiv ein beunruhigter Blick, den Lydia und Dirk miteinander tauschten. Aber dann setzte Dirk wie auf Knopfdruck ein sexy Grinsen auf, nahm Janes Arm und führte sie Richtung Markt. „Nun, dann darf ich wohl annehmen, dass ich dich nicht mit ihr teilen muss."

„Nein. Jetzt bin ich frei und kann deine Aufmerksamkeit ungestört genießen", bestätigte Jane. Fast hätte sie sich dabei geschüttelt.

„Und unsere", verkündete Luellen, womit sie die beiden überraschte.

„Heute ist ein Tag der Spiele." Daniel ging zu Abel und klopfte ihm auf den Rücken, sodass Lydia sich nicht an seine Seite heften konnte. „Was sagst du zu den Sharks, hm? Was für ein Team!"

Fast hätte Jane gelacht, als sie Lydias irritierte Miene sah.

Der Flohmarkt machte Spaß, aber ohne Dirk und Lydia hätte er Jane noch mehr Vergnügen gemacht. Lydia meckerte die ganze Zeit an allem herum, was sie sah, während ihr Bruder Jane ganz furchtbar auf die Pelle rückte. Sie schien keinen Schritt gehen zu können, ohne mit Dirk zusammenzustoßen, und konnte ihm auch nicht sagen, dass er Abstand halten sollte. Sie musste die

Zähne zusammenbeißen und fröhlich lächeln. Manchmal nervte es ganz schön, eine Agentin zu sein.

Die beiden anderen Paare waren allerdings fantastisch. Sie versuchten, ihr ein wenig den Rücken freizuhalten, weshalb Jane sich schon fragte, ob man ihr ihre Ungeduld und Gereiztheit vielleicht doch anmerken konnte. Aus ihr würde vermutlich niemals eine gute Pokerspielerin werden, und Dirks Aufdringlichkeit war nun einmal penetrant. Der Mann hatte einfach keinen Begriff davon, was es hieß, persönliche Grenzen zu akzeptieren. In Verbindung mit seinem guten Aussehen hatte das Jane noch am Tag zuvor ziemlich aus dem Konzept gebracht. Sie nahm an, dass er sich auf diese Weise immer seine Frauen angelte. Er überrollte sie wie eine Dampfwalze und hatte sie im Bett, bevor sie wussten, wie ihnen geschah.

Abel ging es nicht viel besser. Er hatte mit Lydia alle Hände voll zu tun. Ständig befingerte sie ihn und lehnte sich an ihn. Offenbar konnte er besser damit umgehen als Jane, dennoch wirkte er etwas mitgenommen, als es Zeit fürs Mittagessen wurde und sie sich alle in die historische Innenstadt von Sonora aufmachten. Sie parkten in einer öffentlichen Garage, die sie gemeinsam verließen.

Jane blieb einen Augenblick stehen und wünschte, sie hätte eine Kamera dabei. Am Ende der Straße stand eine kleine rote Kirche, die mit ihrem einzelnen Turm und den weißen Zierleisten so hübsch aussah, dass die junge Frau einfach lächeln musste.

„Sie ist wunderschön, nicht wahr?", sagte Luellen. „Und sieh mal das Gebäude da drüben."

Jane blickte in die Richtung, in die Luellen wies, und sah sich einem Haus gegenüber, das vor hundert Jahren die Bar oder das Bordell im Ort gewesen sein mochte. Es sah aus, als stammte es direkt aus einem John-Wayne-Western.

Luellen seufzte. „Wenn ich diesen Einsatz hinter mir habe, muss ich unbedingt noch einmal als einfache Touristin zurückkommen."

Als der Agentin die sehnsüchtige Bemerkung entschlüpfte, sah Jane sich erschrocken um, aber die anderen waren längst weitergegangen und außer Hörweite. Selbst Dirk hatte sich verabschiedet. Anscheinend reichte die Aussicht auf ein Essen, um ihn von Janes Reizen abzulenken. Juhu, Essen! dachte sie gut gelaunt.

Als spürte er Janes Abwesenheit, drehte Abel sich zu ihnen um und rief: „Vorwärts, ihr beiden. Die Sightseeingtour kommt später dran. Ein Mann braucht sein Essen."

Die drei Paare fanden ein kleines Restaurant namens El Jardin, wo sie draußen in einem schattigen Hof saßen, der zwischen dem Restaurant und dem Nachbarhaus lag. Dort lauschten sie dem friedlichen Blubbern eines kleinen Springbrunnens, während sie durch ein schmiedeeisernes Tor die Leute auf der Straße beobachten konnten. Jane kannte sich mit mexikanischem Essen nicht besonders gut aus und blickte unsicher in die Speisekarte. Am Ende bestellte sie auf Empfehlung von Melanie eine Fiesta Tostada und verzichtete auf die Fisch-Tacos, die Melanies Mann vorgeschlagen hatte. Als das Essen serviert wurde, sah es fast zu hübsch aus, um es einfach zu verspeisen, aber auch zu lecker, um es nicht zu tun.

Janes Gericht war köstlich und der größte Teil der Tischgesellschaft sehr angenehm. Nur Dirk schaffte es, die reinste Nervensäge zu sein. Bei dem Gedanken an das Mittagessen hatte Jane sich erleichtert gefühlt, weil sie glaubte, dass sich Dirk im Restaurant nicht ständig an sie drücken könnte. Aber da hatte sie sich geirrt. Zwar konnte er sich nicht mit auf ihren Stuhl setzen, aber er hatte seinen direkt neben sie gerückt und ließ sie während der gesamten Mahlzeit nicht in Ruhe. Damit verdarb er ihr, was ansonsten ein vollkommenes Mittagessen gewesen wäre.

Als sie das El Jardin verließen, bestand Melanie darauf, dass Luellen und Jane mit ihr in eine Boutique gingen, die sich Banyan Tree nannte. Zuerst war Jane nicht allzu begeistert, denn sie rechnete damit, dort reihenweise gelbe Kleider vorzufinden. Und die gab es dann auch tatsächlich. In allen denkbaren Schattierungen. Von hellgelb wie Melanies Kleid bis hin zu einem richtig dunklen

Goldton. Aber es gab dort auch Kleider in anderen Farben, und Jane, die sich auf dem Hin- und Rückweg zum El Jardin mehrere Schaufenster angesehen hatte, hatte das Gefühl, dass dieser Laden die letzte Bastion gegen das gelbe Modefieber war. Außerdem trafen die angebotenen Sachen genau ihren Geschmack. Jane fand gleich mehrere Sachen, die ihr gefielen.

Sie wäre absolut glücklich und zufrieden hinausgegangen, wenn Luellen sie nicht zu einem Regal gezogen und gefragt hätte: „Ist das nicht fantastisch?"

Zu ihrem großen Entsetzen war das Kleid, das die FBI-Agentin ihr zeigte, in einem scheußlichen Gelbton. Jane hatte die größte Sorge, dass Luellen allmählich unter den Einfluss des Gedankenkontrollsatelliten in Sonora geriet. Und noch erschreckender war, dass auch ihr selbst nicht mehr alle gelben Kleider, denen sie auf Schritt und Tritt begegnete, so schrecklich vorkamen. Sie fingen an, ihr hell und freundlich zu erscheinen. Und das konnte kein gutes Zeichen sein.

Es war erst früher Nachmittag, als die Gesellschaft sich trennte. Aber Jane war erschöpft. In der Nacht zuvor hatte sie nicht viel Schlaf gefunden, und sie freute sich darauf, sich hinzulegen und ein Nickerchen zu machen. Ihre Müdigkeit wurde allerdings von einem Adrenalinstoß vertrieben, als sie in die Einfahrt der Goodinovs einbogen und feststellen mussten, dass dort überall Einsatzfahrzeuge parkten. Ein Rettungswagen setzte sich gerade in Bewegung, aber zurück blieben der Wagen des County-Coroners und drei Polizeifahrzeuge.

„Gran!" Jane war schon aus dem Wagen gesprungen, bevor Abel ihn ganz zum Stehen gebracht hatte. In vollem Lauf hechtete sie die Treppe hinauf und wäre beinahe wieder hinuntergefallen, als sie oben mit Officer Alkars zusammenstieß. Zum Glück hielt Colin sie an den Armen fest, bis sie wieder sicher auf den Füßen stand.

„Gran!", keuchte sie.

„Alles in Ordnung", sagte Colin bestimmt und hielt sie noch immer fest. „Ihrer Großmutter geht es gut."

„Aber ..." Jane wies auf die Ansammlung von Fahrzeugen in der Einfahrt.

„Es ist eingebrochen worden", erklärte er, als Abel gerade zu ihnen kam.

„Eingebrochen?", rief sie. „Ich dachte, hier gäbe es keine Kriminalität."

„Nun, ein paar Delikte gibt es schon", erwiderte er und klang beinahe beleidigt. „Nicht viele. Und ganz bestimmt keine zwei Todesfälle innerhalb von zwei Tagen. Wenigstens nicht, bevor Sie hierhergezogen sind."

„Was soll das denn heißen?", fragte Abel aufgebracht.

„Wer ist tot?", fragte Jane, die Colins Vorwurf nicht interessierte. Sie wusste längst, dass er misstrauisch war. „Ist es die Krankenschwester?"

„Nein. Ihr geht es gut. Sie ist zwar etwas mitgenommen, aber es ist ihr nichts passiert. Der Einbrecher ist tot."

Erleichtert stieß Jane die Luft aus.

„Jemand ist eingebrochen und dabei ums Leben gekommen?"

Als Jane einen Blick über die Schulter warf, entdeckte sie Dirk und Lydia Ensecksi hinter sich auf den Stufen. Offenbar wollten die beiden herausfinden, was es mit den Polizeifahrzeugen auf sich hatte. Auch die Johnsons hatten angehalten, und sie und ihre beiden Mitfahrer kamen nun gleichfalls die Stufen herauf.

„Wie ist es passiert?", fragte Lydia. Sie klang nicht erfreut, und plötzlich erinnerte sich Jane wieder an den Gesichtsausdruck der Blondine, als sie gehört hatte, dass Gran zu Hause geblieben war. Instinktiv wusste Jane, dass dieser angebliche Einbrecher ein Handlanger der Ensecksis gewesen war.

„Ms Ellison hat mit ihm auf der Terrasse gekämpft. Der Mann ist von ihr heruntergefallen und hat sich den Hals gebrochen", antwortete Colin.

„Ms Ellison?", fragte Dirk.

Jane war froh, dass er ihr zuvorgekommen war, und Colin erklärte: „Nancy Ellison. Maggie ... Ms Goodinovs Krankenschwester."

Nancy hatte ihren Familiennamen nicht genannt, ob es nun ihr echter war oder nicht. Sie hat es nicht einmal für nötig gehalten, sich ordentlich vorzustellen, dachte Jane sauer. Zum Glück war alles noch mal gut gegangen. Es hätte ganz schön dumm ausgesehen, wenn Abel oder sie gefragt hätten, wer Ms Ellison eigentlich war.

„Wer war dieser Mann? Kam er hier aus der Gegend?", fragte Lydia schon fast zu beiläufig.

„Er hatte keinen Ausweis bei sich. Wir werden seine Fingerabdrücke überprüfen."

„Ich sehe mal lieber nach Gran." Jane überließ es Abel, sich um ihre Nachbarn zu kümmern, und ging ins Haus.

Dort fand sie Gran und Nancy in dem großen Raum, wo die als Krankenschwester verkleidete Spionin auf der Couch in ein Kleenex heulte, während Gran ihr beruhigend auf den Rücken klopfte. Für einen Moment blieb Jane einfach dort stehen und starrte die beiden nur staunend und gleichzeitig voller Entsetzen an, bis Maggie Spyrus sie entdeckte.

„Ist Officer Alkars fort?"

„Ja", antwortete Abel, der hinter Jane hereingekommen war. „Erst hat er alle anderen weggeschickt, dann ist er selbst gefahren."

Prompt brach Nancys Schluchzen ab, und seufzend setzte sie sich zurück. „Gott sei Dank. Ich dachte schon, er würde überhaupt nicht mehr gehen. Dann sind die Ensecksis jetzt auch wieder zu Hause?"

„J-ja", stammelte Jane, noch völlig verwirrt von der plötzlichen Verwandlung der Frau.

Nancy nickte und stand auf. „Dann will ich mich mal lieber an die Monitore setzen. Die beiden könnten etwas Wichtiges sagen."

Mit großen Augen sah Jane ihr hinterher und fragte dann: „Was ist passiert?"

Ihre Großmutter erklärte es ihnen: Nancy hatte auf dem Monitor einen Mann neben dem Haus der Ensecksis gesehen. Die

Kameras zeigten dann, wie er durch die Bäume den Berg heraufkam. Kurz darauf konnten die Kameras ihn nicht mehr erfassen, und Nancy war aufgestanden, um aus dem Fenster zu schauen, als er auch schon geradewegs auf die Schlafzimmertür zukam, wo sie stand. Die Tür war nicht abgeschlossen. Er öffnete sie, ging hinein und bekam den Schreck seines Lebens, als ihm Nancy gegenübertrat. Sie hatte eine Waffe direkt auf ihn gerichtet, doch er versuchte zu fliehen. Um Informationen von ihm zu erhalten, jagte Nancy ihm nach. Die beiden kämpften miteinander, und der Mann brach sich den Hals, als Nancy einen Kampfsporttritt anwandte, der ihn gegen das Geländer schleuderte, das die Terrasse umschloss. Unter der Belastung hatte es nachgegeben, und er war etwa sechs Meter tief zu Boden gestürzt. Den Fall hätte er problemlos überleben können, wäre er nicht mit dem Kopf zuerst auf einem der Felsbrocken aufgeschlagen, die überall auf dem Abhang herumlagen. Er hatte sich den Hals gebrochen und war sofort tot gewesen. Nancy war noch zu ihm nach unten gehastet, um nach ihm zu schauen, dann hatte sie die Polizei gerufen.

Und sich offenbar die Augen aus dem Kopf geheult, um Colin davon zu überzeugen, dass sie über die Ereignisse des Tages völlig entsetzt war, wie Jane erkannte. „Jetzt weiß ich auch, warum Lydia und Dirk so bestürzt waren, weil du nicht mit uns gekommen bist. Sie waren besorgt", bemerkte sie erschöpft.

„Hm." Gran machte ein finsteres Gesicht. „Ich wüsste gerne, was sie misstrauisch gemacht hat. Ich dachte, wir hätten an alles gedacht."

Jane schwieg einen Moment, dann berichtete sie von der Situation an diesem Morgen, als sie sich mit Daniel in der Küche unterhalten hatte und Lydia hereingekommen war. Wohl wissend, dass sie rot wurde, vermied sie es, Abel anzuschauen und gab nur das Ende der kurzen Unterhaltung wieder.

„Das wird es wahrscheinlich sein", bestätigte Gran. „Es war dumm von Daniel, so etwas zu sagen, während die Ensecksis hier waren. Du hättest ihn davon abhalten sollen, Janie."

„Ja", bestätigte sie geknickt.

„Und? Stimmt es?"

Verständnislos hob Jane den Kopf. „Stimmt was?"

„Läuft da was zwischen dir und Abel?"

„Ja", gestand Jane. Es hätte wohl kaum Sinn gemacht zu lügen. Unter dem Einfluss des Wahrheitsserums hatte sie Abel ohnehin längst gesagt, wie sie über ihn dachte. Was sie allerdings nicht daran hinderte, nun ein flammend rotes Gesicht zu bekommen. Sie räusperte sich und stand auf. „Ich bin ziemlich müde und denke, ich werde mich bis zum Abendessen etwas hinlegen."

Auch Abel hatte nicht vor, sich von Gran ins Kreuzverhör nehmen zu lassen, und erhob sich. „Ich bin ein Weilchen bei Nancy. Wahrscheinlich wird sie mal eine Pause brauchen."

Jane ging in das Zimmer, das sie schon am Tag zuvor benutzt hatte. Wieder hatte sie nicht daran gedacht, sich etwas zum Anziehen aus der Master-Suite zu holen, deshalb schlief sie einfach in ihrem Slip. Sie schlief tief und fest, und als sie aufwachte, war es draußen bereits dunkel. Sie hatte nicht damit gerechnet, so lange durchzuschlafen, denn sie war davon ausgegangen, dass man sie zum Abendessen wecken würde. Noch mehr überraschte es sie, dass sie nicht allein war. Mr Tibbs hatte sich auf ihrer Brust zusammengerollt und schnurrte selig. Aber auch Abel war bei ihr. Hellwach saß er auf dem Bettrand, und auf seinem Gesicht lag ein weiches Lächeln.

Jane wusste nicht, was sie davon halten sollte, als er sie ohne Vorankündigung fragte: „Vertraust du mir?"

18. KAPITEL

Vertraute sie ihm? Während Jane in sich hineinhorchte, sah sie Abel Andretti an. Die Antwort war einfach. Er war Edies Bruder, der Mann, der gezögert hatte, mit ihr zu schlafen, weil er das Gefühl hatte, dass sie mehr verdiente als eine Affäre. Er war der Mann, der sie eine Lust hatte erleben lassen, die sie so noch nicht gekannt hatte. Vertraute sie ihm?

„Das heute Morgen wäre nicht passiert, wenn ich dir nicht vertrauen würde", antwortete sie ernst.

Ihre Worte schienen ihn zu freuen. „Und willst du immer noch mit mir schlafen?"

Jane lachte. „Ich glaube, nach der Katastrophe beim ersten Versuch wäre die passendere Frage doch wohl, ob du noch immer mit mir schlafen willst?"

Abel schüttelte den Kopf. „Das ist nicht die Frage. Willst du noch immer mit mir schlafen?"

„Ja, aber ..." Als er sie küssen wollte, legte sie eine Hand auf seinen Oberkörper und hielt ihn zurück. „Nicht hier. Gran könnte uns hören." Wenn sie nur daran dachte, wurde sie schon rot vor Verlegenheit. Aber Abel lächelte nur und gab ihr einen Kuss. Es war kein leidenschaftlicher Kuss, nur eine warme, sanfte Berührung der Lippen. Gleich darauf stand er wieder auf.

„Diese Sachen sind für dich." Er hob eine Tasche vom Boden auf und stellte sie aufs Bett. „Trage und verwende keine von deinen Geheimwaffen. Zieh nur das hier an. In einer halben Stunde treffen wir uns am Van."

Sowie er aus dem Zimmer war, setzte Jane sich auf. Mr Tibbs maunzte empört, weil er so kurzerhand von ihrem Schoß geschubst wurde, und verzog sich, um sich ein ruhigeres Bett zu suchen. Jane nahm es kaum wahr. Sie warf einen Blick in die Tasche, die Abel zurückgelassen hatte. Darin befanden sich diverse Kosmetikartikel, alle brandneu und noch originalverpackt. Sie lagen auf einem roten Stoff. Jane schob die Päckchen beiseite und zog den Stoff aus der Tasche. Es war ein hautenges Kleid.

„Meine Güte", murmelte Jane und blickte erneut in die Tasche. Sie fand Unterwäsche und Schuhe, auch sie beeindruckend sexy. Kleidung? Make-up? Ihn am Van treffen? Er wollte sie irgendwohin ausführen. Und das in einer halben Stunde.

Sie schob Laken und Decken beiseite, sprang aus dem Bett und sprintete ins Badezimmer, um die Dusche anzustellen. Genauso schnell lief sie wieder zurück, um sich ihr Kleid und die Tasche zu schnappen.

„Fünf Minuten duschen, fünf Minuten anziehen. Dann habe ich noch zehn Minuten für die Haare und zehn fürs Make-up", murmelte sie, zog sich ihren Slip aus und trat unter den Wasserstrahl. Sie konnte es schaffen. Das hoffte sie wenigstens.

Schließlich hatte sie sogar noch eine Minute übrig, um die Treppe zur Garage hinunterzulaufen, wo Abel am Van lehnte und auf sie wartete. In seinem dunklen Anzug mit Krawatte sah er einfach umwerfend aus. Als er sie sah, verzog er die Lippen zu einem trägen, sexy Lächeln, richtete sich auf und öffnete die Beifahrertür eines niedrigen Sportwagens, der neben dem Van stand. „Der Wagen steht bereit, schöne Frau."

„Woher hast du den?", fragte Jane und rutschte auf den Beifahrersitz.

„Den habe ich mir von Dan geborgt, denn ich wollte nicht den Van nehmen. Sonst würde deine Gran hier festsitzen", erklärte er und schloss die Tür.

Jane sah ihm zu, wie er um den Wagen herumging, und ihre Lippen umspielte ein Lächeln. Abel war so rücksichtsvoll, und seine Stimme klang voller Zuneigung, als er von ihrer Großmutter sprach. Jane freute sich darüber, obwohl ihre Gran den Van gar nicht selbst fahren konnte.

„Also", fragte sie, als er sich hinters Steuer klemmte, „wohin fahren wir?"

„Lass dich überraschen", sagte er nur und startete den Motor.

Sie schwiegen, als er rückwärts aus der Einfahrt und dann die Straße hinunterfuhr. Aber nachdem sie das Tor der Wohnanlage passiert hatten, nahm Abel eine Hand vom Steuer und griff nach ihrer. „Nun, hast du gut geschlafen?"

„Ja, danke. Und lange. Ich kann gar nicht glauben, dass ihr mich nicht geweckt habt."

„Mein Wahnsinn hat Methode."

„Ach was?", fragte sie amüsiert. „Und wie sieht diese Methode aus?"

Er schien sich die Antwort einen Augenblick lang zu überlegen. „Nun, nachdem du ins Bett gegangen warst, habe ich Nancy am Bildschirm abgelöst."

„Hat sich etwas ergeben?"

Als er merkte, wie sie sich anspannte, drückte Abel ihre Hand. „Nein. Und wir werden heute Abend nicht über die Ensecksis reden. Ich brauche mal eine Pause von ihnen. Nancy kümmert sich um alles, und heute Abend geht es nur um uns beide. Einverstanden?"

Jane nickte. „Einverstanden. Aber ich muss schon sagen, dass es nett von dir war, sie heute Nachmittag abzulösen."

„Glaub mir, das war keine Nettigkeit. Das war reiner Egoismus."

„Oh?"

„Sie hat geschlafen, während ich die Überwachung übernommen habe. Genau wie du. Niemand wird sie heute Nacht ablösen müssen, und ich kann meine freie Zeit mit dir verbringen."

„Oh." Jane merkte, wie ihr ganz warm ums Herz wurde. Das war so süß von ihm.

Er zog seine Hand zurück, um abzubiegen. Dann reichte er sie ihr wieder. Lächelnd entspannte sich Jane, während er fortfuhr: „Ich hatte Nancy also abgelöst, und während ich dort saß und auf den Bildschirm starrte, auf dem sich nichts tat, habe ich das Zusammensein mit dir geplant. Ich habe bei den Braunsteins angerufen und Dan gefragt, ob er mir seinen Wagen borgt, und Luellen habe ich gebeten, mir ein paar Sachen aus der Drogerie zu besorgen."

„Das Make-up!" Jane lachte. „Und ich dachte schon, du wärst ein ganz besonders kluger Mann, der ganz allein genau die richtigen Produkte und Farbtöne für mich ausgesucht hat."

Luellen hatte alles besorgt, was sie eventuell brauchen würde: Shampoo, Cremespülung, Haarspray, Lippenstift, Kompaktpuder, Lidschatten, Eyeliner und Parfüm. Abel hatte einfach sicherstellen wollen, dass sie an diesem Abend nichts an sich hatte, was ihn umhauen oder sonst auf irgendeine Weise beeinträchtigen konnte. Sie schmunzelte. Als sie das Schild „Willkommen in Jamestown" sah, setzte sie sich überrascht auf. „Wir sind nicht mehr in Sonora!"

„Das stimmt. Aber wir sind nicht weit davon entfernt", beruhigte er sie. „Du hast gesehen, wie kurz die Fahrt war. Abgesehen davon kann ich dir in Sonora wohl kaum verträumt in die Augen blicken, solange wir angeblich Bruder und Schwester sind."

„Oh." Jane dachte an einen romantischen Blickaustausch von mindestens einer Stunde, und plötzlich wurde ihr klar, dass dies ein richtiges Date war. Ihr erstes Date mit Abel! Als sie sich daran erinnerte, was an diesem Morgen geschehen war, entschied sie, dass sie die Reihenfolge einfach ein wenig geändert hatten. Immerhin waren es auch außergewöhnliche Umstände.

„Da wären wir", verkündete Abel und fuhr jetzt langsamer.

Sie wusste nicht recht, was er damit meinte, denn Abel war nicht auf den Parkplatz eines Restaurants eingebogen, sondern setzte rückwärts in eine freie Parklücke auf der Straße. Dann stellte er den Motor ab, stieg aus und kam zur Beifahrerseite, um Jane schwungvoll die Tür zu öffnen.

„Madame?" Er hielt ihr die Hand hin und setzte dabei eine so herrlich hochnäsige Miene auf, dass Jane lachen musste.

Es war eine angenehm warme Nacht, sodass sie den kurzen Weg zu Fuß genießen konnten. In Jamestown bestanden die Bürgersteige aus Holz, und Jane musste aufpassen, dass sie sich auf den High Heels, die Abel für sie ausgesucht hatte, nicht das Genick brach. Als Abel sie plötzlich in die Richtung eines Gebäudes drehte, blieb sie stehen. Es war ein Lokal, das Willow

Steakhouse, ein entzückendes Haus im viktorianischen Stil mit Holzläden an den Fenstern und einem weißen Zaun, der auch zu einem Pfefferkuchenhaus gepasst hätte. Der Eingang war eine Doppeltür aus Holz und Glas an der Ecke, wo Vorder- und Seitenwand aufeinandertrafen. Bezaubernd!

Nach dem hölzernen Bürgersteig folgte im Restaurant ein Hartholzboden. Neugierig sah Jane sich um, während sie der Bedienung folgten. Das Licht war gedämpft, und auf allen Tischen standen Glaskugeln mit Kerzen, die ihren sanften Schein verbreiteten. Der Essbereich war recht klein und bestand aus individuellen Nischen mit Tischen, an denen insgesamt nicht mehr als dreißig Leute Platz fanden. Jane setzte sich und lächelte Abel an.

„Danke", sagte sie, nachdem die Bedienung ihnen die Speisekarten gereicht und sich diskret zurückgezogen hatte.

Abel wirkte unsicher. „Wofür?"

„Für die Einladung – unser erstes Date."

„Oh." Lächelnd griff er über den Tisch nach ihrer Hand, zog sie an seine Lippen und küsste sie. „Es ist mir ein Vergnügen."

Jane wurde rot und war froh, dass sie ihre Speisekarte hatte, um sich darauf zu konzentrieren. Es gab unter anderem Käsefondue, Salate und Suppen sowie verschiedene Vorspeisen. Jane bestellte Chicken Jerusalem. Wie sich herausstellte, war es ein köstliches Geflügelgericht mit Weißweinsoße und Artischocken. Abel entschied sich für gebratenes Lamm und war von seiner Wahl ebenfalls begeistert.

Für Jane hätte dieser Abend endlos dauern können, und doch schien er viel zu schnell vorüberzugehen. Schließlich bezahlte Abel die Rechnung und führte sie wieder zum Wagen.

Als sie losfuhren, seufzte Jane sehnsüchtig. Das Essen war eine erfreuliche Ablenkung in diesen aufreibenden Tagen gewesen. Und wie Abel versprochen hatte, hatten sie sogar ein paar sehnsuchtsvolle Blicke getauscht. Das Gespräch war amüsant und interessant gewesen, und nicht ein einziges Mal war dabei der Name Ensecksi gefallen. Abel hatte ihr witzige Geschichten aus seiner Anfangszeit in England erzählt, und sie hatte von ihrer Arbeit bei B.L.I.S.S. gesprochen. Über ihr Malheur mit Dick, den sie mit einem ihrer Raketenwerfer fast geköpft hätte, musste er schallend lachen.

Während Abel fuhr, ließ Jane den Abend noch einmal in Gedanken Revue passieren, sodass sie nicht darauf achtete, wohin es ging. Schließlich drosselte Abel die Geschwindigkeit.

„Wo sind wir?", fragte sie, als er anhielt.

Abel stellte den Motor ab und sah sie an. „Wir stehen vor dem Jamestown National Hotel. Ich möchte mit dir schlafen, Jane. Doch mir ist klar, dass das für dich nicht infrage kommt, solange deine Gran nebenan schläft. Und in die Master-Suite können wir auch nicht, weil Nancy sich dort aufhält. Deshalb habe ich hier ein Zimmer reserviert. Aber wenn du nicht willst …"

Jane verschloss ihm den Mund mit den Fingerspitzen. „Ich will", sagte sie nur, drehte sich um und stieg aus dem Wagen, ohne auf ihn zu warten.

Das National Hotel war ein zweistöckiges viktorianisches Gebäude, das direkt aus einem Western zu stammen schien. Rechteckig, weiß, mit einem Balkon, der ein Sonnendach über Bürgersteig und Eingang bildete, war es mit seinen Lichtern, die einladend in die Nacht strahlten, hübsch anzusehen.

Jane war allerdings nicht in der Stimmung, seinen altertümlichen Charme wirklich zu würdigen. In einer Mischung aus Begeisterung, Nervosität und Freude pochte ihr das Herz in der Brust. Anders als sie befürchtet hatte, war der Abend doch noch nicht vorbei. Es würde weitergehen. Sie würden miteinander schlafen. Und darauf freute sie sich und fürchtete sich zugleich. An diesem Morgen hatte Abel ihr große Lust bereitet. Doch dann war ihnen das kleine Malheur mit der Schrumpffolie passiert. Was, wenn auch diesmal irgendetwas dazwischenkam? Was, wenn *sie* es vermasselte?

Diese Fragen und noch vieles mehr gingen ihr durch den Kopf, während sie den Schlüssel zu dem reservierten Zimmer abholten und ins obere Stockwerk gingen.

Meine Güte, dachte Jane, als er die Tür aufschloss. Es war so viel leichter, wenn es einfach passierte. Sobald man Gelegenheit hatte, sich wegen Sex Sorgen zu machen und aufzuregen, tat man es auch. Sie kam sich vor wie eine Jungfrau vor dem ersten Mal. Dann sprang die Tür auf, Abel ließ sie eintreten, und ihre Aufmerksamkeit war einen Moment lang ganz auf die Einrichtung des Zimmers gerichtet. Ich bin in einer anderen Zeit gelandet, dachte sie mit Ehrfurcht. Ein hohes, dick gepolstertes Messingbett, antike Bilder an den Wänden, Steppdecken und Lampen verliehen dem Raum eine einladende Atmosphäre.

Champagner und abgedeckte silberne Schüsseln erwarteten sie auf dem kleinen Tisch am Fußende des Bettes.

„Ich dachte, den Nachtisch essen wir hier", meinte Abel und drehte sich zu ihr um, nachdem er die Tür geschlossen hatte.

„Oh." Hingerissen lächelte sie ihn an. Abgesehen davon, dass es süß und romantisch war, erlaubte sein Arrangement es ihnen auch, sich ganz zu entspannen. Sie konnten Champagner trinken und von den Desserts naschen … und Liebe machen, wenn sie bereit dafür waren. Und nachdem sie keinen Druck mehr verspürte, war Jane sofort in Stimmung dafür.

Sie ging zurück zu der Tür, wo er stand, schlang die Arme um seinen Nacken, schmiegte sich an ihn und zog seinen Kopf nach unten, um Abel zu küssen. Mit einem dumpfen Geräusch fiel die Tasche, die er aus dem Auto mitgenommen hatte, zu Boden. Er fasste sie an der Taille, um Jane noch an enger an sich zu pressen, und er erwiderte ihren Kuss mit einer wilden Leidenschaft.

„Dessert", flüsterte er schwer atmend, als er sich nach einem kurzen Moment von ihr löste. „Willst du nicht …?"

„Ich will dich." Gierig knabberte sie an seinem Kinn.

Stöhnend beugte Abel sich hinunter, damit er erneut ihre Lippen schmecken konnte. Er ließ die Hände über ihren Körper wandern. Schließlich glitt er mit den Fingern zu den Druckknöpfen. Jane hatte geglaubt, dass er sich für dieses Kleid entschieden hatte, weil es kurz, eng und sexy war, aber jetzt sah sie, dass es auch noch einen weiteren Vorteil hatte. Mit einem einzigen Ruck sprangen die Knöpfe auf, und Abel konnte sich dem Vorderverschluss ihres BHs zuwenden. Binnen Sekunden gab es auf ihrer Seite keinen Stoff mehr, der sie trennte.

Jane stöhnte dicht an Abels Mund und klammerte sich an seine Schultern, während seine Hände forschend über ihre nackte Haut fuhren. Währenddessen schienen ihre Beine sie nicht mehr tragen zu wollen. Doch Abel hatte das Problem erkannt, denn er drehte sich mit ihr um und drückte sie gegen die Wand, wobei er mit einer Hand ihren Po umfasste und sie noch fester an sich zog. Sobald sie spürte, wie groß und hart er war – ein Beweis, dass er sich von dem Debakel am Morgen erholt haben musste –, hatte Jane den unbändigen Wunsch, ihn zu berühren. Allerdings wollte sie erst Abel von seinen Klamotten befreien, also schob sie seine Hände weg, unterbrach den Kuss und knöpfte seine Anzugsjacke auf.

Abel war zunächst so überrascht, dass er nicht wusste, was er von ihrem Verhalten halten sollte. Als er jedoch merkte, wie Jane ihm das Jackett von den Schultern streifte, verstand er und half ihr. Das Jackett fiel zu Boden, und in Windeseile folgten auch sein Hemd und die Krawatte. Schon drückte Jane die Lippen auf seinen Brustkorb. Seufzend vor Lust strich sie mit den Fingern über die feste Haut. „Ich liebe deinen Oberkörper."

Abel lachte leise. „Und ich liebe deinen."

Jane schloss die Augen, während er sie streichelte, und ließ ihre Hand nach unten wandern, wo sie mit den Fingerspitzen am Bund seiner Hose entlangfuhr. Sie spürte, wie er die Bauchmuskeln anspannte, und lächelte. Dann hob sie die Lider und begann, seine Hose zu öffnen. Abels Hände bewegten sich nicht mehr, und seine Augen schienen zu glühen. Es gelang ihr, mit den Fingern unter den Stoff seiner Hose zu gleiten, bevor Abel wieder ihre Lippen eroberte. Als sie seine Erektion berührte, stöhnte er und drang mit der Zunge in ihren Mund.

Sie spürte, wie seine Finger über ihre Hüfte streiften, und seufzte tief, da er zu ihrer Mitte wanderte und gegen ihr Seidenhöschen drückte, das er für sie ausgesucht hatte.

Jane spreizte die Oberschenkel, damit er sie besser verwöhnen konnte, und war enttäuscht, als er die Hand wieder zurückzog. Gleichzeitig ließ er seinen Mund nach unten über ihr Kinn, ihren Hals bis zu einer Brust gleiten, wo er kurz innehielt, um sich dann vor sie zu knien. Er befreite sie nun ganz aus ihrem Kleid, hauchte einen Kuss auf ihren Bauch und strich mit der Zunge am Rand ihres Slips entlang. Er hob die Hände und schob ihr Höschen nach unten.

Jane zitterte, sowie es auf dem Boden landete, und als sie aus ihm heraustrat, stellte sie überrascht fest, dass sie noch immer ihre High Heels und die Seidenstrümpfe trug, die auch ohne Strapse an ihrem Platz blieben.

Abel stand auf. „Lass uns ins Bett gehen", murmelte er und gab ihr einen Kuss.

Auch Jane küsste ihn, während sie die Finger zwischen sich und ihn wandern ließ und bemerkte, dass er immer noch hart war. Sie umschloss seine Männlichkeit fest. Abel warf den Kopf zurück, holte keuchend Luft und stützte sich mit einer Hand an der Wand neben ihrem Kopf ab.

„Jane", murmelte er. „Genau das habe ich mir den ganzen Nachmittag über vorgestellt, während du geschlafen hast. Ich glaube nicht …"

Seine Worte erstarben in einem weiteren Stöhnen, als sie mit den Fingern über seine gesamte Länge strich. Dann erst schien er zu begreifen, dass sie keineswegs die Absicht hatte, damit wieder aufzuhören, also begann er erneut, sie zu küssen und zu liebkosen. Er trat ein wenig zur Seite und senkte den Kopf, damit er eine der steifen Brustwarzen in den Mund nehmen konnte. Danach glitt er mit der Hand zwischen ihre Schenkel, wo ihn feuchte Hitze erwartete.

Er richtete sich auf. „Jane, du fühlst dich so gut an. Ich will …"

„Ich auch", murmelte sie und reckte sich seinen Fingern entgegen. „Jetzt."

„Gott sei Dank", stieß er aus, entzog sich ihrer Liebkosung und bückte sich, um die Tasche aufzuheben und gleichzeitig Jane auf die Arme zu nehmen. Janes erschreckter Aufschrei blieb ihr in der Kehle stecken, da er ihr einen Kuss auf die Wange drückte und sie zum Bett trug.

Sie krallte die Hände in seine Haare und genoss Abels Zärtlichkeit, und schon spürte sie das Bett unter sich. Abel wollte von ihr abrücken, doch sie folgte seiner Bewegung und kniete sich aufs Bett, damit sie ihn weiterhin spürte. Selbst wenn sie es gewollt hätte, sie hätte es nicht gekonnt; an diesem Punkt brauchte sie seine Berührung so dringend wie Sauerstoff. Sie wollte seine Hände auf ihrem Körper fühlen, seine Zunge in ihrem Mund, sein ...

Seine Erektion streifte ihr Bein, und sie stöhnte. Das war es, was sie wollte. Sie wollte, was sie am Morgen verpasst hatten. Die Lust, die er in ihr geweckt hatte, war erstaunlich gewesen, dennoch hatte sie das brennende Verlangen gehabt, dass er sie erfüllte. Und daran hatte sich nichts geändert.

„Abel, bitte." Ihr Flehen geriet zu einem Keuchen, da er erneut die Finger zu ihrer pulsierenden Mitte wandern ließ. Sie rieb sich an ihm und genoss die erregenden Gefühle, die er ihr schenkte. Dann wurde sie von einem Rascheln abgelenkt. Sowie sie den Kopf drehte, sah sie die Tasche, die er neben sie aufs Bett gestellt hatte. Mit einer Hand kramte Abel darin herum, wobei er fortfuhr, sie mit der anderen Hand zu streicheln. Schließlich gab er ein triumphierendes Brummen von sich und holte eine Packung Kondome hervor. Verblüfft schaute sie ihn an, allerdings zuckte er nur lächelnd mit den Schultern.

„Luellen?", fragte sie entsetzt.

„Nein", versicherte er ihr schnell. „Die habe ich selbst besorgt."

„Oh, Gott sei Dank." Sie senkte die Lider und ließ sich wieder aufs Bett zurückfallen. Wie demütigend es gewesen wäre, wenn Luellen Kondome für ...

Abel räusperte sich, und Jane riss die Augen wieder auf. Er hatte seine Hose ausgezogen und verlagerte nun unbehaglich sein Gewicht auf dem Bettrand, offenbar unsicher, ob er weitermachen sollte oder die kurze Unterbrechung Jane die Stimmung verdorben hatte. Als ihr Blick auf seine beeindruckende Erektion fiel, richtete sie sich auf, rutschte zum Bettrand und nahm ihm das Kondom aus der Hand. Sie öffnete das Päckchen und blinzelte verwirrt. Der Latex war neonrosa. Erschrocken schaute sie ihn an, aber Abel grinste nur.

„Mir ist aufgefallen, dass dir diese Farbe gefällt", meinte er.

Jane musste lachen und ließ sich zurück auf die Matratze sinken.

Abel griff sich das Präservativ, rollte es sich über, schob ein Knie zwischen ihre Schenkel und ließ seine Hände ganz leicht hinaufgleiten. Jane zitterte und wurde ganz ernst. Sie wusste ohnehin nicht mehr, was sie eigentlich so witzig gefunden hatte. Vielleicht hatte sich ihre sexuelle Spannung damit ein wenig gelöst. Eine Spannung, die sie jetzt wieder in jeder Zelle ihres Körpers fühlte.

Sie rutschte auf dem Bett zurück, damit Abel Platz hatte, danach fasste sie ihn an den Armen und zog ihn über sich. Abel legte sich zwischen ihre Beine, ohne in sie einzudringen.

Jane blickte in sein Gesicht und dachte daran, wie gut er aussah und wie freundlich und humorvoll er war. Und eine andere Form der Wärme, die nichts mit ihrer Leidenschaft für ihn zu tun hatte, breitete sich in ihr aus. Lächelnd küsste sie ihn. Im selben Moment, als seine Zunge in ihren Mund eintauchte, stieß er auch in sie hinein, und schon drängte Jane sich ihm keuchend entgegen. Sie schlang die Beine um seine Hüften und ihre Arme um seine Schultern. Er schob sich tiefer in sie hinein, und sie versank in einem Strudel heißer Lust und wollte mehr. Abel gab ihr, was sie brauchte, bis sie beide ihre Erlösung herausschrien.

Jane konnte sich nicht daran erinnern, dass sie eingeschlafen war, aber so war es. Als sie aufwachte, zog Abel eine Steppdecke über sie beide und streichelte ihr zärtlich den Rücken.

„Mhmm", machte Jane, rieb sich an seinem Körper, legte den Kopf in den Nacken und lächelte ihn an. Er war hellwach und strahlte, sodass sie sich fragte, wie lange sie geschlafen hatte. Und wie lange er bereits wach war.

„Bereit für den Nachtisch?", fragte er.

Jane kicherte und drehte sich neben ihm auf den Rücken. „Du meinst, es gibt noch mehr?"

Sie schloss die Augen, spürte aber, wie Abel sich neben ihr bewegte. Dann rutschte die Decke herunter. Sie merkte, wie sich ihre Brustwarzen aufrichteten, sowie der Stoff darüberglitt. Kurz fuhr kühle Luft über ihre Spitzen, bevor Abel eine von ihnen mit den Lippen umschloss. Jane öffnete die Augen und blickte auf Abels Kopf. Ganz von selbst reckte und streckte sich ihr Körper als Antwort auf die zärtliche Berührung, während sich die Hitze in ihrem Bauch sammelte. Plötzlich richtete Abel sich auf, stieg aus dem Bett und ging nackt zu dem Tisch mit den abgedeckten Dessertschüsseln.

Jane seufzte, versuchte jedoch, das wilde Verlangen in ihrem Körper zu ignorieren. Abel hatte ihren Appetit geweckt, doch nicht auf Süßigkeiten.

„Oh, sieh mal. Ich habe um eine Auswahl gebeten, und sie haben sich tatsächlich daran gehalten. Kuchen, irgendein anderer Kuchen und noch ein Kuchen und noch einer. Und dann noch ein ... ähem ... irgendein gelber Kuchen."

Jane kicherte und stützte sich auf den Ellbogen, um sich das Tablett anzuschauen. „Was ist in dem Krug?"

„Schokoladensoße, glaube ich."

„Wahrscheinlich für den Kuchen", erklärte Jane, weil Abel so verwirrt wirkte.

„Möchtest du probieren?" Er goss etwas Soße über das Kuchenstück, teilte einen Bissen mit der Gabel ab und bot ihn ihr an.

Jane verzog zwar das Gesicht, als die Schokolade heruntertropfte und auf ihrem Busen landete, öffnete jedoch den Mund und ließ sich bereitwillig füttern. „Mhmm." Sie senkte die Lider, um den Geschmack zu genießen, hob sie allerdings schnell wieder, als Abel einen Moment später den Soßenklecks von ihrer

Haut leckte, wobei er ihrer Brustwarze ganz besondere Aufmerksamkeit widmete.

Jane überlief ein erregtes Zittern, und sie biss sich auf die Lippe, als sich Abel scheinbar völlig ungerührt wieder aufrichtete. Noch einmal teilte er ein Stückchen von dem Kuchen ab und hielt es ihr hin. Wieder fiel ein Tropfen Schokoladensoße auf ihren Busen, bevor sie den Leckerbissen in den Mund nehmen konnte, und wieder beugte Abel sich über sie, damit er das Malheur beseitigen konnte.

Jane konnte sich nur mit Mühe davon abhalten, den Rücken durchzudrücken und sich Abels Zunge entgegenzustrecken. Sie merkte, wie sie schneller und flacher atmete. Aber auch diesmal wirkte Abel völlig teilnahmslos, während er sich wieder dem Dessert zuwandte.

„Bist du jetzt nicht mal an der Reihe?", fragte Jane etwas atemlos, als er ihr einen weiteren Bissen reichen wollte.

„Ich?" Die Gabel neigte sich leicht, und diesmal landete das ganze Stück auf Janes Busen. „Ups. Du hast recht, das ist für mich."

Stöhnend ließ Jane sich aufs Bett zurückfallen. Der Kuchen war von ihrer Brust auf den Bauch gerutscht, und Abel leckte sorgfältig auch noch den letzten Krümel von ihr ab. Nachdem er damit fertig war, bebte sie am ganzen Körper.

„Mehr?", fragte er heiser.

Sie öffnete die Augen und stellte fest, dass er ihr eine weitere Gabel von dem himmlischen Kuchen anbot, aber sie schüttelte den Kopf. Das war es nicht, wonach sie hungerte.

„Dann werde ich mein Dessert wohl allein verspeisen müssen", erwiderte er achselzuckend.

Jane schloss die Augen wieder und dachte, dass es grausam von ihm war, sie so zu necken, da spürte sie in der nächsten Sekunde etwas Kaltes auf ihrer Haut.

„Was ist das?", stieß sie erschrocken hervor und setzte sich halb auf. Abel beträufelte sie mit der Schokolade aus dem Krug. Es war nicht viel, aber er zog eine Linie von einer Brust zur anderen und danach hinunter zu ihrem Bauchnabel.

„Mein Nachtisch", erklärte er sanft, stellt den Krug weg und drängte sie zurück auf die Matratze. „Kuchen ist was für Mädchen. Ich bevorzuge Jane *au chocolat*."

Er beugte sich über ihren Busen, hielt inne und schaute Jane ernst an. „Keine Sorge, ich werde alles aufessen."

Und das tat er. Erst konzentrierte er sich auf die eine Brust, anschließend folgte er der Schokoladenspur zur anderen. Dabei berührte er Jane nur mit seiner Zunge, was das Ganze nur umso erotischer machte und Jane vor Lust erbeben ließ.

Als er begann, der Spur über ihren Bauch zu folgen, geriet sie leicht außer Atem und krallte sich in die Laken. Der süße Pfad endete an ihrem Bauchnabel, aber Abel hielt nicht inne. Jane schrie und bäumte sich auf, sowie er den Kopf zwischen ihren Schenkeln vergrub. Kaum hatte er das Zentrum ihrer Weiblichkeit gefunden, überwältigte sie die Leidenschaft. Jeder Muskel in ihrem Körper war angespannt, als sie von einer Welle der Lust mitgerissen wurde und Erlösung fand.

19. KAPITEL

Abel lag nicht mehr im Bett, als Jane aufwachte. Entspannt drehte sie sich auf den Rücken und sah, wie er in einem Hotelbademantel am Fenster stand, eine Tasse Kaffee in der Hand. Offensichtlich hatte er geduscht, denn seine Haare waren feucht. Er trank nicht, sondern starrte nur reglos aus dem Fenster. Jane hatte den Verdacht, dass er dort draußen gar nichts sah, sondern sich um seine Schwester Sorgen machte.

Ihr magischer Moment außerhalb der wirklichen Welt war Vergangenheit, und sie hätte heulen können. Jane wollte nicht, dass es schon vorbei war. Sie wollte mehr, nur ein bisschen. Und das würde sie bekommen, entschied sie. Nackt schlüpfte sie aus den Laken und ging zu Abel. Er bemerkte es nicht einmal, bis sie ihm die Arme um die Taille schlang. Abel legte seine freie Hand auf ihre, während sie ihre Wange an den Frotteestoff seines Bademantels schmiegte und ihn drückte.

„Guten Morgen", sagte er.

Sie konnte seiner Stimme anhören, dass er in Gedanken noch nicht wieder bei ihr war. Das reichte ihr nicht. Sie ließ ihre Hände nach unten gleiten und schob eine unter seinen Bademantel, um ihn zu streicheln. Erst jetzt war sie sicher, dass sie seine volle Aufmerksamkeit hatte.

„Wir müssen zurück", protestierte er dann jedoch. Seine Stimme klang heiser.

„Bald", versicherte sie ihm. Es überraschte sie, dass sie selbst so atemlos war. Offenbar reichte es schon, seinen Schaft nur zu berühren und sich vorzustellen, was passieren würde, um sie zu erregen. Sie fuhr fort, ihn zärtlich zu massieren, bis er hart war. Dann nahm sie Abel mit der anderen Hand den Kaffee ab, an den er gar nicht mehr gedacht hatte, und führte ihn zum Bett zurück.

„Du hast etwas vergessen." Sie blieb neben dem Bett stehen, schob ihm den Bademantel von den Schultern und ließ ihre Brüste über seinen Oberkörper streifen.

„Was habe ich vergessen?", fragte er und versuchte, seine Hände auf ihre Brüste zu legen.

Jane wich ihm aus und stieß ihn rückwärts aufs Bett.

„Du hattest heute Nacht dein Dessert, aber ich nicht." Sie nahm den halb leeren Krug mit Schokoladensoße vom Nachttisch und lächelte.

„Meine Güte." Abels Augen weiteten sich, da sie ihn mit der Soße beträufelte.

Etwa zwei Stunden später stieg Lydia Ensecksi gerade die Stufen zur Haustür hinauf, als sie in die Einfahrt zur Goodinov-Villa einbogen.

„Willkommen in der wirklichen Welt", bemerkte Abel trocken.

„Keine Ruhepause für die Schurken", erwiderte Jane. Als sie an diesem Morgen aus dem Wagen stieg, fühlte sie sich mehr als bereit, es mit Lydia aufzunehmen. Sie hatte neue Energie getankt, fühlte sich lebendig, glücklich und voller Hoffnung. In diesem Augenblick wäre sie mit zehn Lydias fertiggeworden.

„Ich wollte zu euch!", rief die blonde Frau und kam die Treppe wieder herunter.

„Wir waren auswärts frühstücken", erklärte Abel, als er um den Wagen ging.

„Und Dessert gab's auch", fügte Jane entspannt hinzu und genoss das kurze Aufflackern der Lust in Abels Augen.

„Klingt gut. Wo seid ihr gewesen?"

„Jamestown", sagte Abel unbefangen, ohne ihre Frage genauer zu beantworten. „Es überrascht mich, dich heute zu Hause zu sehen, Lydia. Es ist doch Montag, ein Arbeitstag. Ich dachte, du wärst in San José."

„Oh, ich habe mir ein paar Tage freigenommen", sagte sie, als sie bei ihnen ankam.

„Also, warum wolltest du zu uns?", fragte Jane, die es eilig hatte, das Gespräch zu beenden, bevor die Art, wie diese Frau Abels Arm bearbeitete, sie noch dazu trieb, eine Körperverletzung zu begehen. „Oder wolltest du nur zu Abel?"

„Nein. Zu euch beiden. Dirk und ich hoffen, dass ihr heute Abend zum Essen kommt, damit wir uns etwas besser kennenlernen können." Am Ende des Satzes senkte sie die Stimme und sah Abel tief in die Augen, um ihm verständlich zu machen, wie sehr ihr daran lag, ganz besonders ihn besser kennenzulernen.

Horizontal und nackt, lautete Janes Vermutung. Nicht in diesem Leben, schwor sie sich, lächelte jedoch strahlend, biss die Zähne zusammen und log: „Klingt großartig!"

„Ja", stimmte Abel zu.

„Gut", schnurrte die Blondine und presste sich mit dem ganzen Körper an ihn.

Abel warf Jane einen Blick zu und sah etwas in ihren Augen, das ihn auf der Hut sein ließ. Aber seine Stimme klang munter, als er sagte: „Nun, ich denke, wir sollten Gran mal das Frühstück bringen, bevor es kalt wird."

„Frühstück? Sie wird doch mit Sicherheit längst gegessen haben. Es ist fast Mittag."

„Wir haben heute alle lange geschlafen." Es gelang ihm, sich von Lydia zu befreien und wieder auf die andere Seite des Wagens zu gehen. „Kannst du mir das Garagentor öffnen, Jane?"

Sie wusste, dass er nur versuchte, sie von Lydia wegzulocken, bevor sie die Fassung verlieren konnte. Es gab kein Frühstück für Gran. Aber Jane tat wie geheißen und drückte auf den Knopf, um ihm das Tor zu öffnen. Sogleich fuhr Abel den Wagen in die Garage und stellte den Motor ab, während Jane, die ihrem Bruder gefolgt war, das Tor von innen wieder automatisch schloss.

„Also, kommt um sieben Uhr herüber!", rief Lydia noch und bückte sich, um durch das sich schließende Tor zu spähen.

„Wird gemacht." Abel stieg aus dem Wagen. „Bis später."

Sowie die Tür zu war, nahm er Jane am Arm und führte sie zum Fahrstuhl.

„Es ist nur ein Stockwerk, Abel." Jane lachte. „Warum nehmen wir nicht die Treppe?"

„Weil ich das hier tun will." Er zog sie in den Fahrstuhl und dann in seine Arme.

„Oh", hauchte Jane, nachdem er sie geküsst hatte.

Lächelnd blickte Abel ihr ins Gesicht. „Du sahst aus, als wolltest du der armen Lydia ein Schwert in den Bauch rammen."

„Hm."

„Du hast keinen Grund, eifersüchtig zu sein", erklärte er in einem Tonfall, dem anzumerken war, dass ihm die Situation schmeichelte. „Ich habe nicht das geringste Interesse an ihr. Du bist die Frau für mich."

„Ja, das bin ich." Jane schmiegte sich an ihn und konnte seine leichte Erektion spüren. „Und du hast keinen Grund, auf Dirk eifersüchtig zu sein."

Das vertrieb das Lächeln aus seinem Gesicht und seine Erektion gleich mit. Plötzlich wirkte er gereizt und wollte gerade etwas sagen, als Jane laut lachte. Sie imitierte seinen Tonfall und sagte: „Du musst nicht eifersüchtig sein, wenn Dirk über mich herfällt. Ich habe nicht das geringste Interesse an ihm. Du bist der Mann für mich."

Abel brachte ein verunglücktes Lächeln zustande und drückte kopfschüttelnd auf den Knopf, der die Fahrstuhltüren schloss und dafür sorgte, dass sie in den ersten Stock getragen wurden. „Du hast ein grausames Herz, Frau."

„Japp, und ich bin auch leicht zu täuschen. Gehört alles zu meiner überaus charmanten Art", sagte sie gut gelaunt. Lachend folgte Abel ihr aus dem Fahrstuhl.

„Na, so was! Ihr beide wirkt so glücklich heute Morgen. Habt ihr euch gut amüsiert?"

„Gran!" Jane stutzte, wurde rot und beeilte sich dann, ihre Großmutter zu umarmen. Als Tinkle, die auf Grans Schoß saß, sie jedoch mit gefletschten Zähnen begrüßte, wich sie zurück und legte ihre Hände lieber nur auf die Griffe des Rollstuhls.

„Wir hatten eine ganz wundervolle Zeit. Abel hat mich ins Willow Steakhouse in Jamestown ausgeführt. Das hättest du sehen sollen, es war fantastisch. Und das Essen erst! Ich hatte ein köstliches Chicken Jerusalem."

Jane war nicht dumm. Fröhlich plapperte sie weiter über das

Restaurant, während sie Gran und Tinkle durch die Küche zum Tisch im Esszimmer schob. Es gelang ihr, das Restaurant, Jamestown und ihr Abendessen bis ins kleinste Detail zu beschreiben, womit sie ihrer Gran jede Möglichkeit nahm, peinliche Fragen zu stellen. Unter den amüsierten Blicken ihrer Großmutter und Abels setzte sie Teewasser auf und machte sich dann anderweitig nützlich.

„Das macht sie immer, wenn sie unangenehmen Gesprächen aus dem Weg gehen will", vertraute Gran Abel an. „Immer wenn sie zur Quasselstrippe wird, hat sie etwas zu verheimlichen."

„Danke für den Hinweis", sagte er feierlich.

„Ich habe noch mehr Wissenswertes über sie auf Lager, falls dir daran gelegen ist."

„Bitte, ja." Abel setzte sich auf den Stuhl neben sie und machte sich bereit, sämtliche Geheimnisse über Jane zu erfahren.

„Sie hasst es, um Hilfe zu bitten", erklärte Maggie Spyrus. „Janie ist sehr selbstständig und würde sich eher den Rücken brechen, wenn etwas getragen werden muss, als jemanden um Unterstützung zu bitten. Und obwohl sie freundlich und sehr großzügig ist, will sie freiwillig geben und keinesfalls dazu gezwungen werden. Wenn ihre Großzügigkeit zu einer Selbstverständlichkeit wird, schaut sie sich das eine Weile lang an, bis sie die Geduld verliert und explodiert." Die alte Dame nickte, als sie das sagte, und fügte hinzu: „Und sie ist stur wie ein Esel und überaus gereizt, wenn sie Hunger hat, deshalb solltest du immer darauf achten, dass sie genug isst. Aber nicht zu viele Milchprodukte. Die verträgt sie nicht besonders gut …"

„Gran!" Jane hatte lange genug aufgehört zu plappern, um Maggie tatsächlich für einen Augenblick zuzuhören. Als sie begriff, worum es ging, drehte sie sich entsetzt zu ihrer Großmutter um.

„Ja, Liebes?" Unschuldig tätschelte Maggie ihre geliebte Tinkle. „Was gibt es?"

„Du …"

„Also, da sind Sie ja wieder."

Jane drehte sich zu Nancy um, die gerade das Esszimmer

betrat. Sie sah müde aus, und Jane hatte einen Augenblick lang Schuldgefühle, weil sie nicht früher zurückgekehrt waren, so wie Abel es geplant hatte. Es dauerte nicht lange, denn Nancys angeborene Liebenswürdigkeit trieb ihr das schlechte Gewissen ganz schnell wieder aus.

„Bringen Sie mir eine Tasse Tee, und setzen Sie sich. Ich will mit Ihnen reden", schnauzte die als Schwester getarnte Spionin sie an, und Jane merkte, wie Wut in ihr aufstieg.

„Das ist auch so etwas", erklärte Gran an Abel gewandt. „Sie kann es nicht ausstehen, wenn man sie herumkommandiert. Ich denke, das liegt an ihrem ausgeprägten Unabhängigkeitsbedürfnis. Sie bestimmt gerne selbst, was sie tut. Und siehst du jetzt ihre Miene? Dieser unattraktive, finstere ‚Stirb, Hexe'-Blick? Ein sicherer Hinweis, dass das Wetter stürmisch wird."

Abel brach in schallendes Gelächter aus, und selbst Jane merkte, wie es um ihre Lippen zuckte. „Der ‚Stirb, Hexe'-Blick?", fragte sie. „Ich habe dich noch nie so reden hören, Gran. Kalifornien hat einen schlechten Einfluss auf dich."

„Nun, Janie, Liebes, dennoch versuche ich, eine zu blumige Sprache zu vermeiden." Sie zuckte mit den Schultern. „Aber manchmal geht das einfach nicht."

„Sind Sie drei jetzt fertig?", fragte Nancy müde und ungeduldig. Jane beschloss, der Frau eine Pause zu gönnen. Nancy war offensichtlich erschöpft, deshalb wollte Jane ihr ihre pampige Art verzeihen. Wieder einmal.

„Setzen Sie sich, Nancy. Ich hole noch ein paar Plätzchen, die Sie essen können, während wir reden", sagte sie und fiel nun selbst in einen leichten Befehlston. Zu ihrer Überraschung setzte Nancy sich tatsächlich.

Jane holte das Tablett mit dem Tee, goss vier Tassen ein und stellte einen Teller mit Plätzchen auf den Tisch. „Also, worüber möchten Sie reden?"

„Wenn er nicht taubstumm ist – und wir haben keinerlei Informationen, die darauf hindeuten –, hält Robert Ensecksi sich nicht in diesem Haus auf."

„Doch, er ist da", beharrte Jane. „Josh und Dirk haben darüber gesprochen."

„Haben sie tatsächlich gesagt: ‚Robert Ensecksi ist in dem Haus?'"

„Nein", antwortete Jane gedehnt. „Dirk sagte nur: ‚Sag ihm, dass wir nicht allzu spät zurück sein werden' oder etwas in der Art." Sie sah Nancys triumphierende Miene und fügte rasch hinzu: „Aber Lydia und Dirk haben nach Leighs Party darüber gesprochen, dass sie mit ihm reden wollten. Nicht wahr, Abel?"

„Aber Lydia hat nicht mit ihm geredet, richtig? Ich habe Ihre Bänder abgehört, Jane. Es ist nichts zu hören mit Ausnahme von Dirks Schnarchen. Und nirgendwo brannte Licht."

„Das bedeutet nur, dass sie in den Keller gegangen sein muss." Jane blieb hartnäckig.

„In den Bauplänen ist kein Keller zu finden, Jane. Wahrscheinlich hat sie mit ihrem Vater an der Nebentür übers Handy telefoniert. Dort haben Sie es nämlich versäumt, eine Kamera oder ein Mikrofon anzubringen."

Jane stöhnte. Schon wieder ein Fehler. Hätte sie die Kameras besser positioniert, hätte sie sowohl beweisen können, dass der Einbrecher aus dem Haus der Ensecksis gekommen war, als auch, dass es kein Handygespräch zwischen Lydia und ihrem Vater gegeben hatte.

„Hören Sie", sagte Nancy. „Seit ich hier bin, habe ich immer nur gehört, dass es im Haus völlig still war. Es gibt keinerlei Anzeichen dafür, dass sich außer Lydia und Dirk noch jemand dort befinden könnte. Als die beiden gestern unterwegs waren, herrschte absolute Ruhe. Der Vater ist nicht dort."

„Ist er doch!" Jane schrie praktisch schon.

Nancy ignorierte sie. „Ebenso wenig gibt es …"

„Was ist mit dem Mann, der gestern hier eingebrochen ist?", unterbrach Jane sie. „Er kam aus dem Haus der Ensecksis."

„Keine der Kameras zeigt, wie er ihr Haus verlässt. Er ist erst zu sehen, als er dort um eine Ecke biegt."

„Nun … die Baupläne zeigen, dass vom Hauptschlafzimmer

aus eine Tür nach draußen führt, genauso wie hier. Wahrscheinlich kam er dort heraus."

„Vielleicht. Aber wir wissen es nicht mit Sicherheit. Und auf den Tonbändern ist kein Geräusch zu vernehmen, das darauf hinweisen würde, dass er zuvor in dem Haus gewesen ist."

„Vielleicht war er auf der anderen Seite des Hauses, wo er nicht aufgenommen werden konnte. Und warum sollte wohl jemand hier einbrechen wollen, wenn nicht auf Befehl der Ensecksis hin?"

„Um das Haus auszurauben", meinte Nancy trocken. „Das hier ist eine teure Wohnanlage, in der es viel zu stehlen gibt. Vielleicht war er nur ein ganz gewöhnlicher Einbrecher."

„Ohne Auto?"

„Wahrscheinlich hatte er irgendwo vor dem Tor seinen Wagen abgestellt. Irgendwann wird der Sheriff ihn schon finden."

Jane merkte, wie sie immer frustrierter wurde. Nancy hatte sich ihre Meinung bereits gebildet und war nicht bereit, sich auf irgendwelche Gedankenspiele einzulassen. Ganz gleich, was sie vorbrachte, Nancy würde es mit ihren Argumenten vom Tisch wischen. Dennoch, Jane musste es versuchen. „Was ist mit Edie? Sie haben sie gekidnappt."

„Nicht einmal das können Sie mit Sicherheit wissen", erklärte Nancy müde.

„Natürlich weiß ich das", fauchte Jane. „Edie hat sich meine Tracking-Geräte genommen, und ich bin von Vancouver aus einem Peilsender gefolgt, konnte den Leichenwagen ausmachen und bin ihm bis zum Haus der Ensecksis nachgefahren."

„Haben Sie Edie tatsächlich in diesem Leichenwagen gesehen?"

Jane schwieg.

Nancy nickte herablassend. „Es könnte durchaus möglich sein, dass Edie bei ihrem Date zufällig Lydia begegnet ist und ihr mit einem Tampon ausgeholfen hat. Vielleicht sind Sie die ganze Zeit über Lydia gefolgt."

„Lydia arbeitet nicht in Vancouver. Sie wohnt hier und arbeitet in San José."

„Aber Dirk arbeitet in Vancouver. Sie könnte ihn besucht haben."

„Und wo ist Edie?", fragte Abel wütend.

„Wer weiß? Sie könnte inzwischen längst zu Hause sein. Hat mal jemand dort angerufen, um das zu überprüfen?"

Abel und Jane tauschten einen Blick, dann sprang er auf und ging zum Telefon. Jane sah ihm kurz nach und wandte sich wieder an Nancy. „Was ist mit den gelben Sommerkleidern, die die Frauen hier tragen? Wie erklären Sie sich dieses Phänomen?"

„Schlechter Geschmack", sagte Nancy.

„Und die Hawaiihemden?"

„Sehr schlechter Geschmack."

„Niemand meldet sich. Sie ist nicht da", verkündete Abel und funkelte Nancy noch wütender an als zuvor.

Die Spionin alias Krankenschwester schüttelte den Kopf. „Hören Sie, ich weiß, das sieht alles furchtbar verdächtig aus – überall gelbe Kleider, Edie verschwunden und und und. Aber B.L.I.S.S. hat einen Luftscan von der ganzen Gegend hier gemacht, und es existiert einfach nirgends eine Sendeanlage, die in der Lage wäre, irgendwelche Gedankenkontrollpläne umzusetzen. Dazu wäre eine riesige Schüssel erforderlich, und die gibt es hier nicht. Hinzu kommt, dass im Haus der Ensecksis rein gar nichts vor sich geht. Zum Teufel, sie reden nicht einmal miteinander. Dort drüben herrscht nichts als Stille, wenn man davon absieht, dass hin und wieder Schritte zu hören sind. Ich habe die Mikrofone überprüft, und sie sind korrekt installiert. Bei dieser Informationslage kann ich unsere Leute nicht dazu auffordern, etwas zu unternehmen. Ich werde die Ensecksis noch einen weiteren Tag beobachten und abhören, aber dann werde ich empfehlen, dass wir den Laden hier schließen und abziehen." Sie stand auf und verließ den Raum.

Jane starrte ihr hinterher. Als sie sich umdrehte, sah sie das Entsetzen und die Angst in Abels Gesicht und legte ihre Hand auf seine. „Mach dir keine Sorgen. Wir werden schon herausfinden, was hier los ist, wenn wir heute Abend zum Essen hinübergehen. Auf jeden Fall werden wir Wanzen und Spionkameras mitnehmen und sie überall im Haus platzieren. Wir schaffen das."

„Was soll das heißen, wenn ihr heute Abend zum Essen hinübergeht?", fragte Gran scharf.

„Lydia hat uns zum Dinner eingeladen", erklärte Jane. Als Maggie wenig begeistert auf die Nachricht reagierte, reckte ihre Enkeltochter das Kinn und fügte hinzu: „Und wir werden gehen."

„Nein, nein, nein. Das gefällt mir überhaupt nicht. Die beiden sind längst misstrauisch geworden. Ihr könntet in eine Falle laufen."

Jane verengte die Augen. „Willst du damit sagen, dass *du* glaubst, dass sie etwas im Schilde führen?"

„Selbstverständlich glaube ich das."

„Nun, und warum hast du Nancy dann nichts davon gesagt?"

„Weil das eine Sache des Instinkts ist, und Nancy hatte schon immer einen schlechten Instinkt. Aber sie ist genauso stur wie du. Sie wird ihre Meinung nicht ändern, solange sie nicht selbst einen Verdacht hat."

„Also dann können wir ihr heute Abend vielleicht Indizien liefern", sagte Jane entschlossen.

„Das gefällt mir nicht." Gran musterte Jane finster. „Aber ich weiß, dass ich dich nicht davon abhalten kann. Ich will, dass ihr euch vorseht."

„Das werden wir, Gran", versprach Jane. Und weil Maggie Spyrus besorgter aussah, als Jane sie je erlebt hatte, gab sie ihr einen Kuss auf die Wange und wiederholte ihr Versprechen. „Wir werden sehr vorsichtig sein."

„Wohin gehst du?", fragte Gran, als Jane aufstand.

„Ich will Nancy anbieten, mich an ihrer Stelle vor den Bildschirm zu setzen. Sie macht das jetzt schon seit gestern Abend." Den misstrauischen Blick ihrer Großmutter ignorierte sie und begab sich in die Master-Suite.

Anders als Gran war Nancy kein bisschen misstrauisch, als Jane ihr anbot, sie abzulösen. Dafür war sie viel zu dankbar für die Pause. Jane wartete, bis die Frau im Bett lag, bevor sie sich an die Arbeit machte. Sie war völlig darin vertieft, als plötzlich eine Tasse Kaffee neben ihr auf den Tisch gestellt wurde.

„Mmm. Das riecht gut." Sie richtete sich auf und lächelte Abel an. „Danke."

„Kein Problem. Hörst du dir die Aufnahmen an?" Er setzte sich neben sie auf die Couch.

„Ja. Woher weißt du das?"

Er zuckte nur mit den Schultern. „Hast du etwas gefunden?"

„Ja. Und nein. Dieses Zischgeräusch ist immer wieder zu hören. Aber Nancy hat recht: Sie reden nicht viel. Sie sagen Guten Morgen, sie sagen Gute Nacht, aber nach Lydias Ankündigung, dass sie mit ihrem Vater sprechen will, gibt es nichts Interessantes mehr."

„Ich hatte nicht den Eindruck, dass die beiden zu den stillen Typen gehören", scherzte Abel.

„Nein." Jane schüttelte den Kopf. „Aber im Haus sagen sie rein gar nichts. Nicht einmal nach Joshs Tod oder als Nancy den Kerl gekillt hat, der hier eingebrochen ist."

„Das ist definitiv nicht normal."

Jane nickte. „Ich weiß einfach, dass es da einen Keller geben muss."

Unglücklich sah Abel sie an. „Was ist denn mit dieser Satellitenschüssel, Jane? In dem Punkt hat Nancy recht. Alles fällt in sich zusammen, weil es keine Schüssel gibt. Was ist, wenn wir tatsächlich dem falschen Tracker gefolgt sind? Vielleicht ist Edie irgendwo anders. Tot oder …"

„Nein. Wir sind nicht dem falschen Tracker gefolgt. Edie war in diesem Leichenwagen."

„Wie kannst du dir so sicher sein?"

Doch das war Jane gar nicht. Nancy war es gelungen, auch in ihr Zweifel zu wecken. Aber sie musste Abel Hoffnung geben. Dann lächelte sie, als ihr die Erkenntnis dämmerte. „Weil der Tracker verschwunden ist."

Verwirrt sah er sie an. „Wie soll das …?"

„Wenn Lydia oder sonst jemand sich einen Tampon geliehen und ihn hier entfernt hätte, wäre er im Müll gelandet. Dann wäre er neutralisiert und würde gelb blinken. Tut er aber nicht. Er ist verschwunden. Und das bedeutet, dass er irgendwie davon abgehalten wird, ein Signal zu senden." Sie wandte sich wieder dem Bildschirm zu. „Irgendwo in diesem Haus muss es einen isolierten Raum oder Keller geben."

Sie stand auf, ging zu ihren Taschen und wühlte in ihren verschiedenen Waffen, um zusammenzusuchen, was sie am Abend mitnehmen würden. Dann ging sie zum Schrank, in dem sich die Kiste befand, die B.L.I.S.S. geschickt hatte, und nahm sich heraus, was sie brauchte. Auf jeden Fall würde sie überall im Haus der Ensecksis Wanzen anbringen, falls sie die Information, die sie brauchten, nicht beim Dinner erhielten. Aber wie sollte sie Kameras ins Haus schmuggeln und heimlich verstecken?

Sie sah Abel an. „Kannst du die Übertragung im Auge behalten?"

„Ja. Natürlich."

„Gut, ich muss arbeiten." Sie hob das Zubehör auf, ging zu Abel, gab ihm einen leidenschaftlichen Kuss und eilte hinaus.

In einer Ecke der Garage stand eine Werkbank. Offenbar hatte Mr Goodinov gern herumgebastelt, bevor seine Alzheimererkrankung dem ein Ende gesetzt hatte. Jetzt wollte Jane daran arbeiten. Hier würde sie niemand stören.

„Das ist eine Krawattenkamera", erklärte sie Abel und befestigte die Nadel an seinem Schlips.

Abel zog das Kinn zurück und schielte an sich herunter. „Attraktiv und funktional. Genau wie ihre Erfinderin."

„So, so, ich bin also funktional?", fragte Jane amüsiert, hörte auf, an ihm herumzufummeln und trat zurück, um ihr Werk zu begutachten.

„Du bist mehr als das. Du bist schön, klug und witzig. Aber, Jane …" Er hielt sie an den Händen fest und zog sie zu sich zurück, als sie sich abwenden wollte. „Ich denke, wir sollten heute Abend doch lieber nicht gehen."

Überrascht riss sie die Augen auf. „Willst du nicht nachschauen, ob Edie dort ist?"

„Ja. Aber nicht auf die Gefahr hin, dich zu verlieren. Ich würde lieber allein gehen und …"

„Abel", unterbrach sie ihn, „das ist so süß von dir. Also, lass uns jetzt aufbrechen."

Sie wandte sich ab und hob eine Topfpflanze auf, die sie mitgebracht hatte.

„Was ist das?", fragte er.

„Eine Danke-für-die-Dinnereinladung-Topfpflanzen-Spionkamera", antwortete Jane munter.

Als sie an ihm vorbeigehen wollte, hielt er sie wieder an den Armen zurück. „Jane, ich meine es ernst."

„Ich auch, Abel", erklärte sie bestimmt. „Edie ist dort drüben, und ich bin entschlossen, sie heute Abend zu finden. Es könnte unsere letzte Chance sein, wenn Nancy sich durchsetzt."

Er ließ die Hände fallen und nickte. „Hast du irgendwelche Waffen bei dir?"

„Hier drin." Jane klopfte auf ihre Handtasche.

Stirnrunzelnd fragte er: „Findest du nicht, dass sie etwas groß ist? Lydia und Dirk sind bereits misstrauisch. Was werden sie denken, wenn sie diese Tasche sehen?"

Jane zuckte mit den Schultern. „Falls sie hineinschauen, werden sie nur eine Menge Make-up finden, ein paar Vibratoren und Kondome."

„Vibratoren und Kondome?" Er wurde blass. „Die nimmst du doch nicht wirklich mit?"

Jane grinste. „Ich hoffe, dass ich sie nicht brauchen werde, aber man weiß ja nie. Oh!" Sie stellte ihre Tasche und die Pflanze ab, griff in ihre Hosentasche und wühlte darin herum. An diesem Abend hatte sie es vorgezogen, kein Kleid zu tragen. Sie brauchte die Taschen, daher hatte sie sich für eine schwarze Seidenhose entschieden, zu der sie ein goldfarbenes tief ausgeschnittenes Top trug. Sie versuchte, nicht daran zu denken, was es bedeuten könnte, dass sie einen Goldton gewählt hatte. Stand sie etwa auch schon unter dem Einfluss der Ensecksi-Gedankenkontrolle? Lieber Himmel! Das würden sie heute klären müssen. Aus einer

Handvoll Wanzen, die sie in der Tasche trug, fischte sie eine Halskette heraus. Es war eine lange Silberkette mit einem Medaillon, das recht feminin wirkte, aber sie hatte keine große Auswahl gehabt, womit sie arbeiten konnte.

„Ich möchte, dass du diese Halskette trägst. Darin befindet sich Knock-out-Puder. Du drückst hier drauf", sie zeigte ihm einen kleinen Hebel, „und der Deckel springt auf. Wenn du die Möglichkeit hast, schütte Lydia den Puder in ihren Drink. Das wird sie neutralisieren."

„Ich nehme an, du trägst wieder den Knock-out-Lippenstift?" Er legte sich die Kette um den Hals und schob sie unter seinen Hemdkragen.

„Ja. Und das Wahrheitsserum-Parfüm, Bomben-Ohrringe, ein Laser-Armband, Pfeilschuss-Schuhe, und meine Halskette ist eine Spionkamera." Sie trat zurück und lächelte ihn an. „Ich habe auch noch ein paar andere Tricks auf Lager. Wir sind bis an die Zähne bewaffnet."

„Nun ja." Er lächelte leicht. „Da fühle ich mich schon etwas besser."

Jane nickte, schulterte ihre Tasche und hob die Pflanze wieder auf. Trotz ihrer zuversichtlichen Haltung war sie extrem nervös. Immerhin begaben sie sich in Gefahr – sie, die scheue Jane Spyrus aus der Entwicklungsabteilung, und ein Buchhalter. „Lass uns gehen."

„Alles gut vorbereitet?", fragte Gran, als Jane und Abel im großen Raum auf sie stießen. Sie griff nach der Fernbedienung, um den Fernseher abzustellen.

„Alles bestens." Jane ging zu ihr, bückte sich und gab ihr einen Kuss auf die Wange.

Als sie sich wieder aufrichten wollte, griff Gran nach ihrer Hand. Sie wirkte besorgt. „Ihr werdet doch vorsichtig sein?"

„Versprochen", sagte Jane leise.

Maggie Spyrus nickte heftig. „Also dann, hievt mich die verdammten Stufen rauf. Ich will euch von der Master-Suite aus bei der Arbeit zusehen."

Gemeinsam gelang es Jane und Abel ohne große Schwierigkeiten, Gran die wenigen Stufen hinaufzutragen. Nancy und Mr Tibbs schauten auf, als sie ins Schlafzimmer kamen. Beide wirkten nicht sonderlich erfreut, sie zu sehen, obwohl Jane annahm, dass Mr Tibbs eher etwas gegen Tinkles Anwesenheit hatte. Der Kater stellte seine Macht zur Schau, fauchte noch einmal gelangweilt und schlief dann mitten auf dem Bett weiter. Das reichte, um Tinkle einzuschüchtern. Sie duckte sich auf Grans Schoß und winselte. Endlich hatte sie begriffen, dass es besser war, sich nicht mit Edies Kater anzulegen.

Nancy hingegen wirkte deutlich verärgert über Janes und Abels Aufzug. „Sie wollen diesen Unsinn also unbedingt durchziehen?"

Gran hatte Nancy nach deren Nickerchen von der Einladung zum Dinner erzählt, und natürlich hatte Nancy nichts von dem Vorstoß ins Haus der Nachbarn gehalten. Offenbar hatte sie ihre Meinung noch immer nicht geändert.

„Natürlich. Warum nicht? Sie sagen doch, dass dort nichts passiert. Dann ist es also völlig sicher." Jane konnte es sich nicht verkneifen, sie ein wenig aufzuziehen.

„Ich habe nicht gesagt, dass dort nichts passiert", erwiderte die Frau rasch. „Ich habe nur gesagt, dass es keine Beweise dafür gibt, und …"

„Und wir werden die Beweise beschaffen", beendete Jane den Satz gelassen.

Nancy machte ein böses Gesicht. „Wenn die Ensecksis wirklich etwas im Schilde führen, könnte es sehr gefährlich für Sie werden."

„Nun, dann ist es ja nur gut, dass wir Sie zur Unterstützung haben, nicht wahr?" Jane wandte sich an Abel. „Bist du bereit?"

Er nickte. „Jawohl."

„Dann lass uns gehen." An der Tür zum Flur rief sie noch über die Schulter zurück: „Ich habe den Computer programmiert. Er steht bereit und wird die Bilder übertragen, sowie ich die Kameras einschalte. Die Wanzen sind bereits aktiviert. Wünscht uns Glück!"

20. KAPITEL

"Du darfst nichts essen oder trinken, wenn wir dort sind. Wenn es sein muss, tu so, als ob, aber lass nichts über deine Lippen kommen." Am Ende der Einfahrt blieb Jane stehen und reichte Abel die Topfpflanze, um die Kamera an seiner Krawattennadel einschalten zu können.

"Okay." Er sah ihr zu, als sie auch an ihrer Halskettenkamera herumfummelte. "Aber was ist, wenn sie dasselbe essen oder trinken?"

"Nein. Die Gläser oder Gabeln könnten präpariert sein."

"Und wie soll ich so tun, als würde ich trinken?"

Jane war mit ihrer Halskette fertig und dachte nach. Um kein Misstrauen zu erregen, könnte es sein, dass sie vorgeben mussten zu trinken. Aber wenn der Rand des Glases mit einer Substanz bestrichen war ... Jane nahm an, dass sie selbst ausreichend geschützt sein müsste, denn sie trug Lipschitz' Knock-out-Lippenstift mit der Grundierung ...

Plötzlich lächelte sie, holte den Lippenstift aus ihrer Handtasche, zog die Kappe von der Seite mit dem klaren Gel und bedeutete Abel, sich zu bücken.

"Mach den Mund auf und zieh die Lippen glatt", wies sie ihn an. Er tat wie geheißen, und sie trug das Gel auf. "Das ist die Grundierung. Sie sollte dich vor präparierten Gläsern und Ähnlichem schützen, wenn du sie an die Lippen hältst." Sie zögerte einen Moment. "Sie *sollte* dich schützen. Wenn es denn eine Grundierung ist", fügte sie hinzu.

Abel sah sie scharf an. "Wenn? Du weißt es nicht?"

"Ich habe den Stift nicht entwickelt", räumte sie achselzuckend ein. "Es bleibt uns nichts anderes übrig, als das Beste zu hoffen."

"Das fühlt sich komisch an", beklagte er sich. Jane legte den Lippenstift wieder in die Tasche. Als sie aufschaute, sah sie, wie er unbehaglich die Lippen zusammenpresste und wieder löste. Er bemerkte, dass sie ihn beobachtete, und fragte: "Gibt es sonst noch etwas, was ich wissen sollte?"

Abel tat recht gelassen, aber Jane wusste, dass er genauso nervös war wie sie selbst. Nichts war beängstigender als das Unbekannte, und genau dem würden sie sich stellen müssen. Sie hatten keine Ahnung, was sie an diesem Abend erwartete. Wenn sie recht hatten und die Ensecksis tatsächlich üble Verschwörer waren, die es auf die Weltherrschaft abgesehen hatten, begaben sie sich in eine gefährliche Situation. Wenn sie sich geirrt hatten … Daran wollte sie nicht einmal denken.

Jane schob die wenig aufbauenden Gedanken beiseite und versuchte an weitere Warnungen oder Ratschläge zu denken, die sie Abel noch geben konnte. Aber ihr armes Gehirn war vollkommen leer. Sie schüttelte den Kopf und gestand ihm: „Mir fällt nichts ein, und ich habe auch keine Ahnung, was uns jetzt erwartet, Abel. Pass einfach gut auf dich auf."

Er nickte und strich ihr zärtlich mit einem Finger über die Wange. „In Ordnung, Jane."

Lächelnd nahm sie ihm die Pflanze wieder ab und schaltete auch dort die Kamera ein.

Abel nahm ihren Arm, und gemeinsam wandten sie sich der Einfahrt ihrer Nachbarn zu. Es war früh am Abend und noch nicht ganz dunkel. Die Luft war frisch, und es hatte sich abgekühlt. Jane hätte beinahe vergessen können, wohin sie gingen und warum. Beinahe.

„Da wären wir", murmelte sie, als sie vor der Haustür standen.

Abel drückte auf die Klingel. „Jane?", sagte er, als es drinnen läutete.

„Hm?" Sie sah zu ihm hoch. Wie gut er aussah. Wie rücksichtsvoll er war, wie klug und sexy, und wie sehr sie sich wünschte, jetzt mit ihm in Jamestown in dem Hotel zu sein und Liebe zu machen, statt hier zu stehen.

„Falls etwas passieren sollte, ich will, dass du weißt …"

Jane legte ihm die Finger auf den Mund. Sie wusste nicht genau, was er sagen wollte, aber es klang nach einer Liebeserklärung in letzter Minute, und sie wollte kein „Falls ich sterben sollte" hören, oder „Ich habe dich wirklich gemocht" oder sonst einen Unsinn, den er später bereuen würde. Unter diesen Umständen konnte so etwas nur Unglück bringen, da war sie sicher. Sollte er, nachdem alles vorbei war, immer noch so etwas sagen wollen, wäre sie mehr als glücklich, es zu hören. Aber im Augenblick wollte sie nichts davon wissen.

„Es wird nichts passieren", sagte sie fest. „Jedenfalls nichts Schlimmes. Wir werden die gierigen Geschwister betäuben und Edie finden und mitnehmen. Dann kann B.L.I.S.S. das Haus durchsuchen oder was auch immer. Es wird alles nach Plan verlaufen."

„Ja, aber ..." Er wurde unterbrochen, als sich die Tür öffnete.

„Da seid ihr ja!" Lydia begrüßte sie mit dem einladenden Lächeln eines Haifisches und nahm eine Pose ein, die ihr eng anliegendes silberfarbenes Kleid voll zur Geltung brachte. Sie griff nach Abels Hand und zog ihn ins Haus. „Komm rein. Ich konnte es kaum erwarten, dass du kommst."

Neugierig schaute Jane sich um, während sie den beiden folgte. Die Einrichtung des Hauses war keine Überraschung für sie. Während das Heim der Goodinovs warm und einladend war, sah dieses aus wie ein Ausstellungsstück – alles war modern mit scharfen Kanten, glänzenden Oberflächen und in kühlen Farben. Ganz ähnlich wie Lydia selbst. Die Eisprinzessin in ihrem Eispalast.

„Jane!" Dirk durchquerte das Wohnzimmer, als könnte er nicht schnell genug zu ihr kommen. Er nahm ihre freie Hand und wollte sie offenbar zur Begrüßung auf den Mund küssen, aber schnell hielt sie ihm die Pflanze entgegen. Sie hatte nicht vor, ihn jetzt schon zu betäuben. Nicht solange Lydia danebenstand und zusehen konnte, wie der Knock-out-Lippenstift ihn auf die Matte warf.

„Oh." Er schreckte vor dem Grün zurück, das ihm plötzlich die Nase kitzelte. „Was ...?"

„Ein Dankeschön für eure Essenseinladung", erklärte Jane und lächelte ihn strahlend an.

„Oh. Wie aufmerksam." Er klang nicht besonders überzeugt, als er die Pflanze entgegennahm, aber er schenkte ihr ein perfektes Lächeln, wie sie es von ihm kannte, und nahm ihren Arm. Indem er sie eng an seine Seite zog, führte er sie zur Couch, wobei sich ihre Beine bei jedem Schritt berührten. Doch Jane setzte sich nicht. Sie hatte nicht vor, sich auf der Couch von Dirk in die Ecke drängen zu lassen. Sie schob sich seitlich an ihm vorbei und setzte sich gegenüber in den Sessel. Ihre Tasche stellte sie auf den Boden.

„Meine Güte, Jane. Ist diese Tasche auch groß genug?", mokierte sich Lydia, während sie Abel zur Couch zog. „Was hast du denn in dem Ding? Eine Kanone?"

„Oh." Jane wurde rot und machte eine unbestimmte Handbewegung. „Make-up, eine Bürste, meine Brieftasche, meinen Terminkalender, ein Notebook und Papier, einen Roman zum Lesen. Eigentlich nur das Wesentliche."

„Gewappnet für jede Gelegenheit", sagte Lydia amüsiert.

„Du wärst überrascht."

„Das möchte ich bezweifeln." Lydia wandte sich an Dirk und wies auf den Weißwein, der in einem Eiskühler auf dem Couchtisch stand. „Bist du bitte so freundlich, Bruder?"

„Selbstverständlich." Er rutschte auf der Couch nach vorn, griff nach der Flasche und öffnete sie gekonnt. Dann verteilte er einen Teil des Inhalts auf die vier bereitstehenden Gläser.

„Das Dinner sollte in Kürze fertig sein. Ich dachte, wir trinken vor dem Essen noch etwas und lernen uns ein wenig besser kennen", verkündete Lydia. Sie legte einen Arm auf den zweiten Sessel, für den Abel sich entschieden hatte. „Ich hoffe, das ist in Ordnung."

Jane murmelte etwas, was als Zustimmung gedeutet werden konnte, war aber im Kopf mit etwas anderem beschäftigt. Das Abendessen. Angeblich wurde ein Essen gekocht und sollte bald fertig sein. Aber es lag kein Essensduft in der Luft. Sie ließ den Blick durchs Wohnzimmer schweifen, und dabei ging ihr auf, dass der Duft aus der Küche nicht das Einzige war, was fehlte.

Es gab keinerlei Anzeichen dafür, dass dieser Raum tatsächlich bewohnt wurde – keine Zeitung, kein Magazin, keine Familienfotos, nicht einmal ein Fernsehprogramm lagen herum. Es war nicht die Sauberkeit des Hauses, die sie überraschte, sondern sein totaler Mangel an Charakter. Und je länger sie sich umschaute, desto überzeugter war sie, dass niemand darin lebte.

„Bitte sehr." Dirk reichte Jane ein Weinglas. Lächelnd nahm sie es an. Sie sah zu Abel hinüber, der gleichfalls den angebotenen Wein akzeptierte. Über den Couchtisch hinweg trafen sich ihre Blicke, und beide stellten sie ihre Gläser ab.

„Das ist Wein aus Kalifornien. Ihr solltet ihn probieren."

Die Blondine beobachtete sie kühl, während sie ihr eigenes Glas in der Hand hielt, ohne davon zu trinken. Jane wusste, dass es mit den Nettigkeiten jetzt vorbei war. Sie waren in ein Netz geraten, und die Spinne hatte keine Lust mehr zu spielen.

„Trink", forderte Dirk sie leise von der Seite auf.

Langsam drehte Jane den Kopf und sah ihn an. Seine gewohnte Liebenswürdigkeit hatte er fallen lassen und wirkte sehr ernst. Plötzlich war sein Gesicht von einer kalten Schönheit, die sie frösteln ließ.

Jane musterte die Geschwister Ensecksi, während sich ihre Gedanken überstürzten. Schließlich hob sie ihr Glas an die Lippen und tat so, als würde sie davon trinken. Dabei betete sie zu Gott, dass die Grundierung von Lipschitz' Lippenstift sie vor allen Kontaktgiften schützen möge. Lächelnd stellte sie das Glas wieder ab. „Er ist köstlich."

Lydia erwiderte ihr Lächeln nicht. „Trink noch etwas mehr."

Okay, dachte Jane, während sie das Glas an den Mund hob. Das war ein ziemlich deutlicher Hinweis darauf, dass ihr Glas mit einer Droge versetzt war und die beiden irgendeine Reaktion erwarteten. Nur welche? Eine sofortige Ohnmacht? Eine langsam zunehmende Schläfrigkeit? Oh, das war schwierig!

„Du auch, Abel. Du hast dein Glas noch kaum angerührt. Koste den Wein." Lydia nahm seine Hand mit dem Glas und hob es an seinen Mund. Dann schaute sie wieder zu Jane hinüber.

Jane hielt es für das Beste, sich naiv zu stellen, deshalb zuckte sie nur mit den Schultern, hielt ihr Glas schräg an den Mund und tat so, als würde sie schlucken. Abel tat es ihr nach. Als sie das Glas wieder abstellte, registrierte sie Dirks erwartungsvolle und Lydias misstrauische Miene. Die beiden blickten zwischen ihr und Abel hin und her, als würden sie ein Tennisspiel verfolgen. Als Lydia den Mund wieder öffnete, um vermutlich zu verlangen, dass sie noch mehr tranken, blinzelte Jane und sagte: „Ach du meine Güte, ich glaube, ich vertrage heute nicht viel."

Sie blinzelte noch mehrere Male und stellte erfreut fest, dass das die Reaktion war, die die Enseckis erwarteten: Dirk entspannte sich, und um Lydias Lippen spielte ein leises Lächeln.

„Oh", sagte Jane. „Ich sollte mir vielleicht mal etwas Wasser ins Gesicht spritzen. Wo ist die Toilette?" Sie stand auf, schwankte und ließ sich wieder auf ihren Sessel fallen.

Für ihre Schauspielkunst hatte sie einen Oscar verdient, wie sie fand.

„Jane!" Abels Stimme klang aufgeschreckt, aber auch schwach. Jane öffnete die Augen einen winzigen Spalt, als er gerade aufsprang und anscheinend zu ihr wollte, dann aber nach vorn sackte und auf dem anderen Ende der Couch landete. Unsicher, ob er tatsächlich getrunken hatte und jetzt bewusstlos dort lag oder ob er ihrem Beispiel gefolgt war und nur schauspielerte, schloss sie wieder die Augen.

Sie geriet in Panik, als sie merkte, dass es mucksmäuschenstill im Raum war. Aber dann kommentierte Lydia das Geschehen: „Also, Vater hat nichts davon gesagt, dass es so schnell wirkt, aber nun ja. Lass uns jetzt mal nachsehen, was sie in diesem Koffer hat, den sie Handtasche nennt."

Jane hörte ein Rascheln und fühlte dann ihre Ledertasche am Bein. Vermutlich war Lydia dabei, sie zu öffnen.

„Lieber Gott!"

„Was ist?", fragte Dirk. Sie spürte, wie sein Hosenbein sie streifte. Dann legte er seine Hand auf ihr Knie neben der Tasche und stützte sein Gewicht darauf ab, während er sich vorbeugte, um zu sehen, was Lydia gefunden hatte.

„Unsere Jane ist so etwas wie eine Nymphomanin. Sieh dir das an, das müssen mindestens zwölf Kondome sein. Dir stand eine wilde Nacht bevor, Dirk."

Jane hörte, wie er stöhnte. „Ich habe dir doch gesagt, dass sie keine FBI-Agenten sind! Verdammt, Lydia! Immer verdirbst du mir den Spaß."

„Ach, halt den Mund. Ich habe dir gesagt, was ich in der Küche gehört habe. Daniel sagte, Abel sei ein Glückspilz."

„Nun ja, vielleicht hat er damit gemeint, weil sie seine Schwester ist. Obwohl das abstoßend ist. Siehst du, hier ist nichts weiter drin als Make-up und die Sachen, die sie erwähnt hat. Was ist das rosa Ding da unter ihrer Brieftasche?"

„Meine Güte", sagte Lydia gedehnt.

„Vibratoren?" Dirk klang schockiert. „Wie viele sind das? Eins, zwei …"

„Sechs", beantwortete sie seine Frage und lachte gemein. „Sieht ganz so aus, als wäre sie sich nicht sicher gewesen, ob du der Aufgabe gewachsen bist. Entweder das, oder dir stand ein Spielchen der wirklich anderen Art bevor."

„Sechs?" Dirk klang völlig perplex. „Wo soll man die denn alle unterbringen?"

Lydia lachte schallend, aber ihr Bruder fiel nicht mit ein. Wütend fuhr er sie an: „Du und deine tollen Ideen. ‚Dirk, sie sind vom FBI oder so'", ahmte er sie mit hoher Stimme nach. „‚Sieh dir doch nur an, wie Abel nicht einmal versucht hat, mich zu berühren. Und ich habe gehört, wie Daniel …'"

„Ach, beruhige dich. Vielleicht bekommst du ja noch deine Chance mit unserer überraschenden Miss Jane", unterbrach Lydia ihn gereizt. Es raschelte wieder, und Jane wusste, dass sie die Handtasche noch weiter durchsuchte. Sie hatte zwar keine Ahnung, was Lydia zu finden hoffte, aber als sie hörte, wie ein Reißverschluss aufgezogen wurde, war ihr klar, dass sie ihre Brieftasche öffnete. Sie sucht den Ausweis, dachte sie.

„Als ob sie noch mit mir schlafen würde, nachdem wir ihr ein Knock-out-Mittel verpasst haben", beklagte sich Dirk.

„Tja, nun ... vielleicht kann Dad ja mal seinen Gehirnwäschezauber anwenden und sie zu deiner Sexsklavin machen", sagte Lydia und seufzte. „Und da wir schon von ihm sprechen, ich glaube, wir sollten die beiden mal nach unten bringen und Bericht erstatten. Er wird schon wissen, wie man mit Sicherheit feststellen kann, ob sie vom FBI sind oder nicht, und was wir mit dieser Großmutter anstellen sollen."

„Jetzt komm aber mal runter", fuhr Dirk sie an. „In der Tasche ist keine Waffe oder sonst etwas Verdächtiges. Du hast ihren Ausweis überprüft. Alles ist in Ordnung."

Lydia antwortete nicht, stand auf und entfernte sich. Das Klicken ihrer Absätze auf dem Parkett wurde schwächer und verstummte dann.

Es folgte dieses Zischgeräusch, das Jane schon wiederholt auf den Tonbändern gehört hatte, und sie öffnete die Augen einen kleinen Spaltweit, um einen Blick zu wagen. Dirk stand noch immer über sie gebeugt, hantierte in ihrer Tasche herum und murmelte etwas von Vibratoren. Über seinen Rücken hinweg konnte sie Lydia an der gegenüberliegenden Wand stehen sehen, wo ein Stück der Verkleidung aufgesprungen war. Dahinter befand sich offensichtlich ein Fahrstuhl, aus dem gerade vier Männer stiegen. Sie trugen alle schwarze Schutzhelme und glänzende Uniformen, die wie Overalls aussahen, aber besser geschnitten waren, und auf der linken Brusttasche prangte das Wort ENSECKSI.

Jane schloss die Augen wieder und schaffte es, nicht aufzuschrecken, als sie von einem der Männer aus dem Sessel gehoben wurde. Wahrscheinlich trug man sie in diesen Fahrstuhl.

„Lass die Tasche liegen, Dirk", fauchte Lydia neben ihr.

„Nein." Dirk klang eingeschnappt, und Jane konnte sich vorstellen, dass er sie wegen der Sex-Utensilien mitnehmen wollte.

Ein Ächzen veranlasste sie, noch einen weiteren Blick zu wagen, und sie sah, dass der größte der Ensecksi-Handlanger sie auf den Armen trug, während die drei anderen Abel übernommen hatten. Einer trug seine Beine, und die beiden anderen hielten ihn je an einem Arm fest. Sie schleppten ihn in den Fahrstuhl und legten ihn dort auf den Boden. Jane schloss die Augen wieder, als Lydia auf einen Knopf drückte. Sie spürte, wie der Fahrstuhl nach unten fuhr, und machte Nancy im Stillen eine lange Nase. Sie hatte recht gehabt, und die erfahrene B.L.I.S.S.-Agentin hatte sich geirrt.

Nancy. Und Gran. Bestimmt waren sie mittlerweile aktiv geworden, und in der Firmenzentrale war bereits ihr Notruf eingegangen. Aber was würde man dort unternehmen? B.L.I.S.S. könnte einen Sturmangriff in Erwägung ziehen, aber wie lange würde es dauern, diesen zu organisieren? Jane hatte keine Ahnung. Und selbst wenn ein Team vor Ort wäre, wie sollte es zu ihnen gelangen? Sie war sich nicht sicher, ob eine ihrer Kameras auf das Wandpaneel gerichtet gewesen war, als Lydia es öffnete. Abels Krawattennadel hatte mit Sicherheit nichts aufnehmen können, denn er hatte flach mit dem Gesicht auf der Couch gelegen. Und ihre Halskettenkamera wahrscheinlich auch nicht, es sei denn, sie hätte unter Dirks Brust hinweg einen Schnappschuss landen können, als Jane über seinen Rücken geschaut hatte. Vielleicht hatte die Topfpflanze den Moment eingefangen. Jane versuchte, sich daran zu erinnern, in welche Richtung Dirk sie auf den Tisch gestellt hatte.

Der Fahrstuhl kam zum Halten und riss sie damit aus ihren Gedanken. Jane musste sich mit aller Kraft bemühen, nicht die Augen zu öffnen. Der Mann, der sie trug, setzte sich in Bewegung.

„Leg sie hier rein und ihn dort." Lydias Stimme klang hohl, fast schon wie ein Echo. Die Neugier brachte Jane fast um, aber sie hielt die Augen geschlossen und lauschte auf die Bewegungen um sie herum. Die Geräusche brachen ab, es war noch mehrmals ein Klicken zu hören, das sie nicht identifizieren konnte, und dann schoss das Ding, in dem sie sich befand, plötzlich nach vorn. Jane riskierte ein Blinzeln und sah zerklüftete Felswände vorbeifliegen. Dies war kein Keller; sie befanden sich in einer Art

Tunnel, saßen in einem offenen Shuttle-Wagen und rasten mit einer Geschwindigkeit dahin, bei der einem übel werden konnte. Das scheppernde Geräusch unter ihr sagte ihr, dass sie auf einer Art Schiene dahinglitten. Jetzt verstand sie, was es bedeutet hatte, als Dirk von seinem Vater „im Berg" gesprochen hatte. Er hatte es wörtlich gemeint.

Plötzlich war der Tunnel zu Ende, und sie gelangten in einen langen, schmalen Raum mit grau gestrichenen Wänden. Lydia stieg aus dem Wagen. „Bringt sie her."

Jane wurde aus dem Wagen gehoben und ein Stück weit getragen. Die Augen hielt sie wieder geschlossen, konnte jedoch hören, wie eine Tür aufging. Dann wurde sie hingelegt.

„Legt sie an die Ketten", befahl Lydia.

„Ist das wirklich nötig?", fragte Dirk gereizt.

„Ja, das ist es. Sie haben nicht viel getrunken und könnten bald wieder zu sich kommen." Lydia klang ungeduldig, wobei ihre Stimme sich entfernte.

Jane spähte durch ihre Wimpern und sah, wie die Blondine den Raum verließ und ihren Bruder mit sich zog.

An einem Tisch, der in der Mitte des angrenzenden Raums stand, blieb sie stehen und riss Dirk die Handtasche aus der Hand. „Gib das verdammte Ding her! Du kannst später noch mit der Frau und ihren Vibratoren spielen. Jetzt gibt es einiges zu tun. Gegen Mitternacht will Dad das nächste Level schalten. Da wird er vorher alle Systeme checken wollen, um sicherzustellen, dass sie funktionieren." Sie warf Janes Tasche auf den Tisch und drängte Dirk zurück zu den Shuttle-Wagen.

Als der Wagen mit Dirk außer Sichtweite war, sah Jane sich in dem dunklen Raum um. Abel lag gegenüber am anderen Ende, und zwei Männer waren damit beschäftigt, ihm die Beine an die Wand zu ketten und seine Hände mit Handschellen auf dem Rücken zu fesseln. Schon waren sie fertig damit und wandten sich ihr zu.

Jane schloss die Augen und blieb still liegen, als sie sich näherten. Sie dachte kurz daran, sich zu wehren, aber sie wusste nicht, ob noch weitere Männer anwesend waren, deshalb ließ sie sich dann doch widerstandslos fesseln. Anschließend hörte sie, wie sich die Schritte der Männer entfernten und eine Tür zuschlug. Vorsichtig sah sie sich um. Jetzt war es in dem Raum noch dunkler. Nur durch ein etwa vierzig mal vierzig Zentimeter großes Glasfenster im Ausgang fiel etwas Licht.

Langsam setzte sie sich auf und zuckte zusammen, als die Kette an ihrem Fußgelenk klirrte.

„Jane?", zischte Abel.

Sie spürte, wie sich Erleichterung in ihrem Körper ausbreitete. Offensichtlich hatte er seine Ohnmacht genauso gespielt, wie sie es getan hatte. Ein Plus für ihn, entschied sie und flüsterte: „Alles in Ordnung mit dir?"

„Ja, aber ich trage Handschellen, und meine Fußgelenke sind an die Wand gekettet."

„Das macht nichts. Wir sind ruckzuck hier raus." Hoffe ich jedenfalls, fügte sie im Stillen hinzu. Sie begann damit, erst die Handschellen zu betasten und dann das Armband, das sie darunter trug. Es war ein Laser-Armband, das durch die Handschellen schneiden würde wie ein heißes Messer durch Butter ... wenn denn der Laser in die richtige Richtung zeigte und sie sich nicht aus Versehen selbst operierte. Sie fummelte an dem Armband herum und versuchte herauszufinden, wohin der Laser wies.

„Was machst du?", fragte Abel leise in die Dunkelheit.

„Ich spiele mit meinem Armband und muss mich konzentrieren", flüsterte sie zurück.

Er sagte nichts mehr, und Jane richtete den Laser so aus, wie sie es für richtig hielt. Dann stieß sie im Stillen ein Stoßgebet aus und aktivierte ihn. Es war ein leises Zischen zu hören, das Jane Angst machte, aber dann fielen ihr die Handschellen auch schon vom Gelenk. Als Nächstes konzentrierte sie sich auf die Kette, die sie an der Wand festhielt, und durchtrennte sie ebenfalls mit ihrem Armband. Dann lief sie zu Abel hinüber.

„Das ist mein Mädchen", murmelte er, und Jane freute sich über den Stolz in seiner Stimme.

Dankbar, dass er vor ihrem Knock-out-Lippenstift geschützt war, gab sie ihm schnell einen Kuss auf die Lippen und machte sich dann an seinen Ketten zu schaffen. Es dauerte bloß ein paar Augenblicke, bis er frei war. Schließlich standen sie beide auf und gingen leise zur Tür.

„Was jetzt?", flüsterte Abel.

Durch das Fenster in der Tür vor ihnen sahen sie zwei Männer in schwarzen Overall-Uniformen, die an einem Tisch Karten spielten. Jane hatte einen guten Blick auf ihre Tasche, die offen dort herumlag. Sie schaute sich um. Die Männer saßen in einem achteckigen Raum mit sechs weiteren Türen mit kleinen dunklen Fenstern, die Öffnung nicht mit eingerechnet, hinter der der Shuttle gehalten hatte. Der Tisch stand in der Mitte.

Sie konzentrierte sich auf die Schlösser an den sechs anderen Türen. Ein Hightech-Kartenschlüsselsystem, was sonst?

„Glaubst du, dass Edie in einem dieser Räume ist?", fragte Abel.

„Ich denke, das wäre sehr gut möglich." Sie kniete sich hin, um die Tür, vor der sie standen, zu inspizieren. Sie konnte nicht einmal einen Hinweis darauf finden, wo das Schloss sein könnte.

„Du hast gesagt, dass du Ohrring-Bomben trägst. Könntest du …"

„Zu viel Lärm", unterbrach sie ihn. „Wir wollen keinen Alarm auslösen."

„Nein", stimmte er zu, klang aber nicht glücklich dabei.

„Sag mir Bescheid, wenn du glaubst, dass sie misstrauisch werden", wies sie Abel an, zog ihr Armband aus und begann, mit dem Laser an der Tür zu arbeiten. Sie schnitt dort ein Stück heraus, wo sie das Schloss vermutete.

„Du hast es geschafft!", flüsterte Abel seine Begeisterung heraus. Das Stück Tür fiel Jane in die Hand.

Grinsend richtete sie sich auf und öffnete die Tür ein paar Zentimeter weit, schloss sie dann wieder leise, stützte sich an der Wand ab und zog einen Schuh aus.

„Wie werden wir vorgehen?", fragte Abel.

„Ich werde mit diesem Schuh auf sie schießen."

„Aha." Er klang wenig überzeugt.

„Ich trage meine Pfeilschuhe, schon vergessen?" Sie kniete sich vor die Tür, öffnete sie ein wenig und zielte.

„Bist du eine gute Schützin?"

Jane antwortete nicht. Sie wusste es selbst nicht und wollte ihn nicht nervös machen. So oder so würden sie es jetzt herausfinden. Sie zielte auf die Brust des Wächters rechts von ihr, holte tief Luft und feuerte.

„Uh-oh", murmelte Abel. Jane hatte ihr Ziel verfehlt. Der Pfeil hatte ihre Handtasche auf dem Tisch getroffen, gut dreißig Zentimeter vom Arm ihres Bewachers entfernt. Fassungslos starrten die beiden Männer auf das Geschoss, drehten sich, um auf die Tür zu starren, und waren im nächsten Augenblick auf den Beinen und stürmten los.

Jane und Abel sprangen zur Seite, als die Tür aufflog. Jane rollte sich ab, kam wieder hoch und richtete den Schuh auf den Wächter, der auf sie zustürzte. Da er nicht wusste, was für eine Waffe er vor sich hatte, lief er einfach weiter, und Jane feuerte noch einmal. Diesmal traf sie ihr Ziel.

Die Reaktion auf den Betäubungspfeil erfolgte fast auf der Stelle, und Jane ächzte, als der Mann über ihr zusammenbrach. Es gelang ihr, ihn ohne Hilfe wegzuschieben. Sie setzte sich auf und blickte wild um sich, bereit, Abel zu retten und auf den anderen Kerl zu schießen. Aber Abel musste nicht gerettet werden. Er bearbeitete den Mann ausgiebig mit Schlägen und Fersentritten.

Jane begriff, dass auch Abel etwas von Kampfsport verstand, und sah ihm interessiert zu. Sie fand, dass er unglaublich sexy aussah – das Spiel seiner Muskeln, die Anmut seiner Bewegungen. Sie hätte ewig dort stehen bleiben können, aber zum Glück entschied Abel den Kampf rasch für sich. Mit einem Handkantenschlag gegen den Hals hatte er den Wächter rasch erledigt. Nun war Jane ehrlich beeindruckt, denn ein solcher Schlag musste mit viel Kraft ausgeführt werden, wenn man den Gegner bewusstlos schlagen und ihn nicht nur keuchend am Boden liegen sehen wollte.

Abel wirbelte zu ihr herum und suchte nach dem anderen Wächter. Strotzend vor Adrenalin war er bereit, es mit einem weiteren Gegner aufzunehmen. Er entspannte sich jedoch, als er Jane entdeckte, die jetzt mit gekreuzten Beinen auf dem Boden saß und ihn angrinste.

„Du warst großartig", lobte sie ihn.

Abel erwiderte ihr Lächeln. Er kam zu ihr, um ihr beim Aufstehen zu helfen, und nun sah sie, dass es ein verlegenes Lächeln war. „Als ich jünger war, habe ich ein bisschen Kampfsport betrieben."

„Mehr als ein bisschen." Sie ließ sich von ihm hochziehen. „Das hast du gestern Abend wohl vergessen zu erwähnen."

„Es ist nichts im Vergleich zu deinen zwanzig Jahren Training", wandte er ein. Mit Blick auf die beiden Männer am Boden fragte er: „Was machen wir mit denen?"

Jane schnappte sich die Securitykarte von der Brust des Wächters neben ihr und verließ den Raum. Sie näherte sich einer der sechs Türen, blickte in die Dunkelheit der Zelle dahinter und drückte auf einen Schalter an der Wand. Sogleich ging in der Zelle das Licht an. Sie war leer. Sie zog die Karte durch den Schlitz, es summte, und die Tür sprang auf.

„Lass uns die beiden hier einsperren", schlug sie vor und ging zu Abel zurück.

Er nickte.

Sie zogen die Männer in den anderen Raum, ketteten sie an den Fußgelenken fest, so wie sie es mit ihnen getan hatten, und schlossen die Tür. Auf der Suche nach Edie überprüften sie dann die weiteren Räume.

Jane fand sie bereits in der zweiten Zelle. „Abel!", rief sie leise, nahm ihre Karte und öffnete die Tür.

„Jane!" Edie sprang vom Bett, auf dem sie gesessen hatte, und riss erstaunt die Augen auf, als die Freundin plötzlich vor ihr stand. Sie war zwar an die Wand gekettet, trug jedoch keine Handschellen. Auch stand sie nicht unter Drogen oder dem Einfluss einer Gehirnwäsche, soweit Jane das beurteilen konnte.

„Edie!" Abel stürzte herein und umarmte seine Schwester. „Verrücktes Mädchen! Du hast mir so einen Schrecken eingejagt."

„Oh Abel!" Edie sank an seine Brust. „Ich hatte solche Angst. Ich …" Plötzlich wich sie ein Stück zurück. „Was machst du hier? Wie hast du mich gefunden?"

„Das war sie." Strahlend griff Abel nach Janes Arm und zog sie zu sich.

„Jane?" Verwirrt sah Edie sie an. „Wie bist du auf meine Spur gekommen?"

Jane schüttelte den Kopf. „Das ist eine lange Geschichte. Jetzt lasst uns erst mal zusehen, dass wir hier herauskommen."

Während Jane sie von ihren Fesseln befreite, sprudelte es nur so aus Edie heraus, und sie erzählte, was geschehen war. Es war so, wie Jane und Abel vermutet hatten: Edie hatte zufällig mitbekommen, wie Dirk sich am Telefon mit Lydia über ihre Pläne in Sachen Gedankenkontrolle unterhalten hatte. Sie hatte sich mit dem C.I.S.I.S. in Verbindung gesetzt; dann hatte Dirk sie am Donnerstag eingeladen. Edie hatte gehofft, für den C.I.S.I.S. etwas Nützliches in Erfahrung bringen zu können, und hatte die Einladung angenommen. Dirk hatte sie abgeholt und erklärt, dass er geschäftlich aufgehalten worden sei und sich noch umziehen müsse. Sie waren zu seiner Wohnung gefahren, er hatte ihr einen Drink angeboten und bumm … Als Nächstes fand sie sich angekettet in einer dunklen Zelle wieder. Zu erfahren, dass sie sich in Kalifornien befand, war ein Schock für sie gewesen.

Jane war mit den Ketten fertig und führte die Andrettis aus der Zelle. Sie zog die Tür hinter ihnen zu und schloss auch die Tür zu ihrem eigenen ehemaligen Gefängnis. Vielleicht würde das fehlende Schloss und die Abwesenheit der Wächter nicht sofort auffallen. Am Tisch blieb Jane stehen und nahm ihre Handtasche sowie ein automatisches Gewehr der Wächter an sich.

„Sie können doch nicht nur eine Waffe gehabt haben", murmelte sie und begann, nach einer weiteren Waffe zu suchen.

„Ich glaube schon", sagte Edie. „Einer stand immer mit seiner

Waffe an der Tür, während der andere mir das Essen gebracht oder irgendetwas anderes gemacht hat. Derjenige, der zu mir hereinkam, hatte nie eine Waffe bei sich."

„Wahrscheinlich um zu verhindern, dass man sie ihm abnehmen könnte. Das Letzte, was die Ensecksis sich wünschen dürften, sind bewaffnete Gefangene hier unten", erklärte Abel.

„Ich liebe deinen logischen Verstand", sagte Jane grinsend.

„Liebe?" Aufgeregt sah Edie zwischen ihnen hin und her. „Oh, wow! Ich wusste doch, dass ihr perfekt zueinanderpasst. Ich wusste es einfach. Es waren die Dillgurken. Habe ich es dir nicht gesagt, Abel? Ist sie nicht perfekt?"

„Ja, das hast du. Und ja, das ist sie", bestätigte er trocken.

Jane lachte nur. Sie ging zum Eingang des Shuttle-Tunnels und blickte in die Richtung, aus der sie gekommen waren und wo jetzt nur ein schwarzes Loch zu sehen war. Dann spähte sie in die andere Richtung, wo eine beleuchtete Haltebucht zu erkennen war, von der Türen abgingen. Sie wühlte in ihrer Tasche herum, fand einen Kugelschreiber und zog ihn heraus.

„Okay", sagte sie und klappte den Clip zur Seite. Aus der Spitze des Stifts fiel ein starker Lichtstrahl, als sie wieder zu den anderen zurückkehrte. „Ihr beide nehmt die Waffe und das hier. Dann geht ihr wieder dahin zurück, wo wir hergekommen sind. Aber seid vorsichtig. Schaltet das Licht nur ein, wenn es absolut notwendig ist. Ihr könntet Wachleuten begegnen, und das Licht würde euch sofort verraten."

„Du kommst nicht mit uns?", fragte Edie verwundert.

„Nein." Jane ignorierte das Gewitter, das sich auf Abels Stirn zusammenzubrauen schien, und konzentrierte sich auf ihre Freundin. „Sie haben vor, ihren Mike-Sat – was immer das sein mag – um Mitternacht zu aktivieren. Ich weiß nicht, wie lange es dauern wird, bis B.L.I.S.S. eingreift, aber wir können nicht riskieren, dass die Ensecksis Erfolg haben. Wenn ihr wieder draußen seid, sagt unseren Leuten, dass ich versuchen werde, die Ensecksis aufzuhalten, und zeigt ihnen, wie sie hier hereinkommen. Sie sollen …"

„Nur über meine Leiche", schnitt Abel ihr das Wort ab.

Jane seufzte. „Abel, ich kann nicht zulassen …"

„Das machst du nicht allein", unterbrach er sie erneut. „Ich komme mit."

„Ich auch", verkündete Edie entschieden. Als Jane die beiden aufgebracht anfunkelte, reckte die junge Frau ihr Kinn. „Ich werde mich nicht davonschleichen und euch allein lassen, nachdem ihr mir die Haut gerettet habt. Abgesehen davon, wie weit würde ich schon kommen? Ich werde nicht im Dunkeln allein durch diesen Tunnel laufen. Wahrscheinlich gibt es dort Ratten." Sie schüttelte sich. „Ich hasse Ratten. Und wenn ich das Licht einschalte, werden sie mich schnappen, bevor ich auch nur drei Meter gegangen bin."

Jane starrte Edie und Abel aufgebracht an, aber sie starrten nur zurück. Einen Augenblick später gab sie auf. Sie hatte weder die Zeit noch das Herz, um mit ihnen zu streiten, und konnte ihre Hilfe gebrauchen. „Also gut. Edie, du nimmst die Waffe. Abel …" Sie zögerte und griff dann in ihre Tasche, um den Gürtel herauszuholen, in dem die Vibratoren steckten. „Das sind Mini-Raketenwerfer. Um sie abzufeuern, musst du Spitze und Basis in entgegengesetzte Richtungen drehen und dann auf den An/Aus-Knopf drücken. Es sind zwar nur Prototypen, aber trotzdem steckt genügend Sprengstoff in ihnen, um eine Menge Schaden anzurichten. Also pass gut auf, dass du sorgfältig zielst." Sie reichte sie ihm.

„Was nimmst du?", fragte Edie und sah Jane besorgt an, während Abel sich den Gürtel über den Kopf und quer über seine Brust zog. „Du brauchst auch eine Waffe."

Jane zögerte, schlüpfte dann aus ihren Schuhen und hob sie auf. „Die hier. Lasst uns gehen."

Sie drehte sich um und wollte vorausgehen, blieb jedoch beim Anblick von mindestens einem Dutzend Männern stehen, die vor der Öffnung der Shuttle-Parkbucht standen. Sie alle trugen automatische Gewehre, die genauso aussahen wie das, was sie Edie gegeben hatte.

„Ähem, soll ich mal einen der Vibratoren einsetzen?", fragte Abel aus dem Mundwinkel.

„Nein." Jane seufzte. „Damit könntest du den Berg über uns zum Einsturz bringen."

„Was machen wir dann?", fragte Edie.

Jane erwog ihre Möglichkeiten. Aber es gab wirklich keine, bei denen es wahrscheinlich schien, dass sie lebend hier herauskämen. Jedenfalls nicht im Augenblick. Also hob sie die Hände und trat vor. „Wir ergeben uns."

Vier der Männer kamen auf sie zu. Sie nahmen Edie die Waffe ab, Abel den Gürtel mit den Vibratoren und Jane die Tasche und ihre Schuhe.

„Hm, kann ich die bitte wieder anziehen?", fragte Jane hoffnungsvoll. Sie hatte zwar noch ihr Laser-Armband und die Ohrring-Bomben. Doch in diesen Schuhen steckten noch sechs Pfeile in einem Absatz und vier in dem anderen, die sie noch gut gebrauchen konnte.

Der Mund klappte ihr auf, als der Mann den Kopf schüttelte und einen Pfeil an die Wand schoss. „Wie haben Sie ...?" Sie brach ab, als er lächelnd auf eine Kamera wies, die in der Ecke des Raums angebracht war.

„Lächeln Sie. Sie sind bei ‚Versteckte Kamera'", sagte er trocken und hielt ihr seine Hand hin. „Ohrringe, Halskette und Armband."

Seufzend legte Jane ihren Schmuck ab und händigte ihn dem Mann aus. Anschließend wurden sie und die Geschwister Andretti noch rasch durchsucht. Abel wurde die Krawattennadel abgenommen. Dann hörte man auch schon das Geräusch eines herannahenden Shuttles, und sie wurden zur Plattform geführt.

21. KAPITEL

„Vorwärts."

Jane entzog sich dem Wachmann, der nach ihrem Arm griff, und stieg ohne Hilfe aus dem Shuttle. Für diesen Trip hatte man sie, Abel und Edie in drei verschiedene Wagen gesetzt. Sie waren weiter gefahren, als sie erwartet hatte, und unterwegs an gut vierzig Türen vorbeigekommen. Jane vermutete, dass diese Türen zu den Unterkünften der Wachleute und Techniker führten, vielleicht auch zu den Wohnungen von Lydia, Dirk und ihrem Vater. Das würde erklären, warum das offizielle Haus der Ensecksis so unbewohnt wirkte.

Jane fand sich in einer großen Shuttle-Parkbucht wieder und vor einer riesigen Doppeltür, die mindestens sechs Meter hoch war. Aber sie hatte kaum einen Blick dafür, denn sie war ganz auf die beiden Wagen konzentriert, die hinter ihrem anhielten. Edie und Abel wurden von ihren Bewachern zum Aussteigen gedrängt und zu ihr geführt.

Jane hätte Edie gern etwas Beruhigendes gesagt, denn ihre Freundin sah furchtbar blass aus und zitterte. Doch sie hatte keine Chance dazu. Sowie Bruder und Schwester bei ihr waren, nahm einer der vier Wachleute – es war der, der mit ihr im Wagen gesessen hatte – Janes Arm und führte sie weiter. Die großen Türflügel teilten sich, und sie staunte, als helles Licht und Lärm sie in Empfang nahmen.

Sie war sich nicht sicher, was sie erwartet hatte, aber es war bestimmt nicht diese riesige gewölbte Halle, die sich vor ihr in die Höhe erhob und in der es vor Geschäftigkeit nur so brummte. Männer und Frauen – einige in den schwarzen Ensecksi-Uniformen, andere in weißen Laborkitteln – liefen darin herum. Es war, als hätte jemand einen Berg von innen ausgehöhlt und sich eine eigene kleine Welt erschaffen.

„Hier ist die Satellitenschüssel, die Nancy nicht finden konnte."

Jane nickte, als sie Abels Stimme hinter sich hörte, während sie den monströsen Apparat betrachtete. Eine so große Schüssel hatte sie noch nie gesehen. Sie nahm den größten Teil des riesigen Raums ein und ließ nur einen schmalen Gang frei, in dem sich Computer, Schreibtische, Stühle und Menschen knubbelten.

Der Wachmann, der ihren Arm hielt, trieb Jane vorwärts, hinein in diese Mischung aus Lärm und Betriebsamkeit. Auf den ersten Blick schien ihre Lage hier sogar noch aussichtsloser zu sein als vorher, denn die Anzahl von Leuten, die hier zu überwältigen wären, war niederschmetternd. Aber dann sah sie noch einmal genauer hin. Ja, es waren viele Menschen hier, aber die meisten davon waren unbewaffnete Techniker und Wissenschaftler. Jane konnte sich vorstellen, dass sie sich wahrscheinlich heraushalten würden, wenn es zu einem Kampf kam. Es waren die Sicherheitsleute, die ihr Sorgen machten.

Während sie sich umsah, stellte sie fest, dass es in der Halle davon nur sehr wenige gab, eigentlich nur die, die sie hierhergebracht hatten – insgesamt sechs.

Sie überlegte kurz, ob die Männer, die sie gefangen genommen hatten, sich bereits wieder auf ihre Posten – wo immer die sein mochten – zurückgezogen hatten oder ob sie noch draußen bei der Shuttle-Haltestelle warteten. Vielleicht sollte sie das Schaltfeld für die Tür sprengen, um sie fernzuhalten. In jedem Fall musste Jane diese Satellitenschüssel daran hindern, das zu tun, was die Enseckis geplant hatten. Was immer das auch genau war. Sie wünschte, sie hätte ihre Handtasche dabeigehabt. Auch ihre Ohrringe und die Vibratoren hätte sie nun gut gebrauchen können.

„Jane und Abel Goodinov, nehme ich an. Ich habe schon viel von Ihnen gehört." Die Stimme war tief und kräftig und schien von allen Seiten zu kommen. Lautsprecher, dachte Jane und drehte sich langsam um die eigene Achse, um nach dem Mann hinter der Stimme zu suchen.

„In der Kontrollkabine", verriet ihr die Stimme. „Links von Ihnen."

Jane wandte sich nach links, wo sie mehrere Männer sah, die alle vor einem Schaltpult mit mindestens dreißig Bildschirmen saßen. Sie sah niemanden, der der Sprecher hätte sein können, aber sie sah ihre Tasche, ihren Schmuck und die Vibratoren, die man Abel abgenommen hatte. Sie schätzte die Entfernung bis dorthin ein, glaubte jedoch nicht, dass sie weit kommen würde. Zwei gegen sechs war keine gute Ausgangsposition. Auf Abels Hilfe könnte sie sich zwar verlassen, aber nicht auf Edie. Soweit sie wusste, hatte ihre Freundin keine Kampfsporterfahrung. Und was war, wenn ein paar dieser Techniker sich doch an einem Kampf beteiligten?

„Nein, das ist die Sicherheitskonsole", hörte sie die Stimme. „Hier oben."

Jane hob den Blick, konnte über den Bildschirmen jedoch nur eine glatte ovale Wand entdecken, deren Umrisse an ein Ei erinnerten.

„Nein, nein." Die Stimme wurde langsam ungehalten und klang jetzt etwas weniger tief und dröhnend. „Hier drüben. Kann es ihr nicht mal jemand zeigen ... Ach, vergessen Sie's, ich komme runter."

Janes Blick wanderte an der Wand entlang nach rechts, und endlich entdeckte sie das, was sie für die Kontrollkabine hielt. Jedenfalls war es eine Kabine, die aus einem Metallsockel und einem Glaskasten bestand. Sie konnte sogar ein Mikrofon erkennen, das der Sprecher benutzt haben könnte. Allerdings war die Kabine jetzt leer. Sie sah eine Tür und suchte den Gang ab, der von dort nach unten führte, und ließ ihren Blick dann weiter den Gang entlangwandern, konnte aber niemanden entdecken, der auf sie zukam.

Sie schüttelte den Kopf.

„Sieht ziemlich übel aus, was meinst du?", fragte Abel neben ihrer Schulter. Als sie sich zu ihm umdrehte, stellte sie fest, dass er sich näher an sie herangeschoben hatte, und auch Edie stand nicht weit entfernt.

„Das willst du gar nicht wissen", antwortete Jane seufzend. Sie schienen tatsächlich in großen Schwierigkeiten zu stecken, und sie konnte nur hoffen, dass B.L.I.S.S. bereits unterwegs war.

„Nun, du hattest recht mit dem Keller, den Technikern und den Wachleuten", gestand Abel. „Und auch, was Edie anging."

„Nur weil ich recht hatte, fühle ich mich kein bisschen besser. Abgesehen davon ist das hier nicht gerade ein Keller."

Schweigend ließ er den Blick über die Satellitenschüssel schweifen. „Damit haben sie also dafür gesorgt, dass alle im Ort gelbe Kleider und Hawaiihemden tragen."

„Sieht ganz danach aus."

„Wie kann denn eine Satellitenschüssel das menschliche Verhalten beeinflussen?", fragte Edie und stellte sich neben ihren Bruder. „Ich meine, ich habe zwar gehört, wie Dirk über etwas in der Art gesprochen hat, aber … ich habe nur so viel verstanden, dass ich es immerhin mit der Angst zu tun bekam und den C.I.S.I.S. angerufen habe. Aber ich begreife nicht, wie sie die Menschen damit kontrollieren können."

Jane erklärte es ihr: „Einige Forscher glauben, dass EMS die menschlichen Impulse ebenso gut stimulieren können wie ESG."

„EMS? ESG?"

„EMS sind elektromagnetische Wellen wie etwa Mikrowellen. Und bei ESG handelt es sich um eine elektrische Stimulation des Gehirns."

„Oh, du meinst, die Sache mit der Wirkung von Elektroden aufs Gehirn?", fragte Edie. „Wir hatten das mal im Psychologiekurs an der Uni … oder war das Biologie?" Sie dachte kurz nach und fuhr dann achselzuckend fort. „Wie auch immer. Wenn man die Elektrode hier anlegt, leckt sich die Katze; legt man sie dort an, tut sie etwas anderes. Ist es das, was du meinst, wenn du von elektrischer Stimulation sprichst?"

„Ja. Ich glaube, die Ensecksis machen dasselbe, nur dass sie gebündelte Mikrowellenstrahlen einsetzen und auf eine etwas komplexere Reaktion abzielen als Lecken."

„Oh." Edie betrachtete die Schüssel mit neuem Respekt. „Das kann nichts Gutes bedeuten."

„Nein. Allerdings nicht", bestätigte Jane. „Tut mir leid, Leute, ich hätte darauf bestehen sollen, dass ihr geht, sowie wir aus diesen Zellen raus waren."

„Wir wären doch niemals bis nach draußen gekommen." Edie seufzte unglücklich. „Das alles ist nicht deine Schuld, Jane. Ihr würdet nicht einmal hier sein, wenn ich mich nicht auf diese blöde Verabredung eingelassen hätte. Ich hätte merken müssen, dass er etwas im Schilde führte. Früher hätte Dirk mich nicht einmal angeguckt ..."

„Schsch. Ihr beide", sagte Abel und legte ihnen je einen Arm um die Taille. „Niemand hat Schuld, außer den Ensecksis. Ich bin froh, dass ich hier bin, und würde nirgendwo sonst sein wollen als bei meinen beiden liebsten Ladies."

„Ist das nicht rührend?"

Jane riss sich aus Abels Umarmung und drehte sich um. Diesmal war die Stimme nicht aus den Lautsprechern gekommen, sondern ...

„Hier unten."

Jane senkte den Blick und starrte in das purpurrote Gesicht eines kleinen Mannes, der direkt vor ihr stand. Himmel, er kann nicht größer als neunzig Zentimeter sein, dachte sie unwillkürlich. Mit seinem weißen Haarschopf und der sauertöpfischen Miene sah er wie Brummbär aus „Schneewittchen und die sieben Zwerge" aus. „Wer sind Sie?"

„Ich bin Robert Ensecksi", verkündete er mit der Selbstgefälligkeit eines Gottes und wedelte mit seinem wurstigen kleinen Arm herum. „Und dies ist mein Reich."

„Das soll Dirks Vater sein?", stieß Edie keuchend hervor. „Unmöglich!"

Jane biss sich auf die Lippe, um nicht zu lachen. Es half wenig, als Abel ihr auch noch ins Ohr flüsterte: „Ich glaube, Mrs Ensecksi muss den freundlichen Milchmann näher gekannt haben."

Jane bedachte die beiden Andrettis mit einem vorwurfsvollen Blick und schenkte dem finster dreinschauenden Robert ein höfliches Lächeln. „Ihr ... ähem ... Reich ist ziemlich beeindruckend, Mr Ensecksi."

„Ja, nicht wahr?" Stolz warf er sich in die kleine Brust.

„Hm." Jane nickte. „Was haben Sie damit vor?"

Brummbär lächelte, und Jane entdeckte nun doch eine gewisse Ähnlichkeit mit Dirk. Mrs Ensecksi war ihrem Mann also nicht untreu gewesen. „Meine Leute haben einen Weg gefunden, mit EMS die Massen zu kontrollieren."

Genau das, was Jane befürchtet hatte. „Mit welchem Ziel, Sir? Sicherlich doch nicht nur, damit alle gelbe Kleider und geschmacklose Hawaiihemden tragen?"

„Das war nur ein Test", gab er zu. „Da die Menschen von Natur aus eitel sind, dachte Lydia, wir könnten schon bald die Welt regieren, wenn es uns erst einmal gelänge, den Modegeschmack einer ganzen Stadt zu kontrollieren." In Robert Ensecksis Stimme lag eine gehörige Portion Schadenfreude.

„Er und Napoleon. Warum wollen kleine Männer nur immer die Welt regieren?", grummelte Abel.

Jane war sich ziemlich sicher, dass ihn niemand außer ihr gehört hatte, funkelte ihn aber dennoch böse an. Es fiel ihr schwer genug, dieses Kerlchen ernst zu nehmen, da konnte sie Abels Witze nicht brauchen.

„Aber wie wollen Sie mit einer Satellitenschüssel die Weltherrschaft an sich reißen?", fragte Edie. Sie wirkte ziemlich misstrauisch, so als wollte der Mann sie auf den Arm nehmen.

„Eine Satellitenschüssel *hier*", korrigierte Robert Ensecksi. „Wir haben ..." Er brach ab, als sich hinter ihnen die riesigen Türflügel zischend öffneten.

Als Jane sich umdrehte, sah sie Dirk und Lydia. Sie konnte die Überraschung auf ihren Gesichtern erkennen, als sie Jane neben ihrem Vater stehen sahen.

„Jane." Lächelnd kam Dirk, der sich schnell wieder gefasst hatte, auf sie zu. „Du bist aufgewacht."

„Sie haben sich befreit und die Wächter überwältigt und eingesperrt", erklärte Robert Ensecksi vorwurfsvoll. Lydia bedachte ihren Bruder mit einem Hab-ich-dir-doch-gesagt-Blick.

„Dann seid ihr also tatsächlich Spione?", fragte Dirk. Jane hatte den Verdacht, dass der Verlust einer sexbesessenen potenziellen Partnerin ihn so traurig aussehen ließ.

„Ich fürchte, ja", gab sie zu, denn jetzt sah sie keinen Grund mehr, es zu leugnen.

„Oh, Jane." Er klang enttäuscht.

„Ich wollte ihnen gerade zeigen, was wir hier erreicht haben", erklärte Robert Ensecksi. „Warum begeben wir uns nicht in die Kontrollkabine?"

Seine Kinder gingen auf den Gang zu, und Robert nahm Janes Arm. Er führte sie in einem etwas langsameren Tempo und überließ es Abel und Edie, ihnen zu folgen, während die Wachleute den Schluss bildeten.

„Jahrelang habe ich hart dafür gearbeitet, die beste Technologie und die besten Wissenschaftler um mich zu versammeln, die für Geld zu haben sind", verkündete der kleine Mann großspurig. „Wir haben hervorragende Köpfe hier, sowohl auf dem Gebiet der Mikrowellentechnologie als auch der Neurowissenschaften ... und natürlich auch das modernste Sicherheitssystem."

Er wies auf das Pult mit den Überwachungsvideos, als sie daran vorbeigingen, aber Jane hatte nur Augen für die Sachen, die man ihr abgenommen hatte. Wenn sie doch nur eine der Waffen in die Finger bekommen könnte ...

„Oh, sehen Sie doch. Ihre Großmutter erspart uns die Mühe, sie abzuholen."

Jane wandte sich wieder den Monitoren zu. Auf einem war ihre Gran zu sehen, die zusammen mit Nancy gerade ins Wohnzimmer der Ensecksis kam. Nancy sah sich kurz in den anderen Räumen um, dann begaben sich die beiden Frauen zu der Wand, wo der Fahrstuhl versteckt war. Eine von Janes Kameras musste also doch ein Bild davon übertragen haben!

„Schickt den Ladies eine Eskorte", befahl Robert Ensecksi, und sofort machten sich mehrere Männer auf, um seinem Befehl zu folgen.

Schweigend sah Jane auf einem anderen Monitor zu, wie Nancy und ihre Gran im Fahrstuhl nach unten fuhren. Keine der beiden Frauen wirkte sonderlich überrascht, als die Türen aufgingen und sie von bewaffneten Männern in Empfang genommen wurden. Gran wurde in einen Wagen geschoben, Nancy in einen anderen gesetzt, und dann verschwanden sie von den Bildschirmen. Sie tauchten erst wieder auf einem anderen Monitor auf, als ihre Shuttles in der Parkbucht vor dem Eingang zu der gewaltigen Halle anhielten.

Jane drehte sich zu den Türflügeln um, die zischend aufsprangen, und sah, wie Nancy ihre Gran hereinschob. Beide wurden von einer bewaffneten Eskorte begleitet, wirkten aber nicht sonderlich beunruhigt. Jane hoffte, dass bereits Hilfe von B.L.I.S.S. unterwegs war.

„Oh! Da bist du ja, Janie, Liebes." Gran hörte gerade lange genug auf, Tinkle zu streicheln, um auf den Knopf an der Armlehne ihres Rollstuhls zu drücken. Sie fuhr auf Jane zu. Sofort hoben die Männer neben ihr die Waffen, doch Gran fuhr einfach weiter. „Hast du dich mit deinen Freunden gut amüsiert?"

Jane hätte bei der Frage fast gelacht, von Robert Ensecksis Gesichtsausdruck ganz zu schweigen. Der Mann hielt ihre Gran offenbar für verrückt. Kopfschüttelnd bedeutete er seinen Wachleuten, die Waffen zu senken. Und das war der Punkt, an dem Tinkle in Aktion trat. Die Hündin hatte das Objekt ihrer Zuneigung entdeckt, sprang von Grans Schoß herunter und rannte zu Dirk. Zu seinen Füßen vollführte sie ihren Popo-Wackel-Liebestanz, rollte sich auf den Rücken, streckte die Pfoten in die Luft und ließ die Zunge heraushängen. Als nichts davon die gewünschte Wirkung nach sich zog, erwies Tinkle sich als schamloses Luder und versuchte, an Dirks Bein hochzuspringen.

Japp, mein Guter, alle Mädels wollen deinen Knochen, dachte Jane amüsiert, während Dirk herumhopste und sein Bein schüttelte, um den Yorkie loszuwerden.

„Kann mal jemand diesen verdammten Köter erschießen?", brüllte er schließlich.

Jane entschied, dass es Zeit wurde einzugreifen. Sie wusste, dass es ihrer Großmutter das Herz brechen würde, wenn Tinkle etwas passierte. Als sie sah, dass alle Aufmerksamkeit auf den Hund gerichtet war, rammte sie dem Mann neben ihr den Ellbogen in den Magen und riss ihm dann das Gewehr aus der Hand. Als er sich vor Schmerz krümmte, stieß sie ihm die stumpfe Seite der Waffe gegen den Kopf.

„Haltet sie auf!", brüllte Robert Ensecksi. Mit einem gezielten Tritt sorgte Jane dafür, dass er rückwärts zu Boden fiel. „Pass du auf ihn auf!", wies sie Edie an.

„Okay." Einen Augenblick zögerte die Frau noch, dann ging sie in die Knie und setzte sich auf Roberts Brust. Als er aus vollem Halse schrie und anfing, zu strampeln und mit den Fäusten auf sie einzuschlagen, verdrehte sie ihm die Nase, packte ihn bei den Haaren und schüttelte seinen Kopf. „Schön brav sein, Kleiner, sonst lege ich dich übers Knie."

Nachdem sich Jane vergewissert hatte, dass Edie diesen speziellen Feind unter Kontrolle hatte, sah sie zu Gran hinüber. Die ältere Frau saß in ihrem Rollstuhl und puderte sich in aller Ruhe die Nase. Vier bewusstlose Wachleute lagen um sie herum. Nicht weit von ihr entfernt standen Nancy und Abel Rücken an Rücken und bereiteten sich darauf vor, es mit mehreren Wachleuten gleichzeitig aufzunehmen, die auf sie zukamen. Gleich würden ein paar von ihnen auf der Matte liegen!

Jane wünschte, sie könnte sich das Schauspiel ansehen, aber ein schmerzvolles Jaulen lenkte sie ab. Dirk hatte Tinkle einen solchen Tritt verpasst, dass die Hündin durch die Luft flog. Jane presste die Lippen zusammen und ging auf ihn los. Auf Strümpfen waren ihre Schritte nicht zu hören. Dennoch drehte er sich intuitiv zu ihr um, bevor sie ihn angreifen konnte, sodass sie es nicht schaffte, ihn mit dem Gesicht zuerst auf den Boden zu befördern. Stattdessen landete er auf dem Rücken und sie auf ihm. Sie rechnete damit, dass er benommen war oder keine Luft mehr bekam, aber Dirk erholte sich rasch, und im nächsten Moment lag er auf ihr.

Verblüfft musste Jane zulassen, dass er ihre Arme seitlich neben ihrem Kopf auf den Boden drückte, sich ein Stück weit aufrichtete und sie von oben herab anlächelte. „Ich habe mir gewünscht, dich in dieser Position zu haben, seit wir uns kennen. Wie ich es erwartet habe, fühlt es sich perfekt an." Er rieb sich an ihr. „Du und ich, wir würden so gut zusammenpassen."

„Danke, aber ich ziehe eine Persönlichkeit vor, die zum guten Aussehen passt", sagte Jane zuckersüß und rammte ihm ihr Knie in die Eier.

Dirks Lächeln erlosch. Er wurde erst weiß im Gesicht, dann rot, rutschte von ihr herunter und ging in Embryonalstellung. Jane stand auf und sah auf ihn herunter. Stöhnend rollte er über den Boden und hielt sich den Schritt.

„Sieht aus, als hätte ich diese Wirkung öfter auf Männer", erklärte sie ihm fröhlich.

Sie versuchte, sich einen Überblick über die Situation zu machen. Der Haufen bewusstloser Männer, die neben ihrer Gran lagen, war um zwei weitere gewachsen. Wie erwartet, verprügelten Abel und Nancy gleich mehrere Wachleute. Edie quälte Robert, und …

Jane blieb das Herz stehen, als sie Lydia in der Kontrollkabine entdeckte. Die Blondine drückte wie verrückt auf alle möglichen Schalter. Bevor Jane auch nur versuchen konnte, sie aufzuhalten, hörte sie über sich ein lautes Rauschen. Die Spitze des Berges öffnete sich und enthüllte einen sternenklaren Himmel. Die riesige Satellitenschüssel fuhr langsam nach oben.

Jane richtete den Blick wieder auf die Kontrollkabine, aus der Lydia ihr triumphierend zulächelte. Die blonde Frau beugte sich vor, um ins Mikrofon zu sprechen. „Die Tür zu dieser Kabine ist abgeschlossen, Jane. Du wirst hier nicht hereinkommen. Und selbst wenn, ich habe das Programm verschlüsselt. Ohne Passwort wirst du es nicht stoppen können. Also versuch es erst gar nicht. In genau zwei Minuten und zweiunddreißig Sekunden werdet ihr fünf allein gegen die ganze Welt stehen. Schließ dich uns an, oder du wirst sterben. Es liegt ganz bei dir."

Jane zögerte. Sämtliche Kämpfe brachen ab. Alle wollten sehen, was nun geschah. Janes Blick ging von Robert Ensecksi zu seinem Sohn. Da Dirk vor ihren Füßen lag, entschied sie sich für ihn und setzte ihm ihren Fuß auf den Hals. Dann sah sie Lydia über den Raum hinweg an. „Stell es ab, Lydia, oder ich breche erst ihm den Hals, dann deinem Vater", bluffte sie.

„Jane!", keuchte Dirk verletzt.

„Nur zu!" Lydia lachte. „Dann werde ich allein die Herrscherin der Welt sein."

„Lydia!", kreischte Dirk.

Jane funkelte die Blondine für einen Augenblick böse an und warf dann einen Blick auf den Satelliten. Er ragte jetzt zur Hälfte aus dem Berg heraus und neigte sich bereits leicht.

Ihr wurde ganz schlecht bei dem Gedanken an eine Welt voller willenloser Arbeitsbienen, die alle den Befehlen der Bienenkönigin Lydia folgten. Dann fielen ihr die Vibratoren ein, und hektisch sah sie sich um. Abel und Nancy standen in ihrer Nähe. „Abel! Die Vibratoren!"

Lydia erkannte, dass sie ihr Ärger machen wollten. „Haltet sie auf!", kreischte sie ins Mikrofon, als Abel sich auch schon den Gürtel mit den Raketenwerfern schnappte.

Einige Techniker gingen auf Abel zu, aber Nancy stellte sich ihnen in den Weg. Abel schaute sich nicht einmal um. Er zog einen Vibrator aus dem Gürtel, warf einen Blick auf die Satellitenschüssel und dann auf Jane. Er wusste, dass er keine Zeit zu verlieren hatte, drehte an den Enden des Vibrators, zielte und schoss.

Zischend stieg eine Rauchwolke auf, dann explodierte der Satellit mit einem ohrenbetäubenden Knall. Große und kleine Metallteile flogen in alle Richtungen. Instinktiv ließ Jane sich zu Boden fallen und legte schützend die Hände über den Kopf. Um sie herum brach ein Lärm aus, der sich anhörte, als stünde der Dritte Weltkrieg bevor. Und es schien ewig zu dauern, bis sich die Lage wieder beruhigte.

Als Jane schließlich den Kopf hob und sich blinzelnd umsah, erfüllten Staub und Rauch die Luft. Rasch überprüfte sie, wie es den Menschen um sie herum ging. Ein paar der Ensecksi-Leute waren verletzt, aber den meisten war nichts geschehen. Was ihre Freunde anging, so hatte Abel zwar einen Schnitt auf der Wange, aber alle anderen schienen in Ordnung zu sein.

„Ich bedeute dir also doch etwas."

Jane sah auf den Mann, der unter ihr lag. Als sie sich fallen lassen hatte, hatte sie Dirk unbeabsichtigt mit ihrem Körper geschützt. Seine heisere Bemerkung war ihr keine Antwort wert, und als sie plötzlich merkte, wie eine Hand an ihren Po glitt, griff sie nach unten und setzte einen Handgelenkhebel an, der Dirk kreischen ließ wie ein Mädchen. Ohne Dirk loszulassen, stand sie auf und zwang ihn gleichfalls auf die Füße. Sie erschrak, als sie hörte, wie hinter ihr die Türflügel aufsprangen, und war auf alles gefasst, als sie sich zusammen mit Dirk der Tür zuwandte.

Zwanzig Agenten stürmten herein, alle in roten Jacketts mit dem B.L.I.S.S.-Emblem auf der Brust. Ira Manetrue und Y bildeten das Schlusslicht. Die Agenten verteilten sich im Raum, um die Ensecksi-Mitarbeiter festzunehmen. Beim Kampf hatten die Agenten zwar gefehlt, aber Jane war dankbar, dass sie nun das Aufräumen übernehmen würden.

Sie beobachtete, wie Robert Ensecksi geifernd und schreiend unter Edie hervorgezogen und mit Handschellen gefesselt wurde. Auch Dirk wurden Handschellen angelegt. Dann blickte sie zu der Kabine hinauf, um festzustellen, ob es den B.L.I.S.S.-Agenten gelungen war, Lydia festzunehmen. Doch die Blondine war nicht zu sehen. Stirnrunzelnd schaute Jane sich um.

„Was ist los?", fragte Abel und kam zu ihr. „Du solltest dich freuen, schließlich hast du mit allem recht gehabt. Du hast Edie gerettet und vielleicht sogar die Welt!"

„Mit ein bisschen Hilfe", stimmte sie ihm zu.

Abel lächelte. „Also, warum machst du so ein finsteres Gesicht?"

„Ich sehe Lydia nirgends. Wo ist sie hin?"

Jane hatte die Frage kaum ausgesprochen, als sie hinter sich wieder das Zischen der pneumatischen Türen hörte. Sie fuhr herum und sah, wie Lydia Ensecksi flüchtete.

„Oh, nein, kommt nicht infrage!" Jane stürzte ihr nach. Hinter sich hörte sie Schritte, die ihr folgten, und sie wusste, dass es Abel war. Beide schlüpften sie um Haaresbreite durch die sich schließenden Türflügel. Noch immer auf Strümpfen, geriet Jane ins Schlittern, als sie anhalten wollte, und wäre beinahe in einen leeren Shuttle-Wagen gefallen. Als sie wieder sicher auf beiden Beinen stand, blickte sie in den Tunnel, wo sie gerade noch die Bremslichter von Lydias Wagen sah, bevor dieser verschwand.

„Spring rein!", rief Abel und schwang sich hinter das Armaturenbrett des anderen Shuttle-Wagens.

„Weißt du, wie man die Dinger fährt?", fragte Jane und kletterte auf den Sitz neben ihn.

„Wie schwer kann das denn schon sein?" Er fing an, Schalter umzulegen, und Jane hielt erschrocken die Luft an, als sie losschossen und die Verfolgung aufnahmen. Breit grinsend schaute Abel sie an. „Fühlt sich super an!"

Ich habe ein Monster erschaffen, dachte sie und lachte.

Am Ende des Tunnels stand Lydias leerer Wagen. Der Fahrstuhl war bereits auf dem Weg nach oben, und Jane verbrachte ein paar bange Augenblicke, weil sie befürchtete, dass die Blonde ihn blockieren oder auf andere Weise davon abhalten könnte, wieder zu ihnen nach unten zu fahren. Aber anscheinend war ihre Panik zu groß, um auch nur daran zu denken.

Als sie aus dem Fahrstuhl ins Wohnzimmer traten, war nichts von Lydia zu sehen. Jane und Abel zögerten noch, als sie auch schon hörten, wie dröhnend ein Motor ansprang. Sie rannten zur Tür, und draußen sahen sie die Frau in Dirks Sportwagen davonfahren.

„Komm mit!" Jane rannte den Hügel hinauf und in die Garage der Goodinovs.

„Ist dieser Van denn schnell genug, um sie einzuholen?", fragte Abel, als sie einstiegen.

„Oh ja", antwortete Jane und lächelte. Sie trat aufs Gas und flog geradezu rückwärts aus der Einfahrt. „Im Laufe der Jahre habe ich ein paar Extras eingebaut."

Das Tor der Wohnanlage hatte Lydia aufgehalten. Sie passierte es gerade, als Jane auf die Straße bog, und es begann sich zu schließen, als Jane darauf zufuhr. Aber sie trat aufs Gas und kam gerade noch rechtzeitig durch.

„Das war knapp", stellte Abel fest.

Jane sagte nichts, denn Lydia hatte sie bemerkt und legte an Geschwindigkeit zu. Jane blieb ihr auf den Fersen und konzentrierte sich nervös auf die Straße vor ihr, weil sie Angst hatte, einen Unfall zu verursachen. Deshalb ließ sie auch einen kleinen Abstand zwischen ihnen, als sie bei eingeschränkter Nachtsicht durch die kurvigen Wohnstraßen schossen. Auch wenn Lydia Ensecksi noch so hinterlistig sein mochte, war sie es nicht wert, dass jemand starb, nur um sie zu fangen.

Sowie Jane die Häuser hinter sich gelassen hatte, brachte sie allerdings ihren Booster zum Einsatz. Ihr Van schoss nach vorn und hätte beinahe das Heck des roten Sportwagens gerammt, bevor Lydia noch mehr Gas geben konnte. In einem mörderischen Tempo legten sie mehrere Kilometer zurück, und Jane spürte, wie ihre Anspannung wuchs, als die Bäume links von ihr den Blick auf eine steile Felswand freigaben.

Plötzlich fluchte Abel, und Jane sah zu ihm hinüber. „Was ist?"

„Sieh doch!" Er zeigte nach vorn.

Zuerst verstand Jane nicht, was das Problem sein sollte. Aber dann sah sie, dass sich die Straße vor ihr in einer scharfen Linkskurve an den Berg schmiegte, während geradeaus eine große ebene Fläche zu sehen war, in der sich das Mondlicht spiegelte. Wasser. Ein See.

Jane biss die Zähne zusammen und warf einen Blick auf den Tacho. Sie fuhren zu schnell für diese Kurve, und der Sportwagen vor ihr fuhr nicht langsamer.

Wir werden aus der Kurve fliegen, erkannte sie entsetzt und trat hart auf die Bremse. Doch ihr war klar, dass es viel zu spät war, um den Wagen rechtzeitig zu stoppen, und dass Lydia erst recht keine Chance hatte, noch heil aus der Sache herauszukommen. Jane wusste nicht, ob die blonde Frau tatsächlich geglaubt hatte, die Kurve bei diesem Tempo nehmen zu können, jedenfalls konnte sie es nicht. Mit einem explosionsartigen Knall krachte Lydias Wagen durch die Schutzplanke und flog durch die Luft. Janes Van musste somit keine Schutzplanke mehr durchbrechen, sondern raste einfach ungebremst hinter ihr her. Das Beste, worauf sie jetzt noch hoffen konnten, war eine flache Landung und kein Sturzflug.

Abel begann zu schreien, und Jane stimmte mit ein, wobei sie immer noch auf die Bremse trat. Sie schienen ewig so durch die Luft zu segeln und landeten dann mit einem Schlag auf dem Wasser, bei dem ihnen alle Knochen durchgerüttelt wurden. Als Jane wieder einen klaren Gedanken fassen konnte, war sie zwischen ihrem Sitz und dem Airbag eingeklemmt, der sich geöffnet hatte.

„Jane? Jane!"

Sie hob den Kopf und drehte sich langsam zu Abel hin. Er kämpfte damit, seinen eigenen Airbag aus dem Weg zu schieben, und fluchte frustriert. Schließlich fand er ein Taschenmesser in einer Seitentasche des Wagens und ließ den Airbag platzen. Einen Augenblick später hatte er seinen Sicherheitsgurt gelöst und beugte sich zu ihr, um auch sie zu befreien. Er sah ihr ins Gesicht.

„Gott sei Dank", flüsterte er, als er sah, dass es ihr gut ging. „Mach dir keine Sorgen. Ich werde uns hier herausholen. Ich lasse dich nicht ertrinken."

„Hm." Jane schüttelte vorsichtig den Kopf, weil sie Angst hatte, sich vielleicht doch verletzt zu haben. „Nicht nötig. Der Van ist wasserdicht."

„Wasserdicht?" Er unterbrach seine Bemühungen, ihren Sicherheitsgurt zu lösen.

„Er ist wasserfest, feuerfest und schalldicht." Sie zuckte mit den Schultern und kümmerte sich selbst um ihren Sicherheitsgurt. „Ich baue ständig neues Zubehör ein."

„Meine Güte", sagte er, aber sie bemerkte, wie er sich im Van umsah, als würde er nach undichten Stellen suchen.

„Wo ist Lydias Wagen?", fragte sie.

„Keine Ahnung." Er rutschte wieder auf den Beifahrersitz und versuchte, durch die Fenster etwas zu erkennen. Sie waren von Wasser umgeben und schaukelten auf der Oberfläche des Sees. „Ich glaube, sie ist gesunken."

„So schnell geht das aber nicht." Jane richtete sich auf und stellte die Scheibenwischer an. Die Sicht wurde etwas besser.

„Sie fuhr mit offenem Verdeck", gab Abel zu bedenken, hielt aber weiterhin Ausschau.

„Oh. Ja." Jetzt, da er es erwähnte, fiel Jane ein, dass das Dach des Cabrios tatsächlich heruntergelassen war. Vermutlich war es schnell gesunken. Aber Lydia konnte herausgeschleudert worden sein und überlebt haben. Jane spähte suchend in die Nacht.

„Sie ist mit der Front zuerst ins Wasser gestürzt", sagte Abel. „Ich bezweifle, dass sie das überlebt hat."

„Vermutlich nicht", stimmte Jane ihm zu.

„Also, was jetzt? Wirst du das Baby starten – auf einen Knopf drücken, um es in ein Boot zu verwandeln, und uns ans Ufer fahren?"

Jane lachte.

„Nicht?" Er wirkte überrascht.

„Daran habe ich leider nicht gedacht", erklärte sie entschuldigend. „Ich habe den Van nur wasserdicht und feuerfest gemacht, damit Gran bei einem Unfall besser geschützt ist."

„Und wozu dient der Schallschutz?"

„Oh. Nun ja ... wir haben mal einen Wochenendausflug gemacht und irgendwo angehalten, um ein bisschen zu schlafen, aber auf diesem Rastplatz war so viel los, dass ich kein Auge zubekam." Achselzuckend stellte sie den CD-Player an, und Enrique Iglesias balzte um eine verlorene Liebe. „Damit mir das nicht noch einmal passiert, habe ich den Van gegen Lärm isoliert."

„Ein Nickerchen im Grünen? Kann man deinen Sitz denn dafür weit genug zurücklehnen?"

„Ja. Aber ich schlafe nicht auf meinem Sitz, dazu habe ich ein Bett."

„Ein Bett?"

Jane legte am Armaturenbrett einen Schalter um, und Abel fuhr herum, als hinter ihnen ein Summen einsetzte. Erstaunt sah er zu, wie im Laderaum des Vans von beiden Seitenwänden zwei Hälften eines Betts herunterklappten und sich in der Mitte trafen. Als er sich Jane wieder zuwandte, lag ein breites Lächeln auf seinem Gesicht.

„Du bist gut", verkündete er, und Jane merkte, wie sie rot wurde. Dann rutschte er von seinem Sitz, griff nach ihrer Hand und zog sie mit sich nach hinten.

Jane lachte, als sie sich aufs Bett fallen ließen, aber ihr Lachen wurde von seinem Kuss gestoppt.

„Ich liebe deinen Verstand", erklärte er nach einem kurzen Moment der Leidenschaft. „Du erregst mich, du amüsierst mich, und du schaffst es immer wieder, mich zu überraschen." Er unterstrich jedes Kompliment damit, dass er einen Knopf ihres Oberteils öffnete. Als er den Satz beendet hatte, streichelte er die zarte Haut, die darunter zum Vorschein kam. Jane richtete sich ein Stück weit auf und zog seinen Kopf zu sich, um ihn noch einmal zu küssen.

„Janie? Jane! Was ist los? Jane? Habt ihr Lydia gekriegt?"

Abel hob den Kopf und schaute sich stirnrunzelnd um. „Ist das Gran?"

„Ja." Jane beugte sich vor, zog den Zigarettenanzünder aus dem Armaturenbrett und sprach hinein. „Hier, Gran. Alles in Ordnung mit uns."

„Habt ihr Lydia erwischt?"

Hinter ihr bemerkte Abel: „Du sprichst in einen Zigarettenanzünder."

„Das ist ein Notfallsender. Nur Gran hat die Frequenz", erklärte Jane und beantwortete dann die Frage ihrer Gran: „Nein. Lydia ist mit dem Wagen in den See gestürzt."

„Oh." Es folgte ein kurzes Schweigen. „Hat sie überlebt?"

„Ich glaube nicht. Nein." Entzückt seufzte Jane ganz leise, als Abel anfing, an ihrem Hals zu knabbern.

„Welcher See? Seid ihr auf dem Rückweg?"

„Ich weiß nicht, welcher See. Ein großer", antwortete sie abgelenkt. „Und nein, wir sind nicht auf dem Rückweg. Wir, ähem ... sind auch auf dem See."

„Oh, Liebes! Hält die Wasserabdichtung?"

„Selbstverständlich." Jane klang leicht entrüstet.

„Gut. Also, mach dir keine Sorgen, Liebes. Wir werden den Tracker im Van anpeilen und ihn finden. Haltet einfach durch."

„Mhmm." Jane stöhnte, als Abels Hände ihre Brüste umschlossen. „Gran?"

„Ja?"

„Kein Grund zur Eile." Sie seufzte, als er den Verschluss ihres BHs aufschnappen ließ und den Stoff durch seine Hände ersetzte.

„Oh?", war Gran zu hören.

Jane antwortete nicht mehr. Sie konnte nicht. Sie hatte den Kopf zu Abel gedreht, damit er ihren Mund erobern konnte. Sie schob noch schnell den Anzünder ins Armaturenbrett zurück, dann ließ sie sich aufs Bett zurückfallen und zog Abel mit sich.

EPILOG

"Ich kann nicht fassen, dass Dirk entkommen konnte! Was sind das für Amateure, die bei B.L.I.S.S. arbeiten?"

Bei Edies Wutausbruch verzog Jane das Gesicht. Auch sie war nicht sonderlich begeistert gewesen, als sie von Dirk Enseksis Flucht gehört hatte. Und als sie erfuhr, wer daran schuld war, hatte sie sich gleich noch einmal aufgeregt. "Es war kein Agent, der ihn entkommen ließ, es war Richard Hedde. Er ist in der Entwicklungsabteilung, genau wie ich."

"Ach ja", sagte Gran. "Jetzt weiß ich auch, warum mir der Name so bekannt vorkam, als Ira ihn erwähnte. Es ist dieser Kerl, über den du dich immer so ärgerst." An Edie gewandt erklärte sie: "Richard Hedde ist ein arrogantes braunnasiges Wiesel, meine Liebe. Kein Agent."

"Und was um alles in der Welt hatte er in Kalifornien zu suchen?", fragte Edie.

"Offenbar hatte er Ira irgendwelche Geräte aus dem Büro in Vancouver gebracht und war dann einfach dageblieben." Jane zuckte hilflos mit den Schultern. "Y wollte jeden Mitarbeiter, den sie kriegen konnte. Während des ganzen Durcheinanders, nachdem Abel und ich weg waren, um Lydia zu verfolgen, hat einer der anderen Agenten gedacht, Dick sei auch im Außendienst, und ihm den Auftrag gegeben, auf Dirk aufzupassen."

"Und wie wir wissen, hat er den Job gehörig vermasselt", beendete Gran das Thema gelassen. "Aber es ist noch nicht alles verloren. Dirk hat deine Tasche mitgenommen, Janie, Liebes. Darin befinden sich eine Menge gefährlicher Dinge, die als harmlose Alltagsgegenstände getarnt sind. Wenn er einen davon benutzt, wird er zweifellos im Krankenhaus landen, und dann kann B.L.I.S.S. ihn dort abholen."

"Hm." Jane nickte, und langsam legte sich ein teuflisches Lächeln auf ihre Lippen. "Ich hoffe, er benutzt ein Schrumpffolien-Kondom."

Bei dem Gedanken brachen die drei Frauen in schallendes Lachen aus. Edie war die Erste, die wieder ernst wurde. Bedrückt blickte sie in ihre Teetasse. „Ich schätze, ich werde mir einen neuen Job suchen müssen."

„Vielleicht hat ja B.L.I.S.S. eine Stelle für dich." Maggie Spyrus fütterte die winselnde Tinkle mit einem Zuckerplätzchen.

Jane verdrehte die Augen, sowohl über die Bemerkung als auch darüber, dass ihre Großmutter die Hündin zu sehr verwöhnte. Seit sie wieder zu Hause waren, behandelte Gran ihre Tinkle wie eine Prinzessin und bestand darauf, dass ganz allein Tinkle die Mission gerettet hätte. Dabei war es völlig egal, dass das kleine Biest nur zufällig eine große Zuneigung für Kriminelle hatte.

„Glauben Sie wirklich?" Schon wurde Edie wieder munter, und ihre Miene hellte sich auf. „Das wäre cool. Edie Andretti, Geheimagentin."

„Wohl eher Edie Andretti, Sekretärin und Mädchen für alles", korrigierte Jane. Als sie sah, wie ihre Freundin wieder in sich zusammensackte, fügte sie etwas freundlicher hinzu: „Edie, Schätzchen, dir fehlt die Ausbildung, um als Geheimagentin arbeiten zu können. Das sind trainierte Kampfsportexperten, Scharfschützen und …"

Sie hielt inne, und alle blickten zur Tür, an der es klingelte.

„Das könnte Abel sein, der von seinem Vorstellungsgespräch zurück ist", sagte Edie hoffnungsvoll.

Wortlos stand Jane auf und ging in die Diele. Auch sie hoffte, dass es Abel war, und zugleich fürchtete sie sich davor. Was, wenn er den Job nicht bekommen hatte? Was, wenn er nach England zurückkehren müsste? Was würde das für ihre Liebe bedeuten? Alles kein Problem, versicherte sie sich entschieden. Dann hätten sie eben eine Fernbeziehung, bis es Abel gelang, eine Stelle in Kanada zu finden. Eventuell könnte auch sie nach England übersiedeln. B.L.I.S.S. hatte dort eine Zweigstelle. B.L.I.S.S. hatte überall Zweigstellen. Gran hatte immer behauptet, dass England ihr gut gefallen habe. Dennoch. Sie wusste, dass Fernbeziehungen nicht leicht waren. Sie würde Abel vermissen. Seltsam, dass das überhaupt möglich war. Sie kannte ihn noch gar nicht so lange, und dennoch wusste sie, dass ihr das Leben ohne ihn leer vorkommen würde.

Vor der Tür blieb Jane stehen, hob den Kopf und sagte leise: „Bitte, lieber Gott." Als sie aufmachte, war es tatsächlich Abel, der draußen auf dem Flur stand. Er hielt die Hände hinter dem Rücken versteckt und lächelte strahlend. Jane konnte nur hoffen, dass das gute Neuigkeiten bedeutete.

„Du hast den Job?", fragte sie.

Sein Lächeln wurde breiter, er zog eine Hand hervor und reichte ihr einen Strauß Rosen. Als Jane sie annahm, zog er auch die andere Hand hervor, in der eine kleine samtene Schmuckschatulle lag. „Willst du mich heiraten, Jane Spyrus?"

„Du hast ihn!", jubelte sie und warf sich in seine Arme.

Lachend drückte er sie an sich und wirbelte sie herum, dann küsste er sie leidenschaftlich. Mit all ihrer Liebe erwiderte sie seinen Kuss.

Seufzend und außer Atem lehnte sie schließlich den Kopf an seine Schulter und schloss die Augen. „Ich wusste, dass du ihn bekommen würdest."

„Nun ja. Tatsächlich habe ich ihn nicht bekommen."

Abrupt löste sich Jane von ihm und richtete sich auf. „Was? Du hast ihn nicht? Sie haben dir den Job nicht gegeben? Warum nicht?", fragte sie entrüstet.

„Weil ich das ursprüngliche Bewerbungsgespräch verpasst habe." Er zuckte die Achseln. „Sie waren der Meinung, dass es mir nicht ernst genug damit sei. Den Job haben sie längst einem anderen gegeben, und zu dem Gespräch haben sie mich nur gebeten, um mir das zu erklären."

„Also diese ...", begann Jane ärgerlich.

„Es ist in Ordnung, Schatz." Als sie ihn zweifelnd ansah, fügte er hinzu: „Wirklich."

Einen Moment schwieg Jane, dann fiel ihr Blick auf die Schmuckschatulle, und sie fragte verwirrt: „Aber dann, wie kannst du mir einen Antrag ..."

„Weil ich dich liebe", unterbrach Abel sie. „Wirklich, Jane. Du bist klug, humorvoll und leidenschaftlich, und du ... Jane, in dieser Woche habe ich dich in Hochform und völlig niedergeschlagen erlebt. Du hast den Mut von zehn Männern. Du kämpfst für die, die du liebst. Ich will, dass meine Kinder genauso werden wie du. Ich will, dass du die Mutter meiner Kinder wirst. Ich will mein Leben mit dir verbringen. An deiner Seite will ich allen Widrigkeiten des Lebens trotzen."

„Oh, Abel." Jane schmiegte sich an ihn, und sie schmolz dahin. „Ich liebe dich auch."

„Wirklich?"

„Oh ja. Du bringst mich zum Lachen und hast meine Leidenschaft entfacht. Wegen dir kann ich mich selbst besser leiden, und du sorgst dafür, dass ich mich sicher fühle. Auch ich will mein Leben mit dir verbringen."

Sein Brustkorb bebte, als er leise lachte. „Und ich habe nicht mal das Wahrheitsserum gebraucht, damit du mir das sagst."

„Oh!" Sie gab ihm einen Klaps und küsste ihn noch einmal.

„In Ordnung. Jetzt reicht's aber mit diesem Unsinn", hörten sie eine Stimme, die rau vor Rührung klang. „Wir haben lange genug gewartet. Lass uns jetzt mal den Ring sehen."

Abel und Jane fuhren auseinander, drehten sich um und sahen Gran und Edie erwartungsvoll hinter ihnen stehen.

Gehorsam klappte Abel die Schatulle auf und sah lächelnd zu, wie die Frauen den Ring bewunderten. Abel nahm ihn heraus, griff nach Janes Hand und schob ihn ihr auf den Finger. „So, jetzt ist es offiziell. Du gehörst zu mir."

Jane lehnte sich an ihn, und er gab ihr einen Kuss auf die Stirn, während sie den Ring betrachtete.

„Es tut mir leid, dass es mit dem Job nicht geklappt hat, Abel", sagte Edie unglücklich. „Das ist alles meine Schuld."

„Nein, ist es nicht, Kurze." Er legte seiner Schwester seinen freien Arm um die Schultern. „Kein Job ist es wert, dafür das Leben meiner Lieben aufs Spiel zu setzen."

Edie erwiderte seine Umarmung, trat einen Schritt zurück und fragte: „Und wie lange wirst du noch hierbleiben können, bevor du wieder nach England musst?"

„Ich hoffe, das wird überhaupt nicht mehr nötig sein." Er lächelte, als Jane sich von ihm löste und zu ihm hochsah. „Ich habe um Urlaub gebeten und werde die nächsten zwei Wochen bei dir verbringen, Edie, wenn das okay ist?" Er wartete, bis seine Schwester genickt hatte, und fuhr dann fort: „Und diese Zeit werde ich nutzen, um mir eine andere Stellung zu suchen. Irgendwas wird sich schon finden. Und wenn nicht ..."

„Wenn nicht, werde ich mich um eine Versetzung in die Londoner Zweigstelle bemühen", sagte Jane entschieden.

„London hat mir immer gut gefallen", verkündete Maggie zustimmend. Aber weder Abel noch Jane hörten ihr zu. Sie lächelten einander an.

„Du bist umwerfend, Jane Spyrus." Er strich ihr eine Haarsträhne aus dem Gesicht.

„Das gilt auch für dich, Abel Andretti." Wieder küssten sie sich.

„Ähem."

Erschrocken fuhren Jane und Abel auseinander und sahen zur Tür hin, die sie in all der Aufregung nicht geschlossen hatten.

„Y! Mr Manetrue!" Als sie die beiden auf der Türschwelle stehen sah, stieg Jane die Röte ins Gesicht. Sie war verlegen und besorgt zugleich. „Ist etwas passiert?"

„Irgendetwas passiert immer, Jane. In unserem Geschäft ist das normal", antwortete Y ausdruckslos. „Dürfen wir hereinkommen?"

„Oh ja, natürlich." Jane trat einen Schritt zurück und wäre dabei fast über Grans Rollstuhl gefallen. Abel hielt sie am Arm fest und zog sie an seine Seite, während Y und Mr Manetrue die Wohnung betraten und die Tür hinter sich schlossen.

„Hallo, Maggie. So schön wie immer", sagte Ira feierlich. Er nahm die Griffe ihres Rollstuhls und schob sie ins Wohnzimmer, während die anderen folgten.

„Also", begann Y, als alle saßen, „Sie scheinen die ganze Sache gut überstanden zu haben, Ms Andretti."

Edie nickte.

„Soweit ich weiß, haben Sie den Job, den Sie sich erhofft hatten, nicht bekommen?", wandte sie sich dann an Abel.

Abel schüttelte den Kopf.

„Gut. Es gibt nämlich zufällig eine freie Stelle in unserer Buchhaltung, für die Sie meiner Meinung nach bestens geeignet wären."

„B.L.I.S.S. hat eine Buchhaltung?", fragte Jane überrascht.

„*Alles* hat eine Buchhaltung. Jemand muss doch die Finanzen im Auge behalten", stellte Y klar und wandte sich dann wieder an Abel. „Wir zahlen gut und tun alles, damit unsere Angestellten zufrieden sind. Aber natürlich dürfen Sie mit niemandem über uns reden und müssen einen Vertrag unterschreiben, durch den Sie sich zur Verschwiegenheit verpflichten. Wollen Sie den Job haben?"

„Ja", lautete Abels prompte Antwort.

„Gut. Dann sind Sie dabei."

Erstaunt blinzelte er. „Einfach so? Möchten Sie keine Referenzen oder …?"

„Lieber Junge, wir haben Sie vom ersten Moment an überprüft, als Sie mit dem Ensecksi-Fall zu tun hatten. Wir wissen mehr über Sie als Sie selbst."

„Oh. Ja, natürlich", murmelte Abel leicht verwirrt.

„Dann wäre das geregelt. Nun zu dem eigentlichen Grund unseres Besuchs."

Jane erstarrte. Sie konnte sich beim besten Willen nicht vorstellen, weshalb Y und Mr Manetrue hier waren.

„Wir haben ein Problem. Es ist ein Fall, für den wir Spezialagenten brauchen."

„Spezialagenten?", fragte Jane unsicher.

„Eine Großfamilie", erklärte Mr Manetrue. „Mann und Frau, und die Großeltern von einem der beiden."

„Ja." Y nickte. „Und nachdem Sie drei den Ensecksi-Fall so

gut gelöst haben …" Sie zuckte mit den Schultern. "Ira hat sich angeboten, den Großvater zu spielen."

"Oh." Unsicher blickte Jane zu Abel hinüber, der nicht sehr erfreut wirkte.

"Müssen wir uns darauf einlassen?", fragte er schließlich.

"Nur, wenn Sie den Job in der Buchhaltung wollen", antwortete Y schlicht.

Jane biss sich auf die Lippe, aber als Abel stöhnte, erkannte sie, dass er zustimmen würde.

"Hast du das gehört, Tinkle?", fragte Gran vergnügt. "Wir haben einen neuen Auftrag!"

Abel seufzte.

"Ich könnte doch auch zur Großfamilie gehören. Kann ich nicht mitmachen?", wollte Edie wissen.

"Lieber Himmel, auch das noch!", sagte ihr Bruder und stöhnte.

– ENDE –

Deutsche Erstveröffentlichung

Sheila Roberts
Was Frauen
wirklich wollen …
für Anfänger

Was wollen Frauen wirklich? Jonathan und seine Freunde haben keinen blassen Schimmer. Bis Jonathan einen Liebesroman kauft. Erst lachen seine Freunde noch über die neue Lektüre – bis Jonathan Erfolge verzeichnet …

Band-Nr. 25804
8,99 € (D)
ISBN: 978-3-95649-094-1
eBook: 978-3-95649-375-1
368 Seiten

Jennifer Crusie
Chaos auf High Heels

Undercover-Agent Alec Prentice glaubt, Dennie Banks sei kriminell. Zwar ein sexy Hingucker mit toller Figur und sinnlichen Lippen, trotzdem: kriminell. Journalistin Dennie Banks dagegen denkt, Alec sei ein kompletter Trottel, neben dem ihr Yorkshireterrier Walter wie Einstein wirkt …

Band-Nr. 25739
9,99 € (D)
ISBN: 978-3-95649-001-9
304 Seiten

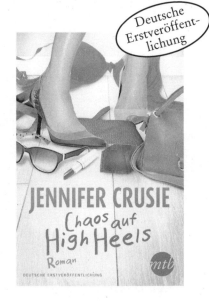

Deutsche Erstveröffentlichung

Deutsche Erstveröffentlichung/erscheint Juni 2015

Kristan Higgins
Lieber mit dem Ex
als gar kein Sex
Band-Nr. 25836
9,99 € (D)
ISBN: 978-3-95649-179-5
eBook: 978-3-95649-435-2
432 Seiten

Deutsche Erstveröffentlichung

Kristan Higgins
Lieber Linksverkehr
als gar kein Sex
Band-Nr. 25798
9,99 € (D)
ISBN: 978-3-95649-085-9
eBook: 978-3-95649-407-9
448 Seiten

Deutsche Erstveröffentlichung

Kristan Higgins
Lieber für immer
als lebenslänglich
Band-Nr. 25808
9,99 € (D)
ISBN: 978-3-95649-097-2
eBook: 978-3-95649-376-8
448 Seiten

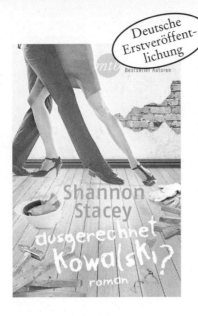

Shannon Stacey
Ausgerechnet Kowalski?

Lauren würde am liebsten diese lästigen Gefühle ignorieren, die Ryan Kowalski in ihr weckt. Doch das ist nicht leicht, wenn sie jeden Morgen ihren Sohn zum Abarbeiten einer Strafe zu ihm bringen muss …

Band-Nr. 25783
9,99 € (D)
ISBN: 978-3-95649-062-0
eBook: 978-3-95649-362-1
304 Seiten

Teri Wilson
Ausgerechnet Mr. Darcy

Elizabeth genießt ihr Singledasein sehr. Trotzdem geht ihr Donovan Darcy nicht mehr aus dem Kopf. Es kann doch nicht sein, dass ausgerechnet er eine nie gekannte Sehnsucht in ihr weckt …?

Band-Nr. 25776
8,99 € (D)
ISBN: 978-3-95649-053-8
eBook: 978-3-95649-353-9
352 Seiten